金學叢書
第二輯 22

吳 敢
胡衍南 霍現俊
主編

何香久《金瓶梅》研究精選集

何香久 著

臺灣學生書局 印行

金學叢書第二輯序

　　2013 年 5 月第九屆（五蓮）國際《金瓶梅》學術討論會期間，胡衍南、霍現俊忙裏偷閒，時而小聚，漢書下酒，就中便有本叢書編輯出版一事。當時即擬與吳敢商談，以期盡快成議。只是吳敢當時會務繁多，此議終未提及。2013 年 7 月 3 日，胡衍南到徐州公幹，當晚至吳敢舍下小酌，此事即進入操作程序。此後電郵往來，徐州、臺北、石家莊三方輾轉，叢書編撰框架日漸明朗。2013 年 11 月 23 日，胡衍南再度到徐州公幹，代表臺灣學生書局與吳敢詳盡商談編輯出版事宜，本叢書遂成定案。

　　此「金學叢書」之由來也。

　　中國古代小說研究，重大課題眾多。近代以降，紅學捷足先登。20 世紀 80 年代，金學亦成顯學。明代長篇白話小說《金瓶梅》是中國文學史上一部里程碑式的重要作品，其橫空出世，破天荒打破以帝王將相、英雄豪傑、妖魔神怪為主體的敘事內容，以家庭為社會單元，以百姓為描摹對象，極盡渲染之能事，從平常中見真奇，被譽為明代社會的眾生相、世情圖與百科全書。幾乎在其出現同時，即被馮夢龍連同《三國演義》《水滸傳》《西遊記》一起稱為「四大奇書」。不久，又被張竹坡譽為「第一奇書」。《紅樓夢》庚辰本第十三回脂評：「深得《金瓶》壺奧」。魯迅《中國小說史略》認為「同時說部，無以上之」。

　　自有《金瓶梅》小說，便有《金瓶梅》研究。明清兩代的筆記叢談，便已帶有研究《金瓶梅》的意味。如明代關於《金瓶梅》抄本的記載，雖然大多是隻言片語的傳聞、實錄或點評，但已經涉及到《金瓶梅》研究課題的思想、藝術、成書、版本、作者、傳播等諸多方向，並頗有真知灼見。在《金瓶梅》古代評點史上，繡像本評點者、張竹坡、文龍，前後紹繼，彼此觀照，相互依連，貫穿有清一朝，形成筆架式三座高峰。繡像本評點拈出世情，規理路數，為《金瓶梅》評點高格立標；文龍評點引申發揚，撥亂反正，為《金瓶梅》評點補訂收結；而尤其是張竹坡評點，踵武金聖歎、毛宗崗，承前啟後，成為中國古代小說評點最具成效的代表，開啟了近代小說理論的先聲。明清時期的《金瓶梅》研究，具有發凡起例、啟導引進之功。

　　20 世紀是人類歷史上可足稱道的一個百年。對中國人來說，世紀伊始，產生了驚天動地的兩件大事：1911 年封建王朝的終結，1919 年「五四」新文化運動的興起。中國人

心裏承接有豐富的傳統，中國人肩上也負荷著厚重的擔當。揚棄傳統文化，呼喚當代文明，這一除舊佈新的文化使命，在中國用了大半個世紀的時間。觀念形態的更新、研究方法的轉變、思維體式的超越、科學格局的營設一旦萌發生成，便產生無量的影響，具有劃時代的意義。《金瓶梅》研究即為其中一例。

以 1924 年魯迅《中國小說史略》出版，標誌著《金瓶梅》研究古典階段的結束和現代階段的開始；以 1933 年北京古佚小說刊行會影印發行《金瓶梅詞話》，預示著《金瓶梅》研究現代階段的全面推進；以 30 年代鄭振鐸、吳晗等系列論文的發表，開拓著《金瓶梅》研究的學術層面；以中國大陸、臺港、日韓、歐美（美蘇法英）四大研究圈的形成，顯現著《金瓶梅》研究的強大陣容；以版本、寫作年代、成書過程、作者、思想內容、藝術特色、人物形象、語言風格、文學地位、理論批評、資料彙編、翻譯出版、藝術製作、文化傳播等課題的形成與展開，揭示著《金瓶梅》的研究方向。一門新的顯學——金學，已經赫然出現在世界文壇。

20 世紀 70 年代以來的當代金學，中國的吳曉鈴、王利器、魏子雲、朱星、徐朔方、梅節、孫述宇、蔡國梁、甯宗一、陳詔、盧興基、傅憎享、杜維沫、葉朗、陳遼、劉輝、黃霖、王汝梅、周中明、王啟忠、張遠芬、周鈞韜、孫遜、吳敢、石昌渝、白維國、陳昌恆、葉桂桐、張鴻魁、鮑延毅、馮子禮、田秉鍔、羅德榮、李申、魯歌、馬征、鄭慶山、鄭培凱、卜鍵、李時人、陳東有、徐志平、陳益源、趙興勤、王平、石鐘揚、孟昭連、何香久、許建平、張進德、霍現俊、陳維昭、孫秋克、曾慶雨、胡衍南、李志宏、潘承玉、洪濤、楊國玉、譚楚子等老中青三代，辨章學術，考鏡源流，營造了一座輝煌的金學寶塔。其考證、新證、考論、新探、探索、揭秘、解讀、探秘、溯源、解析、解說、評析、評注、匯釋、新解、索引、發微、解詁、論要、話說、新論等，蘊含宏富，立論精深，使得金學園林花團錦簇，美不勝收，可謂源淵流長，方興未艾。中國的《金瓶梅》研究，經過 80 年漫長的歷程，終於在 20 世紀的最後 20 年登堂入室，當仁不讓也當之無愧地走在了國際金學的前列。

此「金學叢書」之要義也。

本叢書暫分兩輯，第一輯為臺灣學人的金學著述，由魏子雲領銜，包括胡衍南、李志宏、李梁淑、鄭媛元、林偉淑、傅想容、林玉惠、曾鈺婷、李欣倫、李曉萍、張金蘭、沈心潔、鄭淑梅，可說是以老帶青；第二輯為中國大陸 20 世紀 80 年代以來學人的《金瓶梅》研究精選集，計由徐朔方、甯宗一、傅憎享、周中明、王汝梅、劉輝、張遠芬、周鈞韜、魯歌、馮子禮、黃霖、吳敢、葉桂桐、張鴻魁、陳昌恆、石鐘揚、王平、李時人、趙興勤、孟昭連、陳東有、孫秋克、卜鍵、何香久、許建平、張進德、霍現俊、曾慶雨、楊國玉、潘承玉、洪濤諸位先生的大作組成，凡 31 人 30 冊（其中徐朔方、孫秋克，

傳憎享、楊國玉，王平、趙興勤，因字數兩人合裝一冊），每冊 25 萬字左右。

　　天津師範學院（今天津師範大學）朱星是中國大陸金學新時期名符其實的一顆啟明星，他在 1979 年、1980 年連續發表多篇論文，並於 1980 年 10 月由百花文藝出版社結集出版了中國大陸新時期《金瓶梅》研究的第一部專著《金瓶梅考證》。朱星的研究結論不一定都能經得住學術的檢驗，但朱星繼魯迅、吳晗、鄭振鐸、李長之等人之後，重新點燃並高舉起這一支學術火炬，結束了沉寂 15 年之久的局面，這一歷史功績，應載入金學史冊。遺憾的是，朱星先生 1982 年逝世，後人查訪困難，只能闕如。

　　香港夢梅館主梅節可謂《金瓶梅》校注出版的大家，1988 年由香港星海文化出版有限公司出版《全校本金瓶梅詞話》；1993 年由梅節校訂，陳詔、黃霖注釋，香港夢梅館出版《重校本金瓶梅詞話》（該本後由臺灣里仁書局 2007 年 11 月初版，2009 年 2 月修訂一版，2013 年 2 月修訂一版八刷）；1998 年梅節再為校訂，陳少卿抄寫，香港夢梅館出版《夢梅館校定本金瓶梅詞話》。前後三次合共校正詞話原本訛錯衍奪七千多處，成為可讀性較好的一個本子。梅節由校書而研究，關於《金瓶梅》作者、傳播、成書、故事發生地等問題的認識，亦時有新見。可惜的是，梅節先生的論文集《瓶梅閒筆硯——梅節金學文存》2008 年 2 月由北京圖書館出版社出版，版權協商匪易，未能入選。

　　上海音樂學院蔡國梁 20 世紀 50 年代末即開始研習《金瓶梅》，寫下不少筆記，1980 年前後即依據筆記整理成文，1981 年開始發表金學論文，1984 年出版第一部專著[1]，累計出版金學專著 3 部[2]、編著 1 部[3]，發表論文多篇，內容涉及《金瓶梅》的思想、源流、人物、作者、評點、文化等諸多研究方向，是早期《金瓶梅》研究的主力成員。無奈聯繫不上，不得已而割愛。

　　國人研究《金瓶梅》的論著，最早是闞鐸的《紅樓夢抉微》[4]，但其只是一個讀書筆記。天津書局 1940 年 8 月出版之姚靈犀《瓶外卮言》，嚴格說也只是一個資料彙編。香港大源書局 1961 年出版之南宮生著《金瓶梅》簡說，算得上是一個原著導讀。臺北時報文化出版公司 1978 年 2 月出版之孫述宇著《金瓶梅的藝術》，可說是第一部文本研究的學術著作。該書全文收入石昌渝、尹恭弘編選的《臺港金瓶梅研究論文選》[5]。2011 年 3 月上海古籍出版社再版，增加了一篇作者自序，更名為《金瓶梅：平凡人的宗教劇》。

1　《金瓶梅考證與研究》，西安：陝西人民出版社，1984 年。
2　另兩部為：《明清小說探幽——明人、清人、今人評金瓶梅》，杭州：浙江文藝出版社，1985 年；《金瓶梅社會風俗》，天津：百花文藝出版社，2002 年。
3　《金瓶梅評注》，桂林：灕江出版社，1986 年。
4　天津大公報館 1925 年 4 月鉛印。
5　南京：江蘇古籍出版社，1986 年。

孫述宇先生本已與上海古籍出版社洽商同意編入金學叢書，並授權主編代理，忽中途撤稿，原因還是版權問題。

還有其他一些因故未能入選的師友：或已作仙遊[6]，或礙於本輯叢書的體例[7]，或因為版權期限，或失去聯繫等。凡此種種，均為缺憾。

儘管如此，第二輯連同第一輯 14 人 16 冊總計所入選的此 45 人 46 冊，已經是中國當代金學隊伍的主力陣容，反映著當代金學的全面風貌，涵蓋了金學的所有課題方向，代表了當代金學的最高水準。

此「金學叢書」之大略也。

臺灣學生書局高瞻遠矚，運籌帷幄，以戰略家的大眼光，以謀略家的大手筆，決計編撰出版「金學叢書」，實金學之幸，學術之福。主編同仁視本叢書為金學史長編，精心策劃，傾心編審。各位入選師友打造精品，共襄盛舉。《金瓶梅》研究關聯到中國小說批評史、中國小說史、中國文學史、中國文學評點史、中國文學批評史等諸多學科，是一個應該也已經做出大學問的領域。為彌補本叢書因為容量所限有很多師友未能入選的不足，特附設一冊《金學索引》[8]，廣輯金學專著、編著、單篇論文與博碩士論文，臚列學會、學刊與所舉辦之金學會議，立此存照，用供備覽。本叢書的編選，既是對過往的總結，也是對未來的期盼。本叢書諸體皆備，雅俗共賞，可以預測，將為金學做出新的貢獻。

此「金學叢書」之宗旨也。

金學已經不是一座象牙塔，而是一處公眾遊樂的園林。三百多部論著，四千多篇學術論文，二百多篇博碩士論文，既有挺拔的大樹，也有似錦的繁花，吸引著越來越多的研究者與愛好者探幽尋奇。不容置疑，傳統的金學，加上以文化與傳播為標誌的、以經典現代解讀為旗幟的新金學，必然展示著甯宗一先生的經典命題：說不盡的《金瓶梅》。

此「金學叢書」之感言也。

吳敢、胡衍南、霍現俊（吳敢執筆）

2014 年元旦

6　如王啟忠、鮑延毅、孔繁華、許志強諸先生等，駕鶴西去的徐朔方先生的精選集由其高足孫秋克代為編選，劉輝先生的精選集由其摯友吳敢代為編選。

7　本輯叢書乃論文精選集，字典、詞典與小塊文章結集便未能入選，《金瓶梅》語言研究的幾位專家如白維國、李申、張惠英、許仰民等因此失選。

8　吳敢編著，分上下兩編。

何香久《金瓶梅》研究精選集

目　次

上　卷

大山水　大奇書

《金瓶梅》：大山水　大奇書

一

大約在十六世紀中葉以降，明隆慶至萬曆二十年之間，世界小說史上一部偉大的作品，以傳抄本的形式問世了。

這個文學逆子神秘的、幾乎是突兀的橫空出世，立刻在中國引起了軒然大波。而且一直到四個世紀後的今天，這場大波還依然激蕩著誕生過它的土地。

四個多世紀以來，圍繞這部曠世奇書的爭論，從來也沒有停止過。

有人罵它是「天下第一淫書」，

有人贊它是「天下第一奇書」；

有人斥它「穢黷百端」，

有人譽它「雲霞滿紙」；

有人說它「壞人心術」，

有人稱它「寫盡世情」；

有人貶它是一盤「狗肉」，

有人頌它是一部《史記》。

有人主張「當焚之以秦火」，

有人呼籲應「刊行於天下」……

自從它來到這個世界上，官府禁它，民間也禁它；古代禁它，當代也禁它；中國禁它，外國也禁它；陽世三間禁它，陰曹地府也禁它……

儘管天網恢恢，它卻傲然紅杏出牆，屢屢被傳抄、被刊行、被續寫、被改編、被使船載之以外邦。

在它身上所發生的種種故事，都從一個非常重要的側面，表現了中國文化的「歷史負重」和「現實慣力」。

這部奇書，便是與莎士比亞同時代的大作家蘭陵笑笑生所著的《金瓶梅》。

《金瓶梅》是中國第一部成熟的生活小說，誠如魯迅先生所說，是一部「世情書」。

它從繁複的當世社會生活圖景中，獨闢蹊徑，進一步拓展了中國小說全新的審美空間。

《金瓶梅》的故事編年，從宋徽宗政和二年壬辰（1112）寫起，一直寫到南宋高宗建炎元年丁未（1127），一共二十五個年頭的故事，實際上，它所反映的，卻是我國十六世紀城市生活的圖景，即明嘉靖、隆慶和萬曆三個朝代的歷史現實，而以萬曆朝為主。作者有意把明中葉以後這個社會大變革時代的政治生活、經濟生活、文化生活、宗教生活、家庭生活，經過典型概括，溶進北宋末年到南宋初年的二十五個年頭之中，描繪出了中國封建制度之將死，資本主義因素已萌芽的時代百態。

洋洋百萬言小說中，既無鐵馬金戈的征戰場面，亦無帷幄運籌的遠慮深謀，有的只是穿衣吃飯、打情罵俏、親來朋往、吹牛拍馬之類的「大大小小，前前後後，碟兒碗兒」的平凡而又平淡的世俗生活，書中複現率最多的事件只是經商、謀財、造屋、擴院、飲食、遊戲、串親、迎客、吵罵、鬥毆、閒聊、嫖妓、偷情、生子、祝壽、聽戲、弄花、鬥草、占卜、誦經、婚娶、喪葬等等。

「寄意於時俗」確是《金瓶梅》的第一大特點。「新刻」的評點者張竹坡，在評點這部曠世奇書時，也高度讚揚了這類「俗人、俗事、俗境」的描寫，一再指出它的妙處在於「偏在沒要緊處寫照」，通過這些生活細胞的展示，揭示了人與人生的種種堂奧，深入細緻地顯示了人與命運的關係和社會生活的某種本質。

同時，《金瓶梅》也是一部真正具有近代意義的現實主義文學巨著，它以真實的筆觸，廣闊地展現了它所屬的那個時代的風貌，汪洋恣肆地對腐朽的封建社會進行了一次擘肌析理的總剖析，它以藝術的力量，揭示了一個前無古人的世紀末荒誕。

中國的明代，總的來說仍然是一個古老的東方封建帝國，但明代同時又是中國從中古向近代逼進的一個重要的歷史時期。中國的封建社會經過數千年長期緩慢的發展，到明代的中葉終於步入了晚境。

特別是到了嘉、萬時期，社會開始醞釀著一場巨變，資本主義因素萌芽的出現，帶來了普遍的經濟和商業繁榮。城市經濟的勃興，新興市民階層的壯大，封建統治階層的荒淫腐朽，社會道德的淪喪和社會風氣的敗壞，成為那一個時代的主要特色。

那是一個荒謬的時代——隨處可見的，是一幅幅荒誕的世紀末景象，皇帝不理朝政，只一味營建齋醮，采木采香。朝廷權臣和地方官吏，則懸秤賣官，指方補價，投機鑽營，貪贓枉法。整個社會人欲橫流，「女不織，男不耕，全靠賣俏做營生」。資本原始積累時代的災難，在《金瓶梅》這部書中刻畫得淋漓盡致。它通過對商品經濟生活的全方位描寫，藝術地反映了社會現實的種種病態，暴露了一個末世社會寡廉鮮恥的潰瘍。

為《金瓶梅》作跋的明代學者謝肇淛，概括《金瓶梅》的思想藝術特色時說：「其中朝野之政務，官私之晉接，閨闥之媒語，市里之猥談，與夫勢交利合之態，心輸背笑

之局，桑中濮上之期，尊罍枕席之語，馳騁之機械意智，粉黛之自媚爭妍，狎客之從臾逢迎，奴怡之稽唇淬語，窮極境象，馱意快心。譬之範工摶泥，妍媸老少，人鬼萬殊，不徒肖其貌，且並其形傳之。信稗官之上乘，爐錘之妙手也。」[1] 正是因為這樣，一部《金瓶梅》中，耿介和油滑並存，純美和濫淫交錯，拯世和利己雜陳，人性幻化，發跡變泰，一切人間情態，無不畢現於其中。《金瓶梅》以潑墨之筆，獨樹一幟地從世俗人心的角度，反映出了一個人欲橫流時代的黑暗和窳敗，入骨三分地寫出了其當世的弱國民性。

二

　　《金瓶梅》的主角西門慶，這個兼富商、惡棍、官僚數重身分於一身的人物，即是那個時代最富典型意義的產兒。他的身上，充分反映了產生他的那個時代的種種特徵。

　　西門慶原本是清河縣的一個破落財主，從小是個好淫浪的子弟。使得些好拳棒，又會賭博，雙陸、象棋、抹牌、道字無不通曉。就在縣門前開了家生藥鋪，積累了些資本，接著先後娶了富有纏頭的妓女李嬌兒、富孀孟玉樓，並得了李瓶兒一筆好錢，財富也越積越多，「外邊江湖上走標船，揚州興販鹽引，東平府上納香蠟」，買賣越做越大，而且官運亨通。憑著官場的保護，商業活動也得以順利開展，逐漸使他躋身上流社會。他由商而官，以官興商，問鼎封建等級制的金色台階，終於取得了同那些世代簪纓平起平坐的資格。

　　因此，西門慶的發跡變泰，成為明中葉以後資本主義生產關係萌芽這一特定歷史階段的、具有某些新因素的商人兼高利貸主。這一形象是中國古典文學領域中獨一無二的第一個，也是面目全新的西門慶。

　　《金瓶梅》展示了西門慶作為一個官僚和富商兩位一體的人物性格的多側面，以及他性格某種程度的異化。貪得無厭的占有欲是他性格的主導特徵和內在動因。他不擇手段地聚斂錢財，瘋狂地占有女人，無所顧忌地發洩自己的本能欲望。他果斷凶狠，但有時又膽怯無能；他寡情霸道，卻有時又異常多情。李瓶兒死去，他哭得呼天搶地，死去活來，不能不說動了真情，但就在為李瓶兒守靈的時候，卻在靈堂裡和奶子如意兒通姦。美與醜，善與惡，靈與肉，理性與感性都統一在他對財、色、權力的追求和占有上。人性和獸性交織得難解難分，這才是一個真實的西門慶。

　　西門慶這個人物，是封建主義和資本主義的混血兒，在他身上，最充分地體現了十六世紀末明代中國特定歷史社會的本質。

1　謝肇淛：《小草齋文集》卷二十四。

《金瓶梅》中的其它人物，其性格也是多層面的，即由靜態的多元向縱向動態的多元發展變化。如潘金蓮，在《水滸傳》中她是張大戶家的使女，因為有些姿色，被大戶糾纏。她告訴了主家婆，卻為張大戶記恨在心，倒賠些妝奩，把她嫁與賣炊餅的三寸丁谷樹皮武大。《金瓶梅》改變了她的身世，提高了她的文化素養，王婆介紹她：「這個雌兒來歷，雖然微末出身，倒也百伶百俐，會一手好彈唱，針指女工，百家奇曲，雙陸象棋，無般不知。」

潘金蓮在《水滸傳》中，只是個潑婦形象，而《金瓶梅》中，卻被賦予了更豐富的性格內容。她幾次被轉賣，在精神和肉體上倍受摧殘。與武松的調情，實際上是她利用自己的優勢（長得漂亮）向自己的命運所進行的第一次抗爭。而她付出全部代價得到的卻是一場羞辱。西門慶利用她對婚姻的不滿誘騙了她，也使她的性格發生了重大的變化。在西門慶特殊的家庭環境中，她逐漸變得淫蕩和狠毒，變成了一個嫉妒狂和報復狂。她不顧一切地害人，追求肉體的享樂，卻在製造別人的悲劇的同時，也導演了自己的悲劇。各種私欲的排列組合，構成了她紛紜複雜的精神世界。

《金瓶梅》中比較成功的人物還有李瓶兒、宋惠蓮、春梅、應伯爵等，這些人物，無不畢現了多元化的特質和人性深層的動機。巴爾札克說：「人物是在他們時代的五臟六腑中孕育出來的。」正是那樣一個時代，才孕育了《金瓶梅》中這樣一群畸形的人物。在這群人物身上，打著深深的時代烙印。

《金瓶梅》內容的生活化、現實化和人物形象的多元化，是晚明時期文化精神和哲學思想的新走向在藝術上的投射。明之中葉，隨著資本主義萌芽的出現以及社會矛盾的加深，根深蒂固的封建文化體系也發生了變異，出現了以「心」反「理」的新思潮流派：泰州學派。王艮以「百姓日用之學」為其發軔，對程、朱理學的「天理」之道進行徹底的否定，大大闡發了「心」即人的自然要求、自然欲望的合理性。百姓的日常生活，都是符合「天理」的，「人欲」同「天地」並不相悖。換言之，「人欲」亦即「天理」。

萬曆時期，人文主義思潮中出現了一個最傑出的思想家李贄。李贄生於中國南方久負盛名的貿易城市泉州。其家族成員中有許多人遠航海外，或任對外貿易的官職。李贄從小生活在這樣一個開放的環境裡，還與來華傳教二十年，並且譯述過大量西方天文、地理、算學、音樂著作的義大利傳教士利瑪竇有過交往。李贄雖自幼受儒家傳統教育，卻決心去改造它。他把王學的「日用之學」思想發揚光大，提出了「穿衣吃飯，即是人倫物理。除卻穿衣吃飯，無倫物矣」[2]「以身為市者，自當有為之貨，固不得以聖人而為

2　李贄：《焚書·答鄧石陽》。

市井病」[3]的學說。

　　這種前所未有的肯定人的天然之性的主張，與傳統封建意識背道而馳，在當時頗具思想解放意義。因此，李贄被當代和現代的學者稱為中國十六世紀的但丁和布魯諾。李贄的思想，體現了新興市民階層的政治要求，對明中葉社會意識中新因素的形成，發生了巨大而深遠的影響。

　　在此文化主潮下，《金瓶梅》應運而生。

　　文學的基本屬性之一，是它的時代性和社會性。

　　《金瓶梅》以冷雋的筆觸改變了中國傳統小說沸揚的激情，以現實的理想改變了中國傳統小說浪漫的熱情，形成了與以往完全不同的小說藝術新類型——具有近代意義的現實主義生活型小說。

三

　　清代文學批評家劉廷璣曾把《金瓶梅》與《三國演義》《水滸傳》《西遊記》進行比較，認為《水滸傳》寫出了別樣英雄、別樣美人，穿插連貫，各具機杼；《三國演義》雖不能體《春秋》正統之義，亦不肯仿效陳壽（《三國志》作者）之絢私偏側。中間敘述曲折，不乖正史。不足之處，是戰爭描寫場面，不脫稗官窠臼；而《西遊記》實為證道之書，平空架構一蜃樓海市，有可意會而不可言傳之妙理在。但「若深切人情世務，無如《金瓶梅》，真稱奇書。欲要止淫，以淫說法；欲要破迷，以迷入悟。其中家常日用，應酬世務，奸詐貪狡，諸惡皆作，果報昭然。而文心細如牛毛繭絲，凡寫一人，始終口吻酷肖到底，掩卷讀之，但道數語，便能默會為何人。結構鋪張，針線縝密，一字不漏，又豈尋常筆墨可到者哉。彭城張竹坡為之先總大綱，次則逐卷逐段分注批點，可以繼武聖歎，是懲是勸，一目了然。」[4]

　　劉廷璣還談到了端正讀書態度問題。對以上四部文學名著的理解，全在於你善讀與否。不善讀《水滸》的人，易生狠戾悖逆之心；不善讀《三國》的人，易生權謀狙詐之心；不善讀《西遊》的人，易生詭怪幻妄之心。而要讀《金瓶梅》，首先要領會卷前欣欣子序文。序文中說：讀此書而生憐憫心者，菩薩也；讀此書而生效法心者，禽獸也。如果只看書中那些關於穢行的描寫，又豈非禽獸乎。[5]

3　李贄：《續焚書》。
4　劉廷璣：《在園雜誌》，申報館叢書本。
5　劉廷璣：《在園雜誌》。

這位劉廷璣，曾開列了一串應予「斧碎棗梨」「盡付祖龍一炬」的「淫詞小說」書單，如《日月園》《肉蒲團》《野史》《浪史》《快史》《媚史》《河間傳》《癡婆子傳》《宜春香質》《弁而釵》《龍陽逸史》等等，獨不包括《金瓶梅》。

為《綠野仙蹤》寫序的陶家鶴，曾把《金瓶梅》比作說部中的「大山水」：

> 今天下山水一大遊局也。故善遊者，歷三峰五嶽九州之廣，浮大河長江四海之闊，睹瓊宮貝闕之巍煥，入茂林豐草之深幽，窮神仙之棲之，探虎豹之窟宅，舉凡舟車所不能至，獐猱之所不能居者，皆遍覽無遺焉。然後與之觀小山小水，宜其棄置而不顧。即間有一拳石，一勺水，視同千仞之崗、萬里之流者，再目之而神氣竭矣。以其人胸次淡如、眼界廓如故也。若但曰山不在高，水不在深，據丘嶺以為崇，指池沼以為淵，管窺蠡測，又烏足語山水之大哉。余意讀說部亦然。《水滸》《金瓶梅》，其次《三國》，即說部中之大山水也。
> ……世之讀說部者，動曰：「謊耳，謊耳。」彼所謂謊者固謊矣，彼所謂真者，果能盡書而讀之否？左丘明即千秋謊祖也。而世之讀左丘明文字，方且童而習之，至齒搖髮禿而不已者，為其文字謊到家矣。夫文至於謊到家，雖謊亦不可不讀矣。願善讀說部者，宜急取《水滸》《金瓶梅》《綠野仙蹤》三書讀之，彼皆謊到家之文字也。謂之大山水、大奇書，不亦宜乎。[6]

一部好小說，即是一部大山水。其中曲澗奇石，茂林修竹，自成氣象。作為一部世情大書，《金瓶梅》可謂展示明代社會橫斷面和縱剖面的巨輻寫真。它即不同於《三國演義》《水滸傳》以歷史人物、傳奇英雄為描寫對象，也不同於《西遊記》以神魔故事為張本。它攔腰斬斷了英雄主義風尚和浪漫的精神傳統，成為現實主義文學的開山之作。

說《金瓶梅》是一部「大山水，大奇書」，並不僅僅在於它所展現的開闊的場景，繁紛的佈局，而在於它在反映現實生活方面前所未有的深度和廣度。全書一百回，九十餘萬字，寫了七百多個人物，多層面、多角度對社會現實作出了清醒的、富於時代特徵的描繪。以西門慶一家，而寫及天下國家，大開大闔，脈絡關鈕，自是一種卓爾不凡的腕底春秋。

清初學者宋起鳳，推崇《金瓶梅》為「晚代第一種文字」，他說：《金瓶梅》一書，「雖極意通俗，而其才開合排蕩、變化神奇，於平常日用，機巧百出，晚代第一種文字也……若夫《金瓶梅》全出一手，始終無懈氣浪筆與牽強補湊之跡，行所當行，止所當止，奇巧幻變，嫵妍、善惡、邪正、炎涼情態，至矣，盡矣，殆《四部稿》中最化最神文字，

6　陶家鶴：《綠野仙蹤》序。道光二十年武昌聚英堂刊本。

前乎此與後乎此誰也。謂之一代才子，洵然。世但目為穢書，豈穢書比乎？亦楚《檮杌》類歟。」[7]

宋起鳳在《金瓶梅》作者問題上，是執王世貞說的，《四部稿》係王世貞平生著述，宋起鳳認為《金瓶梅》是王世貞平生著作中最有亮色的文字，可謂前無古人後無來者。把這部才子書目為穢書，是何等的不公平。

值得注意的是，宋起鳳不僅給予了《金瓶梅》很高的評價，而且對這部大著作的創作手法和藝術特色也進行了精闢的概括，對其新的小說美學觀念也予以熱情的肯定。

晚清學者夏曾佑認為，作小說有五難：

一、寫小人易，寫君子難。「《三國志演義》竭力寫一關羽，乃適成一驕矜滅裂之人。又欲竭力寫一諸葛亮，乃適成一刻薄輕狡之人。《儒林外史》竭力寫一虞博士，乃適成一迂闊枯寂之人。而各書之寫小人無不栩栩欲活……是以作《金瓶梅》《紅樓夢》與《海上花》之前三十回者，皆立意不寫君子，若必欲寫，則寫野蠻之君子尚易，如《水滸》之寫武松、魯達是，而文明之君子則無法寫矣。」

二、寫小事易，寫大事難。所謂小事，諸如打情罵俏、吃酒、旅行、雞鳴狗盜之類。所謂大事，如廢立、打仗之類。夏曾佑說：「《金瓶梅》《紅樓夢》均不寫大事，《水滸》後半部寫之，惟三打祝家莊事，能使數十百人一時並見於紙上，幾非《左傳》《史記》所能及，餘無足觀。《三國演義》《列國演義》專寫大事，遂令人不可向邇矣。」

三、寫貧賤易，寫富貴難。

四、寫實事易，寫假事難。金聖歎曾說：最難寫打虎、偷漢。所以《水滸》寫潘金蓮、潘巧雲偷漢子很成功，寫武松、李逵打虎則有不少敗筆，「李逵打虎，只是持刀蠻殺，固無足論。武松打虎，以一手按虎之頭，一手握拳擊殺之。夫虎為食肉類動物，腰長而軟，若人力按其頭，彼之四爪均可上攫，與牛不同也。若不信，可以一貓為虎之代表，以武松打虎之方法打之，則其事不能不自見矣。」

五、敘實事易，敘議論難。「其法是將實景點入，則議論成畫意矣。不然，刺刺不休，竟成一《經世文編》面目，豈不令人噴飯。」[8]

有清一代，文網最密，文禍最多，書禁而最為酷烈。而對《金瓶梅》這樣一部處在一片討伐之聲中的小說，這些絕去町畦的學人卻大膽發表自己的見解，這頗能引起我們深長之思。

因為，對於我們來說，今天如何接受這一筆文學的不動產，仍然是一個不小的命題。

7　宋起鳳：《禆說》。

8　夏曾佑：〈小說原理〉，見《繡像小說》第三期，清光緒二十九年刊行。

色・戒
——《金瓶梅》裸露人欲的時代背景及意義

　　《金瓶梅》誨淫的惡名，從它一問世起便背上了。在它還在以抄本形式流傳的階段，便被視為壞人心術的淫書。

　　《金瓶梅》中的性描寫，是它的每一個研究者無法避諱的客觀存在。這部天下第一奇書究竟有多少處性描寫？有人作過統計，全書共出現一百零五處，其中大描大寫三十六處，輕描淡寫三十六處，一筆帶過三十三處。人民文學出版社 1984 年出版的潔本《金瓶梅》，共刪去直露的性描寫文字一萬九千一百六十一字。

　　由於《金瓶梅》以雲霞滿紙的風月筆墨，淋漓盡致地渲寫淫褻與露骨的人欲，以及恣肆鋪陳的自然主義描寫，從某種意義上說，對它的價值的確有很大的損害。

　　然而，對任何一部作品的評價，都不能忽視這部作品產生的時代基因。魯迅與沈雁冰兩位大師，都曾對《金瓶梅》有過公正的評判。魯迅先生說：由於成化至嘉靖社會頹風「並及文林」，所以才產生了像《金瓶梅》這樣「每敘床第之事」的小說[1]，沈雁冰先生說《金瓶梅》等書主意在描寫世情、刻劃頹俗（Bel-Ami）相類，其中色情狂的性欲描寫，只是受了時代風尚的影響，不足為怪，且不可專重此點以評《金瓶梅》。

　　晚明頹俗的形成，更直接的影響是來自思想界。

　　《金瓶梅》的時代，是中國社會大轉折的時代，封建社會已成全面崩潰之末世，隨著資本主義因素的萌芽和商品經濟的發展，不僅男耕女織的生產方式被打破，存天理滅人欲的程朱理學也受到了前所未有的衝擊。

　　作為明代官學的程朱理學，在思想界占統治地位一百五十餘年，政治的參與使之日趨僵化，以致思想活力完全喪失。而王陽明的「心學」則在這樣的氛圍中應運而生。嘉靖以降，心學勢力幾乎遍及全國，尤以江淮以南為最盛。

　　禮法堤防的崩潰，帶來了整個社會風氣的畸變，即由禁欲主義的極端滑向了縱欲主義的另一個極端。

1　魯迅：《中國小說史略》。

那個人欲橫流無處不在潰爛的時代，尤以淫風為熾盛。從明憲宗朱見深開始，明代皇帝的濫淫便代不乏人，實屬空前而不絕後。只要我們翻閱一下時人的筆記，便可見其大端。成化後，朝野競談「房術」，恬不為恥，方士亦因獻房中行樂秘方而驟貴，竟成為時尚。

如《野獲編》記：

> 嘉靖間佞幸進方最多，其秘者不可知。相傳至今者，若邵、陶，則用紅鉛，取童女初行月事，煉之如辰砂以進；若顧、盛，則用秋石，取童男小遺，去頭尾煉之如解鹽以進。此二位盛行，士人亦多用之。然在世宗中年始餌以其它熱劑，以發陽氣，名曰長生，不過秘戲耳。至穆宗以壯齡御宇，亦為內官所蠱，循用此等藥物，致損聖體，陽物晝夜不僕，遂不能視朝。[2]

明代皇帝中，以武宗為最荒淫。他十五歲登極做皇帝，不幹什麼正經事，經常穿商人衣服，頭戴「瓜啦」帽，到廊下家等中官賣酒的鋪子裡去遊逛，於箏琴琵琶嘈嘈然的酒肆上，「坐當壚婦於其中，雜出牽衣，蠡簇而入，灢茶之傾，周歷諸家……且實宮人於勾欄，扮演侑酒，醉即宿其處，如是累月。」[3]

當了皇帝的第二年，武宗就興建「豹房」，日召樂工入「新宅」承應。錦衣衛都督同知于永是色目人，善陰道秘術，遂召入「豹房」，與語大悅。于永說回回女皙潤瑳粲，大勝中土，時都督呂佐亦色目人，于永矯旨索呂佐家善西域歌舞的女眷十二人，歌舞達晝夜。然猶不足，凡諸侯伯家有回回籍的婦女，悉數召入，假言教舞，而擇其面目姣好者留之，不令出。後來又要于永的女兒，于永飾鄰居白回回之女冒名頂替，深得武宗喜歡。然而這傢伙怕有朝一日事發，便推疾風痺辭職。

武宗好遊幸，凡車駕所至，近侍必先掠良家女以充幸御。出巡宣府，每昏夜出遊，遇高層大屋，便撞入人家，或索飲，或搜其婦女，居民苦之，以至市肆肅然，白晝閉戶。駐蹕大同，掠婦女數十車於道，日有死者，左右不敢問。武宗到揚州巡幸，讓太監吳經去打前站，選民居豪華者改為提督府，以便駐蹕。吳經大索其處女寡婦，民間洶洶。有兒女的人家，趕忙去拉寡男，拉著了就將女兒匆匆配給他。一夜功夫，全城的少女差不多都在這荒謬的「拉郎配」鬧劇中成了有夫之婦。有的乘著夜黑跳城牆出奔。知府蔡琮去求情，吳經大怒，說：「汝小官敢爾，汝頭不愁去頸耶？」[4]

2　卷二十一〈進藥〉條。

3　《明武宗外紀》。

4　《明武宗外紀》。

這個吳經，記清了寡婦和娼優家的門戶，夜半遣數騎促開城門，傳呼駕至，令通衢燃燭光如晝，吳經率官校徑入所知之家，掠擄婦女。有隱匿的，則破垣毀屋，搜得乃已。寡婦無一倖免，哭聲震遠近。後又把這些女人分寄尼寺，有憤恚絕食而死的，便隨意棄置。武宗之荒淫，同隋煬帝相比，可謂有過之而無不及。

世宗、穆宗衣缽相承，比武宗尤甚。方士陶宗文因獻紅鉛而得幸於世宗，官至特進光祿大夫柱國少師少傅少保。禮部尚書恭誠伯、都御史盛錫明，布政使參議顧可學皆以進士起家，而借具「秋石方」致大位，可見這個社會荒唐到了什麼地步。由於淫佚無度，穆宗皇帝朱載垕死時才三十六歲。

到了神宗朱翊鈞，又別出心裁，專蓄男寵。且後宮荒淫，分列「春夏秋冬」四季名目——春之濫淫自不必說，夏日，明月高懸之夜，與後宮戲，令人自輕羅製成之囊中，放出流螢無數，再令宮女以輕羅團扇爭相撲捉，若流螢落在哪一個宮女簪上，則是夜帝幸之。因此，宮女爭以香水灑於簪上，以吸引流螢先顧。秋天，帝題唐朝王建宮詞前二句於紅葉上，令宮女題該宮詞後二句於另一紅葉，一起放入御溝，若遇兩片紅葉相逢，則令人取起觀看，如成全首宮詞，則書後二句之宮女，獲帝是夜寵倖。冬天，在洛殿大池注滿香湯，選柔肌雪膚宮女同池洗浴，謂之「鴛鴦之會」。

上樑不正下樑歪。臣僚亦爭相效仿，一代名相如張居正，亦概莫能外。《野獲編》載：

> 正統十年，福建左布政誘娶福州中衛指揮單剛妻馬氏為妾，按察使謝莊誘娶福建左衛指揮張敏女為妾，又在百戶陸亮家挾娼飲酒，事發，下巡按御史問得實，遣戍大同。是年遼東苑馬少卿黃琰娶所部定遼衛千戶蕭成翟廣女為妾，往來飲酒淫樂，吏部都察院執詔命，降為行太僕寺主簿。同一淫縱，同在一年內而處分之異如此。且方面大吏即於所治宣淫亦未有之事也。[5]

當朝宰相可以連袂狎妓，守土官吏也可以隨便宿娼，封建統治者的淫靡，使整個晚明社會風氣江河日下。萬曆時任福建省稅監的太監高寀，聽方士說「生取童男女腦髓和藥餌之，則陽道復生，能御女種子」，這閹人淫興勃發，「多買童稚，碎顱剜腦。貧困之家，每割愛以售。惡少年至以藥迷人稚子，因而就寀，幸博多金者。稅署池中，白骨齒齒。嗣買少數婦人，相逐為秘戲，以試方術。歌舞孌童，又不下數十人，備極荒淫。」[6]高寀的暴行和淫行，為福建、廣東人民所切齒痛恨，以至最終激起民變。

5　卷二十二，〈方面官縱淫〉。

6　張燮：《東西洋考》卷八〈稅璫考〉。

《梅圃餘談》亦記載：「近世風俗淫靡，男女無恥，皇城外娼肆林立，笙歌雜還，外城小民，度日難者往往勾引丏女數人，私設娼窩，謂之『窰子』。窰中天窗洞開，擇向路邊壁作小洞二三，丏女修容貌，裸體居其中，口吟小詞，並作種種淫穢之態。屋外浮梁子弟，過往其處，就小洞窺，情不自禁，則叩門入。丏女隊裸而前，擇其可者，投錢七文，便攜手登床，一時而出。」後人稱妓館叫「窰子」，是明代已有此風了。

這讓我們很容易聯想起比《金瓶梅》時代早了二百年的《十日談》時代，那時的義大利，天主教會對社會統治的權力至高無上，教士們過著荒淫靡爛的生活，羅馬教庭「從上到下，沒有一個不是寡廉鮮恥，犯著貪色的罪惡，甚至違犯人道，耽溺男風，連一點點顧忌、羞恥之心都不存了。因此以至於妓女和變童當道，有什麼事要向廷上請求，反而要走他們的路。」[7]在靡爛的社會風氣影響下，一些文人學士和社會名流也墮落無已。士人以嗜談性為時尚，社會上狹邪小說盛行，春宮畫、褻玩品及春藥大發利市，青樓娼寮一片興隆。謝肇淛謂：「今時娼妓佈滿天下，其大都會之地動以千百計，其它窮州僻邑，在在有之。」[8]尤其是金陵、揚州、杭州等江南繁華城市，妓院行業更呈現了中國歷史上從未有過的繁盛局面，「妓家各分門戶，爭妍獻媚，鬥勝誇奇」[9]。

張岱《陶庵夢憶》記二十四橋風月，謂：

> 巷口狹而腸曲，寸寸節節，有精房密戶，名妓、歪妓雜處之。名妓匿不見人，非嚮導莫得入。歪妓多可五六百人，每日傍晚，膏沐熏燒，出巷口，倚徙盤礴於茶館酒肆之前，謂之「站關」。

顯貴巨賈更自置家樂，養一班歌兒舞女，或沉醉青樓，在紅粉陣裡爭風流。蓄聲伎在明代不僅是合法的，而且往往成為主人風流倜儻的標誌。如李贄所謂「一日受千金不為貪，一夜御十女不為淫。」《列朝詩集小傳·丁集》記載何良俊「晚蓄聲伎，躬自度曲，分刌合度。秣陵金閶，都會佳麗，文酒過從，絲竹競奮，人謂江左風流，復見於今日也。」晚明大學士范景文（今滄州吳橋人）自置家樂，「每飯則出以侑酒，風流文采，照映一時。」明末四大公子之一冒辟疆「家有園亭聲伎之盛」，其如皋水繪園是文人名士雅集之地，同時亦因其聲伎著稱於世，如楊枝、秦簫、靈雛等，皆以色、藝冠絕一時。這種現象，一直沿續到清代。

王書奴的《中國娼妓史》記錄了許多文人學士放浪奢侈之事：「楊用修謫滇南，縱

7　《十日談》第一天，故事第二。

8　謝肇淛：《五雜俎》卷八。

9　《板橋雜記》卷上，「香豔叢書」。

酒自放,嘗敷粉作雙鬟插花,諸妓擁之,遊行市中。」「嘉興姚壯茗用十二樓船於秦淮,招集四方應試知名之士,百有餘人,每船邀名妓四人侑酒,梨園一部,燈火笙歌,為一時之盛事。先是吳興、沈雨茗費千金定花案,江南豔稱之。」[10]「中山公子徐清君,魏國公介弟也。家資巨萬,性豪侈,自奉甚豐,廣蓄姬妾,造園大功坊側,樹石亭台,擬於平泉金谷。每當夏日,把酒酣歌,綸巾鶴氅,其神仙中人也。」杭州官員包涵所,聲伎排場更驚豔世人:「西湖三船之樓,實包副使函所並為之。大小三號,頭號置歌筵儲歌童,次號載書畫,再次侍美人。涵老聲妓非侍妾比,仿石季倫、宋子京家法,都令見客……客至則歌童演劇,隊舞鼓吹,無不絕倫。」[11]

被認為《金瓶梅》作者「備選人」之一的屠隆(字赤水,號一衲道人,萬曆五年進士,做過青浦令、禮部郎中等官,萬曆十二年十月被訐與西寧侯夫人淫縱而罷官,有戲曲作品傳世)亦被時人傳聞「狹邪遊,戲入王侯之室,滅燭絕纓,簪遺珥墮,男女嬲而交錯。」[12]罷官後,仍「不問瓶粟罄而張聲妓娛客,窮日夜。」[13]這位留下了三部傳奇《彩毫記》《曇花記》《修文記》長劇的才子,最終亦死於花柳病。他的好友,被譽為「東方莎士比亞」的戲曲大師湯顯祖,得知他患惡疾,寫了十首絕句以贈,題為〈長卿苦情寄之瘍,筋骨段壞,號痛不可忍,教令闔舍念觀世音稍定,戲寄十絕〉,其一謂:

> 甘露醍醐鎮自涼,抽筋擢髓亦何妨。
> 家間大有童男女,盡捧蓮花當藥王。

即使是得了花柳病,長了楊梅大瘡,也沒有什麼不光彩的,有那麼多「盡捧蓮花當藥王」的童男女簇擁,亦為人豔羨,殊為幸事。

世風如此,也必然反映到文學藝術作品中來。在《金瓶梅》問世前前後後,便有《如意君傳》《金主亮荒淫》《繡榻野史》《于湖記》《癡婆子傳》《肉蒲團》《燈草和尚》《昭陽趣史》《兩肉緣》等一大批穢書以及豔詞豔曲不脛而走,風靡天下。陳所聞的《北宮詞記》《南宮詞記》,就是以「豐腴綿密,流麗清圓」為入選標準。著名散曲家薛論道的《林石逸興》中,亦不絕四季閒情的淫豔之作。

對於享樂的承認、甚至於讚美,作為對「功名」「榮華」的否定,幾成為晚明社會思潮的主流。如《肉蒲團》開篇的〔滿庭芳〕詞:

---

10 《板橋雜記》卷上。
11 張岱:《陶庵夢憶》。
12 鄒迪先:〈棲真館集序〉。
13 張應文:〈鴻芭居士傳〉。

> 黑髮難留，朱顏易變，人生不比青松。名利消息，一派落花風。悔殺少年不樂，
> 風流院，放逐衰翁。王孫輩，聽歌金縷，及早戀芳叢。世間真樂地，算來算去，
> 還數房中。不比榮華境，歡始愁終。得趣朝朝燕，酣眠處，怕響晨鐘。睜眼看，
> 乾坤覆載，一幅大春宮。

這樣的時代，於我們實在是太遙遠了，太陌生了。在這樣的「時尚」影響下，即使是一些名著，也難免雜有那個時代的膿血。當然，《金瓶梅》同《肉蒲團》《如意君傳》《燈草和尚》那樣專寫性事的穢書，是不可同日而語的。

《金瓶梅》在裸露人欲的描寫中表現出的強烈的時代色彩，完全是因為晚明思想解放運動的影響。

萬曆年間，文學的發展進入了一個新階段，在文藝思想範疇產生了李贄的「童心」說，湯顯祖的「主情」論，徐渭的「人性」論，公安派的「性靈」說。由諸說構成的「人學」的新思潮，搖撼了根深蒂固的封建文化體系。與此同時，出現了以「心」反「理」的哲學新思潮流派——泰州學派。泰州學派的創始人之一王艮是王陽明的嫡傳弟子，王艮（1483-1541），字汝止，號心齋，泰州人，他發展了王陽明「心者天地萬物之主」的心學理論，創造了「身為天地萬物之本」的「尊身論」：

> 身也者，天地萬物之本也；天地萬物，末也。身與道原是一件，至尊者此道，至
> 尊者此身，尊身不尊道，不謂之尊身；尊道不尊身，不謂之尊道。須道尊身尊才
> 是至善。[14]

王艮把「身」放在了最高位置，主張只有「安身」「保身」，才能事親事君，保國保天下。「身」即是七尺血肉之軀，所謂「尊身」，也就是必須滿足肉身的物質和精神的一切需要。雖然其出發點在於君父家國，卻在理論上進一步強調了人欲的合理性。

泰州學派的後學將王艮的理論進一步發揮，夏廷美認為，天理與人欲之分，只在迷悟間，悟則人欲即天理，迷則天理亦人欲。換一句話說，天理和人欲，並不相矛盾、相對立，而是一個問題的兩個方面。

李贄則改良了王陽明「致良知」的觀點，按照王陽明的解釋，良知即仁義理智信，李贄則認為良知即「童心」。什麼是「童心」，李贄認為「童心」是人的本心，它最純粹、最自然，也最自由。如果仁義理智信出自「童心」，那無疑是人的良知，而人的自私自利的物欲，如果出自於「童心」，同樣也是人的良知。對「童心」是不可隱諱的。

14　王艮：〈答問補遺〉，《王心齋先生遺集》卷一。

他說：

> 夫即以聞見道理為心矣，則所言者皆聞見道理之言，非童心自出之言也；言雖工，
> 與我何與？豈非以假人言假言而事假事、文假文乎！蓋其人既假，則無所不假矣。
> 由是而以假言與人假言，則假人喜。以假事與假人道，則假人喜。以假文與假人
> 談，則假人喜。無所不假，無所不喜。滿場是假，矮人何辨也。[15]

李贄還提出了「穿衣吃飯即人倫物理」的主張：「穿衣吃飯即是人倫物理，除卻穿衣吃
飯，無倫物矣。世間種種，皆衣與飯類爾，故舉衣與飯，而世間種種自然在其中，非衣
食之外，更有所謂種種絕與百姓不相同者也。」[16]

這裡，實際上是把「人欲」提高到「天理」的地位。

晚明士大夫特別地強調人的情欲，這首先是時代風氣的影響，另外也說明了人對自
身認識的深化。

他們首先肯定男女之欲原本是人的天性和本能的需求。汪廷訥說：「自太極分則有
陰陽，有陰陽則有交媾，恢恢宇宙，安能人繩以禮法，家束之廉隅，而私合之事何者無
之。」[17]袁宏道也認為，好色之心，人皆有之，並不是什麼可恥之事。他在詩文中多次
坦率地自稱：「後來期，不敢問，我好色，我多病。」[18]他對「好色亡國」論提出了批
判：「齊國有不嫁之姐妹，仲父云無害霸；蜀宮無傾國之美人，劉禪竟為俘虜。亡國之
罪，豈獨在色？向使庫有湛盧之藏，朝無鴟夷之恨，越雖進百西施何益？」[19]

就作品而言，晚明的戲劇大師湯顯祖，則認為自己的得意之作《牡丹亭》的主題在
於「情不知所起，一往而深，生者可以死，死者可以生。」強調情欲是人生命的原動力。
晚明通俗小說大家馮夢龍，搜集整理了歷史上很多性愛故事，編撰了一部《情史》，並
在書前作一「情偈」：

> 天地若無情，不生一切物。一切物無情，不能環相生。生生而不滅，由情不滅故。
> 四大皆幻設，惟情不虛假。有情疏者親，無情親者疏。有情與無情，相去不可量。
> 我欲立情教，教誨諸眾生。子有情於父，臣有情於君。推之種種相，俱作如是觀。

15　李贄：《李氏焚書》卷三〈童心說〉。
16　李贄：《李氏焚書》卷一〈答鄧石陽〉。
17　汪廷訥：〈投桃記序〉。
18　袁宏道：〈別石簣詩〉。
19　袁宏道：〈靈岩〉。

萬物如散錢，一情為線索。散錢就索穿，天涯成眷屬。[20]

然而，晚明思想解放的社會風潮衝擊了封建倫理綱常，卻沒有建立新的道德規範，這也是許多表現出畸形人性的作品出現之主動因。凌濛初在《初刻拍案驚奇》序言中說：「近日承平日久，民佚志淫，一二輕薄惡少，初學拈筆，便思污蔑世界，廣摭誣造，非荒誕不足信，則褻穢不忍聞，得罪名教。」

晚明時期的某些作品，雖然從一定程度上暴露的是禁欲主義的虛偽，但同時也展現了人倫的喪落。

這裡不妨把《肉蒲團》《如意君傳》同《金瓶梅》作一個比較：

《肉蒲團》四卷二十回，除了開頭兩回及最後一回，附加了一些因果報應，全部篇幅津津樂道於赤裸裸的性生活場面甚至性行為技巧的解說，通篇描述了主人公未央生與豔芳、香雲、瑞珠、瑞玉、晨姑等人的濫淫，連篇累牘，生活內容大致不出「春宮」格局。加之間以割狗腎之類的曠世荒唐，「同盟義議」「平分一夜歡」之類無恥下流的描述，使《肉蒲團》成為一部真正的淫書。

該書作者也掛出了「戒淫」的招牌，聲明其作是書原本具一片婆心，要為世人說法，勸人窒欲，不是勸人縱欲；為人秘淫，不是為人宣淫。《肉蒲團》最後寫未央生坐夠了蒲團，不是因為他內心對肉欲的厭倦，也不是從心靈上悟到了精神上的男女之愛，而是因為他跳不出家庭觀念的籠子，因此才遁入佛門。禪悟的外衣掩不住淫邪的內核，實際上他展示的不過是一個赤裸裸的春宮界。

《如意君傳》又名《閫娛情傳》，大約比《金瓶梅》早刊行於世一百多年，故欣欣子〈金瓶梅詞話序〉中，把其列入「前代騷人」之列。

這篇只有九千字的小說，主要敘事的是武則天晚年的淫亂生活，小說敘述武則天十四歲被文皇納之後宮，拜為才人，「久之，文皇不豫」。高宗以太子名分入奉湯藥，媚娘（武則天幼名）在側，高宗見而心愛，「欲私之，未得便」，後來終於在一個偶然的機會裡占有了她。之後文皇出媚娘於威業寺為尼，高宗即位後，納入宮中，拜為左昭儀。高宗晚年，武氏擅權，高宗死後，武后廢太子，改唐為周，任用酷吏，與僧懷義、張宗昌、張易之等相淫。在她七十高齡之時，又得一偉岸雄健的青年男子薛敖曹，召進宮內，通宿達旦放肆宣淫，並稱敖曹為「如意君」。《如意君傳》即因此而得名。

就性描寫而言，《肉蒲團》約占全部篇幅的五分之四。《如意君傳》占三分之二，《金瓶梅》占約百分之一、二。

20　馮夢龍：《情史》卷首。

　　《金瓶梅》中的性描寫，雖然有不小的負面效應，但作者從大膽肯定人欲出發，進一步肯定人的生存價值，標誌著人本意義上的覺醒，也帶有比較濃厚的人文主義色彩。

　　《金瓶梅》冷靜地透視社會生活的醜陋、齷齪與骯髒，把歷史和人生的種種罪惡一一懸掛出來，暴曬在陽光之下，使之暴露其本質。

　　《金瓶梅》的性描寫，其意義遠遠超越了男女問題本身。「正因為罪惡的對照，美德才越加明顯。所以，誰要是抱著摧毀罪惡的目的……那麼，他就必須把罪惡的一切醜態在光天化日下暴露出來，並且把罪惡的巨大形象顯示在人類跟前。」[21]《金瓶梅》是從別樣的角度和審美理想上來審醜，否定醜，實際上否定的是整個時代、整個社會。

　　《金瓶梅》的主人公西門慶和他的妻妾們，如潘金蓮、李瓶兒、龐春梅等，皆毀滅於他們對「性」的放縱，一連串個人毀滅的總和，即是整個社會的毀滅。

21　席勒：《強盜》第一版序言。

色・空

——《金瓶梅》的宗教框架

一、瓶中佛影

《金瓶梅》的故事，是建構在一個規模龐大的宗教框架之中的。

作者寫了西門慶和他的一妻五妾的生活，寫了西門慶作為一個新貴從「興」到「衰」的全過程，以西門慶作惡縱欲開始，以孝哥被點化出家結束，雖然不言禪，不講道，但從故事結構到人物架設，無不滲透著一種很精到的「菩薩學問」。

《金瓶梅》中，宗教活動的場面比比皆是，有市井間的宗教生活，如吃齋、禮佛、宣卷、齋僧，也有皇室和官家的宗教生活，這些都可成為宗教史研究的重要資料。從總體上看，寫道教的活動比較多，寫佛教的活動比較少，因此，有學者考證，《金瓶梅》成書於揚道抑佛的嘉靖時期。

然而，柱立於這個宗教大框架的主幹，卻是典型的小乘佛教思想。整本小說，滲透著明顯的明佛用意，釋家的影子無處不在。

二、色空觀念

讀《金瓶梅》之前，不妨先讀讀東吳弄珠客的〈金瓶梅序〉：

> 余友人褚孝秀，偕一少年，同赴歌舞之宴，衍至霸王夜宴，少年垂涎曰：「男兒何不如此。」孝秀曰：「也只為這烏江，設此一著耳！」同座聞之，歎為有道之言。若有人識得此意，方許他讀《金瓶梅》也。[1]

這番道理講得頗有意味。一邊是「力拔山兮氣蓋世」的赳赳雄風和笙歌管弦的萬千奢華，

---

[1]　東吳弄珠客：〈金瓶梅序〉，《金瓶梅詞話》卷首。

另一邊是煌煌霸業的灰飛煙滅，是生離死別的冷劍熱血。榮與衰，興與敗，實在是一個事物的兩個方面。

想想西門慶和他的金、瓶、梅們的命運，哪一個不是以轟轟烈烈開始，以淒淒慘慘告終。享樂縱欲與生命的幻滅，是那麼緊密地交織在一起。

蘭陵笑笑生其實是在這個故事的開篇就把他的「色空」理論直言不諱地闡述出來了，他說：「單說著這情色二字，乃一體一用，故色絢於目，情感於心，情色相生，心目相觀。」

因此，便「因空見色，由色生情，傳情入色，自色悟空。」

一切都是一場夢。春夢醒來，才是真實的慘澹人生。

如夢，是大乘十喻之一，也是佛家人生觀的主腦。佛家講「如夢」，是因為「我」「法」兩空。《佛化孫陀羅漢陀八道經》，有一段文字極寫色空，經云：

> 佛言：一切眾生，於空海中，妄想為因，起顛倒緣……如是眾生，並往一國，或一聚落，乃至一家。於其中間生諸慕悅，以慕悅故，則生愛玩，愛玩久故，則篤恩義，恩義極故，伸諸語言。或復倚肩，或復促膝，或復攜手，或復抱持。密字低聲，指星誓水：「我於世間，獨愛一人；所謂一人，則汝身是。我真不愛，其中一人。」復有語言：「我今與汝，便為一人，無有異也。」復有語言：「汝非是汝，汝則是我；我非是我，我則是汝。」伸如是等諸語言時，兩情奔悅，猶如渴鹿而赴陽焰。不受從旁，一人教諫，亦復不令，從旁之人，得知其事。於其家中起一高樓，莊嚴校飾，極令華好。中敷婉筵，兩頭安枕；簫笛箜篌，琵琶鼓樂，一切樂具，畢陳無缺。如是二人，坐著樓中，以晝為夜，以夜為晝，一切世間，人所曾作，如是二人，無不皆作。復次世間，人不曾作，如是二人，亦無不作。其樓四面，起大危垣，樓下階梯，盡撤不施。並不令人，得窺暫見；乃至不令，人得相呼。如是眾生，沉在妄想顛倒海中，妄想為因，作諸顛倒；顛倒為緣，復生妄想。妄想妄想，顛倒顛倒，如是眾生，附墮其中。從於一劫，乃至二劫，三劫四劫，遂經千劫……之所波進，而作離別，或與仇家之所迫，而作離別，或遭努力。如是眾生，正顛倒時，先世福德，忽然至前，則彼眾生，便當離別。或緣官事，而作離別，或羅兵火之所脅奪，而作別離……乃至或因一期報盡，死亡相促，長作離別……一切眾生，最可離別，最難離別，最重離別，最恨離別……自此一別，一切都別，蕭然閒居，如夢初覺。

佛家把這種別離，視為割愛的慧刀，為撫綱的坦途，為療癡的良藥，為醒世的警鐘。愛欲的熱海之中，既是無上的離別之苦。

　　佛教經典之中，最能體現其徹底的消解精神的，即是被稱為諸部般若精髓的《摩訶般若經》的「十八空」思想。這「十八空」是：內空、外空、內外空、空空、大空、第一義空；有為空、無為空；畢竟空；無始空、散空、性空、自相空、諸法空；不得空，無法空；有法空、無法有法空。

　　對一切世間法和出世間法，對有為法和無為法，對世間和空間，統統給予了否定。一言以蔽之，「五蘊皆空」，「諸法皆空」。

　　而這種「五蘊皆空」「諸法皆空」又是因「色空」而為緣起。《般若多心經》說：「色不異空，空不異色，色即是空，空即是色，中無色，無受、想、行、識。無眼、耳、鼻、舌、身、意，無色明盡。乃至無老死，亦無老死盡。無苦、集、滅、道，無智，亦無得，以無所得故。」這段文字，是《般若多心經》的主體。

　　「色」，在本性上是「空」的。僧肇《不真空論》說：「色之性空，非色敗空。」色——這裡是泛指一切欲望。顯然，《金瓶梅》作者是深得這種「色空」觀念的真蘊的。

　　試看薛姑子宣《金剛科儀》：

> 蓋聞電光易滅，石火難消。落花無返樹之期，逝水絕歸源之路。畫堂繡閣，命盡有若長空，極品高官，祿絕猶如作夢。黃金白玉，空為禍患之資；紅粉輕衣，總是塵勞之費。妻孥無百載之歡，黑暗有千重之苦。一朝枕上，命掩黃泉。空榜揚虛假之名，黃土埋不堅之骨。田園百頃，其中被兒女爭奪；綾錦千箱，死後無寸絲之分。青春未半，而白髮來侵；賀者才聞，而吊者隨至。苦，苦，苦！氣化清風塵歸土！

這是「焦湖柏枕」「南柯太守」一樣的對命運的詠歎。誠如蕭伯納所說「人生有兩大悲劇，一是躊躇滿志，二是萬念俱灰。」一部《金瓶梅》，到處寫了這樣的箴言：人生如一場春夢。

　　《金瓶梅》還特別點破了一點：一切都是假的，因而一切都是空的。「一回熱結之假，冷遇之真，直貫至一百回內，而假父子則已處處點明。……至於假夫婦，滿部皆是，並未有一真者。有自己之妻而為人所奪，具其妻莫不情願隨人，這雖真而實假也；也有他人之妻而己占之，是以假為真，乃假中之越假也……總之假夫婦結穴，見色字之空，淫欲之假，覺東門之葉，無等概惻也。」[2]

　　在《金瓶梅》時代，由於商品經濟的繁榮而使整個社會都發生急驟的變化，人的命運更是漂浮不定，興興敗敗，生生死死，一切都是無常。一彈指間去來今，人生的痛苦，

2　張竹坡第九十七回評。

人生的欲望，甚至連人世間的惡，亦只不過是一個幻影而已。

因而，這種「色空」觀念，實際上是對興衰榮辱、離合悲歡等一系列人生問題百思而不得其解的一種虛無情緒。

最早從「蝴蝶夢」中醒過來的莊子，從哲學的另一個層面上告訴我們：人，不過是痛苦與厭倦之間的一個鐘擺。欲望、生活和痛苦，實際上是一樣東西。存在主義哲學家薩特說：「我從超越的存在中能瞭解到的是，我們所尋求的行為是一個純粹的虛構」。[3]

所以，為了無休止的欲望而痛苦生活著的人類，就只好到佛教的「色空」觀念中去尋找答案和解脫，從虛無中去追求平衡。這也是《金瓶梅》作者在對欲望和痛苦進行了一番嚴峻的思考後的結果。

西門慶一家的命運，是整個社會命運的投射。作為一部曲盡人間世情的書，作者的良苦用心，是為在名利海中淫於富貴、傷於哀樂的芸芸眾生給一點針砭和提醒，希望通過「覺後禪」而喚起人們的明悟之心。色空與無常，正是作者的寫作思想。這也體現了作者對當時社會所承認的一切所謂有價值的東西的否定，和他對欲望與痛苦以及人欲橫流的社會現實淡然處之的態度。

三、宿命思想

縱覽一部《金瓶梅》——

> 觀其高堂大廈，雲窗霧閣，何深沉也；金屏繡褥，何美麗也；鬢雲斜軃，春酥滿胸，何嬋娟也；雄鳳雌凰迭舞，何殷勤也；錦衣玉食，何侈費也；佳人才子，嘲風詠月，何綢繆也；雞舌含香，唾圓流玉，何溢度也；一雙玉腕綰復綰，兩隻金蓮顛倒顛，何孟浪也。即其樂也，然樂極必悲生，如離別之機將興，憔悴之客必見者，所不能免也。折梅逢驛使，尺素寄魚書，所不能無也；患難迫切之中，顛沛流離之傾，所不能脫也；陷命於刀劍，所不能逃也；陽有王法，幽有鬼神，所不能逭也。[4]

一切都是命中註定的，人無論付出多大的努力也不能逆轉命運。《金瓶梅》中，沒有直接宣傳宿命論的具體細節，但宿命思想卻無處不在。整部小說中，表現宿命觀念的詩比比皆是，茲援引如下：

3　薩特：《存在與虛無》。
4　欣欣子：〈金瓶梅詞話序〉，《金瓶梅詞話》卷首。

富貴自是福來投，利名還有利名憂。
命裡有時終須有，命裡無時莫強求。（十四回）

堪歎人生壽似蛇，誰知天眼轉如車。
去年妄取東鄰物，今日還歸北舍家。
無義錢財湯潑雪，倘來田地水推沙。
若將奸狡為活計，恰似朝雲與暮霞。（十八回）

花開不擇貧家地，月照山河處處明。
世間只有人心歹，百事還教天養人。
癡聾瘖啞家豪富，伶俐聰明卻受貧。
年月日時該裁定，算來由命不由人。（十九回）

在世為人保七旬，何勞日夜弄精神？
世事到頭終有悔，浮華過眼恐非真。
貧窮富貴天之命，得失榮華隙裡塵。
不如且放開懷樂，莫使蒼然兩鬢浸。（二十回、九十七回）

行動不思天理，施為怎卻成規？
徇情縱意任奸欺，仗勢慢人尊己。
出則錦衣駿馬，歸時越女吳姬，
休將金玉作根基，但恐莫逃興廢。（二十三回）

平生造化皆由命，相法玄機定不容。（二十九回吳神仙語）

得失榮枯總是閒，機關用盡也徒然；
人心不足蛇吞象，世事到頭螳捕蟬。
無藥可醫卿相壽，有錢難買子孫賢。
家常守分隨緣過，便是逍遙自在天。（三十回）

白馬血纓彩色新，不是親者強來親。
時來頑鐵皆光彩，運去良金不發明。（三十一回）

常言富者貴之基，財旺生官眾所知。
延攬官途陪激引，夤緣權要入遷推。
姻連惡黨人皆懼，勢倚豪強孰敢欺。

好把炎炎思寂寂，豈容人力敵天時。（三十二回）

人生雖未有前知，富貴功名豈力為。
枉將財帛為根蒂，豈容人力敵天時。（三十三回）

善事須好做，無心近不得，
你若做好事，別人分不得，
經卷積如山，無緣看不得，
財錢過壁堆，臨危將不得，
買承好供奉，起來吃不得，
兒孫雖滿堂，死來替不得。（四十回）

窮途日日困泥沙，上苑年年好物華。
荊林不當車馬道，管弦長奏絲羅家。
王孫草上悠揚蝶，少女風前爛漫花。
懶出任從愁子笑，入門還是舊生涯。（四十四回）

萬事不由人計較，一切都是命安排。（四十六回）

得失榮枯命裡該，皆因年月日時栽。
胸中有志終須到，囊內無財莫論才。（四十八回）

寬性寬懷過幾年，人生人死在眼前。
隨高隨下隨緣過，或長或短莫埋怨。
自有自無休歎息，家貧家富總由天。
平生衣祿隨緣度，一日清閒一日仙。（四十九回）

彌勒和尚到神州，布袋橫拖拄杖頭。
饒你化身千百億，一身還有一身愁。（四十九回）

父母好將人事盡，其間造化聽蒼穹。（五十三回）

高貴青春遭大喪，伶俐醒然卻受貧。
年月日時該定栽，算來由命不由人。（六十一回）

誰道人生運不通，吉凶禍福並肩行。
只因風月將身陷，未許人心直如針。

> 自課官途無枉屈，豈知天道不昭明。

> 早知成敗皆有命，信步而行黑暗中。（九十六回）

這些宣傳宿命思想的詩共有二十首，大都為回前和回末詩，（即所謂「有詩為證」）是提挈一個回目的綱領。這些詩增強了《金瓶梅》的宿命色彩。

二十九回吳神仙貴賤相人，是《金瓶梅》故事發展和貫通的大脈絡。這一章比較集中地體現了作者的宿命觀念。

這位吳神仙，是無名觀道士，周守備寫了帖子薦來給西門慶相面的，據說他「能通風鑒，善究子平，觀乾象能識陰陽，察龍經明知風水」，「審格局，決一世之榮枯，觀三色，定行年之休咎」，他給西門慶和他的一妻五妾及春梅、大姐一班女眷全都相了面，定了各人的福祿吉凶，後來證明無不言中，這同《紅樓夢》中「警幻仙曲演紅樓夢」對金陵十二釵命運的預言題詠一樣，在整部小說的結構上起到了呼應和暗示作用。

《大藏法數》三十四說：「六道眾生，各有宿命。」按照這個理論，世界上所有的眾生，都有各自既定的宿命。人一生的命運，是生來就被定義了的。一切富、貴、貧、賤、壽、夭，在他出生之前就已定好了。有生之年的善惡行為，只能為來生「修行」，為來生打基礎，而不能改變既定的「宿命」。

宋明以來的小說和其它形式的文學作品中，這種宿命觀念是很濃重地反映在字裡行間的。如疑為《金瓶梅》作者的屠隆，便寫有一部《知命篇》，從歷史上的三代例說到他的當代的世宗朝（即嘉靖朝），所舉的宿命故事，有千餘條之多。屠隆認為人的定命即使神力也無法改變，如他寫的一個故事：「庚黔婁至孝，父病危，每夜稽顙北辰，求以身代。聞空中曰『徵君壽盡，命不可延，汝誠禱即至，改得致月末耳。』」屠隆議論說：「天神業已感格孝子，而壽數竟不可移，可易則非定命矣。」[5]

如《金瓶梅》作者果是屠隆，那麼，他為西門慶和他的妻妾們所設計的命運的歸宿，則又別具一番意味了。

四、果報之說

因緣果報，是中國古典小說的主要思想框架。中國古代小說一般有頭有尾，結構完整，並多以大團圓為結局，這種結構方式，同佛教的因緣果報之說，不無關係。

《金瓶梅》亦是一部因緣果報的故事。官哥兒死後，徐陰陽來看批書，說官哥生前曾

5　屠隆：《知命篇》。

在兗州蔡家作男子，曾倚力奪人財物，吃酒落魄，不敬天地六條，橫事牽連，遭氣寒之疾，久臥床席，穢污而亡，今生為小兒，亦患風痛之疾，十日前被六畜驚去魂魄，又犯土司太歲，先之攝去魂，死後托生往鄭州王家為男子，後作千戶，壽六十八而終。這是個貫穿了三世的因緣果報故事。接著寫薛姑子來誦經，勸解李瓶兒：「休要哭了，經上不說得好？改頭換面輪迴去，來世機緣莫想他。當來世，他不是你的兒女，都是宿世冤家債主，托生來化財化目，騙劫財物，或一歲而亡，或二歲而亡，三六九歲而亡，一日一夜，萬死萬生。」[6]接下去又講了《陀羅經》上一個三度托生的輪迴報應故事。

除了官哥，對李瓶兒亦寫了前世和往世。

李瓶兒死後，徐陰陽來看陰陽秘書，說她前世曾在濱州王家作男子，打死懷胎母羊，今世為女人屬羊。稟性柔婉，自幼陰謀之事，父母雙亡，無親無靠，先與人家作妾，受大娘子氣，及至有夫主，又不相投，犯三刑六害，中年雖招貴夫，常有疾病，比肩不和，生子夭亡，主生氣疾，肚腹流血而死。前九日魂去，托生河南汴梁開封府袁指揮家為女，艱難不能度日，後耽擱至二十歲，嫁一富家，老少不對，中年享福，壽至四十歲，得氣而終。[7]

輪迴果報，也正是中國近千年的人生觀。因此，《金瓶梅》作者一再申明：「佛法無多止在心，種瓜種果是根因，休道眼前無報應，古往今來放過誰？」「善惡到頭終有報，只爭來早與來遲。」

除了李瓶兒母子的往生之報，《金瓶梅》多寫到了現世之報，西門慶惡貫滿盈，最後死於胡僧的淫藥，如東吳弄珠客所說，潘金蓮以姦死，李瓶兒以孽死，龐春梅以淫死，亦無不是自己造因，自己受果。報應最好的只有吳月娘，她平日好善，看經，因此享年七十高壽。全書結束時作者有一首詩論證。詩曰：

> 閒閱遺書思惘然，誰知天道有循環。
> 西門豪橫難存嗣，經濟顛狂定被殲。
> 樓月善良終有壽，瓶梅浮侈早歸泉。
> 可憐金蓮遭報應，遺臭千年作話傳。[8]

到了這裡，算把這一部因緣果報的故事作了個總結。

在結局的第一百回裡，普靜寺老和尚薦拔群冤，周守備、西門慶、陳經濟、潘金蓮、

6　《金瓶梅詞話》第五十九回。
7　《金瓶梅詞話》第六十二回。
8　《金瓶梅詞話》第一百回。

武植、李瓶兒、花子虛、宋惠蓮、龐春梅、孫雪娥、西門大姐、周義等人，全有了自己的歸宿，從冤孽海中解脫出來，各自去尋各自門，托生去了。

西門慶的墓生子孝哥，原來是西門慶自己的化身，最後被普靜寺老和尚點破了真原──孝哥睡在床上，普靜寺和尚用手中禪杖向他頭上一點，叫月娘眾人看，忽然翻過身來，卻是西門慶。項戴沉枷，腰繫鐵索，復用禪杖一點，依舊還是孝哥。孝哥最終被普靜寺師父渡脫轉化去了。

在這個因果輪回故事的結局中，作者讓人們看到了事物的多種層面和多種含義，看到了人生的天道循環和自然的無休止運動的對稱。

掩卷之後，我們仿佛聽到普靜和尚在禪床上高聲呼叫：

「你如今可省悟得了麼？」

《金瓶梅》詩詞散曲探源

　　《金瓶梅》是一個解不開的謎團。

　　這個謎團裡一個最大的謎，是它的成書之謎。

　　關於它的成書之謎，可以開列出一系列謎題——比如作者之謎、傳抄之謎、刻本之謎、素材之謎、年代之謎等等，而其中詩詞、劇曲、韻文來源之謎，又是一個特別突出的謎題。

　　《金瓶梅》是一部真正意義上的「詞話」。全書一百回，共收錄了詩三百一十八首，詞曲一百七十五首，套曲約五十套，韻文七十餘段。這些詩詞、散曲、韻文形式多樣，詩有五言絕句、七言絕句、律詩、古風，詞調有〔眼兒媚〕、〔西江月〕、〔鷓鴣天〕、〔臨江仙〕、〔滿江紅〕、〔踏莎行〕、〔將進酒〕等，以散曲最為繁富，有聯綴同一宮調若干曲牌的散套，有單支的小令，也有同宮或異宮犯調的集曲。散套又有折腰體、子母調、對偶體和變套、夾套、合套之分；小令則有連環句、頂針句、迭字句之別；集曲更有十曲相犯的〔十段錦〕「二十八半截」和三十曲相犯的〔三十腔〕等。而曲牌更讓人眼花撩亂：南曲有〔兩頭南〕、〔合笙〕、〔南石榴花〕、〔春雲怨〕、〔金索掛梧桐〕、〔柳搖金〕、〔畫眉序〕、〔雁過聲〕、〔桂枝香〕、〔皂羅袍〕、〔八聲甘州〕、〔解三酲〕、〔一封書〕、〔梁州序〕、〔羅江怨〕、〔懶畫眉〕、〔大迓鼓〕、〔紅衲襖〕、〔浣溪沙〕、〔宜春令〕、〔東甌令〕、〔駐馬聽〕、〔駐雲飛〕、〔泣顏回〕、〔紅繡鞋〕、〔耍孩兒〕、〔梧葉兒〕、〔琥珀貓兒墜〕、〔祝英台序〕、〔孝順歌〕、〔鎖南枝〕、〔朝元歌〕、〔川撥棹〕、〔掛枝兒〕、〔玉交枝〕、〔錦上花〕……北曲有〔醉花陰〕、〔喜遷鶯〕、〔刮地風〕、〔端正好〕、〔滾繡球〕、〔脫布衫〕、〔貨郎兒〕、〔點絳唇〕、〔八聲甘州〕、〔寄生草〕、〔村裡迓鼓〕、〔六麼序〕、〔一枝花〕、〔罵玉郎〕、〔感皇恩〕、〔四塊玉〕、〔金字經〕、〔粉蝶兒〕、〔紅繡鞋〕、〔石榴花〕、〔鬥鵪鶉〕、〔朝天子〕、〔快活三〕、〔鮑老兒〕、〔朝天子〕、〔山坡羊〕、〔集賢賓〕、〔浪裡來〕、〔醋葫蘆〕、〔五供養〕、〔折桂令〕、〔梅花酒〕、〔雁兒落〕、〔沉醉東風〕、〔落梅風〕、〔水仙子〕、〔錦上花〕、〔河西六娘子〕、〔下山虎〕……僅是〔山坡羊〕，就有「四不應」〔山坡羊〕、「數落」〔山坡羊〕、「慢唱」〔山坡羊〕、「哭」〔山坡羊〕、〔山坡羊打玉簪兒〕、〔山坡羊帶步步嬌〕等二

十餘支。

《金瓶梅詞話》為什麼會引用如此之多的詩詞散曲和韻文呢？一個重要的原因就是，這些詩詞、散曲、韻文本來就是話本的有機構成，為《水滸傳》作序的天都外臣曾以「蒜酪」來比喻小說中的詩詞韻文之類，是很貼切的。這部詞話體的小說本來就是一部民間說唱，也就是說講書的人在說了一段話之後必須要用「唱」來過渡故事情節，這樣才能吸引聽眾。所以這些過場詩和唱詞可以和人物、故事有直接的關係或間接的關係，也可以沒有任何關係。

《金瓶梅》中大量的詩、詞、散曲、韻文，並不全是作者的原創，其中絕大部分是抄引或脫化自前人或同代人的書。有些是原文照抄，有的則作了較小的修改，有些則脫胎換骨地進行了改造。有些詞曲在引用時充分尊重了原創，但也有一部分只保留下了一個題目或僅抄引了其中一兩句，原貌大失。

《金瓶梅》所抄引的詩、詞、散曲、韻文，來自哪方面的資料？

首先，來自於《水滸傳》。《金瓶梅》的故事母題，係從《水滸傳》中一些情節繁衍而出，所以《水滸傳》中的一些詩詞、韻文也被搬移到《金瓶梅》中，據蔡敦勇先生統計，《金瓶梅詞話》從《水滸傳》中抄錄或部分抄錄的詩詞、韻文有七十餘首。僅是前十回就有三十六首之多。如果把有些部分詞句相同的韻文也計算在內，數量還要大得多。[1]

其次，來自唐詩宋詞。這一部分以律詩和絕句為主。書中隨處可見的詩詞、聯句，有很多可在唐詩宋詞中找到源頭。

再次，來源於宋元話本。《金瓶梅詞話》中的很多故事情節，脫化自宋元話本，詩詞、韻文自然也隨之移植過來。有些與情節無涉的詩詞，也進入了《金瓶梅詞話》中。《金瓶梅詞話》抄引最多的宋元話本是《大宋宣和遺事》和《清平山堂話本》。其開篇第一首詞「丈夫只首把吳鉤」就採自《清平山堂話本》中的〈刎頸鴛鴦會〉。明人小說集中的宋元話本也成為《金瓶梅詞話》採錄的主要資源，如《古今小說》中的〈張古老種瓜娶文女〉〈宋四公大鬧禁魂張〉，《警世通言》中的〈一窟鬼癩道人除怪〉〈小夫人金錢贈年少〉（即〈志誠張主管〉）、〈計押番金鰻產禍〉，《醒世恒言》中的〈鄭節使立功神臂弓〉等。

第四，來源於說唱文學。《金瓶梅》提到過四種「寶卷」，有三種是鋪陳開來大寫的，如《五祖黃梅寶卷》（三十九回）、《金剛科儀》（五十一回）、《黃氏女寶卷》（七十四回）。《金瓶梅》不僅寫了寶卷的演唱過程，而且大量引錄了寶卷內容及其中的詞曲。

1　參見蔡敦勇：《金瓶梅劇曲品探》，南京：江蘇文藝出版社，1989 年。

第五，來源於戲劇。《金瓶梅》中保存了大量的戲劇史料，書中談及的搬演戲劇有二十餘種，其中有一些被不同程度地吸納入《金瓶梅》故事之中。如《西廂記》《寶劍記》《玉環記》等等，不但有劇種、劇碼和演出方式，而且保留了劇中的聲腔與唱詞。

第六，來源於元明時期的散曲專集。《金瓶梅》中的散曲大多能從元明以來的散曲專集中抄引、脫化而來。已經能夠證明《金瓶梅》中散曲來源的幾部明以來散曲專集為：

1. 《詞林摘豔》，〔明〕張祿選輯，係在〔明〕臧賢所編《盛世新聲》舊本的基礎上增刪修訂而成，分為十集，包括「南北小令」二百八十六首，「南北九宮」套數三百二十五篇，散曲中北曲收有元代關漢卿、明代朱有燉等人作品；南曲收有元代趙天錫、明代陳鐸等家作品。同時採錄了雜劇《麗春堂》等三十四種。所收元明散曲及戲曲作品為諸選集所未見者極多。並較多收錄了〔鎖南枝〕、〔傍妝台〕、〔山坡羊〕、〔耍孩兒〕、〔駐雲飛〕、〔醉太平〕、〔寄生草〕、〔羅江怨〕、〔哭皇天〕等時新調子，是明代早期一部重要曲集。有嘉靖四年（1525）原刊本和萬曆二十五年（1597）內府刻本。

2. 《雍熙樂府》，〔明〕郭勛輯。二十卷（另有十三卷選本，題「海西廣氏編」，萬曆間內府刊印）。選錄金、元、明人作品，除散曲外，兼收南戲、雜劇、諸宮調曲文及時調小曲。該書是在《詞林摘豔》的基礎上選編的，收北曲三百三十一套，並大抵保留《詞林摘豔》中已被刪除的曲文中襯字。該書比《元曲選》早刊印五十年，有嘉靖十年（1531）刻本（王言序本）和嘉靖十九年刻本（長春山人序本）。

3. 《盛世新聲》，〔明〕臧賢輯，收錄元明兩代散曲和戲曲曲文。十二卷。其中北九宮曲九卷，南曲一卷，共收小令五百餘首，套數四百餘篇，其中包括了相當數量的時調小曲，依宮調曲牌排列。〔明〕正德十二年（1517）臧賢刻本、嘉靖間刊本、萬曆二十四年（1596）內府刻本。此書刊刻九年後張祿對此書進行增刪刊印，改名為《詞林摘豔》。

4. 《新刻群音類選》（簡稱《群音類選》），〔明〕胡文煥編。現存三十九卷，為明萬曆間文會堂輯刻《格致叢書》之一。

5. 《吳歈萃雅》，〔明〕茂苑梯月主人（周之標）選輯，古吳隱之道民校點。四卷。前二卷（元、亨兩輯）選錄高東嘉、梁伯龍、王雅宜、楊升庵、沈青門、陳大聲、唐寅、文衡山、劉東生、康對山等三十位作家散曲小令五首，套數一百一十七篇。後二卷（利、貞兩輯）收錄《琵琶記》《荊釵記》《四節記》《明珠記》《浣溪沙》等劇曲三十八種，一百五十九篇。〔明〕萬曆四十四年（1616）刊刻。

6. 《新鐫古今大雅北宮詞紀》（簡稱《北宮詞紀》），〔明〕陳所聞編，六卷，選錄元、明兩代散曲，其中元人五十家，明人八十家。是元、明兩代散曲的重要曲選總集。專收北曲，選錄偏重典雅，不少作品較為罕見。萬曆三十二年（1604）刊印。

7. 《新鐫古今大雅南宮詞紀》（簡稱《南宮詞紀》），署「秣陵陳所聞藎卿粹選，陳

邦泰大來輯次」，凡六卷。是《北宮詞紀》的姊妹書。元人作品只收錄二家，一小令一散套，餘皆為明人南曲作品，凡七十四家。保存了許多前人未收錄的南京人或流寓金陵的明代散曲作家作品，如陳鐸、徐霖、邢一鳳、高志學、武陵仙史、皮元素、徐惺予、孫幼如等，以及被呂天成《曲品》所推薦的秦時雍、周秋汀、虞竹西、顧雍裡等。該書為刊刻最早的南曲選集，有明萬曆三十三年（1605）俞彥序刻本。

另外，《金瓶梅詞話》所抄引的某些散曲，也見於《梨園按試樂府新聲》（簡稱《樂府新聲》，元無名氏選編）、《類聚名賢樂府群玉》（簡稱《樂府群玉》，元無名氏選輯，所收為元人小令）、《南詞韻選》（〔明〕沈璟選輯，選錄明代曲家誠齋、陳秋碧、馮海浮等作品，明萬曆間吳江沈氏刻本）、《白雪汀選訂樂府吳騷合編》（簡稱《吳騷合編》，〔明〕張琦、張旭初編訂，卷內題作「虎林騷居士選輯，半嶺道人刪定」，有明崇禎十年刻本）、《石鏡山房匯彩筆情辭》（簡稱《彩筆情辭》，〔明〕張栩輯，收南北散套、小令四百三十八首，有明天啟四年刻本）諸書。以上諸書雖不見得為《金瓶梅詞話》所本，但亦可成為其抄引散曲原貌探索之重要參照。

《金瓶梅詞話》大量抄引詩詞、散曲、韻文，也正是古代長篇小說之間及其與其它文學形式之間互相因襲互相滲透現象的體現。比如《平妖傳》就有十三篇贊詞與《水滸傳》完全相同，《封神演義》與《西遊記》有二十首贊詞大同小異，基本上同出一源。《水滸傳》與《西遊記》也有詩詞互滲的例證，比如《水滸傳》第五十回的引首「乾坤宏大，日月照鑒分明……」就同《西遊記》第十一回中的唐太宗御制極為吻合；《平妖傳》十八回「詠火」的那一節韻文，就與《大唐秦王詞話》第四十一回「詠火」的韻文異曲同工。還有二三部小說彼此因襲的情況，如《金瓶梅詞話》第十回寫東平府府尹陳文昭的一段贊詞，與《水滸傳》第二十七回寫東平府尹陳文昭的贊詞，只有後兩句不同，這段贊詞也見之於《西遊記》第九十七回銅台府刺史的贊詞。《金瓶梅詞話》第八十一回和第一百回「十字街熒煌燈火」韻文，與《水滸傳》第三十一回贊詞、《平妖傳》第十六回贊詞只有個別文字的差異。

對《金瓶梅詞話》抄引詩詞、散曲、韻文的探究，是從馮沅君、姚靈犀等前輩學人開始的。馮沅君撰〈金瓶梅詞話中的文學史料〉一文，從俗講的推測、小說蛻變的遺跡、曲的盛行、清唱的曲詞與唱法等諸方面進行了辨析、探索。姚靈犀在《金瓶厄言》中則把《金瓶梅》從第一回到第一百回的詞曲作了摘引。當代學人的探索則更為深入，蔡敦勇先生的專著《金瓶梅劇曲品探》對《金瓶梅詞話》中的詞曲進行了勾稽、箋校，識力極深，觀念新穎，資料豐富；孟昭連先生《金瓶梅詩詞解析》則在釋義的同時對其來龍去脈加以詳細的考辨。美國學者韓南也對此饒有興趣，他所撰寫的〈金瓶梅探源〉一文，對《金瓶梅詞話》中的套曲、散曲來源進行了探尋，並指出：「沒有一種中國白話小說

比《金瓶梅》更需要檢驗手段了。除了小說本身，我們對它的成書經過一無所知。由於可資比較的作品極少，我們對小說所作的任何結論難免有錯。另一方面，引入《金瓶梅》中的幾段文字與它們原作的比較，有助於將作者本人的成就區別開來，而為探索作者的動機和意象提供例證。」「我們探索引文以什麼方式使得我們得以深入這部小說時，似非而是的答案主要是它們不大適應作者創作動機的那些地方。當它們不能滿足作者的要求，他只得對它們進行修改，或它們不能使讀者得到作者預期的效果，正是在這些地方最能見出作者的獨創性。」[2]

我對《金瓶梅詞話》抄引大量詩詞、散曲、韻文之探源，是在前面諸多學人鋪墊的基礎上進行的。從上世紀八十年代中期開始，直到 2007 年底，我用了差不多二十年的時間，參校《金瓶梅》三大版本系統的幾個主要版本和數百種相關資料，整理校勘出了《綜合學術本金瓶梅》，寫出了四卷本近三百萬字的專著《金瓶梅會原》，這個工作讓我以二十年心力全身心地投入對這部曠世奇書的成書之謎的研究。為追溯其抄引的詩詞、散曲、韻文的源頭，我入海算砂般地在古籍中爬梳，其心得結為《金瓶梅詩詞散曲韻文探源》一書。

對《金瓶梅詞話》抄引大量詩、詞、散曲、韻文原貌的探尋，其意義何在？首先，對《金瓶梅詞話》的作者與成書年代的研究多有裨益。我曾撰文提出《金瓶梅詞話》的後二十回係另一作者的續作，其理由之一，就是《詞話》前八十回和後二十回所抄引的散曲的來源各自獨立。前八十回除去「陋儒」補入的五十三至五十七回，共抄引詞曲八十三首（其中有六首提及詞曲牌或錄出首句），這八十三首詞曲，互見於《雍熙樂府》《詞林摘豔》的三十四首，僅見於《雍熙樂府》的六首，僅見於《詞林摘豔》的七首，見之於《盛世新聲》《南宮詞紀》《北宮詞紀》《梨園樂府》《九宮正始》等其它集子，並與《詞林摘豔》《雍熙樂府》互見的十六首，出處無考的十四首。在提及曲調名或只有首句的六首散曲中，也全部互見於《詞林摘豔》和《雍熙樂府》。而值得注意的一個現象是：凡互見於《詞林摘豔》和《雍熙樂府》的散曲，《金瓶梅詞話》所抄引皆與《詞林摘豔》大體相同而與《雍熙樂府》相差較殊。

這說明，前八十回（除去五十三至五十七回）所抄引詞曲來源比較廣泛，基本上以《詞林摘豔》為最多。

第五十三至第五十七回，共抄引了「降黃龍衰」「錦橙梅」等十六首曲子，有十首找不到出處，其中能找到出處的六首全部來自《太和正音譜》，而不見載於《詞林摘豔》和《雍熙樂府》。

2 　韓南：〈金瓶梅探源〉，徐朔方編選：《金瓶梅西方論文集》，上海：上海古籍出版社，1987 年。

後二十回抄引詞曲二十三首，無出處九首，見載於《樂府群玉》《彩筆情辭》《陽春白雪》等但同時皆載之《雍熙樂府》的十三首，惟有九十四回有一首〔四塊金〕見於《詞林摘豔》甲集。這首在後二十回中「碩果僅存」的一首〔四塊金〕，有可能成為問題的癥結所在。

《詞話》本〔四塊金〕：

> 想前生，少欠下他相思債，中途洋卻綰不住同心帶。說著教我淚滿腮，悶來愁似海。萬誓千盟到今何在？不良才，怎生消磨了我許多時恩愛。

這首〔四塊金〕屬〔仙呂入雙調過曲〕，在《詞林摘豔》甲集中，題作「憶別·無名氏小令」，共有四首，此為第一首，原文如下：

> 前生想，咱少欠下他相思債，中途洋卻綰不住同心帶。說著交我淚滿腮。悶來愁似海，萬誓千盟到今日何在？不良才，怎生消磨的我許多恩愛。

兩相比照，可以看出後二十回作者在抄錄這首曲子時只做了個別字句的改動。如果這首曲子不是直接來自《詞林摘豔》，則另當別論。事實上，《金瓶梅詞話》作者抄引的所有詞曲中，幾乎沒有一首是一字不差的原文照抄。

問題是：為什麼前八十回中《金瓶梅詞話》抄引的曲子較多來自《詞林摘豔》而後二十回卻只有這一首？但畢竟因為這一首，我們不敢輕易下結論，推斷後二十回的作者沒有見過《詞林摘豔》。

對《金瓶梅詞話》大量抄引詞曲的現象作一統覽，可以看出一首曲子互見於多種散曲集子是常有的事，這一首〔四塊金〕極有可能同時被選入了《詞林摘豔》之外的另一個選本。如果不是這樣，後二十回也會像前八十回一樣，大量出現來自《詞林摘豔》的曲子。

對於「金」學界一些學者提出的《金瓶梅》是「世代積累型」的「集體創作」的主張，亦可通過《詞話》所抄引詞曲韻文的情況給出結論：第一至第五十二回、第五十八至第八十回是由一位作家完成的，而第五十三至第五十七「這五回」，有可能是在傳抄過程中佚失，研究者分析由兩位以上作家補入，不無道理。第八十一至第一百回則由另一位作家續寫，大部分《詞話》的實際上由前後兩位作家完成。

李漁與《金瓶梅》崇禎本批評

　　李漁曾被認為是《新刻繡像批評金瓶梅》（即崇禎本）的寫定者，這一說法目前尚缺少充分的根據，但崇禎本失名的眉批與旁批，經諸多學者考據，當是李漁手筆，或可成為定讞。

　　李漁，原名仙侶、字謫凡，又字笠鴻，號天徒，又號笠翁，別署覺世稗官、隨庵主人、湖上笠翁、新亭客樵、情隱道人等。宗譜尊稱「佳九公」，文壇亦有稱「李十郎」者。生於明神宗萬曆三十九年（1611），卒於清聖祖康熙十九年（1680），活了差不多七十歲。他是浙江蘭溪人，但自幼生長在江蘇如皋。十九歲時，父親去世，不久回到故鄉蘭溪，二十五歲在金華應童子試，獲考官賞識。三十歲之後，去杭州應過兩次鄉試，但都未能中舉。入清後，痛惡滿族蹂躪，從此絕意仕進，因改名謫凡。大約在順治七、八年間，李漁由蘭溪移家杭州，靠賣文刻書為生計。他的小說大多是在這期間寫成的，戲曲亦半成於此時。後移家金陵，居金陵二十年。在金陵，一面繼續刻書賣文，一面經常外出「打抽風」，攀結達官顯貴。又多交結社會名流和文壇名士，看花命酒，很是瀟灑。特別是康熙五年他出遊陝甘，得喬、王二姬，並組織了家庭小戲班，他的酬酢活動更加頻繁了。

　　李漁終身不應舉，不做官，他的氣節曾受到過吳偉業等人的讚賞，但他又以「登徒子」自命，逢場作戲，揮霍錢財，這也是他生前死後最招非議的主要原因。

　　李漁對於自己的庸俗是敢於正視的，他曾將嚴子陵淡於功名的高節懿行和自己的一生相對照，作〈多麗·過子陵釣台〉一詞，進行自我解剖。

> 過嚴陵，釣台咫尺難登。為舟師，計程遙發，不容先輩留行。仰高山，形容自愧；俯流水，面目堪憎。同執綸竿，共披蓑笠，君名何重我何輕。不自量，將身批評，一生友道，高卑已隔千層。君全交未攀袞冕，我累友不恕簪纓。終日抽風，只愁載月，司天誰奏客為星？羨爾足加帝腹，太史受虛驚。知他日，再過此地，有目羞瞪。[1]

---

[1]　李漁：《一家言全集》卷八。

這樣的解剖是極其深刻而坦率的，那種難以名狀的羞愧和自責來自他的內心深處。

對李漁這個人的生平與品格，說了這麼多，似乎離題。但這些都是我們理解李漁對《金瓶梅》的批評不可缺少的背景材料。

李漁對崇禎本所作的批評文字，有眉批、旁批，而沒有回評，這是中國小說批評史上最早的評點方式。金聖歎就是用這種方式來評點《水滸傳》的。

李漁的評語，是中國古代小說批評的一宗非常珍貴的遺產，其價值主要體現於以下諸方面：

一、肯定了《金瓶梅》是一部世情書，而不是什麼「淫書」。李漁一再強調，「《金瓶梅》非淫書也」[2]；他認為《金瓶梅》的全部價值在於「一味要打破世情，故不論事之大小冷熱，但世情所有，便一筆刺之」[3]；《金瓶梅》之寫人事，寫天理，全是為了借這「一部炎涼景況」[4]，「寫出炎涼惡態」[5]。

李漁把《金瓶梅》與《史記》相提並論，認為《金瓶梅》「從太史筆法來」[6]，「純是史遷之妙」[7]，後來張竹坡發展了這一論點，認為《金瓶梅》「純是一部史公文字」，「作者必遭史公之厄而著書」[8]。這樣，把李漁所談到的表現手法上升到創作精神的高度，進一步肯定了小說的現實精神。

二、強調了《金瓶梅》的譴責和警示作用。如西門慶胡亂判案處，李漁批道：「近年刑獄，大抵如斯」。這評語中把自己的生活體驗也加了進去。又如九十回來旺盜拐孫雪娥事發見官，李漁批道：「凡西門慶壞事必盛為搏揚者，以其作書懲創之大意矣。」九十一回，寫孟玉樓嫁往李衙內，街談巷論：「西門慶家小老婆，如今也嫁人了！當初這廝在日，專一違天害理，貪財好色，姦騙人家妻女！今日死了，老婆帶著東西，嫁人的嫁人，拐帶的拐帶，養漢的養漢，做賊的做賊，都野雞毛兒零撏了！常言：三十年遠報，而今眼下就報了。」這裡，李漁批道：「此一段是作書大意」。一語點出了《金瓶梅》這部世情小說的宏旨和作者的創作意圖，實在是「為世人說法」。

三、最為重要的一點是李漁的評點十分重視對《金瓶梅》小說藝術的開掘。《金瓶梅》一書，塑造了眾多的性格複雜的人物，第一個打破了中國小說人物塑造中「敘述好

2　第一百回評。

3　第五十二回評。

4　第一回評。

5　第五十三回評。

6　第十四回評。

7　第二十一回評。

8　見張竹坡：〈批評第一奇書金瓶梅讀法〉。

人完全是好，壞人完全是壞」的傳統格局，擺脫了傳統小說平面化的描寫，展現了生活中人真實的、複雜的性格局面。李漁高度評價了《金瓶梅》在此一方面的藝術成就，他常用「寫的活現」「極肖」「傳神」「寫笑則有聲」「寫想則有形」「並聲影、氣味、心思、胎骨」俱一一摹畫而出來，稱讚《金瓶梅》中人物塑造得真實、生動、形象。

同時，李漁還注意到人物個性特點的分析。如九十一回評玉簪時說：「寫怪奴怪態，不獨言語怪、衣裳怪、形貌舉止怪，並聲影氣味心思胎骨之怪俱為摹出，真爐錘造物之手。」七十三回，寫玉簪站在堂屋門首，說道：「五娘怎的不進去？」那個情節，李漁批道：「欲為稍果子打秋菊線索，偏在忙裡下針。寧與人指之為冗為淡，不與人見其神龍首尾。高文妙法，子長以下所無。」八十九回寫春梅婢作夫人，兩個青衣伴當向春梅傳周守備的話，小說中寫道：「這春梅不慌不忙，說：『你回去，知道了。』」眉批曰：「連用『不慌不忙』，轉似宜慌忙者，春梅婢作夫人，到底不饒。」對作者描寫此時此地的春梅的氣質，感受得具體入微。再如小說第五十一回寫吳月娘、潘金蓮、李瓶兒、孟玉樓四妻妾一起聽小姑子唱佛曲，李漁就指出了這四個人雖然身分一樣，但性格上卻有很大的差異：「金蓮之動、玉樓之靜，月娘之憒，瓶兒之隨，人各一心，心各一口，各說各是，都為寫出。」

李漁曾稱小說為「無聲戲」「紙上之憂樂笑啼與場上之悲歡離合」「似同而實別」[9]，既然是「無聲戲」，就要恰當地把握每一個「戲」中的人物在此景中的心情，才能得其神理，把書中的人物寫得「活起來」。他對《金瓶梅》的批點，十分重視對人物個性特點的分析，亦基於此。

四、李漁在批評《金瓶梅》時，注意總結小說創作中的規律和方法。他曾把《金瓶梅》中某些情節描寫，歸納為「躲閃法」[10]，「捷收法」[11]，「綿裡裹針法」[12]等等，並對一些精到的描寫不斷發出「映照得妙」「寫生」「白描」「趣」「傳神」「天造地設」「化工」「意到筆不到之妙」等讚歎。

尤其是他所闡發的「冷」「熱」對立觀點，對作品創作意圖和人物形象的分析，更是別開心面。李漁的評語中，隨處可見「冷」與「熱」的辯證，如「無意中點出春梅，冷甚，妙甚」[13]、「字字俱從人情微細冷處逗出，故活潑如生」[14]、「西門慶愛春梅，

9　李漁：《窺詞管見》。
10　第二十一回眉批。
11　第五十七回眉批。
12　第十回眉批。
13　第七回眉批。
14　第八回眉批。

往往在冷處摹寫」[15]、「專從冷處摹情」[16]、「一片菩提熱念」[17]、「故不論事之大小冷熱，但世情所有，便一筆刺入」[18]等。這對張竹坡評點《金瓶梅》啟發極大，張氏之「冷熱金針」說，即發源於此。另外，曹雪芹創作《紅樓夢》，李百川創作《綠野仙蹤》，也都從這裡收到了最為直接的啟示。

　　李漁對《新刻繡像批評金瓶梅》的評點，用小說創作的規律，多方面地探索了現實主義創作的特徵。尤其是他將戲曲批評的理論引入小說批評，衝破了小說評論重教化不重審美，重史實不重真趣的傳統，對以後的創作與批評，都產生了相當大的影響。

　　我們讀《新刻繡像批評金瓶梅》的時候，且不可把它的評點文字輕輕放過。

15　第十二回眉批。
16　第二十三回眉批。
17　第四十八回眉批。
18　第五十二回評。

《金瓶梅詞話》的後二十回

張竹坡評點《金瓶梅》，開宗明義即指出：「一部一百回，乃於第一回中，如一縷頭髮，千絲萬絲，要在頭上一根繩兒紮住。又如一噴壺水，要在一提起來，即一線一線，同時噴出來。」[1]又指出「一百回是一回，必須放開眼作一回讀。」[2]張竹坡評點《金瓶梅》的本子，依據的是經過改寫修訂後的《新刻繡像批評金瓶梅》，他沒有看到另外一個系統的版本，即萬曆本《金瓶梅詞話》。我想，他如果接觸到了詞話本《金瓶梅》，是不會得出以上失諸於草率的結論的。

如果把《金瓶梅》故事分成兩個大系統，那麼前八十回從西門慶由一個生藥鋪的小老闆發跡變泰一直寫到他的死亡，考察其故事編年，乃從政和二年（1112）寫到重和元年（1118）正月，共七年的事，後二十回則從西門慶死後寫到孝哥被普靜禪師點化而去，即從重和元年三月寫到南宋高宗建炎元年（1127），其間共九年的事。

但仔細讀來，便會發現前八十回與後二十回，無論在敘事風格、語言形態、人物關係及情節處理等諸方面，都有涇渭分明的相異之處。這些差異對探討《金瓶梅》的成書過程，提供了寶貴的線索。

一、筆墨生疏，語言顛倒，頗有可議之處

《金瓶梅詞話》的後二十回與前八十回，有著迥然不同的故事母題，前八十回寫聚，後二十回寫散；前八十回展現的是西門慶時代的熱鬧繁忙，後二十回反映的是後西門慶時代的沒落淒涼。

後二十回的筆墨，與前八十回也形成了一個明顯的分水嶺，它不再有前八十回的大開大闔，從容不迫，而變得急促匆忙，筆墨疏淡。最明顯之處，是故事情節生拉硬扯，與前文的敘事風格形成了明顯的對照。

如第八十三回，潘金蓮和陳經濟的私情被婢女秋菊洩露之後，吳月娘雖然沒有完全

1　第一回回評。
2　張竹坡：〈金瓶梅讀法〉，三十八。

相信，但也增強了防範，採取了一系列隔離措施，「二人恩情都間阻了，約一個多月不曾相會一處」。金蓮每日難挨繡幃孤枕的寂寞，就寫了個帖兒，讓春梅替她送與陳經濟。她怎麼求春梅給她傳信呢？書中寫道：婦人道：「我的好姐姐，你若可憐見，叫得他來，我恩有重報，不可有忘。我的病兒好了，替你做雙滿臉花鞋兒」。

春梅與金蓮的關係，本來是唇齒相依的，兩個人彼此都是對方肚子裡的蛔蟲，金蓮讓春梅去約會陳經濟，怎麼會對春梅許下這麼低級的承諾——送她一雙大花鞋，這要是求秋菊還差不多。

接下來，寫春梅去印子鋪叫陳經濟：

> 春梅走到前邊，撮了一筐草，到印子鋪門首叫門。正值傅夥計不在鋪中，往家去了。獨有經濟在炕上，才歪下忽聽有人叫門，問「是那個」？春梅道：「是你前世娘，散相思五瘟使」！

這又不合邏輯。本來是私密性很強的活動（春梅是以「往前邊馬枋內取草裝枕頭」為理由去傳信的），哪裡會有這樣的隔門對話，況且傅夥計不在印子鋪裡，春梅事先是不知道的。這裡套用的是《北西廂》中紅娘的台詞，粗俗油滑，也全然不符合春梅的身分。

再接下來，陳經濟看了金蓮寫的一首〈寄生草〉詞，「連忙向春梅躬身，深深地唱諾，說道：『多有起動，起動。我並不知她不好，沒曾去看的，你娘兒們休怪，休怪』。」陳經濟與潘金蓮的阻隔明明是吳月娘嚴加防範才造成的，而潘金蓮的相思病，也全因見不到經濟才得上的，聽陳經濟這番話，似乎是因為自己疏忽才沒和潘金蓮相會，因果關係完全顛倒了。這樣草率的細節處理暴露了後二十回的粗陋。

第八十四回，吳月娘去泰山進香的情節，就更不符合情理。首先是吳月娘進香的理由就值得推敲，小說中說她進香是為了「還願」，還什麼願呢？我們看七十九回，西門慶病重時，吳月娘曾「對天發願，許下兒夫好了，要往泰安州頂上，與娘娘進香掛袍三年」。可是西門慶並沒有痊癒，而是死了，她的還願就有些莫名其妙了。更難讓人理解的是，潘金蓮的母親死了，吳月娘以熱孝在身為由不許潘去送葬，可是她自己卻在熱孝中百里迢迢去泰山進香，不惜遠涉關山，拋頭露面。為說散本作點評的張竹坡，也指出了月娘遠行燒香實在於情理之大不通之處：第一，把不滿周歲的孩子丟下交給奶娘如意兒。「夫西門氏無一人矣。此三代之孤，乃西門家祖宗源遠流長，傳於今日者也。西門在日，且當珍之保養之，不可一日離其側，況且死後乎？況金蓮在側，官哥之前車可鑒，瓶兒之言不猶在耳乎？」第二，把防範潘、陳勾搭成姦敗壞門風的事丟在腦後。為了防範潘、陳的姦情，她已經實施了很多嚴屬的措施，「今忽遠行，乃反去其監守以隨己」，「貯許多金粉於園庭，列無數孀居於後院」，是為這些「姦夫淫婦」大開方便之門。另外

兩位批點者也無不提出自己的疑意,無名氏謂「托家緣弱子與一班異心之人而遠出燒香,月娘殊亦愚而多事」。文龍謂:「泰山燒香,乃是月娘大錯之處。不帶僕婦丫頭,亦是作者漏洞處」。

月娘泰山進香的情節,只是想引出普靜禪師,這種鋪墊,又未免有生拉硬扯之嫌了。況且宋江義釋清風寨一段,全部套用《水滸傳》第三十一回宋江義釋劉高妻子一段故事,與《金瓶梅》的後文情節發展並無任何瓜葛,純屬蛇足。

第九十二回「陳經濟被陷嚴州府」的情節,又是後二十回的一個敗筆。

陳經濟被陷嚴州府之前,剛剛娶了馮金寶,正在新婚燕爾,又與楊光彥合夥做著大買賣,卻突然忽發奇想,要拿一根偶爾拾到的簪子,妄想訛詐玉樓,把她占為己有。玉樓之為人,陳經濟不會不瞭解,玉樓嫁的是誰,陳經濟不會不知道,他為什麼冒冒失失地為一個荒唐透頂的念頭去鋌而走險?對這點,為此回作評點的文龍說:「窮極無賴之人,或作此非非之想,亦不敢冒冒然做此舉。況此刻經濟,千金在手,又有馮金寶,正在新鮮之時,在家即起此念,到嚴州任意行之,全無悔悟,竊恐無此情理。」

而且玉樓面對陳經濟的訛詐,先是憤怒,待陳經濟拿出簪子,又立刻變了一副「吟吟笑臉兒」,與陳經濟相摟相抱,親嘴吃舌頭。對故事脈絡的發展,文龍深感疑惑,所以說「既事後可以告訴衙內,何不此刻告訴衙內,立刻將陳經濟逐出,豈不正大光明乎?乃設此拙計,即當年收拾來旺兒故態,獨不慮經濟有口能說乎?又可怪經濟在清河堂上,滿口謊言,在嚴州堂上,全無一語,是又何也?必使徐知府暗中探明,又將通姦騙財坐實,不痛不癢了案。致使老父受辱發怒,老母忍痛耽憂,玉樓抱不白之冤,衙內挨不肖之打,豈作者有意醜詆玉樓乎?既令其得安身立命之地,歸棗強便歸棗強耳,何必多此一番醜事乎?」

原來,這個故事情節,是為了陳經濟被楊光彥拐財遠遁,又是為玉樓夫妻從嚴州歸故里棗強而設的,牽扯了這麼多,細節上又漏洞百出,難怪文龍說:「《金瓶梅》九十回之後筆墨生疏、語言顛倒,頗有可議之處,豈江淹才盡乎?或行百里者半九十耳。」[3]

第九十七回「陳經濟守御府用事」,寫陳經濟被春梅以姑表兄弟的名義安置在守備府,而且這個瞞天過海的舉動居然就真的瞞過了她的丈夫周守備。這又是一個很難讓人信服的情節安排,試想,春梅怎麼會不知道周守備與西門慶是交情很深的朋友?兩人往還較多,平時西門府上宴請貴賓,周守備是既定的陪客,而且陳經濟跟著西門慶時,與各色人應酬都是他出面。尤其是在李瓶兒葬禮上,陳經濟權充孝子,佛家禮拜,扶棺而行,當時守備周秀先是來府上祭弔,後又點主,他怎麼會不認識陳經濟呢?(然而書中九

---

3   文龍第九十二回評。

十四回周守備辦陳經濟的案子時，就沒認出他，當廳打了五十大棍。）繡像本的作者改寫這個情節時，大概覺得這很荒唐，就加了一段文字，解釋當年周守備既然與西門慶是朋友，如何不認識陳經濟的原因。

周秀抗金的情節更是一路荒唐。按照九十九回的故事編年，周秀在靖康元年升為山東都統制（出征時總領諸軍的司令官），提調人馬駐紮東昌府，會同巡撫御史張叔夜防守地方，阻擋金兵。又寫第二年（靖康二年）金國大元帥粘沒喝領十萬人馬，出山西太原府并陘道來搶東京，副元帥斡離不（「斡」原作「幹」）由檀州來闖高陽關，周秀在與斡離不交戰時被射中咽喉而死。這裡記載的史實是完全錯亂的，實際上靖康二年（1127）金兵立偽楚政權張邦昌之後，就於四月初分七路退兵，而宗澤、韓世忠等人保著康王趙構在河北一帶招兵買馬，金兵退後，康王趙構於五月一日在南京（今河南商丘）即皇位，所以周秀怎麼會在靖康二年還在駐兵東昌呢？而那個時候斡離不也正帶著宋太上皇和諸皇子、帝姬、后妃退兵真定，周秀上那兒找他作戰去？

最讓人感到好笑的是，按照史實張叔夜被金人俘虜後，於靖康二年四月在河南渡黃河前自殺，而書中卻說「五月中旬，巡撫張叔夜見統制折於陣上，連忙鳴金收軍，查點折傷士卒，退守東昌，是夜奏朝廷。」

至於錯亂年譜，更是隨處可見，很多人的年齡與前十八回不相符，讀了讓人如墮五里雲霧。前十八回中出現的詞曲，也有多首在後二十回中反覆出現。這些都表明後二十回遜於前八十回的整體水準。

二、人物的錯亂與性格描寫的前後矛盾

在《金瓶梅詞話》前八十回出現的一些人物，到了後二十回卻莫名其妙地被改了名字或改變了身分，舉例如下：

武植的女兒，在前文中一直是以「迎兒」的名字出現的，到了第八十七期回復出卻變成了「蠅兒」。

大家人來昭，前八十回中多見，到九十回復出後就變成了「劉昭」。

張勝，第十九回首出受西門慶支使痛打蔣竹山，書中交待他外號過街鼠，與草裡蛇魯華一樣是「雞鳴狗盜之徒」。替西門慶出氣之後不久，西門慶把他送在夏提刑守備府，做了個親隨。可是八十七回這個張勝又沒來由地成為周秀的親隨。

安童，在四十七、四十八、四十九回出現時是苗天秀的男僕，到了九十三回又無緣無故成了王宣的男僕。

而在前八十四回中出現的男僕王經，到了後二十回則變成了「王漢」。

　　春梅，本來是一個從小無父無母又無親戚的孤兒，第九回首出時交待她是吳月娘房裡使著的丫頭，潘金蓮嫁過來後，「西門慶把春梅叫到金蓮房內，令她伏侍金蓮，趕著叫娘」。到了八十回潘金蓮被殺後托夢給春梅，卻突兀地叫她「龐大姐」。八十九回孟玉樓對吳月娘說：「我聽見爹說，春梅娘家姓龐，叫龐大姐」。

　　更有意思的是孟玉樓的弟弟孟銳，在第六十五回他首次出現時是李瓶兒發喪之日：「第二日，先是門外韓姨父來，上祭，那時孟玉樓兄弟外面做買賣去了，五六年沒來家，見他姐姐這邊有喪事，跟隨著韓姨父那邊來上祭」，第六十七回孟銳到西門慶家辭行：「只見孟玉樓走入房來，說他兄弟孟銳，在韓姨父那裡，如今不久又起身，往川廣販雜貨去，今來辭辭他爹。」但是到了第九十二回，卻變成了他的哥哥孟饒。孟玉樓三嫁李拱璧之後，陳經濟冒孟二舅之名去見孟玉樓——「孟玉樓正在房中坐，只聽小門子進來，報說『孟二舅來了』。玉樓道『一二年不曾回家，再有哪個孟舅？莫不是我二哥孟饒來家了？』」

　　雲離守之妻，第七十八回作「蘇氏」，到了八十七回又成為「范氏」。

　　姚二郎，第十回、第四十一回是武大郎的鄰居，第八十八回卻成了楊光彥的姑父。

　　金兒，第五十四回她是魯長腿妓院裡的小妓女，到了九十四回臨清潘家妓院又出現了一個妓女金兒。

　　對書中人物性格的描寫，後二十回與前八十回也有許多矛盾之處。

　　後二十回的主角，除了陳經濟之外，就是春梅了。但春梅的性格，一樣是前後矛盾的。她被月娘發賣，連衣服也不准帶走一件時，是很有骨氣的，不僅沒垂別淚，還安慰潘金蓮，這與前八十回中春梅的性格是一脈相承的。可是周秀戰死前後，她卻變得十分不堪，而且她的死也設計得十分荒唐，非常草率，人物的性格變化沒有任何過渡。

　　最突出的是對武松性格的改造。

　　《金瓶梅》前文中武松的形象與《水滸傳》中關於武松的描寫基本上是一致的，有許多情節或細節可以說是從《水滸傳》中原樣搬來的。比如寫武松景陽崗打虎，寫武松怒斥潘金蓮的挑逗勾引，都意在表現武松的英雄膽量和人倫品德。而且，《金瓶梅》的前一部分更加突出了武松的英雄氣概，比如，《水滸傳》中寫武松打虎是誤入虎山，怕人恥笑，才沒有半路折返，《金瓶梅》則寫他明知山有虎，偏向虎山行。《水滸傳》中武松打虎的過程是作者和武松自己描繪出來的。而《金瓶梅》則出自獵人的親眼目睹，更加真實可信。

　　而在第八十七回，「武都頭殺嫂祭兄」，武松的形象卻大大打了折扣，與前面的描寫簡直判若兩人。首先，他設計策欺騙已經被王婆領回家待價而沽的潘金蓮，說要娶她回家照顧迎兒，將潘氏騙入新婚的洞房之後，把她殘忍地殺死了。殺了潘金蓮和王婆之

後，把侄女迎兒倒扣在血腥滿室的屋子裡，迎兒說「叔叔，我也害怕」。武松道「孩兒，我顧不得你了」。到了王婆家，想殺死王潮兒，斬草除根，因王潮兒去找保甲沒能殺成，席捲了王婆財物之後而上梁山為盜去了。這裡的武松，不僅狡獪、殘忍，而且非常不近人情。依武松的性格，他要殺潘金蓮，是用不著用騙婚的手段來實施的。而且也絕不會置自己的親侄女於不顧。

對《金瓶梅》中武松殺嫂的細節，有的研究者認為是敗筆，有的則認為是「獨特的藝術創造」，表現為武松的性格有了巨大的發展。我認為從武松性格刻畫的前後矛盾，正反映出《金瓶梅詞話》成書過程中的一個重要信息。

對吳月娘性格的刻畫，前八十回與後二十回也不盡統一。吳月娘是西門慶正妻，前八十回中，她是一個善良、賢慧、性秉溫柔的一個多妻大家庭中的主母，「恁般賢淑的婦人」[4]。不但賢淑，而且頗有氣節。到第八十九回她在上墳時遇見被她逐出的春梅，已經做了守備夫人，因為看到春梅的富貴、排場，竟卑躬屈膝一口一個「姐姐」稱呼春梅，並以「奴」自稱，「容一日，奴看姐姐去」。完全沒有了自己的尊嚴，成了一個乏味又平常的女人。而八十四回的「大鬧碧霞宮」，九十二回的大鬧陳宅——月娘聽見大姐吊死了，率家人小廝，丫鬟媳婦，七八口往他家來，「將經濟拿住，揪采亂打，渾身錐子眼兒也不計數」——同一回中的「大鬧授官廳」，這三番大鬧，她又儼然成了一個潑婦形象。

再如韓愛姐，前文中只是交待他被西門慶嫁給了蔡京的管家翟謙，第九十八回「陳經濟臨清開大店」，巧遇逃難的韓道國一家，韓愛姐已經成了賣身的女人，她利用色相很快勾上了陳經濟，兩個人的苟合，本是利益關係，全無真情可言，而陳經濟死後，她卻執意要跟春梅和葛翠屏（陳經濟的妻子）入守備府，表示「雖剜目斷鼻」，也要一心給經濟守節。這種性格的突然變化甚至讓韓道國、王六兒夫婦也感到意外。

三、詞曲來源各自獨立

《金瓶梅詞話》中抄引了大量套曲和單曲，這些套曲和單曲的來源，大體上可以劃分出三個涇渭分明的體系。

前八十回（除去「陋儒」補入的五十三至五十七回）共抄引詞曲八十三首（其中有六首提及或只有首句），這八十三首詞曲，互見於《雍熙樂府》《詞林摘豔》的三十四首。僅見於《雍熙樂府》的六首，僅見於《詞林摘豔》的七首，見之於《盛世新聲》《南北宮詞紀》

4　《金瓶梅詞話》第十八回。

《梨園樂府》《九宮正始》等其它集子,並與《詞林摘豔》《雍熙樂府》互見的十六首,查無出處的十四首。在提及曲名或只有首句的六首詞曲中,也全部互見於《詞林摘豔》和《雍熙樂府》。

值得注意的現象是,凡互見於《詞林摘豔》和《雍熙樂府》的詞曲,《金瓶梅詞話》所抄引皆與《詞林摘豔》大體相同而與《雍熙樂府》相差較殊。

這說明,前八十回(除去五十三至五十七這五回)所抄引詞曲來源比較廣泛,基本上以《詞林摘豔》為最多。

第五十三至第五十七回,共抄引了「降黃龍衰」「錦橙梅」等十六首詞曲,有十首找不到出處,其中找到出處的六首全部來自《太和正音譜》,而不見載於《詞林摘豔》和《雍熙樂府》。

後二十回抄引詞曲二十三首,無出處九首,見載於《樂府群玉》《彩筆情辭》《陽春白雪》等但同時皆載之《雍熙樂府》的十三首。惟有九十四回有一首〔四塊金〕見於《詞林摘豔》甲集。

這首在後二十回中「碩果僅存」的一首〔四塊金〕,有可能成為問題的癥結。

我們不妨先回到文本。

《金瓶梅詞話》第九十四回〔四塊金〕曲詞如下:

> 想前生少欠下他相思債,中途洋卻綰不住同心帶。說著教我淚滿腮,悶來愁似海。萬誓千盟到今何在?不良才,怎生消磨了我許多時恩愛。

這首〔四塊金〕,屬【仙品入雙調過曲】,在《詞林摘豔》甲集中,題作「憶別·無名氏小令」共有四首,此為第一首,原文如下:

> 前生想,咱少欠他相思債,中途洋卻綰不住同心帶。說著交我淚滿腮。悶來愁似海,萬誓千盟到今日何在?不良才,怎生消磨的我許多恩愛。

兩相對照,可以看出後二十回本的作者在抄錄這首詞時只做了個別字句的改動。這種現象在前八十回中是常見的,事實上《金瓶梅詞話》作者抄引的所有詞曲中,幾乎沒有一首是一字不差原文照搬的。

問題是:為什麼前八十回中《金瓶梅詞話》抄引的詩較多來自《詞林摘豔》,而後二十回中卻只有這一首。

但畢竟因為這一首,我們不敢輕易下結論,推斷後二十回的作者沒有見過《詞林摘豔》。

對《金瓶梅詞話》大量抄引詞曲的現象作一統覽後我們發現,一首曲子互見於當時

刊刻的多種散曲集是常有的事，這一首〔四塊金〕也可能被選入《詞林摘豔》之外的選本。如果不是這樣，後二十回會像前八十回一樣，大量出現來自《詞林摘豔》的詞曲。

四、對前八十回方言系統的悄然游離

眾所周知，《金瓶梅詞話》的方言實際上是有一個慣性系統的，那就是生動鮮活的魯北方言系統。雖然，研究者相繼舉證出書中的異類方言，如吳方言、山西方言、東北方言、內蒙方言、徽州方言，甚至湘語、贛語、粵語、四邑話、閩南話、客家話等等。但山東魯北方言系統的基調卻是被廣泛認同的。

在後二十回中，這個方言的慣性系統在發生悄然游移。

首先，是魯語篡改成南音。

在前八十回用魯方言表現的一些語詞，在後二十回中卻改成了南音。如八十一回：「次日，韓道國要打胡秀，胡秀說『小的通不曉一字』」。第八十三回，月娘說「六姐快梳了頭，後邊坐。」金蓮應：「曉得」。第九十七回：「我曉得，管情應得你老人家心便了」。在前八十回中「不曉」「曉得」一般作「不知」「知道」。

八十一回：「都乞韓夥計老牛箝嘴」，在第六十七回中首出，「老牛箝嘴」作「老牛箍嘴」。後者顯然是魯方言。

八十三回，「賊葬弄主子的奴才。」前八十回，「葬弄」，皆作「葬送」。而本回中「葬送」與「葬弄」間出，想是作者不經意中順手將魯語改成了南音。

同樣的例子還有八十六回「先下米先食飯」，顯然也是順手篡改，在前八十回中，「先下米先吃飯」已是讀者熟悉的俗語。在第八十七回中再次用到這個成語時，便改回了原貌。

八十六回：「王十九，自吃酒，且把散話革起」。「散話」，顯然是「閒話」的串音之誤。

八十七回：「叔叔如何冷鍋中豆兒炮」。在第六十八回中此語首出，「炮」作「爆」。

九十九回：「若還作惡無報應，天下凶徒人食人」。這是一首引詩的後兩句，全詩引自《清平山堂話本·錯認屍》，第二句「人食人」原作「人吃人」。

這樣的例子還有很多，很多。

其次是往往在不經意間搬用「南語」。

如八十一回：「胡亂打發兩個與他，還做面皮」。「面皮」，即北方人通常說的「面子」。

八十一回：「日逐請揚州鹽客王海峰和苗青游寶應湖」。褚半農先生指出，「日逐」

乃係上海方言（參見褚半農：《金瓶梅中的上海方言》以下所引褚文不再標出處）：

八十二回：「俺兩個<u>情孚</u>意合，拆散不開」；

八十二回：「干霍亂了一夜，就不誤<u>合成</u>秘頭」；

八十三回：「西門大姐聽此言，背地裡<u>輪問</u>」；

八十六回：「搖的<u>床子</u>一片響聲」；

以上加底線的詞語，南音的色彩是很濃郁的。

八十六回：「到<u>臨岐</u>少不的雇頂轎兒」。褚半農先生指出，「臨岐」，係上海西南農村口語中的常用語。臨岐，「臨到」「等到」之意。

八十六回：「見<u>頭勢</u>不好，穿上衣裳，悄悄往家一溜煙走了」。褚半農先生舉證「頭勢」係上海方言。

八十七回：「兔兒沿山跑，還來歸舊窩」，「仇人見仇人，分外眼睛明」。這兩個熟語更具南方色彩。北人對後一條熟語，一般作「仇人相見，分外眼紅」。

八十七回：「勒揩俺兩番三次來回去，賊老淫婦，越發<u>鸚哥兒</u>了」崇禎本、張評本「鸚哥兒」作「鸚哥風」，南方語彙中是形容一個人做事「不靠譜」的意思。

八十九回：「長老見收了佈施，又沒管待，又<u>意不過</u>」。褚半農先生指出，「意不過」屬上海方言，過意不去之意。

九十回：「打牆板兒翻上下，掃米卻做管倉人」「放水鴨兒」，九十一回「單徑」「只在我手裡抹布」（抹布，擺佈之意）等，亦全是南人聲口。

九十二回：「我教你不要慌，到八字八鐐兒上和你答話」對「八字八鐐兒」論者多有爭議，傅憎享先生認為「八鐐兒」應是八臘，為蟲神之廟。我則認為這也是個記音詞，而且是南音的記音詞，「鐐」似是一種類似手銬的械具，綜觀前後之意，意為到衙門去評理裁定。

第九十回：「閒來走走，裡邊霍姑娘少我幾錢生活銀<u>討討</u>」全然不是北方人說話聲氣。

九十一回：「你夜裡<u>做夜做</u>，使乏了也怎的」。南方話中，「做夜做」是趕夜工之意。

九十三回：「與了他四十文，方才得買一個<u>姑容</u>」，姑容，南方方言中是暫時的寬容之意。

九十三回：「尋<u>個把</u>草教他烤」，褚半農先生認為，「個把」是上海西南農村的常用語。「把」在上海西南農村閒話中常作詞綴，用在數量詞後面，表示「少」。

九十三回：「手中拿著個<u>廝羅兒</u>」。南方方言中「廝羅兒」是「小鑼兒」之意。

九十四回：「精淡」，「好頭腦」（即好主顧），「階沿」等，也全是特色分明的南

方方言。

九十六回：「白日裡到處打油飛」。在南方方言中，「打油飛」形容沒有正當職業，到處閒逛的浪蕩子。

九十六回：「生得阿兜眼」。南語中「阿兜眼」形容眼窩深陷，即北方人所謂「瞘膢眼」之意。

九十六回：「面是溫淘」。《正字通》「面，溫淘，糝溲面也」。南方人謂溫熱麵條為溫淘。

九十九回：「今日倒閃賺了我」。「閃賺」，南方話是拋閃之意。

綜上所述，後二十回對前八十回方言系統的游離，是以吳方言改造魯方言和大量使用南方方言兩種形態呈現的，尤其是前者，為從語言學的角度研究《金瓶梅》的成書提供了重要的線索，這一點是應該引起研究者注意的。

五、終場詩留下的線索

《金瓶梅詞話》一百回終了，有一首「終場詩」。詩謂：

> 閒閱遺書思惘然，誰知天道有循環。
> 西門豪橫難存嗣，經濟顛狂定被殲。
> 樓月善良終有壽，瓶梅淫佚早歸泉。
> 可怪金蓮遭惡報，遺臭千年作話傳。

這首詩總括「金瓶梅」人物命運的大結局，也留下了一個重要的線索：這個線索在詩的第一句「閒閱遺書」四個字。

「遺書」者何指？即前人留下之書，這裡當指《金瓶梅》——準確地說，是前八十回的《金瓶梅》。

這形象不過地說明，《金瓶梅》是由兩個以上作家完成的。（連同陋儒補入的五回應是三個以上的作家）最終完成後二十回的作家才可以把前人之作稱為「遺書」，而不可能把自己寫的書稱作「遺書」。

並且，這首詩也意在表明，後二十回的續作者，是完全按照前八十回搭造的故事框架，完全依靠前八十回提供的情節脈絡去結構後二十回，完成人物命運的大結局的。

也許後二十回的筆墨生疏、人物錯亂、情節矛盾、以及抄引詞曲來源的改變和方言系統的游移，會被認為是《金瓶梅詞話》惟一作者寫到後二十回時已成強弩之末，所以才有了許多不盡人意之處，但這一首「終場詩」卻再清楚不過地揭開了這個謎底。

綜上所述，我們可以推斷，《金瓶梅詞話》的後二十回，是另一位作家的續作。

六、誰寫出了《金瓶梅詞話》後二十回

毫無疑問，這是比找出「蘭陵笑笑生」是誰更為棘手的難題。

我們能夠得出的結論是：

一、他是與前八十回作家差不多同時的一位匿名寫手。

二、他的續作完成於同前八十回差不多的《金瓶梅》抄本時代，但稍於前八十回晚出，已知最早見到《金瓶梅》抄本的是董其昌。袁中郎在萬曆二十四年（1596）致董其昌的信中，便問他「《金瓶梅》從何得來？伏枕略觀，雲霞滿紙，勝於枚生〈七發〉多矣。後段在何處？抄竟當於何處倒換？」[5]他見到的只是前半部。這一部分按照謝肇淛〈金瓶梅跋〉「余於袁中郎得其十三」的說法，則袁宏道看到的這部書應該是第一至第六卷（全書按二十卷計）。

謝肇淛跋中又謂「於丘諸城得其十五」，則丘諸城手中的抄本估計在七到二十卷之間。（當缺第五十三至五十七回）

屠本畯《山林經濟籍》又記王肯堂、王穉登各有抄本二帙，「恨不能目睹其全。」（屠本畯：《山林經濟籍》，見於阿英：《小說閒談》）這二帙有多少？已無法得到證實。

見到或藏有《金瓶梅》手抄本有王世貞（《山林經濟籍》）、劉承禧（《萬曆野獲編》）、徐階（《萬曆野獲編》）、袁宏道（〈與謝在杭〉）、袁中道（《萬曆野獲編》）、董其昌（〈與董思白〉）、沈德符（《萬曆野獲編》）、文在茲（《天爵堂筆餘》）、謝肇淛（〈金瓶梅跋〉）、丘志充（〈金瓶梅跋〉）、王肯堂（《山林經濟籍》）、王穉登（《山林經濟籍》）等十二人。

這十二人中董其昌、文在茲、謝肇淛、丘志充、王肯堂、袁宏道、王穉登都沒有藏有或見到全本，擁有全本的是王世貞、徐階、劉承禧、袁中道、沈德符五人。

除了相互傳抄的因素之外——非全抄本中，袁宏道抄自董其昌，謝肇淛的抄本又來自丘志充和袁宏道——另一個不能忽視的原因就是《金瓶梅》前後部的抄本不是產生於同時。

三、後二十回的續寫者肯定是前八十回抄本的擁有者，並且他深得前八十回作者的心旨。

——前八十回中出現的主要人物，除了已經死去的，陸續出現在後二十回中，但對他們命運結局的交待卻有些匆匆忙忙。

5　袁宏道：《錦帆集之四·尺牘·致董思白》。

　　——前八十回埋下的種種「草蛇灰線」，也在後二十回中盡可能得以延續，他甚至寫出了「春梅游舊家池館」這樣還算得上精彩的片斷。但有很多情節與前八十回邏輯相抵觸。

　　——他一樣在後二十回中大量套用了《水滸傳》及宋元話本和明人擬話本以及元明雜劇中的故事情節與相關內容。所徵引的話本小說有：《清平山堂話本‧簡帖和尚》（八十三回）、《古今小說‧宋四公大鬧禁魂張》（九十回）、宋元話本《陶鐵僧》（九十二回）、《新編五代梁史平話》（九十二回）、《古今小說‧新橋市韓五賣春情》（九十八回、九十九回）、《張主管志誠脫奇禍》（第一百回）、《醒世恒言‧呂純陽飛劍斬黃龍》（一百回）；所徵引的元明雜劇有《西廂記》（八十三回）、《繡襦記》（九十九回）。

　　因為這些，所以後二十回的續作問題沒有更多引起研究者注意。

　　四、後二十回的續作者是南方籍作家，這從後二十回對前八十回方言系統的游移可以看得出來。當然後二十回的基調還是山東方言，有些寫得還很精彩，比如八十六回吳月娘發賣潘金蓮時王婆（實際上應是吳月娘）與潘金蓮的方言韻白對話，但他對魯方言的篡改卻明顯地帶有南方方言色彩。這裡或許可以提出前八十回中也有時作吳語的傾向，我認為，有很大的可能是續作者在對前八十回修訂的基礎上續寫了後二十回。

　　五、同前八十回的作者一樣，後二十回的續作者也不是「大名士」。他不僅生吞活剝他人之作（徵引詞曲及其它作品的故事情節），而且語言粗疏，俚俗不文，情節牽強，無論從哪一個角度看，都不像「大名士」的作品。

　　通過對《金瓶梅詞話》整體的文本考察我們會發現，這部書實際上是由多名作家完成的：第一至第五十二回，第五十八至第八十回是一位作家完成的；第五十三回至第五十七回「這五回」，研究者分析由兩位以上作者完成補入；第八十一至一百回則由另一位作者續寫。所以詞話本的《金瓶梅》實際上並未真正完成「世代積累型」的集體創作向純粹文人獨立創作的過渡。

　　我們研究《金瓶梅詞話》的成書過程，後二十回是個不能忽略的文本。

《綜合學術本金瓶梅》整理紀要

　　《綜合學術本金瓶梅》的整理工作，是從 1987 年 8 月開始的，直到 2004 年 12 月方告竣，斷斷續續把這件工作做了十七年。這期間，對校稿做過四次較大規模的修訂，成書前因電腦硬碟被意外擊穿損壞，修訂成稿一字無存，所有工作只好重頭開始，最後的修訂稿也因此增添了一些新的內容。這十幾年的時間中，《金》學研究得到了長足發展，逐漸成了「顯學」，研究空間不斷地向縱深和新的廣度拓展，因此這個版本也不斷補充進了新的研究成果。在整個學術過程中，得到了黃霖先生、吳敢先生、甯宗一先生等學界不少前輩、師友的無私支持和具體幫助，吳敢先生和甯宗一先生各自撰寫了長達萬餘字的序言，指點迷津，獎掖後學，其情殷殷。

一、關於本書的底本和主要參校本

　　《金瓶梅》的版本，非常複雜，大體上分為兩個系統，即詞話本系統和說散本系統，在「說散本」系統中，又分為《新刻繡像批評金瓶梅》和《皋鶴堂批評第一奇書金瓶梅》兩個子系統。

　　本書名為《綜合學術本金瓶梅》，所依據的底本是北京大學圖書館善本部所藏的《新刻繡像批評金瓶梅》（原馬廉藏本），並以匯校形式參據兩大系統的若干種代表性版本，以期整理出一部即可滿足一般讀者欣賞需要，又可為學界提供相對完整的《金瓶梅》研究資料的一個新版本。

　　北京大學圖書館所藏《新刻繡像批評金瓶梅》（校記簡稱底本），為大開本，共四函，三十六冊（20.8×30.6），封面扉頁均不存，書首有東吳弄珠客序，正文每半頁十行，行二十二字，每卷五回，每回回首有插圖二幀，全書共二百幀，均出自新安（今安徽歙縣）名手。文中有圈點，行間有夾批並有眉批。

　　之所以選用「北大本」作為底本，是由於這個本子是現在「崇本」系統中最為完整、至為珍貴的一個版本。該本圖與正文刊印精良，全書有眉批一千二百八十六條，眉批位置與正文文字相合，無錯位亂置之處。而其它版本，則有的開本較小，刻工差，原文殘闕較多，或沒有序言評語，顯係北大本的翻刻或再翻刻本。北京大學出版社於 1988 年 8

月影印該本，作了一些技術方面的補配工作，使之更加完善。

本書的主要參校本有以下幾種：

1. 日本內閣文庫藏本《新鐫繡像批評原本金瓶梅》（校記簡稱「內閣文庫本」），全一百回，二十卷，本文二十冊，附圖一冊（二百幀）該本與北大本相近，每半頁十一行，每行二十八字，無欣欣子序，有東吳弄珠客和廿公跋。行文方式與北大本略有不同，回首引詩、詞前多無「詩曰」，或「詞曰」，引詞則將詞牌冠於前。眉批刻印的行款亦與北大本不同，北大本眉批以四字一行為主，極少回目中二字一行，內閣文庫本則為三字一行。有些眉批和旁批為北大本所無，北大本中的某些眉批和旁批，內閣文庫本也有闕失。

2.《皋鶴堂批評第一奇書金瓶梅》（校記簡稱「張評皋鶴堂本」），全一百回，三十冊，不分卷，為清康熙乙亥本（21×14.8），書口為「第一奇書」，正文半頁十一行，行二十二字，無圖，回前亦無回評，正文內有眉批，旁批和行間夾批文字，卷首有謝頤序，附錄有〈凡例〉〈目錄〉〈雜錄〉（〈雜錄小引〉〈西門慶家人名數〉〈西門慶家人媳婦〉〈西門慶淫過婦女〉〈潘金蓮淫過人目〉）、〈趣談〉〈苦孝說〉〈寓意說〉〈冷熱金針〉〈非淫書論〉〈大略〉〈竹坡閒話〉〈房屋考〉〈西門慶房屋〉〈讀法〉（一百零八則）。劉輝先生認為該本為「第一奇書」之原刻本，刊刻於清康熙三十四年乙亥。[1]

3.《皋鶴堂批評第一奇書金瓶梅》（校記簡稱「張評影松軒本」），影松軒刻本（21×14），該本書口為「第一奇書」，無魚尾，正文半葉十行，行二十二字，有圖二百幀，全一百回，二十冊（其中圖一冊）不分卷，每回前有回評，正文內有眉批，旁批，行間夾批，框內右上方署「彭城張竹坡批評」，中間大字書「繡像金瓶梅」，左下方署「影松軒藏版」，卷首有謝頤序。附錄有〈趣談〉〈雜錄〉〈房屋〉〈大略〉〈雜錄小引〉〈苦孝說〉〈寓意說〉〈讀法〉（一百零八則）、〈第一奇書書目〉。

4.《皋鶴堂批評第一奇書金瓶梅》（在茲堂刊本，校記簡稱「張評在茲堂本」），文龍評，全一百回，有眉批、旁批，回間夾批，回評獨立成篇。有謝頤序，附錄依次排列為：〈第一奇書金瓶梅趣談〉〈西門慶房屋〉〈凡例〉〈雜錄小引〉〈竹坡閒話〉〈讀法〉〈冷熱金針〉〈第一奇書非淫書論〉〈寓意說〉〈第一奇書書目〉〈西門慶家人名數〉〈西門慶家人媳婦〉〈西門慶淫過婦女〉〈潘金蓮淫過人目〉〈苦孝說〉。文龍的評語，手書於張評之後，以回評為主，回評末多有附記。間有少數夾批和眉批。這個珍貴的版本現藏北京圖書館北海分館。

5.《新刻金瓶梅詞話》（校記簡稱「詞話本」），一百回，十卷，二十冊，為明萬曆刻

1　劉輝：《金瓶梅成書與版本研究》，瀋陽：遼寧人民出版社，1986年。

本（21.5×13.8），正文半頁十一行，行二十四字，無圖，無評，正文多處用墨筆塗改，這個版本原於 1932 年首次在山西介休縣發現，為北京圖書館購藏，後寄存於美國國會圖書館，現存臺灣，所用為據 1933 年 3 月「古佚小說刊行會」影印本之重印本（1957 年文學古籍刊行社）。據考證，此原本係明萬曆四十五年祖刻之翻本，刊刻時在萬曆四十七年稍後。[2]

除以上六種版本之外，本書還參考了以下版本：

1. 首都圖書館藏本（即孔德本，校記中簡稱「首圖本」）。

2. 天津圖書館藏本（校記中簡稱「天圖本」）。

3. 鄭振鐸「世界文庫本」。

4. 本衙藏版本《全像金瓶梅彭城張竹坡批評第一奇書》（校記中簡稱「張評本衙藏版本」）。

5. 《四大奇書第四種》。

6. 《李笠翁先生著第一奇書》。

7. 齊魯書社版《張竹坡批評第一奇書》。

8. 《全本金瓶梅詞話》香港太平書局影印本（1982 年 8 月）。

9. 人民文學出版社 1985 年潔本《金瓶梅詞話》（戴鴻森校）。

此外，還參考了容與堂刻本《水滸傳》、文學古籍刊行社影印本《清平山堂話本》《煙畫草堂小品》叢書本《京本通俗小說》《馮夢龍全集》本《古今小說》，以及《六十種曲》等大量相關資料。對參考本酌出校記。

二、集評

1. 本書彙集、整理了無名氏、張竹坡、文龍（文禹門）三位批評家的評點資料。共集錄眉批一千七百餘條，旁批與行間夾批三千餘條，回評一百九十八則。

2. 崇本系統諸本的眉批與旁批，亦不盡相同，北大本原無或殘闕不可辨認的眉批與旁批，據內閣文庫本補入，北大本中的眉批，在內閣文庫本中有偶作旁批之處，從北大本。北大本原有，內閣文庫本無的眉批、旁批，只注明北大本眉批或旁批；內閣文庫本有北大本無的眉批、旁批，則標明崇眉批、崇旁批、崇夾批。

北大本的個別眉批，為首圖本所無，首圖本之旁批，亦有與北大本不同之處，有些旁批為北大本所無，天津圖書館藏本亦略多數條眉批，因缺少信而有徵的資料，只能酌情補入。

2　胡文彬：《金瓶梅書錄》，瀋陽：遼寧人民出版社，1986 年。

3. 張評系統諸本評點文字亦多有不同，康熙乙亥《彭城張竹坡批評金瓶梅》（本衙藏板）有眉批、旁批，行內夾批及回評（亦有未裝入回評之同一版本），而《全像金瓶梅》本衙藏版本卻只有回前評語，而無眉批，「影松軒」本則將康熙乙亥本眉批刪除或改為旁批，《四大奇書第四種》有回前評語和旁批，無眉批，在茲堂本、皋鶴草堂本有眉批旁批而無回評。在「總評」文字中，康熙乙亥本及本衙藏版本缺〈凡例〉和〈第一奇書非淫書論〉；而無回評；在茲堂、皋鶴草堂等本，則不缺二文。本書張竹坡的評點文字部分，以康熙乙亥《彭城張竹坡批評金瓶梅》（本衙藏板）為基礎，其它翻刻本不另出校。並將總評有關文字附錄於後，〈非淫書論〉〈凡例〉，從「在茲堂本」補入。

4. 眉批、旁批、行間文字夾批，依版本編次為崇批、張批、文批。張評康熙乙亥本回評原在回目、正文之前，另頁刊印，本書移至回末。文龍之回評後，有附記多則，頗具資料價值，茲作為附錄，附於評語之末。張評本「總評」部分原在正文之前，本書選〈第一奇書凡例〉〈竹坡閒話〉〈冷熱金針〉〈寓意說〉〈苦孝說〉〈第一奇書非淫書論〉〈批評第一奇書金瓶梅讀法〉七篇，作為附錄，附於書後，由於排版程式的改變，眉批文字移至頁間，旁批文字置於相應的正文行間。

三、會校

一是廣列異文。由於本書為綜合學術本，廣列異文是校勘整理的一項主要工作。本書參校範圍，不限於崇本系統主要版本，而且同張評本、詞話本進行比勘，這種版本的校核比勘，對瞭解《金瓶梅》的流傳、演變以及多角度地理解文本，是很有必要的。崇本《金瓶梅》的評點者無名氏，同時也是詞話本的改寫者，本書通過崇本與詞話本的比勘，能使讀者更為直接地了解說散本與詞話本之間的關係以及從詞話本到說散本的演變過程，亦可從《詞話》本和說散本的比較研究中，從文人作家與民間創作各自的特點中，去探索和研究中國古典小說的內在發展規律。

《金瓶梅》在成書的過程中，不僅從《水滸傳》中抄錄了大量的文字，而且從話本小說（宋元話本和明人的擬話本）、雜劇傳奇，以及流行於當時的散曲、時調中抄錄了大量的文字，這些抄引，有的屬同體移植，有的屬異株嫁接，有的則屬改頭換面。正是這些異彩紛呈的「他山之石」，成為探究《金瓶梅》這部百科全書式的作品素材來源的「剖玉之刀」。本書首次在整理出版的《金瓶梅》中將這些抄引的文字作為異文寫入校記。

《金瓶梅》與《水滸傳》的因承關係。《金瓶梅》正是借《水滸傳》故事繁衍而成大國。《金瓶梅》對於《水滸傳》的抄錄是大規模的，據周鈞韜先生統計，《金瓶梅》一百回中「含有抄襲《水滸傳》文字共三十二回，占全書總回數的三分之一。反之，《水

滸傳》一百回中,被《金瓶梅》所抄襲的有三十回的三十五段文字,亦占全書回數的三分之一。這兩個三分之一已經足以說明《金瓶梅》對《水滸傳》的依賴」[3]。由於這一部分文字龐大,除韻文部分之外,對抄引的故事情節,在出校時只將重要部分列出可資對照的原文,一般只舉出抄引線索。

對於來源於話本和擬話本的素材,如《大宋宣和遺事》,及《清平山堂話本》《京本通俗小說》《古今小說》中的〈刎頸鴛鴦會〉〈簡帖和尚〉〈戒指兒記〉〈五戒禪師私紅蓮記〉〈志誠張主管〉(又名〈小夫人金錢贈年少〉)、〈新橋市韓五賣春情〉(又名〈三梵僧記〉)、〈鄭節使立功神臂弓〉等,和抄引自戲曲如《西廂記》《琵琶記》《香囊記》《玉環記》《寶劍記》中的情節及韻文,以及見載於《雍熙樂府》《詞林摘豔》中的散曲並小令,則全部錄出原書文字,與《金瓶梅》相比勘。

二是在通校了崇本系統、張評本系統中重要版本和詞話本的基礎上,對底本中闕衍訛誤之處進行了校正和調整,如:第十五回:「蹴踘齊雲」,底本原作「蹴踘齊眉」,崇本系統與張評系統諸本均同,因踢球的社團稱圓社或「齊雲社」,故據詞話本改「齊眉」為「齊雲」。第十八回:「五百年冤家今朝相遇,三十年恩愛一旦遭逢」,底本上句原作「五百年冤家相遇」,崇本系統、張本系統諸本同,與下句不對仗。故從詞話本在上句補入「今朝」二字。

對有些錯誤之處則據文意,在理校中進行了改動:

如第七回寫孟玉樓出嫁後,「到三日,楊姑娘家並婦人兩個嫂子,孟大嫂和孟二嫂,都來做生日」。各系統諸本同,「做生日」顯係誤抄或誤刊。孟玉樓的親眷們是於孟氏出嫁後第三天來西門府上賀喜,故從前後文意徑改為「做三日」。底本第十六回:「跪著唱了一套十三腔」,諸本同,誤。「十三腔」,應為「三十腔」。三十腔係曲牌名,集三十個曲調而成,這種集曲形式稱為「犯調」,屬南曲範疇。另外《盛世新聲·南曲》《詞林摘豔》卷二,均作「三十腔」,從改。第四十七回,引首詩「須憑魯連箭,為汝謝聊城」,「謝聊城」,內閣文庫本作「解聊城」,張評本作「謝聯城」,均誤。按:魯連,即魯仲連,戰國時齊國人,策士,好為人排難解紛。漢班固〈答賓戲〉有:「魯連飛一矢而躡千金,虞卿以顧眄而損相印」之句。後人遂以魯連箭代指金銀。《戰國策·齊策六》:戰國時,燕攻齊,下七十餘城。齊將田單欲收復聊城(今山東聊城市西北),攻之年餘而不下。魯仲連乃寫信繫於箭,射入城中,勸燕軍棄城,燕將得信悅服,罷兵而去,齊國之圍遂解。後以此典比喻助力。這兩句詩引此典,喻苗青脫禍,全憑金銀的

3　周鈞韜:〈《金瓶梅》抄引《水滸傳》考探〉,《金瓶梅新探》,天津:百花文藝出版社,1987年。

助力去打通關節。故徑改為「射聊城」。

三是對行文中不規範而又容易引起歧意的俗字、別字，亦進行了更正，不便徑改者，則保留原字，並在校記中予以說明。

四、注釋

《金瓶梅》是一部百科全書式的市井小說，內容豐富，五花八門，涉及社會生活的方方面面，其語言系統更是極其駁雜。書中使用了大量的方言、市語、土諺、村話、反切、隱語、詈語、歇後語、「拆白道字」，使人感到眼花撩亂，注釋起來頗費力氣。有很多語辭至今仍百思不得其解。

在注釋過程中，除借助大量的工具書和關於社會學、民俗學、語音學、方言學、語義發生學以及歷史、文化、宗教等諸方面的背景資料之外，還更多地汲取了許多專家學者的研究成果。注釋過程中對名物、典章、歷史掌故，及市井切口諸方面有所側重，儘量做到以實事求是的精神去把握一定的分寸，對個別有歧義的語辭，則多義並存或取其中最有代表性的觀點，不作望文生義的詮釋。

《金瓶梅》：
中國「官場小說」的開山之作

《金瓶梅》能算「官場小說」嗎？

這可能是看到這篇文章的讀者提到的第一個問題。

我們暫且不在小說分類學的概念上兜圈子，先來進入文本。

中國的小說發展史上，有三個里程碑，第一個里程碑是唐傳奇，如魯迅先生說的那樣，「雖尚不離搜奇記逸，然敘述宛轉，文辭華豔，與六朝之粗陳梗概者較，演進之跡甚明，而尤顯者乃在是時則有意為小說。」[1]第二是宋元話本的出現，在描寫題材上由奇幻怪異轉向通俗，從此也便產生了自覺的小說觀念。在此基礎上產生的《三國演義》《水滸傳》《西遊記》這三部長篇，以其恢宏大氣和史詩般的筆觸，展現了一個新的文學宇宙。第三個里程碑，就是《金瓶梅》的誕生。

《金瓶梅》在前兩次小說變革的前提下，完成了由故事型向生活型的過渡與轉化，它攔腰斬斷了《三國演義》《水滸傳》的浪漫傳統和英雄主義風尚，改變了《三國演義》和《水滸傳》擬實小說的價值取向，從一個全新的角度拓展了中國小說的審美空間。

《金瓶梅》與《水滸傳》有著血脈貫通的因承關係，《金瓶梅》正是以《水滸傳》為藍本，繁衍鋪張而成大國。可以說，這兩部書同出於一個系列的「水滸」故事集群。但是《金瓶梅》卻容納了與《水滸傳》和其它話本小說完全不同的內容。《水滸傳》展現了以梁山好漢為中心的波瀾壯闊的生活場景，而《金瓶梅》卻從繁複的社會生活圖景中獨闢蹊徑，展現了一個世俗生活的廣闊世界。

《金瓶梅》的故事編年，是採用宋徽宗的紀年，即從宋徽宗政和二年壬辰（西元 1124 年）寫起，一直寫到南宋高宗建炎元年丁未（西元 1127 年），一共十六個年頭的故事，實際上，它所反映的，卻是我國十六世紀城市生活的圖景，也就是托宋而寫明，寫出的是明嘉靖、隆慶和萬曆三個朝代的歷史事實，而又以萬曆朝為主。作者有意把明中葉以後這個社會大變革時代的政治生活、經濟生活、文化生活、家庭生活，經過典型概括，溶

---

[1] 魯迅：《中國小說史略》，北京：人民文學出版社，1976 年重印本。

進北宋末年到南宋初年的十六個年頭中，描繪出封建制度之將死、資本主義因素已萌芽的時代百態。

而這一切，又全是在一個畸形的政治背景下展開的。

鄭振鐸先生曾指出：「表現真實的中國社會的形形色色者，捨《金瓶梅》恐怕找不到更重要的一部小說了……她是一部很偉大的寫實小說，赤裸裸的毫無忌憚的表現著中國社會的病態，表現著『世紀末』的最荒唐的一個墮落社會的景象。」[2]這段話很準確地點出了《金瓶梅》的主題。

《金瓶梅》的男一號西門慶是個官場中的人物，既使是他的商務活動，也離不開官場這個大背景。因此圍繞著他的故事很多是在官場展開的。西門慶的朋友、除了他生意夥伴之外，有很多也是官場中人，這些人有西門慶的同僚、宦友，有他的上級、下級，從團頭、忤作、班頭、捉察到巡捕、都頭、團練、通判，從稅關的基層幹部到驛丞、校尉、佐貳、主簿，從典史、縣尉、縣丞，到知府、知州、提刑、提督，從參議、布政、巡按、巡撫，到御史、太尉、太師（國務總理）等等，有山東「兩司八府」的地方官員，也有「官居一品、位列三台」的朝廷重臣。在《金瓶梅》的官場大世界中，舉凡皇帝妃姬、親王國公、戎馬將帥、內臣宦官，無所不包，幾乎可以囊括宋明兩代官制中的所有品階。

更有意思的是，在《金瓶梅》開出的一長串官員名單中，有很多是「史有其名」的宋、明兩朝官員，比如高俅、楊戩、童貫、蔡京（號稱高、楊、童、蔡四大奸臣），比如宋代的王黼、宇文虛中、蔡攸、李邦彥、楊時、曾孝序、曾布、朱勔、張叔夜、李綱，比如明代的陳文昭、韓邦奇、曹禾、趙訥、何其高等等，足足有四五十位。這些人在《宋史》《明史》中都可找到生平事蹟。這看起來有點「關公戰秦瓊」意味的宋、明兩代官員，在《金瓶梅》的官場世界裡組成了一個十分獨特的文化景觀，讓書中那一個波譎雲詭的官場更多了一些撲朔迷離的神秘。

書中涉及到的國家職能機構，包括地方的閘、關、衛、所、亭、里、巡檢司，及各級衙署，中央直屬的大理寺、鴻臚寺、樞密院、布按三司等等，直到朝廷中樞。林林總總。

書中涉及到的政事庶務，包括賦稅、訟獄、屯田、農桑、茶馬、驛遞、皇莊、營造、祭祀、保甲、水利、倉庫、稽核、檢察、以及教化、邊備、治安等等，無所不有。

至於《金瓶梅》中所描寫的官場活動，諸如官商勾結、買官賣官、行賄受賄、以權謀私、貪贓賣法、爾虞我詐、投機鑽營、明槍暗箭，種種人情練達、種種卑鄙渥濁，種種狐假虎威，種種瞞和騙、種種拆爛污、種種彎彎繞、種種笑裡刀……更是貫穿全書的始終，且描繪盡極精采生動之能事，《金瓶梅》寫到這些內容就妙筆生花。

2　鄭振鐸：《西諦書話·談金瓶梅詞話》。

　　《金瓶梅》中寫到的官場禮儀與生活細節，諸如接官、飲宴、餞行、剖諭、申諜、祝壽、節慶、酬酢、拜牌、畫公座（畫卯）、娛樂……等等，也寫得萬花筒般異彩紛呈。無所不在的官場生活與廣闊的社會生活魚水交融，便產生出活色生香的藝術效果。「其中朝野之政務、官私之揖接、閨闥之媟語，市里之猥談，與夫勢交利合之態，心輸背笑之局，桑中濮上之期，尊罍枕席之語，驅膾之機械意智，粉黛之自媚爭豔，狎客之從臾奉迎，奴怡之稽唇淬語，窮極境象，娀意快心，譬之範工摶泥，妍媸老少，人鬼萬殊，不徒肖其貌，且並其形傳之，信稗官之上乘，爐錘之妙手也。」[3]正因為如此，一部《金瓶梅》中，耿介和油滑並存，純美與淫濫交錯，拯世和利己雜陳，人世幻化、發跡變泰，一切人間情態，無不畢現其中。通過對這些官場與生活細胞的展示，揭示了中國封建社會的本質。更是由於作者對官場生活的熟稔，所以後世在提出《金瓶梅》作者遴選名單時，那些有過多年宦途經歷的「大名士」往往成為首選。

　　凡此種種，在《金瓶梅》以前的小說中是從來沒有出現過的。

　　這並不奇怪，因為文學的基本屬性之一，就是它的時代性和社會性。

　　《金瓶梅》時代，是一個非常特殊的時代，雖然從表面上看，中國的晚明仍然是一個古老的東方帝國，但那同時又是一個中古向近代逼進的重要的歷史時期。中國的封建社會經歷了數千年長期的、緩慢的發展，到明代中後期終於步入了晚境。

　　特別是到了嘉靖、萬曆時期，社會開始醞釀著一場巨變。資本主義萌芽因素的出現，帶來了普遍的經濟和商業的繁榮，城市經濟的勃興、新興市民階層的壯大，封建統治階層的荒淫腐朽，社會道德的淪喪和社會風氣的敗壞，成為那一個時代的主要特色。

　　那是一個十分荒誕的時代──隨處可見的，是一幅幅荒誕不經的世紀末景象，而種種荒誕不經，又以從中央到地方的政治腐敗為前提：皇帝不理朝政，只一味營建齋醮，采木采香，濫淫無度。朝廷權臣和地方官吏，則懸秤賣官，指方補價，投機倒把，貪贓枉法。以至於帶動的整個社會人欲橫流，「女不織，男不耕，全靠賣俏做營生」。金錢之通神，莫甚於斯時。官位、法度都成了商品，價值崩潰，信仰坍塌，社會政治腐敗和資本原始積累時代的雙重災難，在《金瓶梅》這部書裡被體現的淋漓盡致。它是通過對官場和社會政治的整體窳敗的揭露，藝術地反映了社會現實的種種病態，汪洋恣肆地對封建社會的腐朽作了一次擘肌析理的總剖析。以藝術的力量，暴露了一個末世社會寡廉鮮恥的潰瘍。

　　所以我認為，《金瓶梅》這部偉大的「世情書」，實是中國官場小說的開山之作，它的出現為後世官場小說導夫先路，真正是「前無古人，後啟來者」。

3　謝肇淛：〈金瓶梅跋〉。

《金瓶梅》與《儒林外史》

　　《金瓶梅》是一部獨一無二的「黑色小說」。

　　甯宗一教授曾把它稱作「小說史的一半」，他說：「研究《金瓶梅》的重要意義，還在於在笑笑生身上和《金瓶梅》的文本中就有中國古代小說中的一半；在於《水滸傳》《三國演義》《儒林外史》《紅樓夢》等偉大作品的存在，離不開同《金瓶梅》相依存相矛盾的關係；在於笑笑生及其《金瓶梅》代表的中國文化傳統的一個方面，以及它與中國古代知識分子的歷史性格、文化性格有甚深的關係。」[1]（《說不盡的金瓶梅》）

　　《金瓶梅》是一部世情書。它寫了商人、牙人、匠人、僧人、道人等形形色色的人物，也寫到了讀書人，如應伯爵、水秀才、溫秀才（必古）、蔡狀元（蔡蘊）等。這一小群讀書人，是晚明社會知識分子悲劇的一個縮影。

　　讀《金瓶梅》，不可忽略書中那一篇〈別頭巾文〉：

> 一戴頭巾心甚歡，豈知今日誤儒冠。別人戴你三五載，偏戀我頭三十年。要戴烏紗求閣下，做篇詩句別尊前。此番非是吾情薄，白髮臨期太不堪。今秋若不登高第，踢碎冤家學種田。
>
> 　　維歲在大比之期，時到揭曉之候，訴我心事，告汝頭巾。為你青雲利器望榮身，誰知今日白髮盈頭戀故人。嗟呼！憶我初戴頭巾，青青子襟，承汝枉顧，昂昂氣忻，即不許我少年早發，又不許我久屈待伸，上無公卿大夫之職，下非農工商賈之民。年年居白屋，日日走豪門。宗師臨案，膽戰心驚，上司迎接，東走西奔。思量為你，一世驚赫赫，受了若干年辛苦。一年四季，零零碎碎，被人賴了多少束修銀。告狀助貧，分穀五斗，祭下領支肉半斤。官府見了，不覺怒嗔，皂快道稱，盡道廣文。東京路上，陪人幾次，兩齋學霸，惟吾獨尊。你看我兩隻皂靴穿到底，一領藍衫剩布筋。埋頭有年，說不盡艱難悽楚，出身何日，空歷過冷淡酸辛。賺盡英雄，一生不得文章力，未沾恩命，數載猶懷壯漢心。嗟乎哀哉，哀此頭巾。看他形狀，其實可衿。後直前橫，你是何物？七穿八洞，真是禍根！

嗚呼，沖霄鳥兮未垂翅，化龍魚兮已失鱗。豈不聞久不飛兮一飛登雲，久不鳴兮一鳴驚人！

早求你脫胎換骨，非是我棄舊憐新。斯文名器，想是通神，從茲長別，方感洪恩，短詞薄奠，庶其來歆。理極數窮，不勝具懇。就此拜別，早早請行。[2]

已有學者考證出，這篇駢文，是晚明文人屠隆的〈祭頭巾文〉。秀才祭頭巾，抒發的無非是傳統中國知識分子的牢騷和不平。

做官，是中國舊知識分子唯一的前途，非此而不算「舉業」。吳敬梓曾通過《儒林外史》中馬二先生之口說過：「舉業二字，是從古及今，人人必要做的。就如孔子生在春秋時候，那時用『言揚行舉』，做官，故孔子只講得個『言寡尤，行寡悔，祿在其中』。這便是孔子的舉業；到漢朝，用賢良方正開科，所以公孫弘、董仲舒舉賢良方正：這便是漢人的舉業；到唐朝，用詩賦取士……所以唐人都會做幾句詩，這便是唐人的舉業；到宋朝……都用的是些理學的人做官，所以程、朱就講理學，這便是宋人的舉業：到本朝，用文章取士，就日日講究『言寡行，行寡悔』，哪個給你官做？孔子的道，也就不行了。」

只要不能做官，便不能算是「舉業」，便有無窮的悲憤，這種心理，在中國幾千年的文學作品中層出不窮，這也是世界文學中獨有的現象。

既然文章做不通，官場又進不去，又該如何呢？即然「上無公卿大夫之職，下非農工商賈之民」，又再也不甘心「年年居白屋，日日走麾門（考場）」，又何以為生計，做有錢人家的幫閒，也算是一種「舉業」罷。

《金瓶梅》中寫到的應伯爵、水秀才、溫秀才就是一夥這樣的讀書人。

應伯爵被人稱作「天下第一幫閒」，殊不知，這嫖沒了一份若大家產，專一跟著富家子弟幫嫖貼食，又會一腳好氣球兒，雙陸棋子，樣樣精通的應花子，很少讓人注意到他原本也是一介書生。

西門慶升官之後，感到自己「雖是個武職，恁他一個門面，京城內外結交的許多官員，近日又拜在太師門下，那些通問的書柬，流水也似往來，我又不得細功夫，多不得料理，一心要尋個先生們在屋裡，好教他寫寫，省些力氣」，因此才讓應伯爵給他尋一個「秘書」。

應伯爵當即便給他舉薦了一個姓水的秀才，《金瓶梅》中寫他向西門慶解讀水秀才的一封以「黃鶯兒」曲牌寫的信：「書寄應哥前，別來思，不待言。滿門兒托賴都康健，

2　《金瓶梅詞話》第七十九回。

舍字在邊，傍立著官，有時一定求方便，羨如椽，往來言疏，落筆起雲煙。」西門慶聽了哈哈大笑，覺得這信寫得蹩腳，並認為水秀才「才學荒疏，人品散淡」。應伯爵說：「哥不知道，這正是拆白道字，尤人所難。『舍』字在邊，傍立著『官』，不是個『舘』？若是有舘時，千萬要舉薦，因此說『有時一定求方便』。『羨如椽』，他說自家一筆如椽，做人家往來的書疏，筆兒落下去，雲煙滿紙，因此說『落筆起雲煙』。哥你看他詞裡，有一個字兒是閒話麼？只這幾句，穩穩把心窩裡事都寫在紙上，可不好哩。」

這位水秀才，是應二先生的同學，他們二人，都是被晚明的科舉制度無情的拋棄，而又缺乏賴以生計的一技之長的讀書人。不同之處，是應伯爵比水秀才少了幾分窮酸，多了幾分精明。

水秀才最初在李侍郎府裡坐舘，被主人逐出後無以為生，只好困守空廬，待價而沽。而應伯爵卻參透了人情世故。他知道，像他這樣落魄潦倒的窮書生。如以清高自居，就只有餓死的分。要不餓死並且活得好，（況應二先生還有一妻一妾一家僕，需要他一張嘴養活呢。）就只有依附那些發達的商人階層。

應伯爵作為一個被扭曲的讀書人，比其它幫閒自有不同，他百伶百俐，諳熟人情世故。他深知，像他這樣的窮書生，幫忙不行，更做不得幫凶，而幫閒卻要幫得圓通，即要有一定的火候，又要有一定的分寸，應二先生頗領會個中三味。西門慶剛剛做了理刑副千戶，買了幾條官服上的帶子，適逢應伯爵去為吳典恩借銀子，西門慶很得意地向應伯爵炫耀。應伯爵知道這個傢伙平庸而且愚頑，需要得到及時的奉承，便把這幾條帶子極口稱讚了一通，並說出這帶子是水犀角而不是旱犀角，怎樣可以把水分開，又怎樣夜間燃火照千里，火光通宿不滅，把西門慶說得心花怒放。但他知道不能在主子面前把自己的聰明過分地顯露，故當西門慶讓他估估這帶子的價值時，他馬上又裝出一幅憨相，說：「我每（們）怎麼估得出來？」這樣，使西門慶極端自大狂的心理得到了一番舒舒泰泰的滿足，應伯爵也順順當當為吳典恩借到了銀子。

應伯爵和西門慶之間，是一種精神上的供求關係。因此，他最懂得在什麼時候、什麼場合如何討主子的歡心。他很聰明，什麼時興的玩藝都能來兩手，會講笑話，會唱小曲兒，會踢球，還精烹調之道，什麼場面都能應酬，什麼對象全能講出名堂。管磚廠的劉太監送了西門慶二十盆花，他馬上道出這盛花的盆子是「官窯雙箍漿盆，又吃年代，又禁水漫，都是用絹羅打，用腳跳過泥，才燒成這個物兒，與蘇州鄧漿磚一個樣兒做法。」

因為這一套過硬的基本功，應伯爵才如魚得水。西門慶飲酒、嫖妓、會客、訪友，處處離不了應伯爵，連吳月娘也罵他：「勾使鬼」。

應伯爵知道，他雖同西門慶結了金蘭兄弟，但這只是名分，他是永遠不可能同富埒王侯的西門大官人坐到一條板凳上去的。作為幫閒，應伯爵受得辱、挨得罵，作為讀書

人，應伯爵又很難死心塌地滿意這種生活。有一次他到西門慶家去，西門慶問他吃飯了不曾，他不好意思說沒吃，便讓西門慶猜，西門慶故意說：「想是吃過了」。應伯爵只好解嘲地說：「卻這等猜不著」。表面上詼諧、滑稽，內心卻十分淒慘悲涼。

從應伯爵的行為，我們看到了晚明落魄書生人格的猥瑣。應伯爵並不愚笨，但他在商品經濟高度發展的社會裡沒有競爭意識，因此也便失去了獨立的人格。他不願像韓道國那樣為東家當差，也不願像黃四那樣借了錢去做買賣，自立門戶。甚至不願像吳典恩那樣靠西門大官人去謀一官半職，自然更不願去種田、做工。因此，只能以人格的低姿勢，喪失自我，被裹挾在生活的濁流中。

同一種類型而又有別於應伯爵的，是溫秀才。

溫秀才名溫必古，號葵軒，原是夏提刑家的西賓，由西門慶的僚友倪佳岩保薦，將他推薦給西門慶家做西賓。這位先生年不過四旬，生得明眸皓齒，三牙鬚，丰姿灑脫，舉止飄逸，堂堂一表人才。但此人根本就沒有什麼學問，他在夏提刑家作西賓，夏提刑的兒子是因其父捐了五百兩贓銀，才買了個武舉，可見文才委實不行，跟這老生學了些什麼，也只有天知道了。

溫必古自稱：「府學備數，初學《易經》」，裝出一幅飽學之士的派頭，每個月拿西門慶的三兩束修。西門慶還專門配了小廝畫童替他端茶送飯，洗硯磨墨，還在後邊收拾了一所書院讓他居住。溫必古衣食有靠，悠哉遊哉。

本來，西門慶家沒有念書的孩子，原是不必請什麼西賓的。他雖做著現任官，但並不勤於公務。溫秀才養在府裡，只不過替他做一些文字應酬，「專修書柬，回答往來仕夫」。西門慶出門看朋友，讓他拿拜帖匣兒跟隨。西門慶宴客、狎妓，也常常把他拉上作陪。

溫秀才文才不達，對吃喝玩樂，擲骰行令卻極在行。應伯爵和西門慶、謝希大在酒席上嬉鬧，進行無聊的鬥嘴，他聽得津津有味，十分讚賞：「二公與我這東君老先生，原來這等厚。酒席中間，誠然不如此也不樂，悅在心，樂主散發在外，自不覺手之舞之足之蹈之也。」

因此，西門慶同他的狐朋狗黨飲宴時，總要少不了叫上他做陪襯，甚至在妓院裡開酒宴，西門慶也總拉上他同往，吃酒到三更方回。

但無論溫秀才如何裝出一幅飽學之士的派頭，最終仍免不了要露出些馬腳來。他不相信「君子固窮」那一套，吃了拿了還要唆使小廝為他偷銀器傢伙。他還經常打聽各房女眷的房中秘事，十足一個色中餓鬼。這種漁色的變態心理轉化為一種邪欲，時常要拿畫童洩欲火，致使畫童告發到吳月娘那兒。西門慶聞知，即刻叫小廝攆他出門，這位斯文掃地的老夫子，只好灰溜溜捲了自家的鋪蓋。

那麼，已經做了官的讀書人又怎樣呢？

《金瓶梅》中寫了一個蔡蘊。他原本是寒窗秀士，一介書生，考中了狀元。蔡蘊中狀元是一幕陰差陽錯的喜劇，本來取中頭甲者是安忱，但「被言官說他先朝宰相安淳之弟，係黨人子孫，不可以魁多士」，安淳因為「政審」不合格，所以才把蔡蘊葫蘆提擢為第一，做了狀元。

蔡蘊一當上狀元，馬上投到蔡太師門下，做了老蔡的「假子」，這一個斯斯文文的儒生，骨子裡卻和蔡京、翟謙一樣鄙劣。剛剛做了秘書省正字，回家省親，蔡京的管家翟謙便介紹他順路去西門慶家「顧借」盤纏，西門慶自然心領神會，擺宴接風之後又贈以重金厚幣，讓這位沒見過大錠銀子的新科狀元受寵若驚。

第二次到西門慶家裡，蔡蘊已成了炙手可熱的「巡鹽御史」。西門慶此番招待又更不同，一下子花去了上千兩白銀，送給蔡御史和同行者宋巡按的禮物，每人都是兩罈酒，兩牽羊，兩對金絲花，兩匹緞紅，一幅金台盤，兩把銀執壺，十隻銀酒杯，兩個銀折盂，一雙牙箸。為了更好地籠絡住這個上門財神，西門慶還特地叫了妓女董嬌兒、韓金釧兩個人來陪他過夜。書中寫蔡御史退了酒席之後，見了那兩個妓女花枝招展地叩頭，「欲進不能，欲退不可」，便說：「四泉，你如何這等愛厚，恐使不得。」西門慶笑道：「與昔日東山之遊，又何別乎？」御史道：「恐我不如安石之才，而君有王右軍之高致矣。」於是月下與二妓攜手，不啻恍若劉阮之入天台。

「東山之遊」，是指東晉謝安石辭官隱居會稽東山，雖然放情於山水，然而每次賞遊必攜妓女同行。這同西門慶在自家花園裡讓妓女陪伴蔡蘊，何有一絲相同之處。而這位蔡御史竟恬不知恥地以謝安石自命，並順水推舟地把俗不可耐的文盲加市儈西門慶比做一代書聖王羲之，將卑劣的情欲儘量裝點高雅，反而越發顯得滑稽。

其實西門慶從骨子裡瞧不起這位蔡狀元，董嬌兒陪他睡了一夜，得了一兩銀子的紅封，拿與西門慶瞧，西門慶笑道：「文職的營生，他哪裡有大錢與你，這就是上上籤了。」

蔡蘊從另一個角度體現了封建知識分子的墮落。他們中的一些人，一旦跳了龍門，靈魂也被浸濁，被扭曲，做起壞事來一點也不比那些粗俗的官場之人強多少。這同樣是知識分子的另一種悲劇。

吳敬梓的《儒林外史》，以「功名富貴」四字為大主腦，寫透了八股科舉制度的窳敗，也對形形色色知識分子的悲喜劇，進行了一次「哲學巡禮」（甯宗一語）。

吳敬梓在這部小說中，寫了一百多個讀書人，通過他們個人命運的浮沉，境遇的順逆，功名的得失，情操的高劣的描寫，反映出了在清朝統治者「胡蘿蔔加大棒」式的知識分子政策下生活著的讀書人的種種際遇。

八股取士的科舉制度，比秦始皇的焚書坑儒其禍尤甚。因為被秦始皇在咸陽郊外活

埋的只有四百六十多個儒生，然而被八股文活埋的學子，又何止千千萬萬。

《儒林外史》第一回，王冕看見《邸抄》上邊有一條是禮部議定的取士辦法：三年一科舉，用得是「五經」「四書」、八股文。王冕指與秦老看，說：「這個法卻定得不好。將來讀書人即有此一條榮身之路，把那個『文行出處』都看得輕了。」這裡所說的「文」，即是實際學問，儒家術語中叫做「道藝」，「行」是一個人的好品行，是實踐功夫；「出」便是做官，建立勳業；「處」是在野或在家生活。「出」和「處」便是《論語》上說的「用之則行，舍之則藏」，這是正統儒家所講究的立身行事的基本問題。

從《儒林外史》第二回開始，吳敬梓便展覽了周進、范進等被科舉制度毒害得頭腦冬烘的儒生形象。

老童生周進、范進考了幾十年，把青春和精力全都葬送在了毫無意義的八股科舉之中，名韁利索把他們捆綁得似乞似囚，科舉功名把他們愚弄得如癡如狂。他們活在這世界上，仿佛除了這科舉，沒有任何目的，沒有任何樂趣。

周進因為頭髮白了還未進學，遊貢院時觸景生情，哭得昏死過去，眾人用水將他灌醒，扶他立起來。周進見了號板，只顧扶住哭個不停，從一號哭到二號，三號，滿地打滾，哭了一陣又一陣，直哭到口裡吐出鮮血來。後來，一群商人答應替他湊錢捐個監生，他便爬下叩頭道：「若得如此，便是重生父母，我周進變驢變馬，也要報效！」

周進在薛家集觀音庵裡教私塾的時候，衣食拮据，被人家瞧不起，秀才梅玖經常奚落他，後來中了進士，做了官，觀音庵裡供著他的長生牌。原來比他進學早的梅玖竟也稱門生，並吩咐和尚把他多年貼在牆上的一幅對聯小心揭下來拿去裝裱。

范進中舉更是一齣滑稽劇，為參加鄉試，他去求丈人胡屠夫借盤纏，被胡屠夫罵了一個狗血噴頭，道：「不要失了你的時，你自己只覺得中了一個相公，就『癩蛤蟆想吃天鵝肉』來！我聽見人說，就是中相公時，也不是你的文章，還是宗師看見你老，不過意，捨與你的。如今就想癡心中起老爺來！這些中老爺的都是天上文曲星，你不見城裡張府上那些老爺，都有萬貫家私，一個個方面大耳，像你這尖嘴猴腮，也該撒泡尿自己照照，不三不四，就想天鵝屁吃！趁早收了這心。明年在我們行裡替你尋一個館，每年尋幾兩銀子，養活你那老不死的老娘和你老婆是正經！你向我借盤纏，我一天殺一個豬還賺不得錢把銀子，都把你丟在水裡，叫我一家老小嗑西北風！」一頓夾七夾八，罵得范進摸門不著。

後來范進果然中舉，胡屠夫立時沒了氣焰，賠著小心叫女婿「賢婿老爺」，又說：「我的這個賢婿，品貌又好，就是城裡頭那張府、周府這些老爺，也沒我女婿這樣一個體面的相貌。你不知道，得罪你們說，我老小這一雙眼睛，卻是認得人的。想著先年，我小女在家裡長到三十多歲，多少有錢的富戶要和我結親，我自己覺得女兒像有些福氣的，

畢竟要嫁與個老爺，今日果然不錯。」

《儒林外史》寫的不只是幾個讀書人的命運，而是著墨寫出了一個科舉時代的社會環境。

如魯翰林曾說：「八股文章若做得好，隨便你什麼東西，要詩就詩，要賦就賦，都是一鞭一條痕，一摑一掌血。若是八股文章欠講究，任何做出什麼來都是野狐禪，邪魔外道。」在他的薰陶下，他的女兒魯小姐也在梳粧台邊上，刺繡窗前，擺滿了一部又一部的八股文。這女孩：「五六歲上請先生開蒙，讀的是《四書》《五經》，十一二歲就講書，讀（八股）文章，先把一部王守溪（明代之八股大家）的稿子讀得滾瓜爛熟。教他做破題、破承、起講、題比、中比、成篇。」最後把八股「諸大家之文，歷科程墨，各省宗師考卷，肚裡記得三千餘篇。」正如《紅樓夢》中賈寶玉所說：「好好的一個清淨潔白的女兒，也入了國賊祿鬼之流。」

《金瓶梅》的商品社會中出現了商品拜物教，《儒林外史》的八股社會裡出現了八股拜物教。你看那位周道學，面對一個自稱「詩詞歌賦都會」的童生，立即悖然變色，道：「當今天子重文章，足下何講漢唐。」一聲令下，公差們將要求面試詩詞歌賦的考生「一路跟頭，叉到大門外」。

八股制度造就了一大批低智商的「兩腳書櫥」，士子的知識貧乏到了荒唐可笑的地步。主持一省學政的范進，不知蘇軾是今人還是古人，被稱為：「文章山頭」的馬純上，竟完全不知道李清照、蘇若蘭、朱淑真的名字，更有那位匡舉人，不明白「先儒」是指「已經去世之儒者」，而自稱「先儒」，鬧出了讓人笑掉大牙的笑話。

這些智慧結構被八股文章破壞得一團糟的腐儒，一個個都是「爛忠厚無用」「不中用的貨」。有一位倪霜峰，纏陷於科舉羅網三十七年之後，終於明白「壞就壞在讀了這幾句死書，拿不得輕，負不得重，一日窮似一日。」

《儒林外史》諷刺時事的辛辣，也深得《金瓶梅》之壺奧。

第四回寫范進中舉幾個月後便死了母親，七七過後，他換去孝服同張靜齋一道去高要縣找湯知縣打秋風，這已是不合禮教了。湯知縣請他吃酒：

> 席上燕窩、雞、鴨，此外就是廣東出的柔魚，苦瓜，也做兩碗。知縣安了席坐下，用的都是銀鑲杯箸。范進退前縮後的不舉杯箸，知縣不解其故，靜齋笑道：「世先生因遵制，想是不用這個杯箸」，知縣忙叫換去，換了一個磁杯，一雙象牙箸來，范進又不肯舉。靜齋道：「這個箸也不用。」隨即換了一雙白顏色竹子的來，方才罷了。知縣疑惑他居喪如此盡禮，倘或不用葷酒，卻是不曾備辦，落後看見他在燕窩碗裡揀了一個大蝦元子送在嘴裡，方才放心。

這一筆真是入木三分。還有那位嚴監生，他想在太太王氏死後，把妾扶為正室，又怕兩個舅子王德王仁不同意，便送他們每人一百兩銀子。這兩個衛道士接過銀子，眼睛還哭得紅紅的，便勸嚴監生趕快把妾趙氏扶正。王仁拍著桌子說：「我們念書的人，全在綱常上做功夫。就是做文章代孔子說話，也不過是這個理。你若不依，我們就不上門了！」隨即由他們做主，在王氏臨死的時候，熱熱鬧鬧辦起喜事來。嚴監生戴著方巾，穿著青衫，披了紅綢，趙氏穿著大紅，戴了赤金冠子，兩人雙拜了天地，又拜了祖宗，一位士子又替他做了一篇告祖先的文，甚是懇切。這段文字，真是痛下針砭。這位嚴監生為了把妾扶為正室，不惜以二百兩銀子向大舅子們行賄，可誰知他又是一個格朗台式的吝嗇鬼呢：

> 話說嚴監生臨死之時，伸著兩個指頭，總不肯斷氣。幾個侄兒和些家人都來訌亂著問，有說為兩個人的，有說為兩件事的，有說為兩處田地的，紛紛不一；只管搖頭不是。趙氏分開眾人，走上前道：「爺，只有我能知道你的心事。你是為了那燈盞裡點的是兩莖燈草，不放心，恐費了油，我如今挑掉一莖就是了。」說罷，忙去挑掉一莖。眾人看嚴監生時，點一點頭，把手垂下，登時就沒了氣。

黃小田評點的《儒林外史》，在這段文字後批道：「世間實有此等人，休言刻毒，我服先生真寫得出。」

還有一位新科進士荀玫，做了工部員外，得到母親病故的消息後，哭倒在地，救醒轉來，就要到堂上遞呈丁憂。王員外勸他說：「年長兄，這事且再商議。現在考先選道在即，你我的資格，都是有指望的，若是報明了丁憂家去，再遲三年，如何了得？不如且將這事瞞下，候考選過了再處。」荀員外道：「年老先生極是相愛之意，但這件事恐瞞不下。」王員外道：「快吩咐來的家人把孝服作速換了，這事不許通知外面人知道，明早我自有道理。」連周進、范進也替他活動「奪情」，後來因為荀玫的官太小，不合「奪情」的條例，沒活動成。只要有官做，什麼禮教呀，綱常呀可就放到一邊去了。

最不忍讓人讀的，是老秀才王玉輝勸女兒殉節那一段文字，王玉輝的女兒死了丈夫，要殉節，公婆都驚得淚下如雨，勸她不要這樣，而王玉輝不但不去勸阻女兒，反為博一個好名聲鼓勵女兒去死：

> 王玉輝道：「親家，我仔細想來，我這小女兒要殉節的真切，倒也由著她行罷，自古『心去意難留』。」因向女兒道：「我兒，你即如此，這是青史上留名的事，我難道反阻攔你？你意是這樣做罷。我今日就回家去，叫你母親來和你作別。」親家再三不肯。王玉輝執意，一徑來到家裡，把這話向老孺人說了。老孺人道：

「你怎麼的越老越呆了！一個女兒要死，你該勸她，怎麼倒叫她死呢？這是甚麼話說！」王玉輝道：「這樣事，你們早不曉得的。」老孺人聽見，痛哭流涕，連忙叫了轎子去勸女兒，到親家家去了。王玉輝在家，依舊看書寫字，候女兒的信息。老孺人勸女兒，哪裡勸得轉，千方百計，總不肯吃。餓到六天上，不能起床。母親看著傷心慘目，痛入心脾，也就病倒了，抬了回來，在家睡著。又過了三日，二更天氣，幾個火把，幾個人來打門，報導：「三姑娘餓了八日，在今日午時去世了。」老孺人聽見，哭死了過去，灌醒回來，大哭不止。王玉輝走到床面前，說道：「你這老人家真正是個呆子！三女兒他今日已是成了仙了，你哭她怎的？她這死得好，只怕我將來不能像她這一個好題目死哩！」因仰天大笑道：「死的好，死的好！」大笑著走出房門去了。

魯迅先生曾推崇《儒林外史》是中國文學史上最傑出的諷刺小說，是一部「以公心諷世之書」，「凡官師、儒者、名士、山人，間亦有市井細民，皆現身紙上，聲態並作，使彼世相，如在目前。」[3]這部小說，寫世相，寫人情，以人情透視世相，又以世相來呈現人情。跟《金瓶梅》的異曲同工之處，是它們都通過自己的人物，把一個時代的社會形象具體而細微地刻畫出來。從應伯爵，水秀才、溫秀才、蔡狀元、范進、周進、馬二先生、嚴監生、王玉輝等角色身上，不惟看到一個時代的輪廓與構成，而在這社會的眾生相中，流露了時代的脈息。

從這個意義上說，《儒林外史》是最得《金瓶梅》心傳的一部世情書。

3　魯迅：《中國小說史略》。

關於《金瓶梅》子弟書

　　「子弟書」，是清乾隆時產生的一種曲藝形式，由鼓詞派生而來，因由滿族八旗子弟所創，故又名「八旗子弟書」，亦稱「清音子弟書」，「子弟書」之創，是由於京師的名門巨族子弟不滿足於傳統崑腔的費解和弋腔北曲的粗俗，在不經意的自創中成就了一種新的曲藝形式。「子弟書」又稱「硬書」，在《百本張》各種抄本的《子弟書目錄》中，皆可見這一名稱。又稱「子弟段」「弦子書」等。主要流行於北京、瀋陽、天津等北方地區，其流傳時間大約二百餘年。其詞雅馴，其聲和緩。所唱的內容，亦多取材於《三國演義》《水滸傳》《紅樓夢》《西遊記》《金瓶梅》等明清小說以及傳奇、戲曲中的故事。

　　子弟書的曲詞，以七言韻為主，中間常夾用襯字或三字頭，引場詩亦多用七言，一二首總括全篇內容，名曰「詩篇」，俗稱「頭行」。長篇書可根據故事長短分為若干回目。第一回一般稱「頭回」，依次而下稱作「二回」「三回」等，也有直接稱「一回」者。無論多少回，通常在頭回之前以詩開篇，且篇首標明「詩篇」。子弟書到清末已經衰落，其形式已不復見於今日。但這種曲藝形式對後來的京韻大鼓、梅花大鼓、梨花大鼓產生過不少影響，這些曲種的一些曲目也多由子弟書演變或改編而來。

　　金瓶梅子弟書，百本張《子弟書目錄》開列如下：

> 《葡萄架》：一回。
> 《得鈔傲妻》連《續鈔借銀》四回。
> 《遣春梅》：《不垂別淚》五回。
> 《永福寺》：李瓶兒上墳遇春梅。遣梅以後，《舊池館》以前，四回。
> 《舊院池館》四回。
> 《滿漢兼升官圖》：西門金蓮。春，一回。
> 《挑簾定計》王婆說妓〔技〕，一回。
> 《哭官哥兒》苦，四回。

　　別堂《子弟書目錄》開列如下：

《得鈔傲妻》二回。

《舊院池館》。

《升官圖》。

《挑簾定計》金瓶梅一回。

《得鈔傲妻》《續鈔借銀》《哭官哥兒》《不垂別淚》《永福寺》《春梅游舊家池館》，為韓小窗所作。傳世為乾隆間文萃堂刻本。見中國曲藝家協會遼寧分會據傅惜華藏本編印之《子弟書選》。《挑簾定計》《葡萄架》作者無考。見中山大學圖書館所藏舊鈔本。

韓小窗是所有的子弟書作家中最著聲名者，存世作品亦最多，然其生平說法卻眾家紛紜，一說其生於「道光二十年（1840）前後」，「死於何年不明，推想是光緒二十年左右」[1]。一說其活動「在清康熙年間」[2]，崔蘊華先生是研究子弟書的專家，他考證了韓小窗生平資料後指出，韓小窗的活動年份不晚於乾、嘉，甚至極有可能是康、雍時所生，活動主要在乾、嘉年間。他舉證出以下論據：

1. 天津圖書館藏《子弟書三種》中《徐母訓子》後記云「韓小窗先生在前清康熙年間」；《長阪坡》題「北京韓小窗先生原本」。

2. 北師大藏《千金全德》子弟書後記題「韓小窗，北京人，是書成於康熙間，盛行乾隆時代。」

3. 首都圖書館藏《綠棠吟館子弟書選》序謂「實韓小窗先生手自製，則謂子弟書始自韓氏殆無不可。先生者，嘉道間嘗游於京師東郊之青門別墅，所謂拐棒樓也者」，又云「惟韓小窗先生實開先河，先生隸漢軍旗籍人。……所制之曲人爭傳誦，紙貴一時。」

首圖抄本《子弟書》在《千金全德》後記中說「道光二十五年七月初旬，得書於宣武門內掛貨鋪掌櫃李手」。因此，崔蘊華指出：「《千金全德》乃韓小窗名作，然有人在道光二十五年得到此書，那麼韓小窗絕不可能生於道光二十年。」他還根據光緒乙巳會文堂本《露淚緣》中有道光年間二凌居士所題「前人韓小窗所編各種子弟書詞，頗為膾炙人口，堪稱文壇健將，乃都門名手」的題識，推論「韓小窗至遲應為乾嘉時人，漢軍旗人，北京人。」[3]韓小窗行世的代表作品有《下河南》《草詔敲牙》《齊陳相罵》《千金全德》《紅梅閣》《寧武關》《徐母訓子》《白帝城》等，其據《金瓶梅》改編的子弟書《得鈔傲妻》《續鈔借銀》《哭官哥》《不垂別淚》《永福寺》《春梅游舊家池館》和據《紅樓夢》改編的《一入榮國府》《露淚緣》《芙蓉誄》等，亦為產生過廣泛影響

1　胡光平：〈韓小窗生平及其作品考察論〉，《文學遺產增刊》第 12 輯。
2　林兆翰：《子弟書三種·徐母訓子·後記》，天津圖書館藏。
3　崔蘊華：《書齋與書坊之間——清代子弟書研究》，北京：北京大學出版社，2005 年。

的作品。

韓小窗作品特色是善於駕馭各種題材，婉約與豪放兼備，其風格以悲憤之情見長，大氣淋漓，且曲詞雅詰，能摹形傳神，從這幾個段子中可以看出，他是深得《金瓶梅》文本精神的堂奧的，其所選擇的故事，亦是《金瓶梅》中的典型情節。雖然這種曲式形式已失傳了，但我們還是可以從韓小窗的作品中窺見其藝術風標。

《得鈔傲妻》，取材於《金瓶梅》第五十六回上半回，曲演常峙節因貧向西門慶貸銀後而傲視妻兒的故事。作者略去了常峙節向西門慶借銀的過程和得銀後割肉買衣的揮霍，而著墨於常峙節無銀時受妻子奚落羞辱和得銀後妻子的態度的轉變的細節，描摹世態，入骨三分：「細想無銀子能使至親成陌路，有銀子陌路即堪作至親」，「看普天下說世道艱難的人不少，一個個大概皆因自己貧。」常二哥的這一番感歎，讓我們看到了佈滿那個時代的孔方兄的陰影。其所揭示的金錢關係，非常深刻，直可與〈錢神論〉比美。

《續得鈔借銀》原作為《得鈔傲妻》的續篇來寫，但其取材自《金瓶梅》第五十六回，應在《得鈔傲妻》的一二回之間，實際上並非續篇。此作二回，第一回一百零二句，開篇曰「世態炎涼最警人，閒將筆墨點迷魂。趨炎須盡逢迎態，附勢豈無諂佞心！友義朋情渾似假，夫恩妻愛也非真。無端冒昧把前文續，欲寫出，貓鼠同眠一類人。」第二回一百一十句，開篇即曰：「莫怪人生偏愛銀，開門七事靠何人？只因柴米夫妻事，費盡交遊市井心。滿眼悽惶非淚淺，一番趨奉見情深。憑誰指點炎涼態，試看得銀這段文。」這一段子弟書中，將常峙節的落拓潦倒、應伯爵的刁鑽奸滑、西門慶的裝腔作勢，刻畫的惟妙惟肖。

《哭官哥》之傳神，在於把李瓶兒的失子之痛寫得錐心泣血。官哥遭金蓮縱貓驚昏厥，守在床前的李瓶兒神魂不寧，其心境全用外部境物來烘托：「但只見桌兒上的銀燈昏倦倦，又聽得簷前鐵馬兒鬧喧喧，野寺鐘鳴聲噦噦，譙樓鼓打響連連，金風陣陣把窗櫺打，寒蛩唧唧惹愁煩，竹韻悠悠生淒慘，鴻雁哀哀鳴碧天。意懸懸心中思往事，撲簌簌兩眼淚如泉。」境語全是情語。官哥死後瓶兒睹物思人，一哭更是撕裂肝膽。

《不垂別淚》《永福寺》《春梅遊舊家池館》，從春梅命運的一系列轉折中寫出了這個「婢作夫人」的小妮子的性格。在《金瓶梅詞話》原書中，吳神仙給西門慶的女眷們相面時，就一口斷定這個丫頭將來必有出頭之日，吳月娘當時大不以為然，春梅看出主母的不屑，於是便在喝梅湯時故意對西門慶說「凡人不可貌相，海水不可斗量。從來旋的不圓砍的圓，各人裙帶上衣食，怎麼料的定，莫不長遠在你家做奴才罷！」與其說她信命，不如說她是自信。這丫頭雖出身微賤，但確實氣度不凡，在西門慶家一大群丫鬟僕婦中，可謂鶴立雞群，這種身價感和優越感構成了她性格中最有光彩的一面。在西門

慶家，她與潘金蓮沆瀣一氣，這個家反宅亂的西門府中的每一場風波，幾乎都與她有關，她的傲氣、她的霸氣，《金瓶梅》中已躍然紙上。子弟書中的春梅，凸現了其性格的兩元，一方面，她的孤傲在面臨自己命運劣勢的抉擇上體現得淋漓盡致。另一方面，她在完成了自己命運轉折時又以德報怨，不念舊主之惡，表現出了一種大氣度。

《不垂別淚》又名《遣春梅》，根據第八十五回〈吳月娘識破姦情，春梅姐不垂別淚〉情節改編而成。西門慶死後，吳月娘找碴發賣春梅，春梅鎮定自苦，反勸潘金蓮「離合悲歡是尋常的理，誰能勾百年完聚到終身？那個有不凋不謝鮮花朵，無損無虧多月輪。卻原來月過三旬依舊滿，花逢二月又重新。」「俗言打牆板兒翻上下，誰是常貧久富的人」。「有志氣重立一番新世業，那時節不是親者強來親」。「從古來千日筵席千日散，又只是一番拆洗一番新。旱苗兒雨透生枝葉，船隻兒風順走江心。我勸你，且自安心睄日後，切不可，只將俗眼定終身。你看那，黃河尚有澄清日，豈有人無得志辰？」「人生總是一場夢，世事猶如幾片雲。聚來了，水面浮萍攢密密；散將去，風前弱柳亂紛紛。眼前聚散原無定，盡可以，一筆勾銷莫理論。」後來春梅被賣在守備府，大為得寵，成了炙手可熱的少奶奶，在西門慶死後的第二年清明節，在永福寺碰到吳月娘，春梅不計前嫌，仍以主僕之禮拜見，後來又游舊家池館，這兩段子弟書，把春梅兩種性格作了細膩的刻畫，而在《春梅遊舊家池館》中，著重寫了春梅對物換人非的傷感。以居高臨下的恣態俯瞰人生的春梅，依舊是那樣的一副心性。

《永福寺》根據《金瓶梅》第八十九回〈清明節寡婦上新墳，永福寺夫人逢故主〉的情節改編而成。第一回開篇曰：「繁華轉眼一場空，成敗興亡似夢同。適見名花迎曉日，忽看落葉舞秋風。此日淒涼悲水逝，當年聲勢映天紅。早知道，循環道理都如此，使什麼心機，逞什麼英雄。」第二回開篇曰：「丈夫無志最堪慚，有志娥眉勝過男。青衣隊內偏拔萃，紅粉群中獨占先。當日沉埋香閨裡，今朝吐氣畫堂前。勸世人，放開眼界從長看，莫將這，一時貴賤就定愚賢。」第三回開篇曰：「故主相逢情意深，感舊傷今最斷魂。說不了別離淒涼事，訴不盡從前掛念心。幾陣松風驚昨夢，一聲幽磬醒前因。世間多少興衰敗，只到了佛地虛空，都化做塵。」第四回開篇曰：「從來兒女最情長，幽冥路隔渺茫茫。青塚有靈娘憐我，紅顏無命我憐娘。伴香閣，如形不離影；哭墓門，地老又天荒。世間惟有情難盡，就到了萬劫千輪永不忘。」此書《子弟書目錄》著錄，注曰「李瓶上墳遇春梅。《遣梅》以後，《池館》以前，四回。一吊六。」傅惜華先生藏有舊抄本。

《春梅遊舊家池館》一名《舊院池館》《春梅遊舊院》，據《金瓶梅》第九十六回《春梅姐遊舊家池館》前半回改編。此篇抒情描景，清新婉約，為子弟書中之傑作。如寫春梅眼中舊家池館的破敗荒涼景象：

豔穠穠的天桃郁李全乾死，嬌滴滴的細草鮮花無一存，一枝枝芍藥凋殘堆敗葉，一叢叢牡丹憔悴剩枯根。韻蕭蕭翠竹飄零丹鳳足，碧森森蒼松退卻了老龍鱗。冷淒淒庭前紅葉無人掃，空落落三徑黃花何處存？細條條蘭蕙離披無氣色，嬌怯怯梅花冷落少精神。亂蓬蓬楊柳心空橫岸上，乾叉叉梧桐根朽臥牆陰。撲拉拉烏鴉展翅驚人起，噹啷啷鐵馬搖風入耳頻。淒涼涼庭院經年無熟客，靜悄悄樓台終日鎖寒雲。又見那，滿地花磚堆糞土；又見那，幾條香徑長苔紋；又見那，頹垣壞壁東西倒；又見那，野蔓枯藤上下分；又見那，紗櫥暗淡灰都滿；又見那，匾對模糊看不真；又見那，回廊的畫壁經風壞；又見那，夾道的雕欄被雨淋。臥雲亭狐狸出沒真淒慘，大捲棚鳥雀成群可歎人。荼蘼架霜寒雪冷無花朵，太湖石土沒苔封臥水濱。玩花樓辜服了良宵與麗景，秋千院消磨了月夜與花辰。翡翠軒遊蜂穿碎了窗櫺紙，藏春塢鼠子鑽通了山洞門。亭兒裡鹿兒也死鶴兒也去，池兒裡藕兒也爛魚兒也沉。門兒外簾兒也收鉤兒也落，鏡兒邊人兒也散影兒也昏。爐兒裡香兒也盡灰兒也冷，琴兒上弦兒也斷聲兒也悶。窗兒前檻兒也折風兒也透，地兒下苔兒也厚土兒也屯。春梅姐對景傷懷腸欲斷，不由得思前想後淚沾襟，一步步徘徊四顧頻回首，一處處張望凝眸暗痛心。也不顧金釵輕惹竹枝兒掛，也不顧雲鬟斜招松刺兒針。也不顧冰碴濕透了凌波襪，也不顧泥點沾汙了錦繡裙。獨自個拈花問柳情無限，圍隨著奶母丫鬟人一群。呆斜倚欄杆一聲長歎，說道是：這番光景好傷心。[4]

可謂一唱三歎。

《金瓶梅》子弟書難免會夾雜有色情的描寫，這一點在《葡萄架》和《升官圖》中表現尤為突出。一般來說，色情描述主要是為了取悅受眾，特別是市井百姓，但《金瓶梅》子弟書卻不僅僅是這樣，比如《升官圖》，在文字技巧上別出心裁，全部用清代流行的官名來組詞搭文，如開篇「西門慶調情把錢大史花，請潘金蓮去裁那包衣達。王婆子他倒扣軍門躲出去，西門慶他色膽如天把司獄發」。「錢大史」「包衣達」「軍門」「司獄」等都是官名。因語言技巧而產生的情感置換功能，會讓聽眾把興趣轉移在文字遊戲方面。

佚名的《挑簾定計》沒有把筆墨放在西門慶與潘氏勾搭的過程上，只是著重寫了王婆子的十件挨光計，在活畫出一個貪利忘義的馬泊六的嘴臉的同時，又刻畫了西門慶這個變態的縱欲狂的形象。

4　蒙古車王府抄本，北京大學圖書館藏。

除上述子弟書曲目之外，《金瓶梅》被改編成其它曲藝形式的作品有：

彈詞《雅調南詞秘本繡像金瓶梅》，又稱作《繡像金瓶梅》，道光壬午（1822）年刊刻，序言作者是曾給《麒麟豹》和《十五貫》作過序的「廢閒主人」，但這篇序卻是原封不動抄的謝頤第一奇書中的文章。本書十五卷一百回，係用官話寫就的長篇彈詞。第一回開篇是唱句〈窺浴〉：「夏日炎炎日正長，熏風吹遍芰荷香。綠蔭深處魚竿隱，畫舫遊人納晚涼。穿曲徑，繞羊腸，細步行來的美貌郎。戀情人要把佳期赴，潛入花園向繡閣張。但只見，綠櫺隱隱開紗窗，鼻息微聞安息香。睜眼隙中觀仔細，卻原來，佳人正在浴蘭湯……」正文接下去便是《第一奇書》的摘要了。這部彈詞，從《第一奇書》中每回各自選擇了二至三個主要情節，將每一事件組成一回而逐回進展。這樣，《第一奇書》的三十八回，在這本書中就到了七十九回。雖然大體上以同樣的內容敘述，但三十九回以後的情節就是跳躍性的了。《繡像金瓶梅》以武松殺死潘金蓮，血祭其兄武大郎而告終結。[5]

彈詞《富貴圖》，是《金瓶梅》的彈詞唱本，阿英《小說搜奇錄》記：「曩昔聞紹興有《烏龍院》彈詞殘冊，前去訪求，已為主人棄去，不無悵悵。蘇州東大街來青閣老店，在二樓上再搭一閣樓，滿貯藏書。去年徵得主人同意，曾數數翻檢，所得罕見殘本不少，《富貴圖》即其一也。」阿英先生見到的該書，係殘存的一冊乾隆巾箱本，題《東調古本金瓶梅》，收四集卷十一至十四。因此阿英推論，每集當為四冊，全書至少有十集四十冊。每卷卷首有題詞四句，具體說內容。如十一回寫西門慶戀著李瓶兒，當時因楊戩被劾一事，杜門不敢出，瓶兒著急，讓馮媽媽去打探：「郎有心來女有心，哪知好事未能成。大張曉諭拿奸黨，嚇煞西門落了魂」。鋪敘則完全依照《金瓶梅》說部，筆力殊不弱，也刪除了一些淫穢的描寫。

除以上兩部大書，還有擷取《金瓶梅》典型情節而改編的小段：

全貫串《戲叔》：無名氏作，北京大學圖書館藏鈔本。

牌子曲《挑簾裁衣》：無名氏作。

牌子曲《開吊殺嫂》：無名氏作，著錄於《中國俗曲總目稿》。

新下河調《潘金蓮曬衣》：無名氏作，著錄於《中國俗曲總目稿》。

《潘金蓮拾麥子》：無名氏作，著錄於《中國俗曲總目稿》。

《金蓮調叔》：無名氏作，著錄於《中國俗曲總目稿》。

《武松殺嫂》：無名氏作，著錄於《中國俗曲總目稿》。

《武大郎上墳》：無名氏作，著錄於《中國俗曲總目稿》，有北京寶文堂刻本。

5　彈詞《繡像金瓶梅》全十五卷一百回，清嘉慶二十五年廢閒主人序，道光二年漱芳軒刊本。

《潘氏金蓮》：無名氏作，載《霓裳續譜》。

四川月調《潘氏挑簾》：無名氏作，作家出版社 1957 年 7 月版胡度編《清音曲詞選》選錄。

皮黃戲調《常時節》：無名氏作，舊鈔本藏北京大學圖書館善本部。

《金瓶梅》這部書，經歷過波瀾壯闊的傳播歷程，在四個多世紀以來，它一直被列為禁書之首，而另一種有意味的文化現象是，自清季以來，雖文網禁嚴，但《金瓶梅》卻異流紛呈，《金瓶梅》子弟書的出現，不能不算是一文化奇觀。

這些改編之作雖是異流，但對於《金瓶梅》的文本價值的探索，卻不無裨益。

《金瓶梅》及其續書

　　十六世紀中葉以降，明隆慶至萬曆二十年之間，世界小說史上一部偉大的寫實主義小說問世了。

　　這部小說，便是與《三國演義》《水滸傳》《西遊記》合稱為「四大奇書」、與莎士比亞同時代的大作家蘭陵笑笑生所著的《金瓶梅》。

　　這部書一問世，便在中國引起了一場軒然大波，而且一直到四個世紀後的今天，這場大波還在激蕩著誕生過它的土地。別的姑且不論，僅從它的續書迭出，便足見其影響。

　　中國古典小說名著，幾乎每一部都有多種續書。續書最多的，當數比《金瓶梅》晚了二百餘年的《紅樓夢》，有《續紅樓夢》《紅樓後夢》《紅樓幻夢》等洋洋三四十種。

　　眾多續書的出現，一是中國文人「附驥尾」的文化心態的影響，二是被文化市場刺激起來的閱讀興趣之所致，當然，續書中不乏精采之作，並非每一部都是「狗尾續貂」。

　　《金瓶梅》最早的續書，為《玉嬌李》又作《玉嬌麗》，明萬曆沈德符《野獲編》，曾引袁中郎之語，謂此書亦出自《金瓶梅》作者之手：

> 中郎又云，尚有名《玉嬌李》，亦出此名士手，與前書（按即《金瓶梅》）各設報應因果。武大後世化為淫夫，上蒸下報，潘金蓮亦作河間婦，終以極刑；西門慶則一駿憨男子，坐視妻妾外遇，以見輪回不爽。中郎亦耳剿，未之見也。去年抵輦下，從丘工部六區（志充）得寓目焉，僅卷首耳。而穢黷百端，背倫滅理，幾不忍讀。
>
> 其帝則稱完顏大定，而貴溪分宜相構亦暗寓焉。至嘉靖辛丑庶常諸公，則直書姓名，尤可駭怪，因棄置不復再展。然筆鋒恣橫酣暢，似尤勝《金瓶梅》。丘旋出守去，此書不知落何所。

看來，袁中郎只是聽別人講過有這樣一部書（耳剿），但並未親睹。沈德符是見了的，但也只看了個開頭，便覺得「穢黷百端」而棄置不復再展。待到他想看完時，書主人丘工部已到外地去做太守，這部書也不知道流落到何方去了。

　　可惜的是這部書業已失傳，只能從有關文獻記載中得知一些基本梗概。從這些文獻的記載中，亦可看出，這部同《金瓶梅》並駕齊驅的續書，絕非狗尾續貂之作，在當時

是頗有影響的。

《繡像平妖全傳》（得月樓初刻本）有楚黃張無咎序，稱：「《玉嬌麗》《金瓶梅》如慧婢作夫人，只會日用帳簿，全不曾學得處分家政，效《水滸》而窮者也。」重刻時，他的序中則說「《玉嬌麗》《金瓶梅》別闢幽蹊，曲中奏雅，然一方之言，一家之政，可謂奇書，《水滸》之亞。」把《玉嬌李》同《金瓶梅》《水滸傳》相提並論了。

謝肇淛《小草齋文集》卷二十四〈金瓶梅跋〉中也提到過它。清初宋起鳳談及此書時，說其為抄本，「大略與《金瓶梅》相頡頏，惜無厚力致以今世，然亦烏知後日之不傳哉！」[1]真是不幸而言中。

由於失傳，更增加了這部書的神秘色彩。學者們千方百計去進行多方面的考據。有人論證此書係大名士李開先所著，李開先是山東章丘人，曾被認為係《金瓶梅》作者（學者卜健寫過一部專著《金瓶梅作者李開先考》）。香港學人蘇興先生，把原書的內容作了大膽推想，居然都推了出來，他寫了一篇論文〈《玉嬌麗（李）》的猜想與推衍〉，洋洋二萬餘言，稱這部小說「以武大等轉世後的淫濫生活為綱，穿插當時朝臣的傾軋，構成官僚與一般市井人民活動相結合的畫卷。」

《玉嬌李》佚於何時，已不可考，從明人的記敘中，知其在明末確實是很風行的。清同治七年江蘇巡撫丁日昌奏禁的書目中，卻不見此書，說明彼時已經失傳了。

現在流傳下來可以稱為正宗續書的，是紫陽道人的《續金瓶梅》和以抄本形式得以保存的訥音居士的《三續金瓶梅》，又名《小奇酸志》。

《續金瓶梅》十二卷，六十四回，題「紫陽道人編」，這位「紫陽道人」，姓丁，名耀亢，字西生，別號丁野鶴，又號木雞道人，係山東諸城人氏。

關於丁耀亢的生卒年代，歷來有多種說法，魯迅《中國小說史略》中定其生卒年為：約 1620-1691；《中國文學家大辭典》及《古典戲曲存目匯考》則又定其生卒年為：約 1607-1678；《辭海·文學分冊》中是：1599-1699；而葉子振《小說瑣談》中又是 1599-1670。

丁耀亢的父親丁少濱，曾官至侍御，丁耀亢十歲喪父，少負奇才，弱冠為諸生，後為貢生，萬曆四十五年（1618）左右南走吳會，從董其昌遊，並與陳古白、趙凡夫、徐中闇公輩聯文社。光宗泰昌元年（1620）回到諸城，崇禎元年（1628）冬，在諸城城南五十里之遙的橡檟溝築舍五楹，名曰「煮石草堂」，與友人在其中飲酒賦詩，「或入城謁先祠，非有大故吊賀不行於里」[2]。

崇禎五年（1632）至崇禎六年（1633），丁耀亢與其子玉章專攻時藝，山居其間，有

1　宋起鳳：《稗說》卷三〈王弇洲著作〉條。
2　《山居志》。

九華老僧明空及新城俞五秀才，倆人皆深於莊老，丁耀亢遂邀而偕隱。

入清後，順治四年赴北京，由順天拔貢充當鑲白旗教習。順治十一年，任直隸容城教諭。這老夫子拿出教學生讀四書五經的補天手段，經營了這樣一部續書。

丁耀亢稱：五倫之中，夫婦一倫是最多變故的。「造出了許多冤孽，世世償還，真是愛河自溺，欲火自煎。一部《金瓶梅》說了個『色』字，一部《續金瓶梅》說了個『空』字，從色還空，空即是色，乃自果報，轉入佛法。」

丁耀亢篤信佛教，想借此書來說佛法，所以在每一回的開頭都講一段佛經和《太上感應篇》。《續金瓶梅》第一回，緊接《金瓶梅》第一百回「韓愛姐湖州尋父，普淨師薦拔群冤」，敘寫吳月娘抱著四歲的孝哥，在金兵入侵中原時，逃進永福寺避難。吳月娘見到老僧普淨，普靜是地藏菩薩的化身，超度眾生，傳出法旨喚來輪回判官，以大簿所記的未來之事指點鬼魂，使西門慶、李瓶兒、潘金蓮、春梅、孫雪娥等人，都有了將來的惡報。

小說前半部分，敘述李瓶兒的後事：西門慶來世投胎。到汴京沈越家，名曰金哥；李瓶兒投胎到沈越小舅子袁指揮家，名曰常姐。兩人青梅竹馬，十分親密。後來，常姐十三歲時被名妓李師師收養，改名銀瓶，以備將來「梳攏著勾搭皇帝」。不久，北宋滅亡，金哥淪為乞丐，銀瓶也淪為娼妓，與幫閒小官鄭玉卿勾搭，後又嫁與洛陽富戶翟員外為妾。但是，兩人舊情不斷，被李師師和翟員外發現後，兩人星夜出逃，跑到揚州，遇上了富商苗青。苗青因殺過主人，由於用重金買通西門慶，才沒吃官司。這時，他已成了販鹽的巨富。鄭、苗結為金蘭兄弟，鄭玉卿又嫖上了名妓董玉嬌，收了苗青一千兩銀子，把銀瓶賣與苗青，銀瓶不依，自縊身亡。

後半部分敘述潘金蓮、春梅後世之事。

潘金蓮投胎到了黎指揮家，名曰金桂；春梅投胎到孔千戶家，名曰梅玉。金桂嫁劉指揮之子，梅玉許配王千戶之子。

不久，金兵入侵，武官皆調往邊關，黎指揮任居庸關參將，孔千戶任真定府游擊。後來，孔游擊降了金人，被經略鍾道師殺了頭，梅玉的母親改嫁，母女過著貧困的生活。梅玉當了大官撻懶的公子哈木兒之妾，受到原配夫人的虐待，想要自殺，做夢知道自己前生之事，知自己是春梅後身，而哈木兒原配是孫雪娥轉世，便看破紅塵，長齋念佛了。

金桂嫁的丈夫，是一個窮困的劉瘸子。這劉瘸子，原是陳經濟投胎的，因前世造孽，才落了個瘸子的報應。金桂最後也得了瘤疾，跟孔梅玉一樣，看破紅塵，出家去了。

《續金瓶梅》雖以因果報應作說教，但依舊有不少導欲宣淫的猥藝的描寫。作者說寫得淫穢，「叫人肉麻，才露出病根。」西湖釣叟在〈續金瓶梅序〉裡也說：「果因禪宗，寓言褻昵……而其旨一歸之勸世。」這也是明末小說家常用的「以淫戒淫」的藉口。

儘管作者稱寫此書目的，是遵奉順治皇帝的意旨，宣傳《太上感應篇》，勸戒世人，但還是遭到了焚禁。雖然罪名是淫書，但其中也有禁書者不便明言的「罪名」，即作者在書中用大量的筆墨描述了金人入侵中原後燒殺搶掠的罪行。鄭振鐸在《文學大綱》中說，其中敘金人南行的行動與漢人受苦之狀，頗似作者在描寫他自己親身的經歷，卻足以動人。崇禎十五年十二月，丁耀亢攜家逃往一個海中小島上，以避兵禍。此時清兵攻破諸城，丁耀亢之胞弟耀心，姪大谷，皆殉難。「長兄虹野，父子皆被創」[3]。《續金瓶梅》有著很明顯的反對異族入侵的思想內容，如第三十四回，寫漢奸劉豫「原是無恥的小人，見金兀術兵到濟南，開門迎降，即時剃頭垂辮，學起番語來。」同回中還有一首詩：

> 破船渡海不同心，宋失中原反為金。
>
> 自古舟中多敵國，一家人害一家人。

這些內容，在後來的坊刻本中，因避文字獄之禍，全被刪去了。

另外，作者在「說佛、說道、說理學」中，夾雜著對清朝統治者的影射和反清的民族意識，這是《續金瓶梅》的精華之所在。從這個意義上說，《續金瓶梅》幾可成為一部政治小說。

《續金瓶梅》成書於何時，學者多有爭議，或大略地講作於順治年間，或考定為丁耀亢在順治十八年（1662）六十三歲時所作。

丁耀亢的長子丁順行，在〈乞言小引〉中的一段文字，為後來的研究者提供了珍貴的資料：「（丁耀亢）由容城廣文除惠安令，旋以疾至仕。歷閩越諸名勝，縱筆成野史，聊消旅況，又坐觸宵繫獄。」[4]這段文字告訴我們，丁耀亢由容城教諭遷惠安知縣，隨即帶病赴任，在赴官途中，遍遊了閩越名勝，此期間，為消解旅途寂寞，縱筆成野史，完成了《續金瓶梅》這部書。

丁耀亢「由容城廣文除惠安令」，時在順治十六年（1659）「己亥十月，捧檄而往」[5]。由容城南下，順治十七年，新年伊始，抵杭州，作過一段短暫的逗留。與當時的一些名士，如李漁（笠翁）、宋琬等都有交往。至同年秋天，他仍因病未動身。這期間，大約有七八個月。《續金瓶梅》的成書，便在丁耀亢滯留杭州的這段時間。順治十八年，丁耀亢回到故鄉諸城，康熙四年（1665）因《續金瓶梅》罹禍，八月被下獄，至冬得放，坐牢

3　丁耀亢：〈亂後忍辱歎〉。
4　丁耀亢：《聽山亭草》。
5　丁耀亢：〈歸山草自述年譜以代挽歌〉。

一百二十多天。結果是「帝命焚書未可存，堂前一炬代招魂」[6]。人被赦免出獄，書卻遭到焚毀。

關於丁耀亢為《金瓶梅》作續書，民間有許多傳說，其一為丁耀亢進京應試時，答卷字字珠璣。皇帝看後，歎曰：「中了諸城丁野鶴，天下文墨數不著。」擔心丁耀亢考中後，會看不起天下所有的文人，遂不取。丁耀亢很氣憤，回家後，便寫了這部書，來罵皇上。此書橫豎讀之皆能成文，豎讀為一炙膾人口的小說，橫讀則惡語罵清。皇帝知道了，下令逮捕丁耀亢並抄其家。丁耀亢的老師叫張青霞，早已預知丁耀亢此生必有大難，故而在分手時給了他一個小鐵盒兒，囑咐他說：「若是你遇到大災大難，再打開它。」所以，丁耀亢聞知皇上因他寫了一部《續金瓶梅》而下令抓他，便打開了鐵盒兒，只見裡邊有幾枚銀針，一包石灰。丁耀亢一看，便明白了老師的用意，遂用銀針刺瞎了雙眼，然後再用石灰揉搓，便徹底雙目失明了。等前來抄家的欽差大臣趕到，見他是一個盲人，便沒有逮捕他，只抄了他的家，率兵而回，丁耀亢得以保全了性命。

丁耀亢是一位著述等身的作家，除了《續金瓶梅》外，他的作品尚有詩集《逍遙遊》《陸舫詩草》《漆園草》《椒丘詩》《江干草》《歸山草》《聽山亭草》《問天亭放言》以及《丁野鶴先生詩詞稿》，傳奇劇本《化人遊》《赤松遊》《西湖扇》《表忠記》《非非夢》《星流槎》，並有《出劫紀略》《家政須知》《天史十案》《天史管見放言》《天史集古》等。

同時，他還是一位有名的畫家，以畫竹見長，與諸城的另一位善於畫雁的畫家張石民並稱雙絕，民間有「丁耀亢的竹子張石民的雁」之謂。《續金瓶梅》問世後不久，又有《新鐫古本批評三世報隔簾花影》（簡稱《隔簾花影》）一書出現。

《隔簾花影》三十八回，為《續金瓶梅》的改寫本，不題撰人名字，書首有「四橋居士」所作序言。這位四橋居士，曾評點過《快心篇》並寫序，由此推知，此書大約產生於清康熙後期至乾隆初期。孫楷第《中國通俗小說書目》謂：「當即作者……殆是康熙後書肆所為。」而平步青則認為是清初大詩人吳偉業所作。

與《續金瓶梅》進行對照，可見《隔簾花影》有以下刪改之處：

一是把《續金瓶梅》中封建迷信最濃重的八回內容全部刪除，還把每回開始部分的封建迷信說教也刪了；二是改動了某些情節並悉數改動了《金梅瓶》和《續金瓶梅》人物的名字，如西門慶改名南宮吉，吳月娘改名楚雲娘，潘金蓮改名紅繡鞋，李瓶兒改名銀紐絲，李嬌兒改名喬倩女，孟玉樓改名盧家燕，春梅改為紅香，後改稱香玉，陳經濟改名梁才，孝哥改名慧哥，玳安改名泰定，小玉改名細珠，花子虛改為柳君實，蔣竹山

---

6 《歸山草·焚書》。

改為毛橘塘，應伯爵改為屠本赤，韓道國改為宋小江，其弟韓二搗鬼改為宋二狗腿，王六兒改為苗六兒，吳典恩改為巫人，吳慧改名陳芸，李銘改為名喬美，李桂姐改名喬菊姐，雲離守改名栢球材，苗青改名胡喜，孫雪娥改名袁玉奴，翟謙改名高秩岳等等。不僅改了所有人物的名字，有些故事發生地名也進行了改動，如清河縣改為武城縣，永福寺改為普福寺等。還改變了吳月娘母子、李銀瓶、孔梅玉、黎金桂等人的故事過於散碎的狀況。這樣，把錯雜的情節進行了條理。三是對一些淫穢描寫略有刪節。

但《隔簾花影》同時也刪卻了金兵大軍屠城、宋徽宗被擄、張邦昌稱帝、宗澤收復東京、韓世忠敗金兀朮、洪皓哭徽宗、秦檜通撻懶這些故事情節。把金主帥之子哈木兒改成漢族福建將軍金靜庵之子金子堅，一位「喜的是花街柳巷，怕的是黃卷青燈」的浪蕩公子，使之由異族通婚問題變為貧富婚姻問題。

平步青曾提及此書，說作者如此改動是「為隔一字讀之成文，意在刺新朝而泄忝離之恨。其門下士恐有明眼人識破，為子孫禍，顛倒刪改之，遂不可讀，但成一小說耳。」[7]

其實這樣一改，原書的思想傾向和原作者的創作意圖均受到了破壞。儘管如此，《隔簾花影》亦未逃脫被禁毀的命運。

《三續金瓶梅》出現於清道光年間，作者署名訥音居士，生平無考，僅在自序中透露過他是一位「武夫」，其序云：「余本武夫，性好窮研書理，不過倚山立柱，宿海通河，因不惜苦心，大費經營，暑往寒來，方乃告成，為觀者哂之。」

這位訥音居士不瞭解《玉嬌李》，把丁耀亢的《續金瓶梅》，視為續書第一種，將其改寫本《三世報隔簾花影》視為續書第二種，他不同意《隔簾花影》中寫西門慶、春梅遭到被挖眼、下油鍋的惡報，他要「法前文筆意，反講快樂之事」，他要重新設計西門慶等人的結局，因此便寫了這部《三續金瓶梅》。

《三續金瓶梅》寫西門慶死去七年之後，被普靜禪師幻化，還陽復活，一直活到五十多歲這二十年來的家居生活與官場經歷。西門慶復活後，重操舊業，還得到了原來的官職。他仍舊娶了一妻五妾，月娘是大娘子，龐春梅還魂永福寺，嫁給西門慶做二房娘子，又娶了何千戶的遺孀藍如玉為三房妾，娶陳敬濟遺孀葛翠屏為四房妾，娶王三官休掉的妻子黃羞花為五房妾，納妓女馮金寶為六房妾。

西門慶復活後不久，即恢復了他貪婪、殘忍的本性，他雖有一妻五妾，但對每一個看上眼的女性都不放過，先後姦占了丫鬟楚錦雲、小玉、珍珠兒、玉香、秋桂及僕婦袁碧蓮、芙蓉，同王六兒、如意兒、賈四嫂、林太太復又恣淫無度。他仍是麗春院的嫖客，又狎孌童，嫖戲子，無般不作出來。作者引詩中寫道：「天上碧桃含露種，日邊紅杏倚

7　平步青：《霞外捃屑》卷九。

雲栽。家中巨富人趨奉，手內錢多任意來。」

同時，西門慶也恢復了他經商的才幹，重新開起綢緞鋪，他刻意鑽營，像巴結蔡太師一樣去巴結藍太監，曾多次派心腹來興兒到臨安去給藍太監拜壽送禮。他本人官復原職，補了何千戶的空缺，兒子孝哥中試，授歷城知縣，後補沂州知府，調補授泰安府兵備道，都是這位藍公公在朝廷上打通了關節。

第二十七回〈藍世賢探親巡狩，二優童得鈔蒙恩〉，寫藍太監的侄子藍世賢到清河縣探親巡狩，西門慶親自迎到十里之外，清河縣的大小官吏，無不趨奉奔走，西門府那一場接風場面可夠氣派，筵席也極盡奢侈，最後竟讓兩個家童文佩、春鴻陪這位好男風的藍大人睡覺，十分令人作嘔。那氣勢不亞於當年的結豪請六黃。

《三續金瓶梅》人物結局集中在第三十八、三十九、四十回，西門二姐嫁給了賈守備的兒子良玉，西門慶改惡從善，出家當了和尚。在他過五十歲生日的那天，他竟倏然悟道，不吃葷不喝酒不近女色，將其金銀財產散發周濟貧苦之人，讓丫鬟楚錦雲、秋桂、珍珠兒，分別跟男僕春鴻、文佩、王經結婚，六娘馮金寶重回妓院，後雙目失明，黃羞花又重回王三官的懷抱，二人重修舊好，並且生了兒子，葛翠屏和藍如玉出家為尼，後坐化成了正果，吳月娘和春梅，在玳安的帶領下去泰安州投奔小大官西門孝，月娘受了封誥，春梅亦得福蔭，喬大戶再次攀親，二人撫養幼子成名。卷終詩云：

> 夙緣了卻萬慮空，向善回心在卷中。
> 二降塵寰人不識，倏然悔過便超升。

這部二十餘萬言的小說中，對西門慶的政治和商業活動沒有做過多的描寫，人物性格的發展也是單線條的，尤其是西門慶一夜之間突然由一個淫棍「立地成佛」，這一情節不合情理地改變了西門慶自我毀滅的結局。連書中人物春娘也不相信西門慶會「一心向善」，她說：「若說別人還是有之，這行貨子要悟道，竟是放屁。」

《三續金瓶梅》也以大量的筆墨，渲寫了西門慶的淫亂，在寫到他與其妻妾、僕婦、妓女、戲子和幸童之間頻繁的性行為時，亦多因襲《金瓶梅》的描寫程式，但卻使描寫游離於人物性格心理之外，語言亦單調、重複。

這位訥音居士生平失考，從其行文及語言風格上，亦看不出他的屬里，書中魯北方言中又時作吳語，讓人撲朔迷離。雖然《三續金瓶梅》沒有得到原書之精髓，亦未領會原作者「寄意於時俗」之要旨，然而，這位「武夫」敢於假借名著，來寫自己的說部，其勇可嘉，且該書亦頗多可取之處，又是研究《金瓶梅》傳播史的一部不可多得的資料，有其自身獨立存在的價值。

到了民國初年，有夢筆生參照《隔簾花影》，對丁耀亢的《續金瓶梅》再作刪改，

編成六十回，接近《續金瓶梅》的原貌，題名為《金屋夢》，並冠之以「醒世小說」的頭銜。

《金屋夢》序稱此書為舊抄本，實際上是清末民初的書商所為。

這個本子將《隔簾花影》刪掉的一些情節和人物恢復了原貌，但文字和情節都比較粗糙。因為續書的作者與原作者處在兩個完全不同的時代，不同的社會環境，不同的文化差異以及政治、經濟方面的重大變遷，都使其與原作難以保持息息相通的維繫。這大概也是續書為什麼總是吃力不討好的原因吧。

代人立言難，代天才立言更難，代文學天才立言難之又難。當然，續書的作者們也總是希望設身處地的去瞭解當時的時代，領略原作者的思想感情，並把握原作者創作時的具體體驗。然而，如劉廷璣所說：「近來詞客稗官家，每見前人有書盛行於世，即襲其名顯後書副之。取其易行，竟成習套，有後以續前者，有後以證前者，甚有後與前絕不相類者，亦有狗尾續貂者……總之，作書命義，創始者倍極精神，後此縱佳，自有崖岸，不獨不能加於其上，即求媲美並觀亦不可得；何況續以狗尾，自取下下耶。」[8]這個兩難的境界讓續書作者們感覺到了尷尬。因他們的原意，絕非是事倍功半地給原作添一平庸的摹本。

其實這三種書，歸齊只是一種，《隔簾花影》和《金屋夢》，皆為丁耀亢《續金瓶梅》不同程式的改寫本而已。

《金瓶梅》的三種續書，正爾八經應該是《玉嬌李》《續金瓶梅》和《三續金瓶梅》。

8　劉廷璣：《在園雜誌》。

《金瓶梅》是狗肉？
——一張調查表引出的話題

　　1992 年，為寫作《金瓶梅傳播史話》，我編製印發了這樣一張公眾調查表——〈《金瓶梅》讀者函訪表〉，內容如下：

一、您對《金瓶梅》這部書所知道的程度：

　　A 僅僅聽說過（　　）

　　B 知道些故事梗概（　　）

　　C 從有關資料中讀到過評價性文字（　　）

　　D 從未聽說過（　　）

　　E 其它：＿＿＿＿＿＿＿＿＿＿＿＿＿＿＿＿＿＿

二、您所讀過的這部書：

　　A 屬於何種版本（如有可能，請儘量填寫上出版社名稱、出版時間）

　　B 係全本（　　）還是刪節本（　　）

　　C 您什麼時候讀到過這部書

　　D 您同時參考過哪些評介資料：＿＿＿＿＿＿＿＿＿＿＿＿＿＿

三、您讀此書時的心理態勢：

　　A 非常平靜地讀完全書（　　）

　　B 不敢讓別人知道您在讀這樣一部書（　　）

　　C 有一種「不高尚」的感覺（　　）

　　D 有一種「嘗禁果」的忐忑（　　）

　　E 讀完後覺得不過如此（　　）

　　F 其它：＿＿＿＿＿＿＿＿＿＿＿＿＿＿＿＿＿

四、您認為這部書：

　　A 是一部淫書（　　）

　　B 是一部很難說清楚的書（　　）

C 是一部好書，堪與《水滸傳》《三國演義》《紅樓夢》等名著比肩（　　）

D 是一部揭露封建社會黑暗的世情小說（　　）

E 雖有些不健康的描寫，但有一定認識價值（　　）

F 其它方面：＿＿＿＿＿＿＿＿＿＿＿＿＿＿＿＿＿＿＿

五、對這部小說的傳播，您認為：

A 應明令禁止任何形式的傳播（　　）

B 可出版經過刪節的「潔本」（　　）

C 全文出版（　　）；限制發行範圍（　　）；不限制發行範圍（　　）

D 可改編成其它藝術形式，如影視、戲劇、美術等（　　）

E 其它：＿＿＿＿＿＿＿＿＿＿＿＿＿＿＿＿＿＿＿

以上諸項內容，把您認為正確的，在括弧內打一個「√」，把您所否定的意見，打一個「×」，須填寫的部分，請書寫工整，並可附另紙。

您 的 姓 名：＿＿＿＿＿＿＿＿＿＿＿　性　　　別：＿＿＿＿＿＿＿＿＿＿＿

年　　　齡：＿＿＿＿＿＿＿＿＿＿＿　文 化 程 度：＿＿＿＿＿＿＿＿＿＿＿

職　　　業：＿＿＿＿＿＿＿＿＿＿＿　職業或職稱：＿＿＿＿＿＿＿＿＿＿＿

通 訊 位 址：＿＿＿＿＿＿＿＿＿＿＿＿＿＿＿＿＿＿＿＿＿＿＿＿＿＿＿＿

這份表格，印刷 4000 份，由我在全國各地的朋友、同學代為分發，我特別關照分發表格的朋友，一定要注意被調查者的職業層面，不能只發給文化人和專業研究、教學人員，強調這次調查的主要對象，是社會各階層的一般讀者。

幾個月後，收回表格 2703 份，這個數字已出我所料。

綜合調查結果：

接受問卷的 2703 人，男性讀者 1926 人，女性讀者 777 人。年齡結構為：35 歲以下 901 人，35 歲～55 歲 1021 人，55 歲～65 歲 624 人，65 歲以上 157 人。文化程度：初中以下文化程度 79 人，初中文化程度 1427 人，高中或中等專業文化程度 798 人，大專、大學文化程度 398 人，碩士研究生 1 人。

職業結構：農民 592 人，工人 986 人，在校大中專學生 221 人，機關幹部 360 人，軍職人員 24 人，大學講師 3 人，副教授 2 人，其它各種職業（含離退休）327 人。具有中等專業職稱者 459 人，高等專業職稱者 17 人。調查的主體是基層的讀者。

對《金瓶梅》這部書所知道的程度：

僅僅聽說過有這麼一部書的 426 人，從傳媒的介紹中知道該書或知道些大體故事梗概的 1264 人，從未知道該書的 392 人，對這部書有初步知識的讀者，占被調查對象的

62.5%。完全不知道該書的讀者則為 1.5% 弱。

在讀過《金瓶梅》的讀者中，其中讀到港、臺各種版本，如「山人出版社」「文海出版社」「太平書局」等出版的潔本者 101 人，讀過齊魯書社 1987 年版《張竹坡批評第一奇書金瓶梅》者 214 人，讀過人民文學出版社 1985 年版《金瓶梅詞話》者 82 人，讀過浙江古籍出版社《新刻繡像批評金瓶梅》（《李漁全集》內）6 人，讀過北京大學出版社影印《新刻繡像批評金瓶梅》者 1 人，讀過齊魯書社《金瓶梅》崇禎本會校足本的 1 人，讀過 1957 年文學古籍刊行社影印《新刻金瓶梅詞話》者 2 人，讀過據此本重印者 2 人，讀過《繪圖古本金瓶梅詞話》者 4 人（未注明出版社），讀過《足本金瓶梅詞話》者 1 人，讀過上海雜誌公司 1935 年版《金瓶梅詞話》者 3 人，讀過上海中央書店《金瓶梅詞話》者 2 人，記不清出版單位及版本或出版時間者 205 人。在說不清出版單位、版本和出版時間的讀者中，很多是從租書小攤上讀到或借別人的來讀，因而沒有留意。

其中有 614 名讀者讀到了各種刪節本，占讀到該書讀者總數的 99%，只有 7 名讀者讀到了全本，占讀者總數 1% 左右。

另外，還有一些讀者附言說他們讀過《續金瓶梅》《玉嬌李》《隔簾花影》《金屋夢》等各種續書。許多讀者稱他們買了《金瓶梅辭典》《金瓶梅鑒賞辭典》《金瓶梅之謎》等多種工具書和導讀參考資料。

關於讀此書時的心理狀態：

出乎所料，大多數讀者談他們讀《金瓶梅》時都很坦然。很多讀者表示：他們所讀到的都是公開出版發行的「潔本」，跟讀其它文學名著一樣，沒有什麼特別的心情。

江蘇鎮江讀者謝勇說他去南方某省出差時，瀏覽書攤，被一老闆招徠，說有原本的《金瓶梅》，索價 1200 元，幾番討價還價，最後以 800 元一套成交，但拿回來一看，原來這部號稱「香港原版」的《金瓶梅》，卻是一個刪節得非常拙劣，牛唇不對馬嘴的本子。

有的讀者說他向朋友借來此書，怕別人笑話，便用牛皮紙包上封面，封面上寫了《約翰・克里斯朵夫》的書名。有的把書鎖在抽屜裡，只有夜深人靜時才敢取出來讀。也有一位四川成都的讀者胡某，說他讀這部小說時偶被領導撞見，結果在一次會上點名批評了他。

河北省南大港農場一個經營個體書店的青年人馬金輝，說他從黃驊書店批來 3 套臺灣山人出版社的《金瓶梅詞話》，結果被當地宣傳部門嚴令停售，他先睹為快，讀完了這套書。也有一位湖北的讀者王某說他是在一個租書處讀到了線裝原書，出租人規定每小時收費 8 元，為了節約租金，他在那間租書處的「秘室」裡，一目十行「跳著」（即只看性描寫部分）讀完了那部書。有一位青年女讀者說她從朋友那裡借來了一部潔本《金瓶梅》，儘管很小心，但還是被同室的女友發現了，因此遭到了嘲諷和奚落。而且她讀《金瓶梅》

的事很快傳遍了單位。很有一段時間，她走路都不敢抬頭，像做了什麼見不得人的事。

我的一位代我分發問卷的北大同學也自答了一張卷子，他談到了一件原來不為我所知的故事。我們在北京大學作家班讀書時，北大出版社的《新刻繡像批評金瓶梅》影印本剛剛憑票供應，只有副教授以上資格的研究人員才能買到這書。因為當時我正做明代文學研究課題，又有一個國家二級作家（相當於副教授）的職稱，所以也設法買到了一套。這一套書被我那位同學偷了出來，在他們宿舍裡傳閱。一個宿舍四個人，正好一人看一函，他是從最後一函倒著看到第一函的，囫圇吞棗地看了一整夜，結果頭昏腦脹，什麼印象也沒留下。

也有許多讀者說他們僅讀了一半或只翻了翻，覺得這書並不像人們說得那麼「蠍虎」，那位在租書處的「密室」裡翻過全本的讀者說：「其實我見過一些公開的讀物和地攤上賣的書，那些描寫比《金瓶梅》也差不了多少」。

廣西巴馬讀者盧懷生說，他的一位親戚送給他一部殘缺的北京藝民文藝書屋於民國三十一年出版的《金瓶梅詞話》，是從文革抄來的大書堆裡揀出來的，但已不成全璧，全套 20 冊，他只揀到了 14 冊，他在信中請求筆者，能否設法為他補足所缺的那一部分。因為十幾年來他一直在找一個同等版本或是別的本子，進行抄補，但始終未能如願。

還有一個刊物編輯，講他曾在京城一家性用品商店裡看到過公開出售的《金瓶梅》，在琳琅滿目的壯陽水、豐乳器、保健環和閃閃發光的美國進口助勃器中間，赫然擺放著仿古線裝本的錦櫝《金瓶梅》。

那位編輯感歎道：由此，我想起了《金瓶梅》的主角西門大官人，他原本也有一個專門盛放性用品的「工具袋」——書中稱作「淫器包兒」的，裡面都是些土打土鬧的玩藝兒，什麼顫聲嬌、硫磺圈子、銀托子之類，只有一樣東西是進口的，那便是「原是番兵出產，逢人薦轉在京，身體瘦小內玲瓏，得人輕借力，輾轉作蟬鳴」的勉鈴。笑笑生說這東西「來自南方緬甸國」，好的也值「四五兩銀子」——恰好是買一個婢女的開價。

而今天的性用品商店裡，則滿架子是進口貨，真真要羨慕煞老西。有意味的是，店員們一力向顧客推薦「進口貨」藥品和器械，而可以代表「國粹」的東西，竟然是被稱為「四大名著」之一的《金瓶梅》。然而，在這裡，它已經不再是名著了，而是跟電子助勃器、壯陽水一類的東西具有同樣功效的器械或藥品。因為店員們對以目光掃描此書的顧客落落大方地招徠：「這不錯，就是貴點，開一副？」

廣州的一個讀者，寄來了一份 1992 年 2 月 28 日《南方日報》刊登的一篇關於個體戶子女教育問題文章的剪樣，其中有一節談到了一個案例：

一位相當有名氣的工業個體戶的兒子，年僅 18 歲便得了性病。悲劇便是從一部《金瓶梅》開始的。

那位大老闆——這男孩子的父親曾從香港買回一套《金瓶梅》。這個男孩子頭一次好奇地拿起這本書時，爸爸沒有阻攔。看完之後，他抑制不住情慾的衝動，便上街找了一個妓女鬼混起來，反正有的是錢。半年之後，他發現自己染上了性病。

那位讀者寫道：

面對這個案例，我卻在想著一個故事：

一個人去趕集，走路走得餓了，便進了一家飯館，叫了一碟包子，吃到第六個的時候，他吃飽了，付帳的時候，他憤憤地說：「早知道吃了這一隻包子就不餓了，前邊那五個豈不可以省下。」

有人笑他說：「沒有前邊那五個包子，你這第六個包子又頂什麼用？」

《金瓶梅》就是這「第六個包子」。

毀掉了那個大老闆的兒子的，決不會僅僅是這一部《金瓶梅》。在這個「有的是錢」的家庭裡，他要想墮落，完全不必要靠一部書來指點「迷津」。

臺灣「金」學家魏子雲先生談：他在臺灣生活的前三十年，家居一向局促，一張書桌，全家共用，他的原版《金瓶梅》由於要隨時翻閱，隨手亂放。且不止一種，一部部都光明顯著地插在書架上。那時他的小兒子剛讀大學，經常把那些版本抽出去閱讀。魏子雲問過兒子對《金瓶梅》的看法，兒子答曰：「讀不懂嘛！」

年輕人該不該讀《金瓶梅》，這是一個很值得商榷的問題。原版《金瓶梅詞話》東吳弄珠客的序文中，就明白指出，《金瓶梅》這部書，「蓋為世戒，非為世勸也。余嘗曰：讀《金瓶梅》而生憐憫心者，菩薩也；生畏懼心者，君子也；生歡喜心者，小人也；生效法心者，禽獸耳！」臺灣學者劉師古先生說：「讀《金瓶梅》如果不明此義，只色巴巴地看重『導淫宣欲』的小節，反不如看場『成人電影』來得『解饞』些。」

《金瓶梅》這部書，流傳之後，因為其中不健康的、自然主義的描寫，確實給沒有辨別能力的青年人帶來一些不好的影響。這部書從某種意義上來說，不是給沒有文學欣賞功底的人讀的。尤其是一個沒有歷經人事滄桑的中學生，就更不應去讀它。

這位讀者還寫道：但願今後有類似《三國演義》《水滸傳》《西遊記》《紅樓夢》那樣的少年普及版的《金瓶梅》就好了。

還有一位在南方一座小城工作的朋友，信中，他講了一個故事。故事的主角是我那位朋友的朋友。

朋友的朋友大概姓傅，在一家工廠擔任團委副書記。小夥子大學畢業，工作非常出色。那年團委書記調離，這個職務在人們眼裡是非小傅莫屬了，卻沒想到，突然在一個晚上，他被戴上了手銬，用警車押解到公安局。

原來廠裡幾個青工，聚在一個錄相廳裡看黃色錄相，讓民警端了窩，其中一個便招

供出了小傅，說他雖未看黃色錄相，卻整天在看一部比黃色錄相還黃的淫書。

看比黃色錄相還黃的淫書的人自然不能放過，於是小傅便糊裡糊塗成了嚴打對象。關進了拘留所，第四天才過問他的「案子」，知道他看的那部書是《金瓶梅》，民警在小傅的配合下，一點勁也沒費就取回了那部「淫書」，那書就壓在小傅的枕頭底下呢。

公安局從未辦理過這一類的案件，便向當地的文化部門諮詢，被告知這是一部「含有毒素的古典文學名著」，這樣就不好定性了，你說它是淫穢書吧，可它卻偏偏又是「名著」，你說它是名著吧，可它偏偏又背上個「淫書」的名聲。問到這部書的來源，小傅沒敢說實話，這部由臺灣某出版社出版的《金瓶梅》，是一個開個體書店的朋友送的，小傅怕連累那朋友，便謊稱是在外地出差時買的，但一查財務室的報銷單據，小傅那個時間並沒有公出。這樣又糾纏了兩天，小傅才被放了出來。

於是，全廠上下都知道小傅因為看一部淫書被公安局抓過，差點像看黃色錄相的那幾個青工一樣給罰了款子，而也有人傳播說他也被罰了款云云。

整整一年，小傅走到哪兒都覺得自己灰溜溜的。本來愛說愛唱的一個小夥子，一下子變得沉默寡言，目光呆滯，如同換了一個人。

有朋友氣不過，讓他向公安局討個說法，他苦著臉搖搖頭，什麼也不說。

未失足已成千古恨，他現在最怕聽到別人說《金瓶梅》這三個字。

關於對這部書的評價：

有 1726 人認為這是一部「淫書」或「準淫書」，占調查對象的 63%。一個特別有意思的現象是，持「淫書」論者，絕大部分是僅僅聽說過或僅知些大體故事梗概的那一部分讀者。

認為可以同《三國演義》《水滸傳》比肩，堪稱一部奇書的讀者有 369 人，占調查對象的 1.5%，此一部分讀者認為《金瓶梅》是中國小說史上一座不可忽視的「里程碑」，這部書開了中國小說批判現實主義的先河。有 412 名讀者認為《金瓶梅》是一部世情書（這些讀者中有很多是前面一個問題上畫了「√」的），因為它所反映的，主要是人民大眾對生活的理解與認識，也是作者生命的表達和感情的流露。作為歷史上第一部由文人獨立創作的長篇小說，自有其不可替代的社會價值與文學價值。如果說《三國演義》《水滸傳》側重於對封建社會傳統生活方式的全面總結、批判與反思的話，那麼《金瓶梅》則是直接面對人生、面對瞬息萬變的現實生活進行窮形盡相的描繪和特立獨行的思考。因此，把這一部書打入「淫書」的行列是不公道的。

認為《金瓶梅》雖有一些不健康的描寫，但有一定認識價值的讀者有 572 人（已經無法計算比例，這是由於大部分在前兩個問題上打了「√」的讀者同樣也在這一條目旁邊打了「√」，甚至一些認為《金瓶梅》是「淫書」的讀者也在這一條目旁打了「√」）。有一位青海的讀者說他

曾把《金瓶梅》讀了三遍，第一遍是霧裡看花，水中看月，第二遍是初識其滋味，第三遍拍案擊節，然後閉口無言。無獨有偶，內蒙赤峰一位教師談他讀了三遍《金瓶梅》的體味，則全用禪家語，謂第一遍「見山是山，見水是水」，第二遍「見山不是山，見水不是水」，第三遍仍舊是「見山是山，見水是水」，十分耐人尋味。

對於《金瓶梅》中不健康的描寫，更多的讀者談到：毋庸諱言，這是《金瓶梅》最大的缺陷，也是它最大的傳播障礙。那些描寫確實「不健康」，尤其是對涉世不深的青年人，可能會產生一些不良的影響，因為更多的讀者在沒有正確的引導下，對這些東西的接受可能會出現一些偏差。但是《金瓶梅》畢竟是《金瓶梅》時代的產物，作者對人欲採取自然主義的暴露，其心旨是在批判那一個人欲橫流的社會，有一定的認識價值。

還有的讀者在附言中談到了西門慶這個形象的典型意義和現實意義。認為西門慶是資本主義萌芽時期新興商人階層中的一個「成功者」，他身上更多地集中了那個時代的特色。他是一個與全部《金瓶梅》時代的社會節律完全一致的人。這個人物形象同封建主義社會共存亡。只要封建社會一天不亡，西門慶式的人物就一天也不會絕種。這個形象不僅僅是具有文學上的典型意義，而且更重要的是他具有醒世意味。

對這部小說的傳播：

認為應明令禁止任何形式的傳播的讀者有 492 人，占調查對象的 1.8%，甚至那些認為《金瓶梅》是「淫書」的讀者，亦不主張全面禁止其傳播。有讀者附言：《金瓶梅》從清初就被禁，一直禁了幾百年，這幾百年中它一直在人間流傳，這是一個客觀事實。應用大禹治水的方法，變禁錮為疏導，才是應持的態度。

有 2095 人贊成出版經過專家付出學術性勞動的刪節本，這一部分讀者占被調查讀者的 77.5%，他們認為《金瓶梅》剔除了性描寫，不失為一部偉大的作品。也有的讀者提出刪節應適度，並注意情節與語言的連貫，他們認為戴鴻森刪節的《金瓶梅詞話》是一個不錯的本子。但王汝梅的刪節本更好。許多沒有讀過但已經從傳媒中知道了《金瓶梅》的讀者，表示願意很快去買一部來讀讀，補補這一課。

主張全文出版的 107 人，占調查對象的 0.04%，其中限制發行範圍的 69 人，不主張限制發行範圍的 38 人。有讀者認為，國內曾出版幾種專供教學人員和有關專家的足本，印數有限，而這個隊伍卻在日益擴大，供不應求。是否可以適當放寬界限，比如說中文系的講師和研究生，都可以列入可以看足本的人員。主張不限制發行範圍的一部分讀者認為：實際上這部書已經以不同的方式開禁了，近年來有港、臺版影印本大量流入，有的書店已將其赫然擺上了書架（天津的一位讀者舉出他曾在古文化街的幾家書肆中看到過公開出售的影印本《金瓶梅》），不如索性整理一個全本，附上一些對讀者加以正確引導的文章（或前言），亦不失為明智之舉。

認為可改編成其它藝術形式的讀者 2101 人,在前面幾個條目中畫「√」的讀者也多在此一條目中亮明了他們的觀點。他們認為應將《金瓶梅》中最有價值的那一部分以最普及的藝術形式表現出來,讓更多的中國人瞭解這部名著。同時,他們也覺得這是剔除糟粕、消除誤解和神秘感的一種最佳方式。

在「其它」條目下,有讀者寫下了「開闢《金瓶梅》文化與民俗旅遊項目」等建議。

有一個朋友,知我在為以上這些仁智互見的調查結果激動不已,打來電話,稱要兜頭潑我一盆冷水,說:「你甭得意,其實一句話就把《金瓶梅》概括了。」

我問「什麼話?」

朋友說:「《金瓶梅》是狗肉!」

這話讓我傻了半天。

細細一琢磨:這話雖糙,可有些味道:我們這一帶,素有「狗肉不上大席」的習俗。然而,這種上不得「大桌面」的東西,卻又是人人都趨之若鶩的美味。我的老家,如果誰家打了一條狗,用不著招呼,一個村的人都會主動跑來「分一杯羹」。人人心嚮往之的東西,卻居然人人輕之賤之,真是一個文化怪圈。

如果說狗肉能和《金瓶梅》沾上一點邊的話,那麼便是它所體現的「食色性也」的屬性了。非此,即是「風馬牛」。

然而《金瓶梅》畢竟又不同於狗肉。

《金瓶梅》是一種廣義的文化現象。我的好友,著名金學家田秉鍔先生曾說:「《金瓶梅》問世之後的命運,也戲劇性地表現了中國文化的二重特色——『禁』,是一種文化,那是出於否定的文化價值判斷。但屢禁不絕則說明,有文化價值則有生命力;『讀』,是一種文化,有人偷偷讀,有人公開讀,有人跳著讀,有人一氣呵成讀……讀是一種文化選擇。選擇又必然先有判斷。《金瓶梅》的價值是由累代閱讀實現的。讀《金瓶梅》者,或『生憐憫心』,或『生畏懼心』,或『生歡喜心』,或『生效法心』,各隨其便。這更證明《金瓶梅》是個謎,是一個人人心中深埋的謎」[1]。這種文化的「二重特色」,將決定《金瓶梅》在一個相當長的歷史時期內的命運。

說來說去,《金瓶梅》終究還是一盤「狗肉」。

——看看它在各個不同的時期,被人掛上不同的「羊頭」用來「暗渡陳倉」,你就全然明白了。

但就是這盤「狗肉」,能讓你品出中國傳統文化和中國人文化心理的那個「五味俱全」。

1　田秉鍔:《金瓶梅與中國文化》,南京:江蘇文藝出版社,1992 年。

中 卷
瓶裡瓶外之世相

城市與晚明商人集團的崛起
——《金瓶梅》誕生的時代背景

　　明代，是中國從中古向近代逼近的一個特定的歷史時期。特別是明中葉萬曆以後，隨著生產力的發展和社會分工的擴大，那個在歐洲已經發生，遲早也會在中國發生的早期資本主義因素，也終於萌芽。市民階層的壯大、城市規模的擴張，商人集團的崛起，成為彼一時代社會發展最明顯的特徵。

　　明代城市發展進入了從古代型向近代型轉換的關鍵時期，這種轉換，不僅是城市數量開始增加，城市規模迅速擴張，而是城市性質與功能的改變。昔日軍事型、政治型或消費型的城市在向著具有近代意義的工商業城市轉變。尤其是永樂以來疏通了南北大運河之後，珠江三角洲、長江三角洲地區和運河沿岸，一批又一批市鎮如雨後春筍拔地而起。

　　當時，全國比較著名的工商業城市，已有以下三十餘座：南京、北京、蘇州、松江、鎮江、淮安、常州、揚州、儀真、杭州、嘉興、湖州、福州、建寧、武昌、荊州、南昌、吉安、臨江、清江、廣州、開封、濟南、濟寧、德州、臨清、桂林、太原、平陽、蒲州、成都、重慶、滬州等。[1]

　　其中，臨清是《金瓶梅》故事的主要發生地之一。

　　商業資本主義的萌芽，促進了城市繁榮。張瀚《松窗夢語》曾概述當時全國各地區商業中心如下：

> 京師以南，河南當天下之中，開封其都會也。北下衛、彰達京圻；東沿汴泗轉江漢。車馬之交，達於四方，商賈樂聚。地饒漆、絺、枲、紵、纖、纊、錫、蠟、皮張……
> 河以西為古雍地，今為陝西，山河四塞，昔稱天府。西安為會城，地多驢馬牛羊，旃裘筋骨。自昔多賈，西入隴蜀，東走齊魯，往來貿易，莫不得其所欲。至今西

1　據《明宣宗實錄》卷五十，宣德四年正月乙丑條。

北賈多秦人，然皆聚於汧、雍以東，至河華沃野千里間，而三原為最……

關中之地，當九州島三分之一，而人眾不過什一，量為富厚，什居其二。閭閻貧
窶，甚於他省，而生理殷繁，則賈人所居也。

河以北為山西，古冀都邑地，故禹貢不言貢。自昔饒林竹、玉石，今則有魚鹽之
利。所轄四郡，以太原為省會，而平陽為富饒。大同、潞安、倚邊寒薄，地狹人
稠，俗尚勤儉，然多玩好事末。獨蒲阪一州，富庶尤甚，商賈爭趨。

南則巴蜀。巴蜀亦沃壤，……東下荊楚，舟經三峽，而成都其會府也。綿（州）、
敘（州）、重（慶）、夔（州），唇齒相依。利在東南，以所多易所鮮，而保寧則
有絲綾文錦之饒。……

洛陽以東，泰山之陽為兗，其陰則青。襟帶山海，膏壤千里。……濟南其都會也。
西走趙魏，北翰滄（州）瀛（州），而川陸孔道並會德州、臨清、濟寧之間。登萊
三面巨海，宜木棉，少五穀，利在魚鹽。舟車牽挽，勞役無休時也。

大江以南，荊楚當其上游，魚粟之利，遍於天下。而谷土泥塗，甚於禹貢。其地
跨有江漢，武昌為都會。鄖（陽）、襄（陽）上通秦梁，德（陽）黃（州）下臨吳越。
襟顧巴蜀，屏捍雲貴，郴桂通五嶺，入八閩。其民寡於積聚，多行賈四方。四方
之賈，亦雲集焉。

沿大江下而為金陵，乃聖祖開基之地。北跨中原，瓜連數省。五方輻輳，萬國灌
輸。三服之官，內給尚方衣履，天下南北商賈爭赴。

自金陵而下，控故吳之墟。東引松（江）常（州），中為姑蘇，其民利魚稻之饒，
極人工之巧。服飾器具，足以炫人心目，而志於富侈者，爭趨效之。

盧鳳以北，接三楚之陽，苞舉懷陽。其民皆呰窳輕訬，多遊手遊食。煮海之需，
操巨萬資以奔流其間，其利甚巨。

自安太至宣徽，其民多仰機利。捨本逐末，唱棹轉轂，以遊帝王之所都。而握其
奇贏，休（寧）歙（縣）尤夥，故賈人幾遍天下。良賈近市利數倍，次倍之。最下
無能者，逐什一之利。……

浙江右聯圻輔，左鄰江右，南入閩關，遂達歐越。嘉禾邊海，東有魚鹽之饒；吳
興邊湖，西有五湖之利，杭州其都會也。山川秀麗，人慧俗奢，米資於北，薪資
於南，其地實嗇而文侈。然而桑麻遍野，繭絲綿紵之所出，四方咸取給焉。雖秦、
晉、燕、周大賈，不遠數千里而求羅綺繒幣者，必走浙之東也。寧（波）、紹（興）、
溫（州）、台（州），並海而南，跨引汀、漳，估客往來，人獲其利。嚴（州）、
衢（州）、金華，郭郭徽饒，生理亦繁。……

江西三面距山，背沿江漢，實為吳楚閩越之交。故南昌為都會。地產窄而生齒繁，

人無積聚,質儉勤苦而多貧。多設智巧,挾技藝以經營四方,至老死不歸,故其人內嗇而外侈。……獨陶人窯缶之器為天下利。九江據上流,人趨市利。南(康)饒(州)廣信,阜裕勝於建(昌)袁(州)。以多行賈。而瑞(州)臨(江)吉安尤稱富足,南贛谷林深邃,實商賈入粵之要區也。

福州會城及建寧、福寧,以江浙為藩籬。東南抱海,西北聯山,山川秀美,土沃人稠。地饒荔挺桔柚海物,惟其民多仰機利。而時俗雜好事多賈治生,不待危身取給。……故其民賤嗇而貴侈。汀(州)漳(州)人悍嗜利,……而興(化)泉(州)地產尤豐,若文物之盛,則甲於海內矣。

粵之東西,在嶺海間,古稱百粵。粵以東,廣州一都會也。北負(南)雄韶(州),兵餉傳郵,仰其榷利。東肩潮(州)惠(州),內寇外夷,為患孔棘。高(州)、廉(州)、雷(州)、瓊(州)濱海諸夷,往來其間,志在貿易,非盜邊也。顧奸人逐番舶之利,不務本業,或肆行剽掠耳。

廣以西,風氣異宜,山高水駛,地利物產,優贍自足。桂林為都會,……南寧、太平,控扼兩江;蒼梧開府,雄鎮一方。多珠璣、犀齒、毒瑁、金翠,皆至諸夷航海而至,故聚於粵之東。其梗、楠、杞、梓、金、銀、藤、葛,則產於粵之西矣。

滇南崇山峻嶺,瀉澗紆回,會城之中,土沃饒食,不待賈而賈恒集。以丹砂、朱汞、金碧、珍貝之所產也。臨安、大理、永鶴、楚雄並稱膏壤。商賈絕少。……貴陽首思南,次鎮遠、石阡,而都勻、銅仁、恩州、又其次已。郡邑官雜流土,民多蠻夷,水不涵渟,土無貨殖,官軍歲給,全賴他省。而況商賈萬里來投,安能有固志哉![2]

張瀚用偌大篇幅臚陳全國商業中心,又備述其民風、物產,和商賈、貿易狀況。為明代全國商業城市之發展作一概覽。

城市,成為貨殖和財富的聚集地。

以南京為例。南京原稱集慶,朱元璋改名稱作應天,洪武元年八月又改應天為南京。十一年正式在此建都,這時人口差不多有十多萬人。十三年之後,洪武二十四年,增加到四十七萬三千多人。永樂遷都後,人口一度銳減,但作為明王朝之留都,且有當南北之衝的戰略位置,仍是一座「五方輻輳、萬國灌輸」[3]的重要城市。萬曆時「生齒漸繁,

---

2　張瀚:《松窗夢語》卷四。

3　張瀚:《松窗夢語》。

民居日密」，僅是十三門內外的人戶，就有幾十萬戶。工商店鋪極多，涉及到了近百個行業。「自大中橋而西……百貨聚焉。市魁駔儈，千百嘈沸其中。」[4] 其繁盛狀況歷歷如在目中。

錢泳《履園叢話》記萬曆間蘇州商業之規模：

> 蘇州梟橋西偏有孫春陽南貨鋪，天下聞名，鋪中之物亦貢上用。……其為鋪也，如州縣衙，亦有六房：曰南北貨房、海貨房、醃臘房、醬貨房、蜜餞房、蠟燭房。售者由櫃上給錢，取一票，自往各房發貨，而總管者掌其綱，一日一小結，一年一大結。至明至今三百三十四年，子孫尚食其利，無他姓頂代者。[5]

這是一個很有典型意義的個案。這家南貨鋪，實際上相當於一個「南貨集團」，下設若干分公司，管理模式也非常科學。

明中葉以後，中世紀所特有的封閉的經濟模式被打破，一些重要商品的貿易，已不再侷限於區域性的狹小市場，而是大宗地被運往廣闊的市場上去銷售。以紡織品為例，松江地區向有「衣被天下」之稱，「官商大賈數千里輦萬金而來，摩肩連袂」。[6]

除了綢緞棉布之外，陶瓷、糖、紙張、染料、茶葉、水果、糧食、藥物的貿易也非常鼎盛。一些地方名產品得以「輻輳轉販，不脛而走四方」。[7]

明嘉靖時《河間府志》載：

> 河間有行貨之商，皆販繒、販粟、販鹽、鐵、木植之人。販繒者，至南京、蘇州、臨清。販粟者，至自衛輝、磁州並天津沿河一帶，間以歲之豐歉，或糴之使來，糶之使去，皆輦致之。販鐵者，農器居多，至自臨清、沟頭，皆駕小車而來。販鹽者，至自滄州、天津。販木植者，至自真定。其諸販磁器、漆器之類，至自饒州、徽州。至於居貨之賈，河北郡縣，俱謂之鋪戶，貨物既通，府、州、縣間，亦有徵之者。其有售粟於京師者，青縣、滄州、故城、興濟、東光、景州、獻縣等處，皆漕挽。河間、肅寧、阜城、任丘等處，皆陸運，間亦舟運之。其為市者，以其所有，易其所無也。日中為市，人皆依期而集。在州縣者，一月期日五六集。在鄉鎮者，一月期二三集。府城日一集，江南謂之上市，河北謂之趕集。名雖不

4　顧起元：《客座贅語》卷一。
5　錢泳：《履園叢話》卷二十四。
6　康熙二十三年《吳江縣誌》卷四十一。
7　謝肇淛：《填略》卷四。

同，義則一也。[8]

《鉛書》記江西廣信府一個小縣城鉛山縣的商業繁榮情況：

> 其貨自四方來者，東南福建則延平之鐵，大田之生布，崇安之閩筍、福州之黑白
> 砂糖，建寧之扇，漳海之荔枝、龍眼，海外之胡椒、蘇木，廣東之錫、之紅銅、
> 之銅器；西北則廣信之菜油，浙江之湖絲、綾綢，鄱陽之乾魚、紙錢灰，湖廣之
> 羅田布、沙湖魚，嘉興西塘布，蘇州青、松江青、南京青、瓜州青、紅、綠布、
> 松江大梭布、小中梭布，湖廣孝感布、臨江布、信陽布、定陶布、福建生布、安
> 海生布。吉陽布、粗麻布、書坊生布、漆布、大刷竟、小刷竟、葛布、金溪生布，
> 棉紗、淨花、子花、棉帶、褐子衣、布被面、黃絲、絲線、紗羅，各色絲布、杭
> 絹、綿捆、彭劉緞、衢絹、福絹；此皆商船往來貨之重者。[9]

廣信府鉛山縣是個貧困縣，也是個比較閉塞的地區，商品流通卻有如此規模，南北貨物
萃聚，琳琅滿目，幾乎無所不有。

《金瓶梅》第六十七回寫孟玉樓的弟弟孟銳又要外出販貨，與西門慶辭行，西門慶因
問二舅幾時起身，去時多少？孟銳回答：「出月初二起身，定不得年歲，還到荆州買紙，
川廣販香蠟，著緊一二年也不止。販畢貨就來家。此去從河南、陝西、漢州去，回來打
水路從峽江、荆州那條路來，往回七八千里地。」二十六歲的孟銳，就這樣越河南、陝
西、漢州，又返水路穿漢中、四川、荆州，往返路程實際上已逾萬里。冒關山風波之險，
走川廣而趨厚利。如明人張瀚《松窗夢語》中所記：「賈人趨厚利者，不西入川，則走
南粵，以珠璣金碧木材之利，或當五，或當十，或至倍蓰無算也。」

顧炎武《肇城志》亦記：「新都勤儉甲天下，故富亦甲天下。賈人娶婦數月，則出
外或數十年，至有父子邂逅而不相認者。大賈輒數十萬，⋯⋯男子冠婚後，積歲家食者，
則親友笑之。婦女亦安其俗，而無陌頭柳色之悔。」[10]

明人張來儀有詩謂：

> 長年何曾在鄉國？心性由來好為客。
> 只將生事寄江湖，利市何愁遠行役。
> 燒錢釃酒曉祈風，逐侶悠悠西復東。

8　《古今圖書集成》職方典卷八八，引嘉靖《河間府志》卷七〈風俗〉卷。
9　該書卷一。
10　見該書《江南》十一‧徽州府。

> 浮家泛宅無牽掛，姓名不繫官籍中。
>
> 嵯峨大舶夾雙櫓，大婦能歌小婦舞。
>
> 旗亭美酒日日沽，不識人間離別苦。
>
> 長江兩岸娼樓多，千門萬戶恣經過。
>
> 人生何如賈客樂，除卻風波奈若何。

商人們是何等春風得意啊！

這一幅幅川流不息的行商圖，形象地反映了當時商品經濟的繁榮。這些商人孜孜不倦的商業活動，有利於把全國各地的物資流通初步形成一個完整的國內市場。

商品經濟的繁榮，首先得益於當時的經濟政策。

明代曾在南北兩京建立「塌房」，總理南北商務。「塌房」的功能，集牙行、堆疊、徵收商稅、批發業務於一身，由於屬官辦企業（國企），也稱「官店」或官房。「塌房」明初最早建在南京，規定貯藏之貨於出售時，將貨款分為三十分，「塌房」扣留十分之一，即稅錢、房錢與免牙錢各一分。明成祖遷都，北京也建造了「塌房」，其後，「塌房」普建於各地重要商埠。

城市的擴張伴隨著市民階層的壯大，也理所當然地崛起了一個不僅擁有巨額財富，而且也對社會政治生活起著一定作用的商人集團。

這個集團的成員，大體有四個組成部分：

一是來源於封建地主。由於土地兼併和賦稅的加重，農民紛紛逃亡，抑或奮起抗租，地主階級中的一些人覺得與其投資於土地，遠遠不如投資於商業。因此紛紛棄農經商，「縮資而趨末」[11]。「即閥閱之家，不憚為賈」[12]。

二是小手工業主和領大戶錢而貸本經商的商販。

三是因土地兼併喪失生計而流入城市的農民。僅是山東一省的資料記載，即見當時之情狀。如郾城縣，在明代後期「裡甲無老少，率習浮薄」，「逐本營利，填衢溢巷」；博平縣，在天順成化時，「猶醇且厚」，嘉靖以來，卻「務本者日消，逐末者日盛」[13]。泰安州民，亦「浸淫於貿易之場，競爭於錐刀之末」[14]。武定州在明後期從事工商業的人越來越多，「頻年貧者轉徙漁鹽之利，富者多挾資貿數升之布至千百，出都城塞上。

11　《明世宗實錄》卷五四五。

12　唐順之：《荊州文集》。

13　唐熙：《博平縣誌》卷五。

14　萬曆《泰安州志》卷一。

或販梨棗，買舴艋舟下江東，爭逐什一。農事不講久矣。」[15]

顧炎武《天下郡國利病書》中，援引耿橘的話說：

> 農事之獲利倍而勞最，愚懦之民為之；工之獲利二而勞多，雕巧之民為之；商賈
> 之獲利三而勞輕，心計之民為之；販鹽之獲利五而無勞，豪猾之民為之。

除了以上因素，中國廣大人口所造成的消費市場的相對擴大，以及國內外市場的開拓和國家扶植商業的政策，亦是產生明末商人集團的一個重要原因。

基於這個因素，晉商集團、揚州鹽商集團、徽商集團應運而生。外貿商、運河沿岸的販運商、礦業作坊主集團也乘勢而起。

這個商人集團的成員，還有一種最重要的構成部分，即是官僚階級。

中國官僚經商，淵源有自，南北朝時達到高潮，歷久不衰。到了宋代，由於理學盛行，而稍有收斂。元代起於游牧，不受理學約束，官員經商，又蔚成風氣。蒙古貴族不懂商務，就通過色目人放高利貸。漢族官員仍多經理商業，如朱清、張瑄，「二人者，父子致位宰相，弟姪甥婿皆大官，田園宅館遍天下，庫藏倉庾相望，巨艦大舶，帆交番夷中。」[16]明代又是漢家江山，官員經商，風氣大熾。甚至皇帝也加入其間。明武宗開的皇店之多，是前無古人、後啟來者的。其「創立皇店，自京城九門，外至張家灣、河西務等處，攔截商賈，橫斂多科。」[17]他不僅開皇店，據說還經常化妝成商人，到市中貿易，以此給自己找樂子。宗室諸王起而效尤，如肅、韓、楚、沐四蕃王，在陝西平涼、慶陽、臨洮、鞏昌四府的房店鋪面，就有三千三百多間。一般官員經商，更無忌憚，嘉靖二十年，有關官員對京城內外諸勳戚店舍進行過調查，調查之後，本章舉證翊國公郭勳、英國公張溶、廣安伯張鑭、皇親指揮錢維恒、夏勳、方士段朝用等，所開的皇店有「幾千餘區」。除京師外，郭勳在南京、淮安、揚州、臨清、徐州、德州等地，「皆置有私店」[18]。錦衣衛首領陸炳在揚州、嘉興、南昌、承天等地，「皆有莊店，聲勢震天下」[19]。大學士嚴嵩父子，除廣有金銀田產之外，又在揚州等發達商埠，縱其家奴網奪市利。萬曆時，太監張誠家「市店遍於都市，所積之資，都人號為『百樂川』。」[20]李夢陽說：「今縉紳縫掖，率貴利賤義，而務細小，往往詭托賈豎，販引占窩，逐汗辱之

15　萬曆《武定州志》卷二。
16　《輟耕錄》卷五。
17　《明武宗實錄》卷一〇八。
18　《明武宗實錄》卷一〇八。
19　《明世宗實錄》卷四。
20　《明神宗實錄》卷二九三。

利……駕帆張幟，橫行江河，虎視狼貪，亡敢誰何。」[21]這些官僚勳戚，插手行商中監、販造錢鈔、賃丹取利、造房出租、邊疆及對外貿易，觸角遍及商業很多角落。

明王朝建立之初，朱元璋為了整頓吏治，曾明律「官員之家，不能於所部內買賣」[22]。「凡公侯內外文武官員四品以上官，不得放債」[23]。但這條戒律實際上始終行不通。事實上，官越大，買賣做得就越大。明仁宗高熾時，大理寺右少卿戈謙的奏章中曾寫道：「今日都按衛所、布政司、按察司、府州縣官，悉令弟姪子婿於所部內倚官挾勢，買賣借貸，十倍於民。」[24]

明中葉以來，此風更熾。弘治時，文武百官經商者趨之若鶩，「皇親……或需鹽利，或占民房以營店房」[25]。世宗時，太和伯陳萬言、駙馬都尉景和，「縱容家人，開張鋪面，克害商民」[26]。成為地方一害。宣德七年，右副都御史賈諄赴甘州，見當地驛遞馬牛驢隻大都骨瘦如柴，官府強徵男女老幼挽遞，晝夜不休，有人、牛俱被凍死者。為什麼驛遞竟被破壞到這個地步？因甘州官軍假借種種名目，「擅乘各站馬驢往來陝西貿易，又威逼遞運所用車載送甘州貿易。」[27]

也有一些官商擅越關津，阻遏河道，其中尤以興販私鹽者為最多。販私鹽者中又以內相、巡鹽御史和地方都指揮等武官為最嚴重。嘉靖四十三年，巡鹽御史徐陟奏章中謂：「近來官宦家人，假充弟男子姪名色，撐駕官民船隻。滿裝貨物，所至商販，漁獵民財……橫行河道，阻遏糧軍。」[28]

正是因為官僚縉紳階層的加入，商人的社會地位亦隨之改變，西門慶由商而官，便是例證。

商人集團的興起，促進了商品經濟的繁榮和人們思想意識的變革。「天下熙熙，皆為利來；天下攘攘，皆為利往」。[29]

這種局面反映了封建土地關係在商業上的另一種表現方式。

晚明商人集團是一個對社會政治、經濟起著極其重要作用的群體。他們擁有巨額財富，有些人的財富甚至達到了富甲天下的地步。《金瓶梅》中多次出現「南京沈萬三，

21　《明經世文編》卷一三八，李夢陽：〈議處置鹽法事宜疏〉。

22　《明經世文編》卷五十八。

23　《明英宗實錄》卷六十六。

24　《明經世文編》卷五十八戈中丞奏疏〈恤民疏〉。

25　監察御史何天衢的奏摺，《明英宗實錄》卷二一一。

26　《明世宗實錄》卷五十一。

27　《宣宗實錄》卷九十七。

28　《明經世文編》卷三五六，徐陟：〈奏為忌乞天恩酌時事備法紀以善臣民以贊至治事〉。

29　《史記‧貨殖列傳》。

北京枯柳樹」這句諺語，這個沈萬三，就是一個以豪富而名揚天下的大商人。明孔邇《雲蕉館紀談》謂：

> 山（按：沈萬三）既富，衣服器具，擬於王者。後園築垣，周回七百二十步，垣上起三層，外層高六尺，中層高三尺，內層再高三尺，闊並六尺，垣上植四時豔冶之花，春則麗春、玉簪，夏則山礬、石菊，秋則芙蓉、水仙，冬則香蘭、金盞。每及時花卉，遠望之如錦，號曰「繡垣」。垣，十步一亭，亭以美石、香木為之，花卉則飾以彩帛，懸以珍珠。山嘗攜杯挾妓，遊覽於上，周旋遞飲，樂以終日。時人謂之「磨飲」。垣外，以竹為屏障，下有田數十頃，鑿渠引水種秫，以供酒需。垣內，起看牆，高出裡垣之上，以粉塗之，繪珍禽奇獸之狀，雜隱於花間。牆之裡，四面累石為山，內為池，山蒔花卉，池養金魚，池內起四通八達之樓，面山瞰魚。四面削石成橋，飛青染綠，儼若仙區勝境。矮形飛簷接翼，製極精巧。樓之內又一樓居中，號曰「寶海」，諸珍異皆在焉，山閒居則必處此以自娛。樓之下為溫室，中置一床，制度不與凡等。前為秉燭軒，何取？何不秉燭夜遊之義也。軒之外皆寶石欄杆，中設銷金九朵雲帳，四角懸琉璃燈，後置百諧卓，又取百年諧老也。前可容歌姬、舞女十數，軒後兩落有橋，東曰「日升」，西曰「金明」，所以通洞房者。橋之中為青箱，乃置衣之處。夾兩橋而長，與前後齊者為翼寢，妾婢之所居也。後正寢曰「春霄潤」，取春霄一刻值千金之義。以貂鼠為褥，蜀錦為衾。毳綃為帳，用極一時之奢侈。

其豪富如此，王侯亦自愧弗如。

再如以金箔業致富的吳金薄，誰也沒法估計其家產之巨，單是朝廷欠他的債，就有二百萬兩之多。又如最有名的徽州商人，「藏鏹有至百萬萬者，其它二三十萬則中賈耳」。[30]

這個集團在當時的工商業中，占有很重要的地位，他們「其貨無所不居，其地無所不至，其時無所不騖，其算無所不精，其利無所不專，其權無所不握。」[31]成為社會政治和經濟的強勢力。

他們窮奢極欲，「策肥而乘堅，衣文繡綺縠；其屋廬器用，金銀文畫，其富與王侯埒也。又蓄聲樂，伎妾，珍物，援接諸豪貴，藉此陰庇」[32]。富商巨賈的豪華生活可見

30　謝肇淛：《五雜俎》。
31　萬曆《歙志》卷十〈貨殖〉。
32　李夢陽：《空同子集》卷四十。

一斑。西門慶的豪富,在山東一省也是足可稱雄的。王婆說他「家中錢過北斗,米爛陳倉,黃的是金,白的是銀,圓的是珠,光的是寶,也有犀牛頭上角,大象口中牙」。苗員外說他「豪富滿天,金銀廣布」,不是過頭話。這從他「朝朝寒食,夜夜元霄」的日常生活中可以看得出來。

對金錢的狂熱追求,是商人集團共同的生活法則。他們對其占有的財富,一是用來增殖新的財富,二是個人侈靡生活的浪費,如謝肇淛記新安商人的奢侈:「惟娶妻宿妓爭訟,則揮金如土。吾友人汪宗姬家資巨萬,與人爭數尺地,捐萬金,狹邪如之,鮮車怒馬,不避前驅。」[33]因其生活豪侈放縱,致使很多富商大賈短命。趙吉士記明末新安商人之事:「余邑南鄉商山,人未三十,輒夭死。今一村皆貧,而龐眉者比,吾鄉人言富者每羨商山,余嘗張目不答。」[34]西門慶亦因縱欲過度,在他的事業日高中天之際暴亡,只活了三十三歲。

在傳統社會,商居「士農工商」四民之末,地位之低,不言而喻。明代中期之後,商人的地位逐漸提高,社會上對商人極為器重,商品意識的衝擊,使商人在「四民」中的位置發生了顯著變化。

西門慶和晚明商人有著共同的特點,他們不向土地投資,沒有把資本利潤和利息轉化為地租,但也沒有足夠的勇氣向產業資本轉化,進行作坊和工廠投資,而多用來滿足自己侈靡的生活,這是晚明時期中國商人集團的共同弱點,也是致命的弱點。缺乏遠大的眼光,也是晚明商人為什麼不能成為商業資本家,高利貸者為什麼不能成為銀行資本家的主要原因。這也是中國封建社會根深蒂固、長期遲滯的悲劇之所在。

---

33 謝肇淛:《五雜俎》卷四。
34 趙吉士:《寄園寄所寄》卷十二。

運河經濟帶上的商業城市

　　以北京通州為起點，一直抵達杭州的京杭大運河，是世界上開鑿最早的人工運河，也是世界上最長的運河。這條肇始於春秋時期的大運河，與萬里長城一樣是中國古代兩項偉大的工程。運河穿過天津、河北、山東、江蘇和浙江五省市，縱貫南北，水系綿延數千里，比蘇伊士運河長十六倍，比巴拿馬運河長三十三倍。

　　明永樂年間，會通河南支開挖，京杭大運河全線貫通，而且比隋朝京杭大運河縮短了七百公里航程，使這條大運河成為一條重要的經濟大動脈。會通河竣工次年，明朝廷下令停止海運，南北漕運全部依賴京杭大運河。

　　《金瓶梅》的故事，也是延著運河展開的。

　　運河一帶是《金瓶梅》人物的活動中心，不管他們行動到什麼地方，都沒有離個這個中心的輻射範圍——

　　西門慶的長途販運，尤其是綢絹絲棉之類商品的返運，是在蘇州、揚州、杭州一帶運河城市進行，而臨清這個運河上的大碼頭不但是他卸貨的首要通道，而且也是《金瓶梅》重要的故事發生地之一。

　　大運河的全線貫通給沿河城市帶來了千載難逢的發展機遇。一批城市如北京、天津、滄州、德州、臨清、聊城、濟寧、徐州、淮安、揚州、鎮江、無錫、蘇州、杭州等迅速發展、崛起，成為大碼頭。在山東境內，除了以上提及的城市之外，還有一些名鎮和縣城也相繼火爆熱鬧起來，如台兒莊、夏鎮、南陽、南旺、袁口、安山、張秋、武城等。這些城鎮在運河開鑿前，有的是不顯眼的土城，有的是普通鄉村，由於運河貫通，漕運繁榮，工商業急速發展，人口劇增，這些城市和鄉鎮得以急驟膨脹，成為運河上一個個重要的商品集散地。以運河為紐帶，隆起了一條繁華喧鬧的商品流通經濟帶，資本主義因素也由此開始萌芽。

　　作為運河的發端——北京（明初稱北平），自永樂遷都，遂成為明王朝政治、文化中心，故「市肆貿遷，皆四遠之貨；奔走射利，皆五方之民。」[1]成化時，居民「不下數十

---

[1]　謝肇淛：《五雜俎》卷三，地部一。

百萬」[2]，嘉靖時，「城外之民，殆倍城中」[3]。而商品經濟十分繁榮。據萬曆初年統計，原編要應鋪行之役的鋪戶有一百三十二行之多。共計三萬九千八百多戶。僅大興一縣，就有二萬六千二百多鋪戶，占北京當時店鋪的百分之六十六。

京師鋪戶中有很多資本大鱷，如明中葉大珠寶商屠宗順、大鹽商譚景清，萬曆時大木商王天俊、大鹽商吳守禮、吳養春等，皆擁資上千萬，有幾個或幾十個店鋪。「身擁厚資，列肆連衢」。

天津，原是一片砂石遍地蘆葦叢生的退海灘地，永樂遷都後，成為京師門戶，聯繫東北與東南沿海的樞紐，「拔草萊而立城」[4]，到了明中葉，已發展成為一個繁華的大城市。同時，天津也是運河沿岸的一個大碼頭，此地「北近北京，東連海岱，天下糧艘商舶，魚貫而進，殆無虛日。」[5]汪必東因有〈天津歌〉，謂：「商舶浮海兮杳杳，魚舟聚沽兮鱗鱗。楚艘吳艦，檣簇樹而帆排雲兮，仍仍而頻頻。」[6]

滄州，是運河上的一個重要碼頭。京杭大運河滄州段被稱為南運河，它的開挖實際上比隋運河還早，遠在曹魏時期就開始了，曹操攻烏桓所開那段運河稱平虜渠，明時稱御河。運河滄州段南起吳橋第六屯，北至青縣李又屯，流經吳橋、東光、南皮、泊頭、滄州市區、滄縣、青縣，全長二百一十五公里，是京杭大運河串起的近百座大大小小的城市中里程最長的。滄州是最得運河風水的一座文化古城。滄州得名，始於北魏孝明帝熙平二年（西元 517 年），其興盛，卻緣於明代運河漕運的開通。明永樂年間重開會通河，河運大興。由於地理位置顯要，滄州理所當然地成為運河上的一座大碼頭。百物聚處，客商往來，南北通衢，不分晝夜。清代滄州詩人劉夢，有〈述滄州詩〉謂：「工商如雲屯，行舟共曳車。漕儲日夜飛，兩岸聞喧嘩。」[7]這確是當時狀況的寫真。滄州的本土藝術也通過這條河傳向南北。滄州木板大鼓被譽為燕趙大地的「神曲」，它傳到了北京，就產生了京韻大鼓。這條南北貫通的運河，讓滄州人產生了闖蕩江湖的願望。有「世界雜技搖籃」之稱的吳橋的雜技藝人，也正是從運河岸邊，走向他鄉異國，將足跡踏遍四海五洲。

德州，是明清時期著名的港城，也是山東運河沿岸繁榮興盛的工商業城市之一。因其地近京畿，「九達天衢」，「控燕雲而引徐（州）兗（州），襟趙魏而帶滇嶽，神京藉

2　《明憲宗實錄》卷七十四，成化五年十二月。
3　孫承澤：《天府廣記》卷四·城池。
4　清康熙《天津衛志》，正德十四年倫以訓序言。
5　康熙《天津衛志》正德十四年呂感序。
6　康熙《天津衛志》卷四。
7　何香久選編：《滄州歷代詩鈔》下卷。

為咽喉，漕艘由之通達。」特殊的地理位置使德州成為漕運南北轉輸之地和漕糧倉儲重
地。德州城內在明初因戰爭原因一度「皆軍戶，無州民」，至永樂九年（1411）四方商旅
才被安置在城廂並設市，「南關為民市，為大市；西關為軍市，為小市。」萬曆四十年
（1612）御河西徙，「浮橋口立大小竹竿巷，每遇漕船帶貨發賣，逐成市廛。」

　　聊城，為東昌府治，是山東運河的一個大碼頭。京杭運河的貫通給東昌府帶來長達
四百多年的繁華。運河穿府城而過，府城東二里許設一閘，曰「通濟閘」，是運河之水
流經東昌府的咽喉要地，河中檣桅如林，航船如梭，岸上百貨雜陳，商賈雲集，被稱為
「天都之肘腋，江北一都會」。聊城同時又是沿河周邊地區農副產品輸出的集散碼頭，南
北各地的貨物卸於碼頭兩岸，或在本地銷售，或由行商轉運周邊各地。東關菜市設置總
棧，收買當地和茌平、博平等縣的烏棗及東平等地的煙葉，裝船運往天津、鎮江等地。
僅棗一項，「出入有數百萬之多。」「它若瓜子、槐花、槐豆、杏仁、炭灰、蘿蔔乾、
菟絲子，亦各裝大包，一同南返。」同時，聊城所需之煤油、紅糖、白糖、糯米、紙張
等洋廣雜貨，亦由天津、上海源源轉輸而至。東昌府在山東六府中是最大的產棉區，當
地市場上「江淮賈客」「遼左布商」「青州布客」雲集，而本地經營棉花銷售生意的客
商也極多。聊城因而成為全國重要的棉花市場之一。

　　濟寧，在元代運河貫通之後，便在運河北岸興建土城，且治所連連升格，由「州」
升「府」，又升「路」。京杭運河穿城區而過，濟寧「南通江淮，北達京畿」，「南船
北馬，百貨萃聚」，「高堰北行舟，市雜荊吳客」，「人煙多似簇，聒耳厭喧啾」，是
聞名遐邇的江北水陸大碼頭，有「小蘇州」之稱。馬可·波羅來到濟寧，不禁驚歎：「這
是一個雄偉美麗的大城，商品與手工業製品特別豐富」，「河中的船舶往來如織，僅看
這些運載著價值連城的商品的船舶的噸位與數量，就會令人驚訝不已。」元延佑年間詩
人朱德潤有〈飛虹橋〉詩極贊濟寧之繁華，略云：「日中市貿群物聚，紅氍碧碗堆如山。
商人嗜利暮不散，酒樓歌館相喧闐。太平風物知幾許，耕商處處增炊煙。」

　　揚州，是與西門慶關係密切的城市。不僅是西門慶紡織品生意的供應地之一，西門
慶貪贓賣法放走的殺人犯苗青是揚州人，後來送給了他兩個歌童、與之交往頗厚的苗員
外也是揚州人。

　　揚州在明建國之初只有十八戶，但到了萬曆時期，已是「人煙浩穰，遊手眾多」¹⁰，
到明末，發展到了八十多萬人口。這裡是運河上一個大碼頭，所以聚集了很多富商巨

8　明陳亮彩：《重修德州城記》。
9　李季譯：《馬可·波羅遊記》，上海：亞東圖書館，1936年，卷2，第62章。
10　萬曆《揚州府志》卷二十。

賈。商品經濟的迅猛發展，帶來了中介行業的繁榮，以牙儈為生的人很多，「經紀不下萬數」。[11]其貿易盛況，由此可見大端。

蘇州，是運河沿岸的名城。元末明初時一度荒涼，然而到了萬曆時，已被人稱作「江南首郡，財富粵區」，「商販之所走集，貨財之所輻輳，遊手遊食之輩，異言異服之徒，無不托足而潛處焉。名為府實為一大都會也。」[12]這裡是全國絲織業中心，據萬曆時不完全統計，紡織、印染業的從業人員有近萬人之多。

而運河沿岸諸多城市的發展，又對周邊區域形成了輻射作用，客觀上促成了「本業拋農務，群情逐貨遷」局面的形成。在商品經濟初潮的衝擊下，幾千年封建社會形成的價值觀，從根本上發生了動搖，棄農經商成為更多人的追求。

從《金瓶梅》故事重要發生地——臨清的狀況，可見其大端。

《金瓶梅》時代的臨清，已經是運河沿岸的一座大型商業城市了。

書中是這樣描繪臨清的：

> 這臨清閘上，是個熱鬧繁華大碼頭去處。商賈往來、船隻聚會之所，車輛輻輳之地。有三十二條花柳巷，七十二座管弦樓。[13]

西門慶從江南雇船販運的綢緞，要在這裡卸貨，然後裝車、納稅。《金瓶梅》這部書後面幾回的故事，主要是以臨清碼頭為背景的。

又第九十三回，王杏庵老人指點陳經濟說：「此去離城不遠，臨清碼頭上，有座晏公廟。那裡魚米之鄉，舟船輻輳之地，錢糧極廣，清幽瀟灑。」第二天，兩人「到於碼頭上，過了廣濟閘大橋，見無數舟船停泊在河下。」「那時朝廷運河初開，臨清設二閘，以節水利。」

陳經濟在這裡開過一個規模很大的酒樓，從他的酒樓上，可一覽臨清勝景：「四望雲山迭迭，上下水天相連。正東看，隱隱青螺堆岱嶽；正西瞧，茫茫蒼霧鎖皇都。正北觀，層層甲第起朱樓；正南望，浩浩長淮如素練。」

陳經濟開的這座大酒樓，是很有氣派的：「上下有百十座閣兒，處處舞裙歌妓，層層急管繁弦。」「說不盡肴如山積，酒若流波。正是：多少舞低楊柳樓心月，歌罷桃花扇底風。」[14]

11　萬曆《揚州府志》卷二十。
12　王錡：《寓圃雜記》卷五。
13　《金瓶梅詞話》第九十八回。
14　《金瓶梅詞話》第九十八回。

因這裡南北商人齊聚，所以才有如此規模的服務設施。

臨清，之所以最後寫到臨清，是因為臨清是《金瓶梅》故事的發生地，可以專門論述。三國時魏文帝黃初元年隸於冀州清河郡，西晉武帝泰始元年隸於冀州部清河國，自後趙建平元年改名臨清縣，隋時復屬冀州部之清河郡，以後又多次改屬。到了明洪武年間，隸屬於山東布政司東昌府，弘治二年升格為州，轄館陶、丘縣（今屬河北）二縣。

臨清在會通河開鑿之前其實是個名不見經傳的小地方，自從元代挖了會通河，（該河自山東汶上引汶水而來，又稱汶運河）地處會通河與衛河交匯流點的地帶，在漕運的帶動下，逐漸興起一個會通鎮。明永樂年間，隨著會通河南支的開竣，大運河實現了南北貫通。會通河自南來，與衛水合流，北流至津京，二水在臨清城內形成一個三角洲。臨清城即夾河而築。元代的會通河，後來淤塞，永樂九年（1411）疏竣從濟寧北至臨清段約三百八十五公里，南至沛縣，凡三百里。並因地置閘，定時啟閉。會通河修竣後，運河成為漕糧的主要運輸通道。每年在河道通行的漕船數以萬計，俗稱一百二十八幫。（每幫船隊約漕船百隻）「運船之數，永樂至景泰大小無定，為數甚多，天順以後定船萬一千七百七十，官軍十二萬人。」

臨清「自開渠運，始為要津」[15]。因為這裡「居神京之臂，扼九省之喉，連城則百貨萃止，兩河而萬艘安流」[16]。「東西南北之人，貿易輻輳」[17]。《明史·食貨志》亦載：「淮安、濟寧、東昌、臨清、德州、直沽商販所聚。」這些都反映了臨清來往商船的眾多和交易的繁榮。所以人稱「天下第一個碼頭」。顧炎武也說：「山東要塞凡五，而臨清首當其衝。」[18]臨清既是南北要衝，又是京市門戶，「舟車所至，外連三邊。士大夫有事於朝，內出而外入者，道所必由。」[19]臨清成為全國卓有影響的商業城市，不但貨物和商賈在此集散，便是士大夫和入京趕考的舉子亦必在此中轉。被稱為東方威尼斯。

臨清不只是一般的漕運碼頭，更是運河沿岸的一個貨物集中的重要樞紐。南來的倉糧在此轉運，商船和漕船帶來的貨物要在這裡發賣。當時，在這裡集散的南貨，便有淮鹽杭緞、景德鎮磁器、紹興南酒、金華火腿、金華酒、雲貴藥材等。「蘇州、南翔、信義三家合股的布行『歲進布百萬有奇』，『一左元』字號點銀的朱粉，每年需用二三十

15　康熙《臨清州志》胡文鼎序。
16　康熙《臨清州志》于睿明序。
17　《明神宗實錄》，萬曆二十七年閏四月壬午。
18　顧炎武：《天下郡國利病書》卷四十一〈漕運〉。
19　李珵語。見乾隆《臨清州志》卷四〈藝文志〉。

斤。」[20]當地的皮毛、棉花、小麥等農產品也大量運銷外地。窯戶的磚瓦,也通過運河運往京、津。臨清的商品不僅行銷山東全省各州、府、縣,還銷往京師、直隸、河南、山西、陝西、甘肅、湖南、廣東、江西、福建、安徽、江蘇、浙江及遼東等地,遍及明代十三個布政司中的九個。《古今圖書集成》也記:「臨清多大賈」,「臨清為南北都會,萃四方貨物滯鬻其中,率非其地所出。」

商業的繁榮,也帶來了城市人口的激增。明洪武時,臨清只有一千五百零二戶,八千三百五十六丁口。到萬曆二十八年,增至三萬三千零二十三戶,六萬六千七百四十五丁口。崇禎十三年有丁六萬三千八百一十九人。而「四方商賈多於居民者十倍」,加上流動人口,當時的臨清應有幾十萬人。[21]

明弘治間大學士李東陽,路經臨清時留有〈鰲頭磯〉詩二首,極寫臨清之繁盛:

其一
十里人家兩岸分,層樓高棟入青雲。
官船賈舶紛紛過,擊鼓鳴鑼處處聞。

其二
拍岸驚流此地回,濤聲日夜響春雷。
城中煙火千家集,江上帆檣萬斛來。[22]

清康熙時知州胡文鼎說,此地「汶衛交流,蓄泄無滯。南北舟楫,曉夜雲蒸。百貨湧溢,列肆互錯。揮汗連袂,轂擊肩摩。巋然重鎮,幾南齊魯之交一大都會。」[23]

臨清的發展,是明中期商品經濟的繁榮與發展使然。

隆慶、萬曆以降,漕糧停止海運,每年由運河連檣北上。所以明廷在沿運河的淮安、徐州、臨清、德州、天津等地設置糧倉一百座。因淮安、徐州偏離京城,又遠離邊防,天津倉又由於海禁而停用,德州「常盈倉」因受糧過少而移於臨清,當時臨清共建有倉廠七十六座,所以一舉成為全國最大的儲糧基地,倉儲達四百萬石以上。每年在京杭大運河上來往的專事運糧的「運軍」就有十萬至十六萬人。官府又規定漕河攜帶貨物,江南的絲綢、絹緞、食鹽又主要通過運河,所以臨清成了極盛一時的百分之百的貨幣與商

---

20 楊正泰:〈從地理條件的變化看明清臨清的興衰〉,載於馬魯奎主編:《金瓶梅與運河名城臨清》,香港:天馬出版公司,2001 年。

21 王連洲:〈《金瓶梅》中的臨清地名考〉,載於馬魯奎主編:《金瓶梅與運河名城臨清》。

22 馬魯奎主編:《金瓶梅與運河名城臨清》,香港:天馬出版公司,2001 年。

23 王連洲:〈《金瓶梅》中的臨清地名考〉,載於馬魯奎主編:《金瓶梅與運河名城臨清》。

品交換城市。

明宣德四年（1429）朝廷在臨清設置戶部榷稅分司，以督理關稅，派御史或郡佐充任專職，負責船料商稅的督理工作。當時全國共有十一個鈔關，分別是：瀂縣、濟寧、徐州、淮安、揚州、上新河、滸墅、金沙州、臨清、北新。鈔關之設，主要是負責徵收船料（按：量舟之大小修廣而差其額，謂之船料），兼收貨稅。

《大明會典》記：「國初有商稅，未嘗有船鈔。至宣德間始設鈔關，凡七所……兼榷商稅。其所榷本色銀鈔，則歸內庫，以備賞賜。折色銀兩則歸太倉，以備邊儲。每歲或本折輪收，或折色居七分之二。其收紗有輕重，差官專攝……設關處所河西霧、臨清、九江、滸墅，俱戶部差。淮安、揚州、杭州，俱南京戶部差。」

《續文獻通考·徵榷考》亦載：

> 嘉靖四年，鳳陽府設正陽鈔關，前後凡十有二處，皆只稅船料，惟臨清、杭州，兼收貨稅。至萬曆時，止存河西務、臨清、淮安、揚州、蘇州、杭州、九江共七處。此有明一代鈔關之大略也。

在這十二家鈔關中，臨清鈔關的稅額始終占著極為突出的地位。據《明會典》記錄，如本色鈔，這裡每年徵一千二百六十萬貫，這個數字相當於九江鈔關的四倍多，杭州鈔關的六倍多，淮安鈔關的四倍多，揚州鈔關的七倍多。

臨清鈔關每年所徵船料正餘銀八萬三千八百餘兩，相當於杭州鈔關的兩倍半。

《金瓶梅》寫西門慶的貨船經臨清必上稅，與歷史事實是相符的。而且，《金瓶梅》五十七回還寫到了商賈與鈔關官員的舞弊行為：

> 西門慶因問：「錢老爹書下了，也見些分上不曾？」韓道國道：「全是錢老爹這封書，十車貨少使了許多稅錢。小人把兩箱並一箱，三停只報了兩停，都當茶葉、馬牙香櫃，上稅過來了。通共十大車貨，只納了三十兩五錢鈔銀子。老爹接了報單，也沒差巡攔下來查點，就把車喝過來了。」西門慶滿心歡喜，因說：「到明日，少不得重重買一份禮，謝那錢老爹。」

由此可見，如西門慶之輩這樣有勢力的行商，已把金錢的潤滑油抹遍了封建國家機器的每一個部件。據萬曆三十年戶部尚書趙世卿奏稱：臨清關往年夥商三十八人，皆為沿途稅使抽罰折本，現只存二人；臨清緞店向來三十二座，今閉門二十一家；雜貨店六十五座，今閉門四十一家。而西門大官人卻能在苛稅如虎的時候把生意越作越興盛，這秘訣就是行賄有方。

明代封建專制政權，對民間商業的總方針，本來就是「抑」、用重稅、派買等政策，

壓制它們的發展。

　　明代稅之狂濫，史無前例。京師有九門稅務機關，監稅者全部是內官。九門的稅收，弘治初年為六十六萬五千八十貫，錢二百八十八萬五千一百三十文。正德七年至嘉靖二年，增至鈔二百五十五萬八千九百二十貫，錢三百一十九萬二百三十文。[24]萬曆時，「九門稅尤苛，舉子皆不免。甚至擊殺覡吏。」[25]尤其是萬曆時設礦監收礦稅，遍及山西、兩浙、陝西、山東、福建、雲南、四川、廣東、湖廣等地區。

　　礦稅之外，天津有店租，廣州有珠榷，兩淮有鹽稅，浙江有布舶，成都有鹽稅，湖口長江有船稅，荊州有店捐，甚至凡家中有大廳的人家，還要交「門檻稅」。[26]

　　鈔關的稅收，也是極重的。萬曆初，給事中蕭彥在〈敬陳末議以備採擇以裨治安疏〉中說：「河西務大小貨船，船戶有船料關，商人又有船銀，進店有商稅矣，出店又有正稅。張家灣發買貨物，河西務有四外正、條、船矣。到灣又有商稅。百里之內，轄者三官，一貨之來，榷者數稅。」[27]萬曆二十四年，稅使大量增派各地，「徵榷之使，急於星火，搜刮之令，密如牛毛。」[28]長江航道上，商船一日要經過五六個稅地。儀真至京口，一江之隔，不過一二里，也要收稅。[29]長江沿岸，有些地方居然「二三里之間，星羅稅榷。」[30]其它地方「商稅抽於此仍推於彼，密如魚鱗，慘於搶奪。」[31]且「內史四出，爪牙廣布，商旅疾首蹙額，幾乎斷絕矣。」[32]

　　苛稅猛於虎，商業受打擊，商販也受到摧殘。《金陵瑣事》記敘：有個名叫陸二的小販，靠賣燈草過活，所獲不過蠅頭小利。沿途卻被不斷地抽稅，他悲憤交加，索性把燈草燒個淨光。記敘此事的史家慨歎說：「稅官如狼如虎，與強盜無異。」

　　苛稅的盤剝，使城市經濟受到了嚴重影響。昔日「吳絲衣天下」，商人遊江北以至齊魯燕豫，隨處設肆，變為「三家之村，雞犬悉盡，五都之市，絲粟皆空。」[33]

　　應朝卿〈請罷采榷礦稅疏〉中說：「自稅使紛出，而富商之裹足者十之二三也；及稅額日增，而富商之裹足十之六七矣。」

24　參見《中官考》資料。

25　沈德符：《萬曆野獲編》卷六。

26　顧公燮：《消夏閒記摘抄》卷下。

27　《皇明經世文編》卷四○七。

28　谷應泰：《明史紀事本末》。

29　《明神宗實錄》。

30　《神廟留中奏疏匯要》。

31　《定陵注略》。

32　謝肇淛：《五雜俎》卷十五。

33　《明史》卷八十一〈食貨志五・商稅〉。

商人裹足，則商稅急劇減少，而且引發了全國範圍的抗稅鬥爭。《明史》記載了萬曆二十七年發生的一場暴動：臨清稅監馬堂至州，「諸亡命從者數百人，白晝銀鐺奪人產……中人之家，破產者大半，遠近為罷市。州民萬餘縱火焚堂署，斃其黨三十七人。」[34]當時這樣的市民暴動，此起彼伏，雖先後被平息，但已充分顯示了新興市民階層的力量。

34 《明史》卷三〇五〈陳增傳〉。

《金瓶梅》中的貨幣與物價

一、貨幣

《金瓶梅》以家庭瑣事來表現社會現實，書中寫西門慶一家的日常生活時，自然要涉及到收支、消費情況，而貨幣與物價，又是關係到一個時代的經濟，特別是商品貨幣經濟發展的一個重要問題。

《金瓶梅》中流通的貨幣是哪一種？

第一種是白銀。處處可見，自不必細說。

第二種是銅錢。這是承前朝之制，銅錢的貨幣單位是「文」和「貫」，一個銅錢為一文，一千個串起的銅錢叫一貫。銅錢只有在小額交易時才用。

第三是黃金。但黃金做為貨幣卻不怎麼見在市面上直接流通。第四十三回，李智、黃四曾向西門慶借貸了一千兩香蠟銀子，生意做完了來兌還銀兩，陳經濟拿天平稱了，還欠五百兩，又有一百五十兩利息。當日黃四拿出四錠金鐲兒來，重三十兩，抵一百五十兩銀子的利息之數。西門慶拿著四錠黃烘烘的金鐲兒，一直到李瓶兒屋裡，讓官哥攥著玩耍，弄來弄去，卻丟了一錠。為這一錠金子鬧得雞飛狗跳。

第四是紙幣。第五回，武大郎對告發潘金蓮、西門慶姦情的鄆哥說：「我有數十貫錢，我把與你去。」對這句話，侯會先生曾表示過疑惑：「武大身上怎麼會帶著『數十貫』銅錢呢？按照明初制定的銅錢、白銀換算比率，一兩白銀等於一貫銅錢，『數十貫錢』相當於數十兩白銀，賣炊餅的武大顯然沒有這樣的財力。即便是財主西門慶，出門時身邊也只帶『三五兩銀子』。更何況一貫銅錢重六七斤，數十貫銅錢——假定是二十貫吧，重一百二三十斤，武大還要挑著炊餅擔，又怎麼扛得動？由此可知，武大懷裡揣的應當是紙幣，而且是貶了值的紙幣。」[1]我認為這是有道理的。元代的紙幣，仿照銅錢，以「貫」和「文」為單位，面值為十文、二十文、三十文、一貫、兩貫等。所以武大郎說的「數十貫錢」是紙鈔。

1　　侯會：《食貨金瓶梅》，南寧：廣西師範大學出版社，2007 年。

　　明代是以行政命令強力推行過紙幣的。明洪武初就制訂出台鈔法，所印製的紙幣稱「大明寶鈔」。顧炎武《日知錄集釋》卷十一說：「《太祖實錄》：洪武八年（1375）三月辛酉朔，禁民間不得以金銀為貨交易，違者治其罪。有告發者，就以其物給之。其立法若是之嚴也。」又規定「百文以上用（紙）鈔，百文以下用（銅）錢」。[2]

　　王世貞謂：

　　　　洪武八年（1375），詔中書省造大明寶鈔。取桑穰為鈔料，其制方高一尺，闊八寸許，以青色為質。外為龍紋花欄，橫題其額曰：「大明通行寶鈔」。內上兩傍復為篆文八字曰「大明寶鈔，天下通行」。每鈔一貫，折銅錢一千文。銀一兩，折赤金二錢五分。永樂元年（1488），以鈔法不通，禁金銀交易。[3]

清張爾岐《蒿庵閒話》卷一亦證：

　　　　明朝寶鈔之制，用綿紙，厚如錢，色青黎。外用墨欄周界，界內上端，橫書「大明通行寶鈔」六字，其下復為龍紋欄界，寬寸許，中一橫墨線，界為兩方，上方橫書「壹貫」二大字，字底錢索之形。兩旁篆書：「大明寶鈔，天下通行」八字。下方細書七行，書云：「戶部奏准，印造大明寶鈔，與銅錢通行使用，偽造者斬，告捕者賞銀式佰伍拾兩，仍給犯人財產，洪武年月日。」識以兩珠印，印文不可辨。背面下截為花文欄，界內橫書「壹貫」兩大字，字下亦為錢索形。上截空處，亦識以一朱印。一貫、五百文、四百文、三百文、二百文、一百文，凡六等，制並同。惟橫書字，錢索形，各如其數。嘗聞之一木工云：「鈔正面黑欄之長，即鈔尺也；墨欄之長一橫，即民間市尺也。」語似有本。

這種紙鈔首次使用時的防偽標識，即兩枚朱印。但不久即有了仿製的偽幣，「鈔法既行，上命皇太子專董其事，時偽造甚眾，比有得者，一驗既知真偽，蓋其機識在二印，偽者不知。」[4]

　　紙鈔通行了一百年左右，就退出了流通。原因是政府收稅照例收金、銀和銅錢，給官員發薪金，或與百姓做交易，卻只給紙幣。其結果是紙鈔信用度大大降低，大幅度貶值，不到百年，便一文不值，只好退出了流通。從明代中後期始，白銀復成為主要貨幣。

　　那麼問題來了——《金瓶梅》時代已不復有紙幣，為什麼說從武大與鄆哥的對話中，

2　明孫承澤：《春明夢餘錄》卷三八。
3　《弇州史料後集》卷三七。
4　明祝允明：《野記》卷一。

民間卻還在用紙鈔？

　　侯會先生認為這與《水滸傳》有關。「眾所周知，《金瓶梅》是在《水滸傳》第二十三、二十四回武松打虎及潘金蓮偷情的情節基礎上，擴展創編而成。據筆者考證，《水滸傳》的主幹部分（前四十回）大約創作於明代宣德初年，因此書中還留有使用紙鈔的痕跡。」（《食貨金瓶梅》）雖然蘭陵笑笑生在抄錄《水滸傳》中的相關情節時，把《水滸傳》中用到紙鈔的地方大都改成了銀兩。但還難免留下一些痕跡。[5]

　　銀子的價格又如何？按照當前的國際市場白銀價格計算，一兩白銀相當於現在的人民幣 130 多元。

二、米價

　　第五十八回，應伯爵對董嬌兒等四個粉頭說：「不唱個曲兒與俺們聽，就指望去？好容易！連轎子錢，就是四錢銀子，買紅梭兒米，買一石七八斗，夠你家鴇子和你一家大小吃一個月！」

　　四錢銀子（包括轎子錢）買一石七八斗紅梭兒米，這物價顯然是被應伯爵誇張了的。故董嬌兒下面說他：「恁便益衣飯，你也入籍罷了。」

　　明代的米價，尤其是明中晚期的米價，浮動的幅度較大。由於政治危機和社會動盪不安，貨幣貶值，米價呈現急劇上漲的趨勢。明成化五年，山東「米一石，銀二錢五分，或錢三百文。」但到了嘉萬年間，米價暴漲，起伏很大。嘉靖初年，江浙一帶「秋米石折收銀五錢五分。」[6]「嘉靖二年癸未，南都旱疫，死亡相枕籍。倉米價翔貴，至一兩三四錢。時三年無麥，插秧後復旱，處暑前乃得雨，禾驟起，收穫三倍，人始蘇焉。」[7]嘉靖三年，河南山東一帶「秋糧折收，石銀六錢、八錢。」[8]而嘉靖三十八年，山西大同「米價時費，銀三兩才可得米一石。」[9]萬曆三十年直隸密雲一帶「年豐價賤，大約每米一石定價五錢。」[10]萬曆四十三年，山東「荒年，發臨德倉糧平糶，每石粳米六錢，粟米五錢。」[11]

5　侯會：《食貨金瓶梅》。

6　《天下郡國利病書》。

7　顧起元：《客座贅語》卷一。

8　《世宗實錄》卷四六一。

9　《世宗實錄》卷四六三。

10　《神宗實錄》卷三四七。

11　《神宗實錄》卷五三六。

到了明末，米價越發漲得厲害，陸文衡《嗇庵隨筆》記：「余幼時，米價每石止銀五六錢，萬曆戊申（1608）大水，才一兩三錢，即有搶米之變。嗣後無在一兩內者。」吳應箕《留都見聞錄》記：「國朝以來，南京米貴。僅嘉靖、萬曆時一再現，而貴至二兩。是年有三倍之熟。萬曆戊子（1588）至一兩六錢，不過一兩月耳。」天啟五年山東「石米折銀八錢」。[12]

資料表明，明中期米價，平均為石米五錢。所謂「五錢者，江南之平價」。一石米重一百二十斤，明代是十六兩秤，今天一市斤是五百克，明代為五百九十克，所以明代一石米相當於今天一百四十一斤六兩。「今日米價若按一斤一元五角計算，明代一兩白銀的購買力，相當於今天人民幣二百一十元左右。為了計算方便，就算二百元吧。古代的度量衡制度，一兩為十錢，一錢為十分。那麼一錢銀子相當於二十元錢，一分銀子相當於二元錢。[13]

三、絲、綾絹、綢、棉布、麻布（或苧）價

六十三回，給李瓶兒辦喪事，西門慶主張用「六錢一匹的絹破孝」，吳月娘說：「論起來五錢銀子的也罷。」

五十八回，又寫到「七分銀子一條孝絹」。

六十八回，寫到「四匹尺頭（彩緞）值三十兩銀子」。

明代的綾絹價格，洪武年間，全國通例為「絹一匹折銀六錢」[14]，嘉靖二十三年至三十七年，京師、湖廣、浙江絹價均為「一匹折銀七錢」[15]。萬曆二十四年，京師一帶「每絹一匹折銀七錢」[16]。沈榜《宛署雜記》所記載的絹價是：大頭絹每匹銀五至七錢[17]，這與《金瓶梅》中顯示的絹布價格是相一致的。

綾的價格書中沒有寫到，顧清《傍秋亭雜記》卷上載：「吾鄉綾一匹，平價銀二兩以上。織文極細，布有與綾同價者。其循管市賣匹五錢，或三錢，最下一等至七分極矣。弘治間，綾匹官給銀一兩。毛東萊聞而笑曰：『吾鄉金一兩，和買給千錢，事固當有對也。』」時相與歎息。至正德五六年（1510、1511），有納雲布十端，而得銀兩半者，則

12　《嘉宗實錄》卷五十八。
13　侯會：《食貨金瓶梅》。
14　《太祖實錄》卷二二五。
15　《世宗實錄》卷二八五、四五六。
16　《神宗實錄》卷二九五。
17　沈榜：《宛署雜記》卷十四〈經費上·宮禁〉。

既甚矣。近時乃有銀十兩,買綾四十匹,布二伯者。率計綾匹銀一錢,布匹銀三分而已。」

三十三回寫西門慶用四百五十兩銀子,殺價買下了湖州客人急於脫手的五百兩絲線。按這樣的計價,至少每兩絲線售銀一兩。這似乎與時價相差過於懸殊。明初之絲價,絲一斤約合稻穀一石,明前期合銀二錢、五錢至三錢。明之末年,物價上漲,「湖絲百觔,值銀百兩。」[18]由此可見,絲一斤即值當時穀一石之價,當為一兩左右銀子,不可能一兩銀子只買一兩絲線。估計這或許是《金瓶梅》刊刻者之誤,誤把「斤」寫成「兩」了。

棉布的價格,《金瓶梅》第七回寫了「毛青鞋面布」三分一尺,這同當時的物價情況大體上一致。嘉靖六年,河北的正定、大名、保定及河南省大部地區,「布一匹折銀三錢」[19],約合每尺三分。天啟二年始降價,「平機布每匹折銀二錢」[20]。葉夢珠《閱世編》卷七記:「棉花布,吾邑所產已有三等。而松城之飛花、尤墩、眉織不與焉。上闊尖細者曰標布,出於三林塘者為最精,周浦次之,邑城為下。俱走秦、晉、京、邊諸路,每匹約值銀一錢五六分,最精不過一錢七八分,至二錢而止。甲申乙酉之際,值錢二三百文,准銀不及一錢矣。」

麻布的價格(函苧麻),《金瓶梅》中沒有寫到,據資料記載,嘉萬年間,白麻一斤為價銀二分七釐,苧麻每斤一錢。一般的麻布是每匹價銀一錢五,白苧麻布達每匹二錢五,幾等同於一匹棉布之價。[21]

絨布的價格,清人葉夢珠《閱世編》記:「大絨前朝(案:指明朝)最貴。細而精者謂之姑絨,每匹長十餘丈,價值百金,惟富貴之家用之。以頂重厚綾為裡,一袍可服數十年,或傳於子孫者。」

四、酒與葷食

二十三回,李瓶兒輸了五錢銀子,叫來興兒「買了一罈金華酒,一個豬首,連四隻蹄子」。

三十四回,書童用一兩五錢銀子,買了「一罈金華酒,兩隻燒鴨,兩隻雞,一錢銀子鮮魚,一肘蹄子,二錢頂皮酥果餡餅兒,一錢銀子的茶穰卷兒」。

18　顧炎武:《天下郡國利病書》卷九十六。
19　《世宗實錄》卷七十九。
20　《熹宗實錄》卷二十七。
21　沈榜:《宛署雜記》卷十四〈經費上·宮桌〉、《明會典》卷一九〇〈物料〉。

五十二回，潘金蓮和李瓶兒把陳經濟鬥葉兒輸的三錢銀子，又添出七錢，湊足一兩，叫來興兒買了「一隻燒鴨，兩隻雞，一錢銀子下飯，一罈金華酒，一瓶白酒，一錢銀子裹餡涼糕。」

明代的酒價，一般是按一罈、一瓶來記。其計價單位既不具體，且高低懸殊。《沈氏農書》載：零售的燒酒，「每觔二分，頓賣也有一分六釐。」長興麥酒，則是每觔半分，由此可知一斤燒酒的通價是十四文至十六文。

肉類和肉食品、水產品，弘治正德時，「豬肉每斤好錢七文、八文，牛肉四文、五文，水雞以一斤為束，止四五文，蓮肉用抬盒盛賣，每斤四、五文，……魚蝦每斤四五文，若少，至七八文止矣。」[22]嘉靖中，江西淳安一帶豬肉每斤十五文，牛肉十四文，鮮魚每斤十文，雞一隻以三斤計，銀六分，每斤折合十四文。[23]萬曆時，京師肉價大體上同上面的記載相去不遠。依沈榜《宛署雜記》記：豬肉一斤為十二文至十四文，牛羊肉每斤十文，魚一斤為十四文。[24]「天啟元年，正月初間大雪，禮部張掛選妃告示，五城居民，急急遑遑，私嫁女數千，一時物價為之驟貴。鵝一隻，錢五百餘文。鴨一隻，錢二百餘文。雞一隻，錢二百餘文。豬肉一斤，錢四十餘文。牛肉一斤，錢二十餘文。驢肉一斤，錢二十餘文。」[25]嘉靖初年，一隻鵝蛋約值銀一分，一隻鴨蛋約值銀五釐。[26]按照這個標準，則一斤豬肉可兌換五隻鴨蛋，一斤魚可兌換三四隻鴨蛋。蛋類的價格高出於魚、肉類。

《金瓶梅》中寫到了酒席的價格，如前例五十二回，潘金蓮、李瓶兒花了一兩銀子，九個人吃了一頓豐盛的野餐。三十四回，一兩五錢銀子買的酒飯，除送李瓶兒那邊的一半，剩下的六個小廝夥計得以大吃一頓。九十六回侯林和陳經濟在一家小酒店內吃飯，四盤四碟，兩大坐壺時興橄欖酒，兩三碗濕麵，才花掉「一錢零三分半銀子」。這是一般的消費水準。

五、地產價

三十回，西門慶對潘金蓮說：「張安前日來說，咱家墳隔壁，趙寡婦家莊子兒連地要賣，價錢三百兩銀子。我只還他二百五十兩銀子，教張安和他講去。若成了，我教賣

22　周暉：《金陵瑣事剩錄》卷四。
23　《海瑞集》上〈三·淳安知縣時期·興革條例〉。
24　該書卷十四〈經費上·宮禁〉，卷十五〈經費下·雜費〉。
25　周暉：《金陵瑣事剩錄》卷一。
26　《明經世文編》卷一〇二，梁才：〈覆議節財用疏〉。

四和陳姐夫去兌銀子。裡面一眼井，四個井圈打水。我買了這莊子，展開合為一處，裡面蓋三間捲棚，三間廳房，迭山子花園，松牆、槐樹棚，井亭，射箭廳，打球場耍子去處，破使幾兩銀子收拾也罷。」依每畝地價三兩計算，西門慶買下的這座田莊在一百畝左右。

明之地價，波動幅度甚大。明初，由於荒田多，田價也賤，一畝不過一金。成弘之際，社會經歷了較長時間的安定，賦役也不太重，流民多歸田里，因此，地價上漲，「田或畝十金」（銀二三十兩至七八十兩），而到了中期「田價甚昂，居間輾轉請益，彼加若干，此加若干，甚至雞鳴而起，密室成交。諺云：『黃昏正是奪田時』，此之謂也。」[27]越是經濟繁榮的地區，地價就越貴。明俞弁《山樵暇語》記：「江南之田，惟徽州極貴。一畝價值二三十兩者。」崇禎初年，由於社會危機和政治動亂，對田價的影響也頗大，「一畝之值三四金」[28]。這個價格近乎中晚期，依此計算，西門慶花三兩銀子可買下一畝莊田，賣方則是敗家的要價了。

六、工價

第九回，生藥鋪的傅夥計對武松說：「每月二兩銀子，雇著小人。」此為縣城買賣鋪子中夥計的月薪。

六十八回，西門慶請「秀才」溫必古作西賓，「每月三兩束修」。

九十六回，「土作」頭兒侯林對陳經濟說：「明日我領你城南水月寺，曉月長老那裡修蓋伽藍殿並兩廊僧房，你哥率領五十名做工，你到那裡不要你做重活，只抬幾筐土就是了。也算你一工，討五分銀子。」此為建築小工的工價。

明代雇工的價格，據《古今圖書集成》資料，「計雇工工錢者，一人一日為銅錢六十文。」嘉靖至萬曆年間，江西淳梁地區「書役令各作募人，日給工食銀二分五釐。」「龍缸大匠，敝青匠，日給銀三分五釐。」[29]京師「都下貧民傭工一日，得錢二十四、五文，僅足給食。」[30]嘉興等地「看繰絲等人……以日計每日庸金四分。」[31]北京的搭棚匠，則「每日每人工食銀五分」[32]。這個價格，接近《金瓶梅》中雇傭建築小工的開價

27　清顧公燮：《消夏閑記偶抄》卷下。
28　《堵文忠公集》卷二〈地方利弊十疏‧六款〉。
29　清乾隆《淳梁縣誌》卷五。
30　《明經世文編》卷四八八，徐光啟：〈恭承新命謹陳急切事宜疏〉。
31　黃省曾：〈蠶絲〉，《農政全書》卷三十一〈蠶桑〉。
32　沈榜：《宛署雜記》卷十五〈經費下‧各衙門〉。

了。

依西門慶家的傭金支付來看，西門慶對知識分子還是比較器重的。一個無所事事的「西賓」溫秀才，每月三兩束修不算，還「四時禮物不缺」，家中宴請賓客，時常要他出來做陪，待遇是很高的。

其次才是店鋪裡開月薪的夥計。

《金瓶梅》中還寫到了日薪的付酬方式，土作頭兒侯林付給小工的日薪是五分銀子，這是當時城市傭工的常價。

這比月薪實際上是高出了不少的。

這同時也是明代勞動力開始成為商品化的明證。

七、人口買賣

《金瓶梅》中寫了許多筆人口賣買。

被賣的次數最多的當數潘金蓮，先後被轉賣過四次：第一次價錢不詳，第二次是三十兩銀子，第三次是轉送，第四次是西門慶死後，王婆以一百兩銀子的開價賣給了武松。

其次是春梅，被賣過三次：頭一次是西門慶用十六兩銀子買來當丫頭，第二次是被吳月娘以原價叫薛嫂領回，第三次是薛嫂又以三十兩銀子賣給了周守備做妾。

秋菊也被賣過兩次：第一次，西門慶花六兩銀子買來給潘金蓮當上灶丫頭，第二次吳月娘又以五兩銀子賣了出去。

除了這主僕三人，書中還寫到了被賣到西門家的許多丫頭、僕婦及男僕。

第九回，西門慶娶了潘金蓮之後，原來服侍吳月娘的丫頭春梅被要到潘氏房中，然後另買了一個叫小玉的丫頭給月娘，花了五兩銀子。

第三十回，西門慶用七兩銀子買了汪序班住家出來的一個年僅十五歲的家人媳婦兒，改名夏花兒，給李嬌兒房中使喚。

第五十九回，奶子如意兒，「男子漢當軍，過不得，恐出征去無人養贍，只要六兩銀子要賣他」。

還有第七十回，應伯爵介紹來友投靠西門慶做家人，西門慶分付：「揀個好日期，寫紙文書，兩口兒搬進來罷。」於是來友便寫了一紙投身文書，西門慶收了，將其改名來爵。

除此之外，《金瓶梅》裡還寫到了幾筆人口買賣：

第三十七回，西門慶包占了韓道國的老婆王六兒，給他和韓道國買了一處門面兩間到底的四層房子，並買了一個十三歲的女孩子給王六兒使喚，改名錦兒。「他老子是個

巡捕的軍，因倒死了馬，怕守備那裡打，把孩子賣了，只要四兩銀子。」

第四十八回，王六兒又買了一個名喚春香的丫頭給自己的丈夫韓道國「早晚收用」，價格是十六兩銀子。

第九十回，春梅叫周守備花八兩銀子買了西門慶的前妾孫雪娥，後來又以八兩銀子的開價賣孫氏為娼，掮客薛嫂把孫雪娥賣給潘五，大賺了一筆，賣出價是二十五兩。

第九十五回，春梅給孫二娘（周守備正妻）買了個十二歲的名喚生金的丫頭，「到底是個鄉里人家的女孩……只要四兩銀子，她老子要投軍使」。

第九十七回，春梅又買了一個十三歲的小丫頭，是商人黃四家兒子房裡的使女。對這樁人口買賣，書中如此描述：

> （薛嫂）到次日果然領了一個丫頭，說：「是商人黃四家兒子房裡使的丫頭，今年才十三歲。黃四因用下官錢糧，和李三家，還有咱家出去的保官兒，都為錢糧拿在監裡追贓。監了一年多，家產盡絕，房兒也賣了。」……春梅道：「這丫頭是黃四家丫頭，要多少銀子？」薛嫂道：「只要四兩半銀子，緊等著要交贓去。」春梅道：「甚麼四兩半，與他三兩五錢銀子留下罷。」一面就交了三兩五錢雪花官銀，與他寫了文書，改了名字，喚做金錢兒。

這僅僅是明文寫出的幾筆人口買賣。

西門慶家有丫鬟十三人，家丁、男僮、司茶、燒火、看墳的僕役十九人，大都是買來或寫了文書投身為奴的。

《金瓶梅》中的人口買賣，從一個側面揭示了當時土地兼併劇烈、賦役剝削嚴重的社會現實，同時也反映了明代中葉封建危亡的根本原因。

從《金瓶梅》中的幾樁人口買賣來看，當時賣子女為奴的主要原因：一是因為家貧無以為生計，如生金、秋菊、小玉等；二是因破產，商人欠下了官府的錢糧，如黃四家的金錢兒；三是被抑勒為奴，如一個政府的下級軍官，只為倒死了馬而必須出賣自己的親骨肉；四是「投靠」仕宦縉紳之家為奴，如寫了「投身文書」，搬進西門慶家做家人的來友夫婦。來友甚至把自己的名字都改了，改做「來爵」。這種現象在明末很普遍。王士性記河南光山縣的情況說：「光山一薦鄉書，則奴僕百十位，皆帶田產而來，止聽差遣不費衣食，可怪也！」[33]顧炎武也記載：「今日江南士夫，亦有此風，一登仕籍，此輩來門下，謂之『投靠』，多者亦至千人。」[34]

33　康熙《汝寧府志》卷四。
34　《日知錄》卷三。

因此，一些貴族勳戚或官僚士庶之家，即廣蓄奴婢。從《金瓶梅》中看，那時奴僕的賣身價錢是如此之低。最便宜的小丫頭金錢兒，才三兩五錢銀子，其它依次是四兩（錦兒、生金）、五兩（秋菊、小玉）、六兩（秋菊第二次被賣）、七兩（夏花兒）、十兩（春梅、春香），開價最高的潘金蓮當不計此列。

由《金瓶梅》中所見的其它物價，可以得知奴婢「身價」幾何——

三十八回夏提刑見西門慶騎一匹高頭點子青馬，問起，西門慶說是東京翟雲峰親家所贈，是有些毛病的。夏提刑說，「論起在咱這裡，也值七、八十兩銀子」。

四十回西門慶要買馬，教小廝遛了兩趟，問雲夥計此馬多少銀價，雲離守說：「兩匹只要七十兩。」西門慶嫌是東路來的馬，「不十分會行」，終作罷。

一匹有毛病的馬值七、八十兩銀子，按七十兩說，等於二十個金錢兒；依八十兩計，等於二十個錦兒、生金，十六個秋菊、小玉，十一個夏花兒；八個春梅。（春梅可是西門府的頭牌大丫頭）既使是東路來的劣馬，也值十個小丫頭的身價。

四十回，西門慶請裁縫來家做衣服，一次付的工錢是五兩銀子，恰好等於一個十三四歲的女奴的價錢。

三十九回，西門慶給他的姘婦王六兒買下一棟普通的房子，價值一百二十兩銀子，差不多等於三十五個金錢兒、十二個春梅。

西門慶那場轟動山東的接官大筵，花費千兩以上白銀，又是多少個丫頭的身價？！

且不說豪華奢侈的家常日用，即使是西門府上的一次平平常常的家宴，其資費也不少於買下一兩個丫頭的價錢。

《金瓶梅》：蓄奴社會的魔影

　　中國的蓄奴之風，盛於蒙元時期。元代中產以上家庭，大多使用僕役和女婢。「北人女使，必得高麗女孩童；家僮，必得黑廝，不如此謂之不成仕宦。」[1]也有人從南方「每掠買良人女子投北，轉賣為奴婢。」[2]當然也有北地男孩子女孩子被賣到南方為奴婢的。「乙酉年（1345）後，北方饑，子女渡江，轉賣與人為奴為婢，鄉中置者頗多。」「甲午年（1354），鄉中多置淮婦作婢，貪其價廉也。」[3]明朝初年，蓄奴之風比蒙元統治時代有所減弱。這是因為在元末農民大起義的衝擊下，地主階級受到了打擊，一些奴婢也因此逃亡。

　　朱元璋當了皇帝之後，為了穩定大局，也曾明律放贖奴婢。如洪武五年五月曾頒告天下：

> 襄因元末大亂，所在人民……貧乏不能自存，於庶民之家為奴者，詔書到日，即放為良，毋得羈留。強令為奴，亦不得收養。違者，依律論罪，仍沒其家人口。[4]

洪武三十年頒佈的《明律》中，再次重申：

> 若庶民之家，存養奴婢者，杖一百，即放從良。[5]

明代還嚴令禁止賣人為奴：

> 凡設方略而誘良人及略賣良人為奴婢者，皆杖一百，流三千里。[6]

> 若略賣和誘他人奴婢者，各減賣和誘良人罪一等。[7]

1　葉子奇：《草木子》卷三下〈雜制篇〉。
2　孔齊：〈溧陽父老〉，《至正直記》卷三。
3　孔齊：〈乞丐不置婢僕〉，《至正直記》卷三。
4　《明太祖實錄》卷三十四。
5　《明律》卷四，戶律、戶役、嫡子違法條。
6　《明律》。
7　《明律》。

除此之外，對略賣子孫、妻子及其他親屬為人奴婢者，對收留迷失或逃亡的別人的子女，賣為奴婢或自己收留作奴婢者，也給於杖責或判處徒刑。這些規定曾對限制貴族和庶民之家蓄奴起到了一定的作用。

另外，明初的減徭薄賦和鼓勵屯墾的政策，也減輕了農民的負擔。朱元璋多次下詔，號召逃亡農民還鄉復業，各歸田里，自耕農的數量大大增加。耕者有其田，為奴者幾稀。如嘉靖間何良俊《四友齋叢說》記載：「余謂正德之前，百姓十一在官，十九在田，蓋因四民各有定業，百姓安於農畝，無有他志，官府亦驅之就農，不加煩擾。故家家豐足，人樂為農。」這種抑制兼併，輕徭薄役的政策，確實一度緩和了農民與地主之間的矛盾，推動了社會生產力的發展。

但是，這種局面未能維持多久。宣德以來，土地兼併和賦役剝削重新加劇，已經趨於穩定的封建經濟結構再次遭到破壞。如《金瓶梅》七十八回吳大舅所談的屯田制遭到破壞的現象：

> 「這屯田，不瞞姐夫說，太祖舊例練兵衛，因田養兵，省轉輸之勞，才立下這屯田。後吃宰相王安石立青苗法，增上這夏稅。那時只是上納屯田秋糧，又不問民地。而今這濟州管內，除了拋荒葦場港隘，通共二萬七千頃屯地。每頃秋稅、夏稅，只徵收一兩八錢，不上五百兩銀子。到年終才傾齊了，往東平府交納，轉行招商，以備軍糧馬草作用。」西門慶又問：「還有羨餘之利？」吳大舅道：「雖故還有些拋零人戶不在冊者，鄉民頑滑，若十分進徵緊了，等秤解斗重。恐聲口致起公論。」西門慶道：「若是有些甫餘兒也罷，難道說全徵？若徵收些出來，斛斗等秤上，也夠咱每上下攬給。」吳大舅道：「不瞞姐夫說，若會管此屯，見一年也有百十兩銀子。尋到年終，人戶們還有些雞鵝豚米，面見相送。那個是各人取覓，不在數內的。」

屯田制遭到破壞的原因，一是因稅賦加重，屯戶不堪受盤剝而逃亡，屯田被大面積拋荒；二是屯田官吏加大斗秤勒索屯戶。

這同史書上的記載是相同的。

史志資料記載，宣德時，河南、山東、山西、浙江、江西等處七百三十五府、州、縣的農民逃亡現象十分嚴重，為改變這一狀況，中央在這些地方特設了七百三十五名專撫農民的官員，另設州縣佐貳官三百七十一人。

然而到正統、景泰、天順、成化時，流民仍有增無減。不少地方流民動輒數萬，數十萬，以至數百萬。何良俊說：「自四十五年來，賦稅日增，徭役日重，民不堪命，遂皆遷業。昔日鄉宦人家亦不甚多，今在農而為鄉宦家十者十倍於前矣。昔日官府之人有

限，今在農而鬻食於府者，五倍於前矣。昔日逐末之人尚少，今去農改業為工商者，三倍於前矣。昔日原無遊手之人，今去農而遊手趁食者，又十之二三矣。大抵以十分百姓言之已六七分去農。」[8]

流亡的農民何以為生計？「棄家蕩產，比比皆是，鬻妻賣子，在在有之。」[9]不少人因窮困而淪落為奴婢。明代刊刻的《天下通用文林聚寶萬卷星羅》《四民使用積玉全書》《四民便覽東學珠璣》等書中，皆載有出賣子女的契約格式。

朝廷限制蓄奴的律令是如此嚴厲，永樂年所立的榜文中規定，王公之家，僕從不過二十人，一品不超過十二人。[10]然而這個規定在一個蓄奴的封建社會裡幾乎等於一紙空文，誰也不會去理睬。「在京各駙馬皇親及天下王府並王親儀賓之家，畜養奴婢家人之類，比之舊制，或多逾十倍。」[11]士大夫家中有奴僕「萬指」已是習以為常，甚至連太監之家也廣蓄奴僕。便是西門慶這樣的土豪，其家中也有奴僕數十。

雖然律令嚴禁，畢竟「上有政策，下有對策」，官紳士庶之家便以改變奴婢名稱的方法來對付官府。蕭雍《牧令書》中說：「法不得蓄奴，供使令者，曰『義男』『義婦』。」[12]也有稱奴僕為「家人」「義婿」「蒼頭」「小廝」「伴當」「豎子」「家僮」「莊僕」等。這些名稱各有源淵，如「伴當」一名，始於元代初年，在《蒙古秘史》中屢見伴當之稱，音譯為「那可兒」。元代亦多用隨從、家僕、梯己百姓、奴婢、以及部曲、樂戶這些稱謂。西門慶家的奴僕，多以書童、畫童、琴童、棋童、奶子、司茶、家人、小廝等名目稱之。

西門慶家奴僕，主要有四種分工：

第一如玳安之輩，是經常跟隨西門慶的貼身小廝，也是經常同西門慶在各處特別是婦人家行走的伴當。他伶牙俐齒，八面討好，再加上腿腳輕快，深得家主信任。西門慶勾引女人，打聽、牽線、跑腿的都是玳安。因此成為西門慶的心腹，並被稱為「西門小員外」，後來終於成為西門家的香火繼承人，改名西門安。

第二如來保、來旺之輩，多次被派往東京辦一些機密之事，也常被派到外邊去做買賣。

第三如韓道國、傅夥計等，是西門慶商業集團各個買賣分號的經理。看起來，他們是西門慶的僱員，不能算是奴僕，但實際上他們與西門慶的這種僱傭關係從一開始就已

8 《四友齋叢說》卷十三〈史〉九。
9 《明英宗實錄》卷二五二。
10 《明孝宗實錄》卷一一七。
11 《明孝宗實錄》卷十九。
12 蕭雍：《牧令書》卷十九・王植盜案。

變質為主僕關係，西門慶不但對他們頤指氣使，而且可隨意姦占他們的妻子。

第四如來興兒、鈒安、琴童、棋童、書童、畫童、韓回子、張安、劉包、鄭紀等人，或在各房伺候答應，或擔任看家護院、燒火伺茶、打更守夜、看墳地等雜役。

第五如玉簫、春梅、小玉、蘭香、小鸞、夏花兒、元霄兒、迎春、繡春、秋菊、中秋、如意兒等各房丫鬟，專事服侍各房的男女主子。

另外，西門慶家中還有一些家人媳婦，如來旺媳婦宋惠蓮、來昭媳婦一丈青、來寶媳婦惠祥、來爵媳婦惠元、來興媳婦惠秀、韓回子媳婦韓嫂兒等。這些家奴的媳婦實際上也是家奴。她們有的為西門慶家縫補漿洗，有的專管廚房裡上灶。（如宋惠蓮做得一手好湯水，有用一根柴禾把豬頭燒爛的絕技）

在蓄奴社會裡，奴僕的社會地位極其低賤，是人下之人。（至於鈒安、春梅等輩，得寵於主人，實際上已不再屬奴僕之列）他們不僅要用自己的辛勞為主人創造財富，而且沒有任何人身自由。

西漢宣帝時代做過諫議大夫的散文家王褒，寫過一篇〈僮約〉，是一篇用西漢蜀中口語寫的賦體文。文中詳細開列了僕人每日應做的種種事情：

> 晨起早掃，食了洗滌。居當穿臼縛帚，裁盂鑿斗。浚渠縛落，鋤園斫陌。……出入不得騎馬載車，蹀坐大呶，下床振頭……織履作粗，黏雀張鳥，結網捕魚，繳雁彈鳧。登山射鹿，入水捕龜。後園縱養，雁鶩百餘。驅逐鷗鳥，持梢牧豬。種薑善芋，長育嫁駒。糞除堂廡，餵食馬牛。鼓四起坐，夜半益芻……不得辰出夜入，交關伴偶。……奴老力索，種莞織席。事訖休息，當舂一石。夜半無事，浣衣當白。若有私錢，主給賓客，奴不得有奸私，事事當關白。奴不聽教，當笞一百。[13]

這篇〈僮約〉雖為遊戲之文，所列僕人應做事項，事無巨細，除了下田耕種就是澆園修渠、養雞養豬以及家裡家外所有粗細活計，從早到晚沒有一點閒功夫，而且從少到老一分鐘不能懈怠。他剛買的一個僕人讀了本文，「訖訖叩頭，兩手自搏，目淚下落，鼻涕長一尺。」稱：按您所列的這些事去做，還真不如我早早死了呢！

萬曆時，莊元甫〈治家條約〉中也有這樣的訓示：

> 凡奴僕在家，務使各勤其事。男使之耕，女使之織，時時綜核。有惰不事事者，輕者除其葷酒，重則鞭撲之。或除其衣銀。所以然者，一則生息產業，不至坐食

13　《全漢文》卷四二。

> 耗財，一則手足拮据，不使遊閒長惡。凡女子小人之過，多生於飽暖無事。故為主者，常役使率作，使力疲於奔走而不暇，此最御下之善法也。14

作人奴僕的，就得這樣受主子的役使率作，永遠「手足拮据」，「力疲於奔走而不暇」。

不僅如此，奴僕還要受主人的肆虐凌辱和人格折磨。西門慶姦淫過的十九名婦女中，便有春梅、迎春、繡春、蘭香、惠蓮、惠元、如意兒等婢女和家人媳婦等七人。

主子毆打奴才，更是家常便飯。

第二十八回，潘金蓮「醉鬧葡萄架」後丟失了一隻繡鞋，讓秋菊、春梅去找。但秋菊找回來的竟是一隻來旺媳婦與西門慶在花園裡私通時丟下的鞋。潘金蓮大怒，於是叫春梅拿塊石頭，讓秋菊跪在院子裡。跪完石頭，又叫春梅拉倒秋菊，打了十幾下。這個可憐的丫頭是主子的出氣筒，潘氏一不遂心，動輒便拳腳加身。門一開得遲了，潘金蓮「進門就打兩個耳刮子」15，黑影裡踩一泡狗屎，潘氏也遷怒於人，對著秋菊「兜臉就是幾鞋底子，打得秋菊嘴唇都破了，只顧搵著擦血」。「雨點般鞭子掄起來，打得這丫頭殺豬也似叫。……打夠了二三十馬鞭子，然後又蓋了十闌杆，打得皮開肉綻，才放起來。又把他臉和腮頰，都用指甲掐得稀爛」16。更慘無人道的是，潘金蓮打得興起，竟會令小廝剝光秋菊的衣裳，繼續打板子。

西門慶不但是個「打老婆的班頭」，對奴僕也更是心狠手辣。小廝平安兒向潘金蓮講了他狎書童之事，西門慶對平安兒懷恨在心。適逢那天白來創來見西門慶，西門慶讓平安兒擋住，結果白來創硬闖進來，西門慶借這個理由，「吩咐兩個會動刑的上來」，狠狠地把平安兒「拶」上，打了五十棍，打得平安兒「皮開肉綻，滿腿杖痕」17。因為懷疑婢女夏花兒偷了銀子，便「須臾把丫頭拶起來，拶得殺豬也似叫。拶了半日，又敲了二十敲」。打完了又吩咐李嬌兒：「明日教媒人即時與我拉出去，賣了這奴才！」18

西門慶對自己的奴僕，竟用了官刑。「拶」這種刑罰，即是酷刑中的「拶指」。用繩串五根小木棍，套入犯人手指，然後把繩子抽緊。這種酷刑原是官府用的，西門氏竟私設官刑，可見其刻苛暴虐。甚至僕人家的子女，也是主子任意施虐的對象。第二十八回「西門慶怒打鐵棍兒」，因一丈青的兒子小鐵棍兒在花園裡玩耍，拾了潘金蓮一隻鞋，被陳經濟哄了，交給了潘氏，潘金蓮惱恨在心，對西門慶講了。西門慶不問青紅皂白，

14　《莊元甫雜著》第八冊《曼衍齋草·治家條約》。

15　《金瓶梅詞話》第四十一回。

16　《金瓶梅詞話》第五十八回。

17　《金瓶梅詞話》第三十五回。

18　《金瓶梅詞話》第四十四回。

一沖性子走到前邊，揪住小鐵棍兒頂角，拳打腳踢，殺豬也似叫起來。直打得這孩子「躺在地下死了半日」。連一個十來歲的娃娃也不放過。如明末張履祥所言：「主人之於僕隸，蓋非以人道處之矣。」[19]張明弼《螺芝堂集》謂：「嘗聞江南慘礉之主，或有苛使盲驅，繁於〈僮約〉。奴多腹坎無食，膝踝無裙，臀背無完膚。奴女未配，早破其瓜；婦未耦子，先割其鮮。」

《金瓶梅》裡的主僕關係，是建立在商品交換關係基礎之上的。一方面，財大氣粗的西門慶可隨意向僕從施虐，甚至姦占人家妻子，另一方面，他的雇員忍受種種屈辱也是為了能得到他物質上的恩惠。一切都以物質利益為轉移。所以西門慶一死，僕人們紛紛欺主背恩，韓道國拐了一千兩銀子貨款遠遁，湯來保也私藏了八百兩銀子布貨，又乘酒醉調戲月娘，後來自己另立門戶，開了布鋪。

《金瓶梅》寫主僕關係，開掘極深，作者在利益交換關係上著墨，多角度地呈現了社會現實，讓讀者看到了蓄奴社會所投下的黑魆魆的魔影。

---

[19] 《楊園先生全集》卷九。

青絲籠帶看蠶娘

——《金瓶梅》與晚明織造業

一、亂花漸欲迷人眼

　　既使是粗心的讀者，也會為《金瓶梅》中搖曳生姿琳琅滿目和無日不趨新的服裝描寫感到興味盎然。書中此一部分內容異常豐富，無論是服裝款式、花色，還是質料、品類，其描寫都前無古人而後啟來者。一部《金瓶梅》，庶幾可以等於一個晚明社會的時裝大博覽了。

　　不妨信手拈出幾段。

　　第十四回，寫李瓶兒來與潘金蓮過生日，穿的是「白綾襖兒，藍織金裙，白紵布鬏髻，珠子箍兒。」而那一天潘金蓮穿的是「香色潞綢雁銜蘆花樣對襟襖兒，白綾豎領妝花眉子溜金蜂趕菊扣兒，下著一尺寬海馬潮雲羊皮金沿邊挑線裙子，大紅緞子白綾高底鞋，妝花膝褲。」吳月娘則是：「大紅緞子襖，青素綾披襖，紗綠綢裙，頭上戴著鬏髻，貂鼠臥兔兒。」連作為僕婦的宋惠蓮，也「換了一套綠閃紅緞子對襟衫兒，白挑線裙子，又用一方紅綃金汗巾搭著頭，額角上貼著飛金並面花兒，金燈籠墜耳。」

　　到了第三十四回，潘金蓮的打扮則又是：「上穿著丁香色南京雲綢攘的五彩納紗喜相逢天圓地方補子，對衿衫兒，下著白碾光絹一尺寬攀枝耍娃娃絨拖泥裙子，胸前攘帶金珍瓏攘領兒，下邊羊皮金荷包。」

　　僅是裙子，按質料分，就有緞裙、羅裙、絹裙、綾裙、綢裙、錦裙、布裙、綃裙等。按紋樣分，有鑲邊裙、寬襴裙、百花裙、挑線裙、遍地金裙、妝花裙、繡裙等多種。按形式分，則有拖泥裙（或謂「拖地裙」）、翠紋裙、湘紋裙等。

　　袍服，按質料分，有緞袍、羅袍、絨袍等。按形式分，有通袖袍、麒麟袍、五彩袍、遍地金袍等。

　　襖，按質料分，有綾襖、羅襖、錦襖、棉襖、皮襖、綢襖、布襖等。按形式分，有對襟襖、大襟襖、寬袖襖、通袖襖、水合襖、披襖、繡襖等。

至於官服，則原料和做工更別有考究。第二十五回西門慶給蔡太師的生辰禮品單中，便有杭州織造的大紅彩羅緞紵絲蟒衣。李瓶兒又挑出兩件大紅紗，兩匹玄色蕉布，俱是金織邊兒五彩蟒衣。第三十一回，西門慶當了山東省提刑所副千戶以後，穿的是「五彩灑絨獅子補子圓領，四指大寬，金茄楠香帶，粉底皂靴。」七十三回，西門慶升為正五品的山東提刑正千戶，東京何太監送了他一件五彩飛魚蟒衣，應伯爵看了稱讚不已，說這件衣服「少說也值幾個錢兒」。

便是日用的手帕，也總是花樣翻新。書中寫臨清有一條手帕巷，是製作批發手帕的一條專業街，「有名王家，專一發賣各色改樣銷金點翠手帕汗巾兒」[1]。李瓶兒「要一方老金黃銷金點翠穿花鳳汗巾」，「還要一方銀紅綾、銷江牙海水嵌八寶汗巾兒，又是一方閃色，是麻花銷金汗巾兒」，潘金蓮「要一方玉色綾瑣子地兒銷金汗巾兒」，又「要嬌滴滴紫葡萄色、四川綾汗巾兒，上消金點翠，十樣錦，同心結，方勝地兒，一個方勝裡面，一對喜相逢，兩邊欄子兒，都是纓絡出珠碎八寶。」

就服裝顏色上看，以紅顏色衣料出現率最高，其中大紅為最多。據不完全統計，大約有七十四處。其次是銀紅、桃紅、粉紅、猩紅、鶴頂紅、朱紅、錦紅、稍紅、閃紅、金紅、煙裡火紅等諸多品類。

除了紅色，較多用於服飾染色的尚有綠色，品種依次有鸚哥綠、沙綠、嬌綠、柳綠、豆綠、黑綠、翡翠綠等。青則有墨青、素青、天青、鴉青等，青色一般多為奴婢穿著的服飾顏色。

《金瓶梅》中的紡織品，據戴不凡先生統計的資料，其品類如下：

麻織品有：鸚哥綠紵絲納襖（二回）、白紵布（十四回）、玄色紵絲道衣（三十九回）、魁光麻布（六十二回）、白鵬紵絲（六十八回）、青絲金綾紵（七十一回）、青絲服圓領（七十六回）、黑青妝花紵絲圓領（七十八回）。

棉布有：毛青布大袖衫（二回）、好三梭布（七回）、大布（七回、四十九回、八十四回）、白布裙（十二回）、玄色蕉布織金邊五彩蟒衣（二十七回）、大紅蕉布比甲（二十七回）、玄色扁金補子絲布圓領五彩襯衣、白滾紗漂白布汗褂（三十一回）、斜紋布（三十二回）、水合襖藍布裙子（四十六回）、火烷布（五十五回）、瀼紗漂白布（六十二回）、生眼布（六十二回）、綠布披襖裙子等。

毛織品有：錦氈繡毯（二十回）、鋪地用之獅子滾繡球絨毛線毯子（四十九回）、白氈帽（五十回）、作門簾用之大紅氈條（六十二回）、覆蓋花石綱之黃氈（六十五回）、氈巾（六十七回）、淺紅氇子臥單（八十三回）等。另外，六十回之後，還多次提到絨製品，如絨

1　《金瓶梅詞話》第五十一回。

衣、綠絨褲子、白絨忠靖冠、絨氅（以上六十七回）、紫羊絨鶴氅（六十九回）、大紅絨彩蟒、青絨蟒衣、猩紅鬥牛絨袍（以上七十回）、綠絨蟒衣、飛魚綠絨彩衣（以上七十一回）、青螺絨蟒衣（七十六回）、大紅絨金多圓領（七十八回）、絨襪（八十回）等。

戴不凡先生的統計之外，《金瓶梅》中尚有花樣繁多的絲、帛、綢、緞品類。如：彩色緞子（一回）、絲鞋（一回）、玄色挑絲護膝兒（二回）、清水好綿（三回）。案：所謂「清水好綿」即絲綿，而非棉布。「清水」指絲棉的製作過程。《天工開物》：「凡雙繭並繅絲鍋底零餘，並出種繭殼，皆緒斷亂不可為絲，用以取棉。用稻草灰水煮過，傾入清水盆內。」老鴉緞子（四回）、錦緞（七回）、挑線密約深盟隨君膝下香草邊闌松竹梅花歲寒三友醬色緞子護膝（八回）、紗綠潞綢（八回）、祥雲嵌八寶水光絹裡兒，紫線帶兒黑邊裝著排草玫瑰花兜肚（八回）、玉色絹撇兒（十二回）、雲絹比甲兒（十二回）、藕絲對衿襖（十三回）、綠紗潞綢鞋扇（十三回）、沉香色潞綢雁銜蘆花樣對衿襖兒（十四回）、青絲綾披襖（十四回）、條紗綢裙（十四回）、織金重絹衣服（十五回）、妝花錦繡衣服（十五回）、藍緞裙（十五回）、大紅縐紗袍（十八回）、翠藍四季團花兼喜相逢緞子（二十二回）、紅潞綢褲兒（二十三回）、大紅十樣錦緞子（二十九回）、南京紵緞（三十回）、輕紗軟絹衣服（三十三回）、妝花織金緞子（三十四回）、南京色緞（三十五回）、織金雲絹衣服（三十五回）、雲絹衫（三十五回）、翠藍雲緞（三十五回）、綿綢、織金、紗緞（三十七回）、京緞（三十九回）、南邊織造的夾板羅緞尺頭（四十回）、金梁緞子八吉祥帽兒（四十三回）、宮中紫閃黃錦緞（四十三回）、浙綢（五十一回）、黃褐緞子（五十回）、湖錦（五十一回）、粉緞（五十三回）、綠絹頭（五十三回）、漢錦（五十五回）、蜀錦（五十五回）、淺藍水綢裙子（五十六回）、白杭絹畫拖泥裙子（五十六回）、素青杭絹大衿襖（五十六回）、月白雲綢衫兒（五十六回）、鵝黃綾襖子（五十六回）、丁香色綢直身兒（五十六回）、黃絲孝絹（六十二回）、水關絹（六十二回）、蔥白緞氅衣（六十七回）、蔥白綢子襖兒（六十七回）、雲鶴金緞（七十回）、青緞五彩飛魚蟒衣（七十三回）、沙綠地遍地金裙（七十五回）、紫錦袴衫（八十四回）、翠藍十樣錦百花裙（九十六回）等，共有七十多個品類。

果然是「亂花漸欲迷人眼」啊。

二、明代織造業繁榮的形象記錄

《金瓶梅》中所記敘的棉、絲、毛、麻織品，花色繁多，圖案精美，織工細巧，充分顯示了明代織造工業的高超水準，堪稱明代織造業繁榮的形象記錄。

明代之織造業，大體可分為三個產區，一是江南，著名如杭州：「桑麻遍野，繭絲、綿苧之所出，四方咸取給焉。雖秦、晉、燕、周大賈，不遠千里而求羅綺、繒巾（何案：

「巾」應為「帛」）薦,必走浙之東也。」[2]

蘇州是有名的絲織業中心,明萬曆時已是「家杼軸而戶纂組」,東城「皆習織業」,「比屋皆工織作」[3]。甚至官吏也以紡織求利,明人于慎行《穀山筆塵》記:「吳人以織作為業,即士大夫家,多以紡織求利,其俗勤嗇好殖,以故富庶。然而可議者,如華亭相(徐階)在位,多蓄織婦,羅計所積,與市為賈,公儀休之所不為也。往聞一內使言,華亭在位時,松江賦皆入里第,吏以空牒入都,取金於相邸。相公召工傾金,以七銖為一兩,司農不能辨也。人以相公家巨萬,非有所取直,善俯仰居積,工計然之策耳。愚謂傾瀉縣官賦金,此非所謂聚斂之臣也,以大臣之義處之,謂何如哉。」其地產品不僅品種多,而且品質上乘。據正德《姑蘇志》「土產」記,其錦有海馬、雲鶴、寶相花、方勝等,「五色炫耀,工巧殊過,猶勝於古。」宣德時,或織畫軸,或織詞曲,技術精巧,使人歎為觀止。紵絲有素有花,紋有金縷彩妝,其制不一,皆以工巧稱譽天下。羅有花羅、素羅、萬羅、河西羅;紗有銀條、夾織、金縷、彩妝、縐紗。其它如綾、絹、綢等,也名色繁多。

湖州亦以紡織業繁盛而著稱,明徐獻忠《吳興掌故集》記:「蠶桑之利,莫甚於湖。大約良地一畝,可得桑八十個(每二十斤為一個),計其一歲墾鋤壅培之費,大約不過二兩,而其利倍之。」明王士性《廣志繹》卷四:「農為歲計,天下所共也,惟湖以蠶。蠶月,夫婦不共榻,貧富徹夜搬箔攤桑。江南用舟船,無馬,偶有馬者,寄鄰郡親識,古人謂原蠶馬之精也,彼盛則此衰。官府為停徵罷訟。竣事,則官賦私負咸取足焉,是年蠶事耗,即有秋亦告匱。故絲綿之多之精甲天下。」其所產湖絲,「合郡俱有,而獨盛於歸安,湖絲遍天下。」[4]其中南潯、菱湖與嘉興府的石門,都是以產絲最多而著名的鄉鎮。「商賈從旁郡販棉花,列肆我土,小民以紡織所成,或紗或布,侵晨入市,易棉花以歸,仍治而紡織之。明然一復持以易。」[5]湖州的特產包頭絹,產量巨大,又花樣精巧,故「各省直客商雲集貿販,里人賈鬻他方,四時往來不絕。」[6]湖州桐鄉的濮鎮,在明初時,「機杼之利,日生萬金,四方商賈負貲雲集。」[7]到明中葉以後的《金瓶梅》時代,織作日盛,銷路也更廣。如明人施國祁《寓中雜詩》云:「吳儂衷阪趁圩忙,十五龍頭載小航。抱布蚩氓尋賈客,賣花翁老佐牙郎。」可見其極盛。

2　張瀚:《松窗夢語》。
3　嘉靖《吳邑志》卷十四「物產」上。
4　朱國楨:《湧幢小品》卷二。
5　《浙江通志》。
6　乾隆《湖州府志》卷四十。
7　胡琢:《濮鎮紀聞》卷首·總敘。

嘉興是「近鎮村坊，都種桑養蠶，織綢為業。四方商賈，俱至此收貨。」另外，還有許多在絲織工業發展基礎上新興形成的市鎮，如吳江的震澤、盛澤二鎮。隨著紡織業的發展和經濟分工的明細化，明季江南地區不僅絲織品走俏天下，而且連桑葉、桑樹，乃至蠶種也成為商品。「每當蠶收二眠之際，各鄉買蠶之船銜尾而至。」[8]

二是山西。如《金瓶梅》所敘錄，潞綢也是全國馳名的。當時流傳著「南松江，北潞安，衣天下」的佳話。乾隆《潞安府志》記載，「明季長治、高平、潞衛，三處共有綢機一萬三千餘張」。又順治《潞安府志》謂：「在昔（指明代），全盛時，其登機鳴杼者，奚啻數千家，其機則九千餘張。」[9]自萬曆三年之後，其中除部分要賣給朝廷，大部分全部投入市場，因此俗有「潞綢廣宇內」之稱。不僅產量大，而且機杼鬥巧，織作純麗。潞州不產桑，其絲織業的原料——蠶絲，靠四川供給。郭子章說：「西北之機，潞最工，取給於閩蜀。」[10]又《孝義縣誌》記載，當地的一種名貴產品黃絹也是「以外來之絲織絹」[11]。由此可大略看出絲的市場和地域間的貿易交流情況。潞綢除「貢篚互市外，舟車輻輳者轉輸於省直，流衍於外夷，號稱利藪。」[12]

第三要數四川了。《金瓶梅》中多次提到過「蜀錦」，即是該地具有歷史傳統的一種絲織品。蜀錦產於成都地區，自漢、唐以來，一直是全國著名的絲織品種。宋代曾設立「錦院」，明代末年，因兵事受到過影響，但其獨有的風格卻沒有因此而改變。彭遵泗《蜀碧》卷三記敘：「蜀錦工甲天下，特設織錦供御用」。其著名品種有方方（棋格的變化）、雨絲（間道的變化）、月華（景色的變化）等等，利用各種技巧，形成豐富的紋樣變化和色彩效果，具有濃厚的民間工藝特性。

明代織造業之發達，從許多時人筆記中亦可看出。如記載明季權臣嚴嵩被抄家時清點財產的底冊——《天水冰山錄》，僅絲綢錦緞，匹頭和衣裙，織金的也有數百種。只就當時折價變賣的一般性絲織物而言，匹頭就有各色改機，各色南京、潮、潞、溫、蘇、雲素綢，各色嘉興、蘇、杭、福、泉等絹，各色松江土綾、各色縐紗，各色雲素紗，各色絲巾，生絲絹，各色大小梭土布，各色曬白、刮白麻、葛布、各色褐，各色碾光領絹，還有西洋布。衣料有各色舊織金圓領，各色緞、羅、絹、紗、絲、布圓領，各色緞紗襯擺，各色緞、絹、綾、綢、絨、褐男女衣，各色紗布男女衣，各色新舊棉、緞、絹、紗的帳幔和被面，絮褥，各色新舊棉緞、虎豹皮襯，各色錦緞、絹包袱等等。可見其品類

8　　嘉慶《餘杭縣誌》物產志引崔應楠《蠶事統計》。
9　　該書《地理四·氣候物產》。
10　郭子章：〈蠶論〉。
11　《孝義縣誌》《物產志》。
12　正德《松江府志》卷一，「氣候物產」。

之洋洋大觀。

《金瓶梅》中的紡織品，除緞、絹、羅、紗、綢之外，更多寫到的是棉布。書中出現的棉布織品，有十四五個品類，亦多為南方所產，如其中的「松江綾布」和「三梭布」。

江蘇松江（包括上海、華亭、青浦等縣），在當時為全國棉織工業的中心。同時，松江也被認為是中國棉花的引種地和棉布的首產地。清錢肇然《續外岡志》卷四指出：「棉花即吉貝也，與交廣者不同。宋時傳其種於海外。四月下種，八、九月成熟。莖弱葉尖，花如黃葵而小，實大如桃，土人名曰盧都，又曰花鈴，中有白棉。棉中子大如梧子，開時必要晴天。若遇陰雨，便鈴壞而棉黃矣。近鎮（松江外岡）遍栽，以資紡織。棉布，《輟耕錄》云：『松江烏泥涇始得棉花種。黃道婆自崖州來，教以彈竿之法，紡紗織布。』」徐光啟《農政全書》援引《松江志》記載：松江地區人民「俗務紡織，他技不多。而精線綾、三梭布、漆紗、剪線毯，皆為天下第一。……百工眾技與蘇杭等。要之，蘇郡所出皆切於實用，如綾布二物，衣被天下，雖蘇杭不及也。」《嘉慶府志·物產志》引《梧潯雜佩》云：「吾松以棉布衣被天下」。宋應星《天工開物》亦謂：「凡棉布寸土皆有，而織造尚松江，漿染尚蕪湖。」當時曾流行著這樣的諺語：「買不盡松江布，收不盡魏塘紗」。

明中後期，松江布進入宮廷。《明宮史》載：宮中有甲字形檔，所掌「皆浙江等省歲供納」之物，其中即有「闊白三梭布」。宮中縫衣人說，皇帝的近體衣裳，「俱松江三梭布所製」[13]。好的三梭布箆密縷勻，緊細若綢，織染以龍鳳、鬥牛、麒麟等花紋，染上大紅、真紫、赭黃等色彩，有時一匹要賣一百兩銀子。

明代之棉布織品，不但種類繁多，技藝也達到了極高的程度。如《金瓶梅》第四十五回，提到了「松江闊機光素白綾」，便是用闊機織造的尖山形斜紋地白色素綾。綾品種之多，以明為極盛。《天水冰山錄》所載，即有織金陵、暗花綾等。

明代的棉布名品，還有《金瓶梅》中提到的「大布」。十六尺為平稍，二十尺為套段，銷量極暢。另外還有扣布、稀布和織有龍鳳、鬥牛、麒麟等花紋的番布，紋色如納的衲布，「色樣不一，若古錦然」的錦布等。最值得稱道的，是細密如綢緞的飛花布。這種飛花布，又稱「丁娘子布」，傳為松江東門外雙廟橋丁氏娘子，彈花技巧最熟，用以織布極為輕軟，故名。朱彝尊有詩紀曰：

丁娘子，爾何人？織成細布光如銀。
舍人笥中剛一匹，贈我為衣禦冬日。

---

13 陸容：《菽園雜記》。

感君戀戀情莫俞，重之不異貂襦褕。

攜歸量幅二尺闊，未數星紈與荃葛。

曬卻渾如飛瀑懸，看來只訝神雲活。

為想鳴枝傍碧窗，摻摻女手更無雙。

浣時應直渰裙水，漂去除非濯錦江。

長安城中盛衣馬，此物沉思六街廈。

裁作輕衫春更宜，期君再醉天壇下。

天壇三月踏青時，領邊短鬢風吹絲。

試錄油壁香車路，追逐紅襌錦髻兒。

這種布是太倉所產，錢肇然《續外岡志》卷四謂：「飛花布，向惟太倉為之。今鎮中亦織，土人名曰小布，紗必勻細，工必精良，價逾常布。」因其精美而「不脛走寰中」。[14]

許仲元《三異筆談》記：「滬瀆梭布衣被天下，良賈賴以起家。張少司馬未貴前，太翁已致富累巨萬。五更籌燈，收布千匹，遠售閶門，每匹可贏五十文，計一晨得五十金，所謂『雞鳴布』也。」

明代的不少棉織品，是仿照絲織品經過印染和緹花加工的。《天工開物》記載的雲花斜紋、象牙等布的織法，大都仿照絲織花機。隨著織造工業的勃興，印染工業也日益發展，許多地區出現了各有專職的染坊。《金瓶梅》中幾次寫到的「毛青布」，即是以松江布染成。這是一種略帶紅色的青布。《天工開物》記：「布青初尚蕪湖千百年矣。以其漿成青光，邊外方國皆貴重之。人情久則生厭，毛青乃出近代，其法取淞江布染成深青，不復漿碾，吹乾，用膠水參豆漿水過。先蓄好靛，名曰桴缸。入內薄染即起，紅焰色之隱然。」也有商人販得素布，自己加工印染牟利。如《金瓶梅》第七回媒婆薛嫂引西門慶去孟玉樓家，介紹其前夫係「南門外販布楊家」「見一日常有二三十染的吃飯」。待西門慶走進他家院內，看見「台基上靛缸一溜」，顯然是染布所用。第三十三回西門慶買了湖州客人五百兩絲線，叫雇傭的韓夥計「同來保領本錢雇人染絲，在獅子街開張鋪面，發賣各色絲線」。也是屬於一種半成品加工。

清人褚華《木棉譜》「染坊」條記：「染工有藍坊，染天青，淡青，月下白；紅坊，染大紅，露桃紅；漂坊，染黃蠟為白；雜色坊，染黃、綠、黑、紫、古銅、水墨、血牙、駝絨、蝦青、佛面金等。其以灰粉滲膠礬塗作花樣，隨意染何色而後刮去灰粉，則白章爛然，名刮印花。或以木板刻作花卉、人物、禽獸，以布蒙板而矸之，用五色刷其矸處，

14　楊光甫：《松南樂府》。

華采如繪名刷印花。」據《本草綱目》《天工開物》和《天水冰山錄》記載，明代可用於染色的植物已擴大到幾十種，如槐米、黃柏樹、鬱金草、五倍子等。其織物染色譜有大紅、水紅、桃紅、閃紅、青紅、天青、黑青、綠、黑綠、墨綠、油綠、沙綠、柳綠、藍、沉香色、玉色、紫、黃、柳黃、白、蔥白、閃色、雜色等幾十種，這從《金瓶梅》中敘錄的織物品類中可見大端。

再說麻織品。

明代麻織品的種類也比較多，《金瓶梅》中寫到的便有十幾種。這十幾個品種多為南方所產，原料除了紵麻外，二十五回還提到了「玄色蕉布」，這是一種以芭蕉莖纖維織造成的布匹。

以芭蕉或香蕉莖纖維織布，中國已有了二千年的歷史。在西元一世紀前，這一技術已被南方土著居民所採用，並一直成為該地區之特產。明人屈大均《廣東新語》卷十五記：

> 蕉類不一，其可為布者曰蕉麻，山生或田種。以蕉身熟踏之，煮以純灰水，漂澼令乾，乃績為布。本蕉也，而曰蕉麻，以其為用如麻，故葛亦為葛麻也。廣人頗重蕉布，出高要、寶查、廣利等村者，尤美。每當墟日，土人多負蕉身賣之。長樂亦多蕉布。所畜蠶，惟取其絲以緯蕉及葛，不為綢也。綢則以天蠶食烏柏葉者織之，史稱粵多果布之湊，然亦夏布，若蕉葛紵麻之屬耳。冬布多至吳楚，松江之梭布，咸寧之大布，估人絡繹而來，與綿花皆為正貨。粵地所種吉貝，不足以供十郡之用也。蕉布與黃麻布，為嶺外所重，常以冬布相易。余有《蕉布行》云：
> 芭蕉有絲猶可績，績成似葛分絺綌。
> 女手纖纖良苦殊，餘紅更作龍鬚席。
> 蠻方婦女多勤劬，手爪可憐天下無。
> 花彩白越細無比，終歲一匹衣其夫。
> 竹與芙蓉亦為布，蟬翼霏霏若煙霧。
> 入筒一端重數銖，拔釵先買芭蕉樹。
> 花針挑出似游絲，八熟珍蠶織每遲。
> 增城女閣人皆重，廣利娘蕉獨不知。

宋以後，因棉花的廣為種植，麻布逐漸被取代。因其有挺爽清涼的優越性，仍然被一些消費者所歡迎。如廣東增城地區所產的「女兒葛」所織出的葛布，薄如「蜩蟬之翼」，

捲起來「可以出入筆管。」[15]《廣東新語》述其來歷：「粵之葛，以增城女葛為上，然不鬻於市。彼中女子，終歲乃成一匹，以衣其夫而已。其重三四兩者，未字少女乃能織，已字則不能，故名女兒葛。所謂北有姑絨，南有女葛也。其葛產竹溪、百花林二處者良。悉必以女，一女之力，日采只得數兩。絲縷以針不以手，細入毫芒，視若無有，卷其一端，可以出入筆管。」

《金瓶梅》中出現的「生眼布」，也是一種紵麻布。這種粗疏帶孔眼的布，因其滑爽硬挺生骨好，且有脫汗離體的奇效，故一直是宮廷和官吏制服的配套用料。

再說毛絨織品。

《金瓶梅》中的毛絨織品，花色豐富多彩，共有氈、毯、絨三大類近二十個品種。

中國毛絨織品六朝時即很興盛，當時西北地方出產的「氍氌」（阿拉伯語）、「氈罽」（波斯語），都是名品。不僅織工精細，而且圖案美絕。《南州異物志》說：「氍氌以羊毛雜群獸之毳為之，鳥獸人物雲氣，作鸚鵡遠望軒若飛也。」

明代的毛絨織品中，有「毯子」「紫草」「斜褐」「絨錦」等品名，不但行銷國內，而且成為邊外貿易的主要商品，並開始出口歐洲。《新疆圖志》記載，只是和田地區範圍，也「歲製絨毯三千餘張，輸入阿富汗、印度等地。」西藏地區生產的氆氇毯也是行銷海內外的主要商品。又有資料提到「兜羅絨」，謂原產於琉球和日本，後杭州織造局的織工進行仿製，工藝盡善盡美。明人田汝誠《西湖遊覽志餘》卷二十三引高季迪〈謝友人惠兜羅被歌〉：「蠻工細擘冰蠶繭，織得長衾謝縫製。蒙茸柳絮不愁吹，鋪壓高床夜香軟。朔風入關凋白榆，塞寒此物時當需。明燈熾炭夕宴罷，薦寢宜共紅氍氌。海客揚帆遊萬里，得自昆侖國中市。歸來遺我見遠情，重似鴛鴦和歡綺。詩人鶴骨欺霜棱，曾直禁署眠青綾。自從身邊得閒臥，只愛擁紙同山僧。今朝得此何其絕，展覆不優兒踏裂。便思清夢伴梅花，靜掩寒窗聽風雪。越羅蜀錦安可常？洞房美女謾熏香。誰知一幅春雲暖，即是溫柔堪老鄉。」

萬曆時製襪亦時興絨布。明人范濂《雲間據目抄》卷二載：「松江舊無暑襪店，暑月間穿氈襪者甚眾。萬曆以來，用尤墩布為單暑襪極輕美，遠方爭來購之。故郡治西郊廣開暑襪店百餘家。合郡男婦，皆以做襪為生，從店中給籌取值，亦便民新務。嘉靖時，民間皆用鎮江氈襪，近年用絨襪，襪皆尚白。而貧不能辦者，則用旱羊絨襪，價甚省，且與絨襪亂真，亦前所稱薄華麗之意。」

《金瓶梅》是文學作品，但它又是那個時代社會生活的真實投射。其對服飾細緻入微的描寫，萬花筒般展現了一個全新的商品經濟時代鏡像，成為明代紡織業繁榮的全記錄。

15　《吳越筆記》葛布篇。

三、美侖美奐的工藝

　　從《金瓶梅》的描寫中可以看出，明代的絲帛綢緞在織造技藝上是很高超的，其製作方法和工藝特點，有以下幾種：

　　(一)妝花。又稱裝花，是當時提花絲織品中織造工藝最複雜的一種。織造時用裝有許多不同色線的小梭，邊織邊配色，謂之「過管」。妝花織物的花紋色彩異常豐富，少者四色，多者十數色。從出土和傳世的實物來看，有的往往要用十幾色甚至三四十種顏色的彩緯控花妝彩織成。妝花的花紋圖樣一般都比較大，因此有「走馬看妝花」之喻。妝花工藝有的完全用金線作地，不露緞地，稱「金包地」。《金瓶梅》中多次寫到的「遍地金」，即為此品類。有的在緞底上起彩色花紋，同一花紋用同一色彩，在整幅織品中分成若干不同的色緞，因多用芙蓉為飾，因此，同此的做法都被稱作「芙蓉妝」。

　　《金瓶梅》中出現的妝花織品種類繁多，最多的當是「織金」。這種工藝手法是在織物中加織金線。據《大清會典》載，織金緞的金線顏色有淡金、青金、赤金、大赤、紅金、紫金、黃金等多種色彩。妝花藝術在明初即吸收了緙絲通經斷緯、分段控花的方法，達到了「錦上添花」的奇效，因而成為織物中最為富麗堂皇的豪華品類。

　　妝花緞的著名產地，自明成化、宣德以來，一直是南京。被稱為「錦上添花」的南京雲錦不僅馳名全國，在十七、十八世紀被傳入法國，其結花本技術，是現代緹花機紋板裝置的前驅。

　　(二)摹本。亦稱本色花或庫緞。它是在假地上起本色花，其花分暗花和亮花兩種。亮花以經向顯花，緯向作地紋，花紋浮於緞面之上；暗花以經向為地，緯向顯花，花紋明顯地凹陷於地部緞織之下，利用經緯組織的不同變化而形成。兩色緹花，亦稱地花兩色庫緞，其地部為一色，花部則以另一色緯線織出。也有在緞地起彩色花，或花紋用金線織出的。《天水冰山錄》中有「紅色閃緞」和「水紅閃緞」，即此種織物。《金瓶梅》中則以「色緞」「南京色緞」「粉緞」名之。

　　(三)織金或織銀。這種織物是在緞地上用金銀線織出花紋。也有金線、銀線並用織出花紋的，稱「二色金庫緞」。《金瓶梅》三十回寫到的「南京紵緞」當屬此類。紵緞，即紵絲，又名注絲，《夢粱錄》說：「紵絲，染絲所織。諸顏色有織金、閃褐、間色等類。」

　　另外，還有「庫金」和「加金」「刻金」諸手法。把金箔貼線上成為圓形金線，然後織成花紋叫庫金；用金線盤織在花紋的周圍或滲織在花紋的某些部分叫加金；在圖案中某一部分花紋用金線織就，其它部分則不用金線叫刻金。完全用金線織成底色，上面呈現彩色花紋名織金，是最富麗的品種。明定陵曾出土一種細龍織金紵絲匹料，是一件

緞紋地上顯出織金龍紋的緞品。

除此之外，切成細絲的，則稱「明金」「鏤金」；撚成線的稱「撚金」；兩種並用的稱「兩色金」。王栐《燕翼貽謀錄》載，北宋衣飾用金，已有十八種，到明代則發展到三十三種，名目俱載於胡侍《珍珠船》一書。

《金瓶梅》第二十七回，還提到了一種「用羊皮金滾邊，妝花楣子」的銀紅比甲。「羊皮金」，是流行於明代的一種「褙金」工藝，即製作金線時，將金箔粘裱在薄羊皮上。《天工開物》記：「以之（金箔）華物，先以熟漆布地，然後粘貼。秦中造皮金者，硝擴羊皮使最薄，貼金其上，以便剪裁服飾用。」這種羊皮金，實際上是一種織金錦。它把貼於羊皮之上然後切裁成線的片金和絲線、棉線混合織成，質地較厚重，一般用於製作帽子和衣袖、衣領等，也用於裱褙佛經的襯套。

明代的錦緞織品在藝術上有著巨大的成就，不僅在於它的織工精巧，還在於它紋樣圖案取材的廣泛，色彩的明快，造型的奇特諸方面。

從《金瓶梅》的描寫，可歸納出其圖案紋樣有以下方面內容：

1. 動物形象：如龍、鳳、麒麟、海馬、獅子、錦雞、蘆雁等，其中龍、鳳、麒麟的紋樣占有較大比例，而且變化極多。如第十七回寫到了「坐龍衣」，我國古代袍服上繡的龍，根據形態的不同，有行龍、雲龍、團龍、升龍、降龍等諸名目，其組合運用有一定的規格。坐龍，即是頭部呈側面的龍。又四十三回寫到的「百獸朝麒麟緞子通袖袍兒」（七十八回、九十六回為「四獸朝麒麟」），從現藏的麒麟袍實物推測，這種袍子的紋飾可能是以胸背大麒麟為中心，四周環以小獸。百並非為實數，言其多也。一般是袍正面的朝麒麟小獸共有五頭（肩二跟三），其中在交襟前片上有四頭（肩一服三），在交襟後片上有一頭（肩）。第四十九回寫到了「大紅獬豸繡服」，繡的是一種神獸──獬豸。相傳上古時人們以此獸來決訟，因而被視為執法公正的象徵，來裝飾執法者的官服。六十五回寫到了「五彩翻身搶水獸納紗襪」，不知為何物。七十回還寫到了「玄色妝花鬥牛補子圓領」。從《歧陽世家文物圖像冊》中可知，鬥牛紋與一般蟒紋相類，只是兩角作向下彎曲如牛角而變異。《名義考》云：「鬥牛如龍而觓角。」（按：「觓」彎曲貌）《宸垣識略》亦載：「西內海子中有鬥牛，即蚪螭之類。遇陰雨作雲霧。」可知此當屬一種變形紋飾，而非具象圖案。

2. 花鳥蟲魚。如第二十二回寫到的「翠藍四季團花兼喜相逢段子」。「四季團花」，指的是取四季花卉代表，如梅、蘭、山茶、荷花、百合、菊花、水仙等，組成花團，這種紋樣寓有「長年見喜」的吉祥含義。此種紋樣，在明代織錦工藝中種類頗為繁多。

3. 吉祥物及幾何紋。如十五回寫到的「八寶閃色手帕」。八寶，在傳統的吉祥紋飾中，有許多類型，有佛家八寶──海螺、法輪、寶傘、天蓋、蓮花、寶瓶、鯉魚、盤長

（其中海螺寓「妙意吉祥」，故佛家八寶又稱「八吉祥」）；有道家八寶——魚鼓、寶劍、花籃、荷花、葫蘆、扇子、陰陽板、橫笛（此八寶為八仙所持之物，故又稱「暗八仙」）。一般衣料上所織繡的八寶，是以八件吉祥物組成的圖案。被作為吉祥物的有火珠、古錢、磬、祥雲、方勝、犀角、書、畫、珊瑚、艾葉、蕉葉、鼎、靈芝、天寶等。

第二十九回寫到了「大紅十樣錦段子」，亦是在大紅色緞地上顯出吉祥的十樣錦紋飾的工藝。十樣錦者，係五代前蜀主王衍時，在益州的綾錦院織製的十種名貴的織錦，即長安竹、天下樂、雕團、宜男、寶界地、方勝、獅團、象牙、八答暈、鐵梗襄荷等。這樣的紋飾以動、植物、器物為內容，或用其形，或擇其義，或取其音，組合成有吉祥意義的紋樣。如長安竹，即寓有萬古長青之意。其中竹和牡丹又寓富貴平安。天下樂由燈籠和蜜蜂構成，寓意五穀豐（蜂）登（燈）。獅團、雕團象徵勇猛威武，宜男為百花圖案，取意為多子多福；斜方相迭的方勝，表示同心永結；寶界地、象牙八答暈，象徵天華、寶照等極樂境界。其中八答暈（宋稱八達暈，元稱八搭暈）是一種變化較多，具有莊重、華美而又多樣統一的圖案，適合於多種用途。鐵梗襄荷，即折枝蓮，是連（蓮）生貴（桂）子（枝）的意思。定陵中出土的服飾中，也有一件「百子衣」，周身用金線繡八寶：松、竹、梅、石、桃、李、芭蕉、靈芝及各種花草，並繡百子，亦為寓意吉祥，祈求福祿的紋樣。明代的錦緞，其吉祥器物和紋飾占了極大的比重。除此之外，應用最多的是尚有萬字、鎖子、回紋、龜背、福祿壽吉字等。

第三十四回寫到了「白碾光絹一尺寬攀枝耍娃娃挑線拖泥裙子」，又是別一種類型。這條裙子的裙拖上以挑線技法繡著一尺寬的紋樣。攀枝耍娃娃，亦是傳統吉祥紋樣之一。枝，象徵葫蘆蔓或瓜蔓，有子孫綿綿，萬世不絕之意。還有四十回的「玄色五彩金邊葫蘆鸞鳳穿花羅袍」，也是一種象徵寓意。葫蘆多籽，喻以子孫眾多。鸞鳳，是鳳凰之一種（舊時有鳳凰分五種之說，赤為鳳，紫為鸞鸞，青為鸞，黃為鵷鶵，白為鵠），花，當為牡丹花。三者象徵夫婦生活和美，多子多福。這種裝飾在明代織物中是比較普遍的。

繁多的花色，是同明代織造技術的革新分不開的，萬曆《福州府志》載：

> 織機故用五層，弘治間有林洪者工杼軸，謂吳中多重錦，閩織不逮，遂改緞機為四層，故名改機。

林洪所作的革新，是把原來的五層機，改造成為四層經線與兩層緯線的織機，這樣可以雙層緹花交織，其織品花紋細膩美觀，且兩面相同，是前所未有的新品種。除此之外，還有「妝花羅」，「收花紗」等多種新產品。江蘇、南京、福建的妝花織品，紋樣處理手法趨向於寫實格調，且加以提煉剪裁，其藝術達到了出神入化、穠纖得中的境界。

四、紡織品的貿易與價格

　　《金瓶梅》中濃墨重彩地描繪出了一幅生動的紡織品貿易圖景。西門慶本身是個經營紡織品的商人，從書中可以看到，他販運織造產品的地點，主要在杭州、湖州、松江、南京等地，這些地方是當時紡織業的中心地帶。西門慶的緞子鋪、綢絹鋪、絨線鋪是分別開設的，而且生意十分興隆，其絨線鋪平日「一日也賣數十兩銀子」[16]，「近年綢絹絨線更快」[17]。六十四回，西門慶綢緞鋪開張，當天就賣了五百多兩銀子。可以看出，由於商品經濟的繁榮和社會生產力的發展，經營紡織品的店鋪也有了類似西門慶諸家鋪面一樣的明細分工。從第七十九回西門慶的遺囑中，可知其紡織品生意如何火爆。他的緞子鋪是五萬兩銀子本錢，綢絹鋪五千兩，松江船上四千兩。另外，三十三回寫西門慶向湖州客人何官兒收購五百兩絲線，五十八回，「韓大叔在杭州置了一萬兩銀子緞絹貨物」，六十七回西門慶讓崔本攜銀二千兩往湖州買綢子去，另外還有二千兩讓其與韓夥計往松江販布。可見其經營規模之大。

　　這樣的描寫自有其時代背景。

　　江南一帶，明時是全國最富饒的地區之一，早在明初時，就有「兩浙民眾地狹，故務本者少，而事末者多」[18]的記載，明張瀚《松窗夢語》卷四說：「余嘗總覽市利，大都東南之利，莫大於羅綺絹紵，而三吳為最。即余先世，亦以機杼起，而今三吳之以機杼致富者尤眾。」

　　清人唐甄給因紡織業繁榮而興盛的區域作了一個粗略的劃分，《潛書》下篇謂：「夫蠶桑之地，北不逾淞，南不逾浙，西不逾湖，東不至海。不過方千里，外此則所居為鄰，相隔一畔，而無桑矣。其無桑之方，人以為不宜桑也。」杭州自不必說，萬曆時，「蘇州為江南首郡，財賦之區，商販之所走集，貨財之所輻輳，遊手遊食之輩，異言異服之徒，無不托足而潛處焉。名為府，其實一大都會也。」[19]該城橫五里，縱七里，周圍四十五里，居民多「居貨招商，闤闠之際，望如錦繡。」[20]往來商販，肩摩轂擊，「自吳閶至楓橋列市二十里」[21]，據《明神宗實錄》，萬曆時，其地僅織工、染工等紡織業從業人員，就有上萬人之眾。「綾錦紵絲紗羅綢絹，皆出郡城機房，產兼兩邑而東城為盛。

16　《金瓶梅詞話》第三十三回。
17　《金瓶梅詞話》第七十六回。
18　《明太祖實錄》卷一九六。
19　《鎮吳錄》。
20　顧炎武：《天下郡國利病書》第六冊。
21　康熙《松江府志》卷五十四。

彼屋皆工織作，轉貿四方。」[22]湖州亦是紡織業而興盛，王士性《廣志繹》謂：「浙十一郡，惟湖最富，蓋嘉湖澤國，商賈舟航，易通各省。而湖多一蠶，是每年兩有秋也。閭閻既得過，則武斷奇贏，收於母息者，益易為力。故勢家大者，產百萬，次者半之，亦埒封君。其俗皆鄉居，大抵嘉禾俗近姑蘇，湖俗近松江。縉紳家非奕葉科第，富貴難於長守，其俗蓋難言之。」

隨著業態的形成並日益繁盛，一種專做紡織品貿易的「經濟人」出現了：「機戶鬻綢，由領頭間接，每匹扣傭錢二三角不等，收綢之地曰『莊面』，領戶列屋而居，鱗次櫛比，密若蜂巢，業此者幾達千人。」[23]這「領頭」，就是最早出現的「經濟人」。

現在我們再看看明代紡織品的價格。

當時的絲綢、棉布價格，從《金瓶梅》的描寫看，最昂貴的當屬綢緞類。「四匹尺頭（彩緞），值三十兩銀子」（六十八回），「七分銀子一條孝絹」（八十回）。而棉布則相對便宜一些，毛青鞋面的價格每尺只有三分（七回）。

另外，《金瓶梅》還寫到了成衣的價格，如第五十六回，「常二……看了幾家，都不中意，只買了一領青杭絹女襖，一條綠綢裙子，月白雲綢衫，紅綾子襖兒，白綢子裙兒，共五件，自家也對身，買了件鵝黃色綾襖子，丁香色直身兒，又有幾件布草衣服，共用去了六兩五錢銀子。」這七件絲綢衣服和幾件平常的棉布衣服，花了這幾個錢，價格不算不便宜。

絨線的價格書中沒有詳細的記敘，三十三回有湖洲客人急著脫手的五百兩絲線，西門慶以四百五十兩銀子盤下，這可能是誤刊，幾乎一兩銀子一兩絲，絲又太貴了些，同成衣和布料的價格大相徑庭了。

關於棉價、布價、絲價，從時人筆記中亦可見大端。

明顧清《停秋亭雜記》卷上記：

> 吾鄉綾一匹，平價銀二兩以上，織文極細，布有與綾同價者，其循常市賣匹五錢，或三錢，最下一錢至七分極矣。弘治間，綾匹官給銀一兩。毛東萊聞而笑曰：「吾鄉金一兩，和買給千錢，事固當有對也。」時相與歎息。至正德五六年（1510、1611），有納雲布十端，而得銀兩半者，則既甚矣。近時乃有銀十兩，買綾四十匹，布二伯者，率計綾匹銀一錢，布匹銀三分而已。其人乃旌異特薦而來，且聞舊治之人，為立碑頌德，人心好惡不相遠，若此者，吾不知其何如也。

22　嘉靖《吳邑志》卷十四。
23　沈雲：《盛湖竹枝詞》卷下注文。

清初葉夢珠《閱世編》卷七記布價：

> 棉花布，吾邑所產已有三年，而松城之飛花、尤墩、眉織不與焉。上闊尖細者曰
> 標布，出於三林塘者為最精，周浦次之，邑城為下。俱走秦、晉、京、邊諸路，
> 每匹約值銀一錢五六分，最精不過一錢七八分，至二錢而止。甲申乙酉之際，值
> 錢二三百文，准銀不及一錢矣。

該書又記絨價：

> 大絨前朝最貴，細而精者謂之「姑絨」，每匹長十餘丈，價值百金。惟富貴之家
> 用之，以頂重厚綾為裡，一袍可服數十年，或傳於子孫者。自順治以來，南方亦
> 以皮裘禦冬，袍服花素緞，絨價遂賤。今最細姑絨，所值不過一二十金一匹。次
> 第八九分一尺，下者五六分而已。年來賣者絕少，販客亦不復至。價日賤，而線
> 亦日惡矣。

該書又記葛布價：

> 葛布有數種，出於浙之慈溪、廣之雷州者為最精，其次出江西。葛粗細不一，出
> 於江南金壇者雖極細，然亦不可單做，必須夾裡。在前朝，非縉紳士大夫不服葛。
> 而價亦甚貴。佳者每匹值銀三兩，長不過三丈一二尺，次者亦不下五六分一尺。

這些珍貴的史料，可與《金瓶梅》互參。

《金瓶梅》：美器時代

　　一部《金瓶梅》，簡直稱得上是一座明代的美器博物館。

　　那些美侖美奐的傢俱、酒具、茶具，那些琳琅滿目的金銀琺瑯、玉石珍玩，那些匠心獨運的各類飾品，真是「亂花漸欲迷人眼」啊。

　　那個消費時代的奢華、燦爛、珠光寶氣，被原汁原味地保留了下來。

　　《金瓶梅》中的美器，品類繁多，美不勝收，略舉幾種，便可見其大端。

一、漆器

　　《金瓶梅》中寫到的漆器，不完全統計有近 40 種，如「銀鑲雕漆茶鍾」（七回）、「南京描金彩漆拔步床」（八回）、「黑漆歡門描金床」（九回）、「鮮紅漆丹盤」（十二回）、果盒（十三回）、食盒（十三回）、「小描金頭面匣兒」（十四回）、雕漆床（十五回）、螺鈿床（十五回）、彩漆方盤（十六回）、描金盤（十七回）、「戧金方盒」（三十二回）、「金漆桶子」（三十二回）、攢盒（三十三回）、「雲南瑪瑙漆減金釘藤絲甸矮矮東坡椅兒」（三十四回）、「彩漆描金書櫥」（三十四回）、「大理石黑漆鏍金涼床」（三十四回）、「螺甸交椅」（三十四回）、描金炕床（三十四回）、「雲南瑪瑙雕漆方盤」（三十五回）、描金箱籠（三十七回）、小描金碟兒（三十九回）、「螺甸大果盒」（四十一回）、罩漆方盒（四十五回）、「八仙瑪瑙漆桌兒」（四十五回）、春擎果盒（四十六回）、灑金床炕（四十八回）、梳匣（五十三回）、描金暖床（五十五回）、「剔犀官桌」（五十五回）、「琴光漆春凳」（五十九回）、沉香雕漆匣（五十九回）、「大紅銷金棺」（五十九回）、褪紅小几（五十九回）、紅漆描金托子（六十一回）、銷金傘（六十六回）、金漆朱紅盤（七十回）、泥金暖閣床（七十一回）、「八步彩漆床」（九十一回）等。

　　中國是漆樹的原產國，也是最先發明漆器髹飾工藝的國家。早在距今七千年前的河姆渡文化時期，我們的先民已經在木碗上髹塗朱漆。而在河姆渡文化之前，必然有一個使用木器並在木器上髹塗本色漆的過程。從虞舜以漆器作為食器，到大禹以漆器作為祭器，三代漆器主要是服務於禮樂的，從戰國時期始注重實用。漆器以其輕巧、美觀，逐漸取代了青銅器，成為日用器皿。戰國到秦漢這五百年間，中國漆器進入了一個空前繁

盛的時期。長江中下游的楚國，既盛產木植，又盛產漆，自然成為漆器的大國。湖北江陵、湖南長沙、河南信陽等地區出土的戰國漆器，以其精湛的工藝、奇異的造型、繽紛的色彩，成為中國漆器工藝的絕響。

雖然東漢青瓷誕生後漆器一度式微，然而，歷代漆藝匠人卻以不懈的努力使中國漆器工藝攀上了一座又一座高峰。雕漆、金銀平脫、嵌鑲螺甸等工藝出現在唐代，鎗金、剔犀、搯絲螺甸等工藝出現在宋代，裝飾漆器的高峰出現在元代。而明代，特別是明中晚期，隨著資本主義萌芽因素的產生，及社會審美傾向的上升，則成為中國漆器發展的第二個黃金時代。明人黃成著《髹飾錄》，是中國古代唯一傳世的漆器工藝著作。這部書不僅寫出了各種漆器的工藝流程及製作方法，而且典型地反映了中國古代手工造物的獨到思想。其卷首讚語謂：「凡工人之作為器物，猶夫地之造化……利器如四時，美材如五行。四時行，五行全而百物生焉。四善合，五采備而工巧成焉。」他認為，工人製造器物，好比天地造化，人代替天工造物。良工必須有得心應手的工具，工具好比四時，美的材質屬於五行。仿效四季的運轉，運用木、火、金、水等各類材質，充分利用天時、地氣、材美、工巧，加之以青、赤、白、黑、黃等顏色，工巧之器也便造成了。在這部書的〈乾集〉中，作者分別以天、地、日、月、星、風、雷、電、雲、虹、霞、雨、露、霜、雪、霰、雹等天文景象，春、夏、秋、冬、暑、寒、晝、夜等時令交替，山、海、潮、河、洛、泉等山川景象，比附製造漆器的材料、工具，提出人工造物，當法天地造化的思想。同時強調了人與自然和諧的造物法則。

《金瓶梅》中出現的漆器，大都未注明產地，但從品類看，以南方為最多。其工藝手段，有描金、鑲銀、剔錫、雕漆、罩漆，以及螺鈿等若干種。如書中寫到「南京描金彩漆拔步床」，是南京出產的一種描繪著金色和五彩花紋的精漆木器。在元代，便已列入名品之列。這種泥金工藝，本是從日本引進的。陳霆《兩山墨談》說：「近世泥金畫漆之法，本出自倭國。宣德間，嘗遣漆工楊某至倭國，傳其法以歸。楊之子塤遂習之，又能自出新意。以五色金鈿並施，不止循其舊法，於是物色名稱，天真燦然，倭人來中國見之，亦齚指稱歎，以為雖為其國創法，然不能臻此妙也。」[1]

這種描金工藝到了楊塤之手，確實達到了出神入化的境界。明人高濂也說：「國初有楊塤描漆，汪家彩漆、技亦稱善……真勝他器。漆描用粉，數年必黑，而楊畫和靖歡梅圖屏，以斷紋而梅花點點如雪，其用色之妙可知也。」[2]

彩漆亦稱描漆，是明季漆器的又一種技法。《髹飾錄》記：「描漆，一名描華，即

1　陳霆：《兩山墨談》卷十八。
2　《遵生八箋》卷十四。

設色畫漆也。其文各物備色，粉飾燦然如錦繡……先以黑漆描寫，而後填五彩。」

另外還有「雕漆」。雕漆是指層層厚髹料漆，雕刻出浮雕畫面或陽紋。雕漆包括剔紅、剔黃、剔綠、剔黑、剔彩、剔犀、複色雕漆等，其製作工藝是：用白坯推光漆與明油各半調合成較厚的料漆，與顏料充分攪拌，成色厚料漆。如氣溫較高的天氣，夏秋季節，可以加油減漆，而氣溫較低的季節，冬春兩季，可減油加漆。色厚料漆以麻絲搓於漆胎上，然後以牛毛刷從上到下、從左至右順勻，再刷去子口、盉根的餘。待前道漆脫粘後，即髹下道漆，夏季每天可髹三道，冬季則每天只髹兩道。每道漆厚度大概 0.1 到 0.15 毫米，如此層層累積到一定厚度，最厚時髹塗達六百多道，待漆層「軟乾」後立即進行雕刻，太乾了就刻不動了。

這種工藝以宋元時為最盛，元代嘉興的雕漆名手張成、楊茂，技擅一時。但他們的工藝，用朱不厚，漆多皺裂。明朝的永樂、宣德年間果園廠的產品，「漆朱三十六遍為足，時用錫胎、木胎，雕以細錦者多。然底用黑漆，針刻大明永樂年製款文，似過宋元。宣德時，制同永樂，而紅則鮮妍過之，器底亦光黑漆，刀刻『大明宣德年製』六字，以金屑填之，其盤盒大小，制同宋元，然多丫髻瓶、茶橐、勸杯、茶甌、穿心合、拄杖、扇柄、研匣等物。」[3]「其價幾與宋垺」[4]，以後的產品就不那麼走俏了。

雕漆工藝以運刀基本功為第一，用刀作刺、起、片、鏜、剔、挑、鏟、刻、勾和刮磨。所謂「刺」，是按輪廓線刺入漆層；所謂「起」，是起出多餘的漆塊；「片」者，片取大面高低；鏜者，用圓刀鏜出凹面。「挑」「剔」是指精細雕刻；「鏟」，指的是把地子鏟平；刻，指刻錦文，一般由學徒工完成。雕成須放置幾個月，待漆層徹底乾固後，方可拋光。明方以智《物理識小》卷八談到「戧金」，謂：「其漆加雞子青，日曬試其緊慢。多入觸藥，乃成黑光。既乾，乃以雞肝石揩去漆類。所謂觸藥，以醋合鐵漿沫也。鮫水煎桐油，入丹粉，無名異也……宋有鑽西，以鑽鎗金成花，其空白處曰鑽西也。」《金瓶梅》中的雕漆茶鍾、雕漆床、戧金盒，即是用了這種工藝手段。

戧金，又名鏤金、鎗銀、創金，是在黑漆或朱漆地上子，以剞刀或細針戧出山水、人物、亭樹、花木、鳥獸。有學者認為戧金、銀之制始於宋元，這不準確。現代考古成果證明，湖北光化西漢墓出土的漆厄上，已經有用戧金做裝飾工藝的例證。到宋、元時，戧金銀漆器已經很流行了。江南多戧金名手，如彭金寶等。

「剔紅」則是雕紅漆，《髹飾錄》有「金銀胎剔紅」，以金銀作素，剔出劍環香草，黃底則剔出山水、人物、花木、飛禽走獸之類。這種器物，既是日用器具，又是可供觀

3　高濂：《遵生八箋》卷十四。

4　沈德符：《萬曆野獲編》卷二十六。

賞的工藝品。「剔紅」以唐時為最精，其刀法快利，非後世可比。然唐制無存，目前已知傳世最早的剔紅漆器為宋剔。

第三十四回寫到的「雲南瑪瑙漆減金釘藤絲甸矮矮東坡椅兒」，三十五回的「雲南瑪瑙雕漆方盤」，是用一種鑲嵌法雕製而成的漆器。在漆器上鑲嵌百寶，早在商代就已有之，但「百寶嵌」定型為一門漆器裝飾工藝，是在明中晚期。因以此法係明代揚州周姓藝人所創，故亦名「周制」。這個周姓藝人即揚州漆器大匠周柱。「其法以金、銀、寶石、真珠、珊瑚、碧玉、翡翠、水晶、瑪瑙、玳瑁、硨磲、青金、彩松、螺鈿、象牙、蜜蠟、沉香為之，雕成山水、人物、樹木、樓台、花卉、翎毛，嵌於檀梨漆器上。大而屏風、桌椅、窗槅、書架，小則筆床、茶具、硯匣、書箱，五色陸離，難以形容。」[5]除了以上材料，可以用來作為漆器鑲嵌的還有石料和骨料，石料有福建壽山石、浙江青田石和昌化石、內蒙葉蠟石等，骨料有牛肋骨、牛牙板骨、牛角、象牙等。

二十九回，寫到李瓶兒房中有一張螺鈿敞廳床，潘金蓮旋叫西門慶使了六十兩銀子，也替她買了這樣一張螺鈿有闌干的床。

這是又一種有特色的工藝精品。螺鈿，又稱螺填，是用貝殼薄片製成人物、鳥獸、花草等形象，嵌在雕漆鑲成髤漆器物上的裝飾。明王三聘《古今事物考》卷七「螺鈿」條云：「螺鈿器皿，出江西廬陵縣。宋朝內府中物，俱是漆器，或有嵌銅錢者，甚佳。」明黃成《髤飾錄》：「螺鈿，一名蜔嵌，一名陷蚌，一名坎螺，即螺填也。百般文圖，點、抹、鉤、條，總以精細密緻如畫為妙。又分截殼色、隨彩而施綴者，光華可賞。又有片嵌者，界郭、理、皴皆以劃文。又近有加沙者，沙有細粗。」

螺鈿的基本材料是螺蚌片，將螺蚌片嵌在漆胎裡，再填漆磨平。螺殼有青、黃、紅、白等不同顏色，按顏色分段截取，拼綴成各種圖案。螺鈿片嵌入後，全面髤塗黑推光漆，磨顯，螺鈿片拼合的線縫成了黑漆紋理，螺鈿片上刻劃的皴紋脈理也成了黑理，達到了一種渾然天成的藝術效果。商周時代就出現了用蚌殼嵌成文的漆器，專家認為，填嵌磨顯、文質齊平的螺鈿漆器的誕生，則不早於研磨推光工藝成熟的唐代。洛陽博物館藏有唐代《高士飲宴》螺鈿漆背銅鏡，即是明證。元代，薄螺鈿漆器大倡，國家博物館陳列有元大都遺址出土的軟螺鈿「廣寒宮」殘漆盤，所製極為工細，重簷迭閣，燦若虹霓。到了明代，這種工藝更加出神入化，明末揚州名工江千里以製薄螺鈿漆器而聞名於朝野。這種薄螺鈿的製作工藝為：一是做胎。坯胎的灰漆宜簿，嚴格糙漆，精細打磨，使地胎平整細膩，黑色深厚。二是加工薄螺片。從生長三五年的珍珠貝、鮑魚貝、夜光螺等優質海螺貝殼中，選擇色澤純淨、明亮度好、底面較平，不悶、不酥、不裂、沒有凹塘、

5　桐西漫士：《聽雨閒談》。

斜坡、夾礦、髒斑，結構緊密的原材料，去除角質和石灰質層，用砂輪打磨、沸油剝離等方法，取得色澤美麗，結構堅韌的內表珍珠層，磨成厚約 0.1-0.3 毫米的薄螺鈿片，用若干把類似鑿模的工具，把薄螺片切割作「點、抹、鉤、條」等基本形。三是點植。即將薄螺鈿基本形反面薄塗黑漆，按圖稿一點一點貼在打磨平滑的漆胎上。同時點植金絲、金片或蚌殼沙屑，下窖候乾。第四是毛雕。在較大塊的薄螺片上陰刻紋理，漆工稱作「開紋」。第五，刷上塗漆。全面髹塗黑推光漆，一次髹肥髹足或塗漆數道。六是磨顯。上塗漆乾透後，用水砂紙、桴炭將漆面磨平，將螺鈿片圖案細心磨顯而出，切記不可把螺片磨通，或部分螺片仍隱於漆下。七是「推光」。待上塗漆乾固後，用菜油調細瓦灰或牙粉成油泥，以老棉花蘸之，反覆擦出漆面精光。用同樣工藝，亦可嵌金、銀、銅片或絲。

明曹昭《新增格古要論》卷八記載：「元時，富家不限年月做造，漆堅而人物細妙可愛。今吉安各縣舊家，藏有螺鈿床、椅、屏風，人物細妙照人，可愛。諸大家新做果盒、簡牌、胡椅，亦不減舊者，蓋自做故也。洪武初，抄沒蘇人沈萬山家，條椅桌凳，螺鈿剔紅最妙，六科各衙門猶有存者。」另外，《天水冰山錄》也記抄沒嚴嵩家產時，有「螺鈿大理石床一張」「堆漆螺鈿描金床一張」。

五十九回還寫到了「琴光漆春凳」。這是一種用專門煎製的生漆來油漆器物。這種漆須抹拭後而生光，故又名「退光漆」。由於古琴多以此漆漆製而得名「琴光」。《古齋琴譜》記錄這種工藝退光的手段，是等漆乾透以後，用飛過磚灰或磁灰，以老羊皮蘸芝麻油，沾上灰反覆揩擦，去其浮光，再推出內蘊的精光，直到鬚眉可鑒。這類似雲南的浮霞工藝（即隱漆）。方以智《物理小識》記：「先畫花而漆之，磨出考也。近徽吳氏漆，絹胎鹿角灰磨者」。

二、金、銀、銅製品

細讀《金瓶梅》會發現，書中的金銀製品不僅品類繁多，而且工藝精良，爭奇鬥豔，美不勝收。如銀鑲雕漆茶鍾（第七回）、銀杏葉茶匙（第七回）、紫金壺（第十回）、銀高腳葵花鍾（第十三回）、大銀衢花鍾子（第十四回）、銀鑲鍾兒（第十六回）、銀廂甌兒（第二十回）、熏被的銀青球（第二十一回）、銀法郎桃兒鍾（第二十一回）、金壽字壺（第二十五回）、小銀素兒（第二十七回）、小金蓮蓬鍾兒（第二十七回）、福壽康寧渡金銀錢（第三十二回）、銀八寶（第三十二回）、小金菊花杯（第三十四回）、銀素篩酒壺（第三十四回）、大銀衢花杯（第三十四回）、烘硯瓦的銅絲火爐（第四十回）、銅布甑兒（第四十二回）、玉漏銅壺（第四十二回）、大方爐火廂（第四十三回）、金箸牙兒（第四十三回）、菱花鏡（第

四十六回）、小金把鍾兒（第四十七回）、銀台盤兒（第四十七回）、金鑲象牙箸兒（第四十七回）、金台盤（第四十九回）、銀折盂（第四十九回）、銅壺更漏（第四十九回）、團靶鉤頭雞脖壺（第四十九回）、大金桃杯（第四十九回）、流金小篆（第五十二回）、赤金攢花爵杯（第五十五回）、博山小篆（第五十九回）、揀金挑牙兒（第五十九回）、三黃鎖（第六十一回）、銀爵盞（第六十三回）、金傘蓋（第六十六回）、手爐（第六十六回）、黃銅火盆（第六十七回）、湯婆（第六十七回）、銅絲火籠兒（第六十八回）、金爵（第七十回）、長樂鍾（第七十一回）、金輅輦（第七十一回）、立金瓜、臥金瓜（第七十一回）、金盞銀台（第七十二回）、八仙捧壽的流金鼎（第七十四回）、龍紋大篆千金鼎（第七十四回）、銅火踏（第七十五回）、小金廂玳瑁鍾兒（第七十八回）、漢篆秦爐（第七十八回）、仙人承露盤（第七十八回）、青銅小鏡兒（第八十二回）、琥珀銀鑲盞（第八十四回）、銀回回壺（第九十一回）、樽（第九十三回）、揀銀鞍轡（第九十七回）、大金荷花杯（第九十七回）、六花槍（第九十九回）、點鋼槍（第九十九回）、九環錫杖（第一百回）等近 170 種。

至於金銀頭飾，則更加琳琅滿目，有金頭銀簪（第四回）、銀簪兒（第五回）、金寶石頭面（第七回）、金鐲銀釧（第七回）、鳳釵（第七回）、並頭蓮瓣簪兒（第八回）、銀絲鬏髻（第十一回）、金啄針（第十二回）、金裹頭銀簪子（第十二回）、金讓紫瑛墜子（第十三回）、關頂的金簪兒（第十三回）、番紋底板石青填地金玲瓏壽字簪兒（第十三回）、提繫條脫（第十四回）、金三事兒（第十四回）、金馬鐙戒指（第十五回）、金累絲釵（第十五回）、金籠墜子（第十五回）、金廂玉蟾宮折桂分心（第十九回）、金廂鴉青帽頂子（第二十回）、金絲鬏髻（第二十回）、九鳳鈿兒（第二十回）、金鑲玉觀音滿池嬌分心（第二十回）、金玲瓏草蟲兒頭面（第二十回）、金累絲松竹梅歲寒三友梳背兒（第二十回）、項牌纓絡（第二十回）、環佩（第二十回）、紫瑛金環（第二十回）、珠子挑鳳（第二十回）、金燈籠墜子（第二十三回）、銀三字兒（第二十八回）、嵌絲環子（第三十回）、金累絲釵梳（第三十二回）、金頭蓮瓣簪子（第三十四回）、鍍金鐲釧子（第三十四回）、合香嵌金帶（第三十五回）、金戒指（第三十七回）、銀項圈條脫（第三十九回）、銀脖項符牌兒（第三十九回）、金寶石戒指兒（第四十二回）、珠子纓絡兒（第四十二回）、寶石墜子（第四十二回）、金累絲簪子（第五十二回）、紫夾石墜子（第五十二回）、鳳冠霞帔（第五十七回）、碎金草蟲啄針兒（第六十一回）、銀掠兒（第六十二回）、金花兒（第六十二回）、銀廂墜兒（第六十三回）、雙鳳珠子挑牌（第六十三回）、挑牙簪紐（第六十四回）、黃金魚鑰（金魚·第七十回）、金墜兒（第七十五回）、金蟾蜍分心（第七十五回）、金釵釵兒（第七十七回）、烏銀戒指兒（第七十八回）、金鐸玉佩（第七十八回）、九龍飛鳳髻（第八十四回）、金環（第八十七回）、金挑鳳（第八十九回）、撲匾金環（第九十回）、揀鈒大器頭面（第九十回）、掩鬢（第九十回）、滿冠（第九十回）、圍髮（第九十回）、分心（第九十回）、金挑心（第九十回）、金絲冠兒（第九十一

回）、金頭面（第九十一回）、甜瓜墜子（第九十一回）、銀壽字兒（第九十五回）、大翠重雲子鈿兒（第九十五回）、金釵梳（第九十五回）、金鳳頭面（第九十六回）、金八吉祥（第九十六回）等近 80 種。

明代的金銀作行業發展較快，由於嘉靖朝實行以銀代役的「班匠銀」制度，手工業工人可以自行製作和發賣銀作，各地亦因此湧現了大批精於手藝的銀匠，尤以浙西銀工最有名氣，陶宗儀《南村輟耕錄》記：「浙西銀工之精於手藝，表表有聲者，屈指不多數也。朱碧山（嘉興魏塘）、謝君餘（平江）、謝君和（同上）、唐俊卿（松江）。」明人劉鑾《虞書》亦記：「銀工呂國華，酒器第一。崇禎末，伊子赴京，以世藝考選鑄印局儒士，給冠帶。鐵工尤跎子，製作精巧，人稱之曰精跎。塑匠唐孩兒，善塑美人，塑人小像，只少一口氣耳。」明陳禹謨《說儲二集》卷六也謂：「元阿尼哥善鑄金為像，凡兩京寺觀之像，多出其手。金工歎其天巧，愧不如也。」其工藝精湛，「俱可上下百年，保無敵手」[6]。而且出現了帶有資本主義雇傭關係的銀鋪。如書中九十回寫來旺走街串巷賣金銀首飾，遇見了孫雪娥，敘說別後生計，說他自離了西門慶家後，曾投身城內一家姓顧的銀鋪，「學會了此銀行手藝，特級大器頭面，各樣生活。」這樣一個半路出家的來旺，竟也學到了一身精湛的銀作手藝，孫雪娥看他打造的金銀鑲嵌的首飾，是那麼精美絕倫，但見：

> 孤雁銜蘆，雙魚戲藻，牡丹巧嵌碎寒金，貓兒釵頭火焰蠟。也有獅子滾繡球，駱駝獻寶，滿冠擊出廣寒宮，掩鬢鑿成桃源境。左右圍髮，利市相對荔枝叢；前後分心，觀音盤膝蓮花座。也有寒雀爭梅，也有孤鸞戲鳳。正是：條環平安祖母綠，帽頂高嵌佛頭青。

《金瓶梅》中但凡寫到女人之頭面首飾，必是極盡精巧，有每個鳳嘴銜一串掛珠兒的「金九鳳墊根」，有「金玲瓏草蟲頭面」「金累絲松竹梅歲寒三友梳背兒」等，不一而足，充分反映了明季銀工的精美絕倫的技藝。

書中寫到的五金銀作製品有很多是頗具特色的。如七十四回，宋御史欲為新升太常卿的侯巡撫餞行，來西門慶家，見他家屏風前「安放著一座八仙捧壽的鎏金鼎，約數尺高，甚是做得奇巧。見爐內焚著沉檀香，煙從龜鶴口中吐出，只顧近前觀看，誇獎不已。」據西門慶講，這副爐鼎本係淮上一友人所贈。二十五回又寫西門慶給蔡太師送生辰擔，請了銀匠在家，專門打造了一副四陽捧壽銀人，都是一尺有餘，甚是奇巧。又兩把金壽字壺，兩副玉桃杯。由此可以看出明代的銀作和五金工藝確實較前代達到了一個新的境

6　張岱：《陶庵夢憶》。

界。

這種「八仙捧壽的鎏金鼎」，是一種銅製的香爐。明代曾設御器廠、冶煉廠，燒製宮中所用的磁器，打造金屬器和佛像。宣德爐即是明宣德間的著名工藝品。清王棠《知新錄》記：「宣廟欲鑄爐，問工何法煉而佳？工奏煉至六，用爐甘石點，則現寶光殊色，異恒用矣。上回：『煉十二』。煉足條之，置鐵網篩格，上用赤炭熔之。清者先滴備鑄，存格上者，作他器。故宣爐之銅最佳也，其爐有橋耳、乳足、魚耳、石榴足、鰍耳、圈足、番象及鵬耳、天雞、海獅、亦圈足，或裙足。香草高乳足，戟耳石榴足，橋耳有三丁戈足，為品之最上者。次則法盞波斯足，鸚鵡象首壓經環耳低乳足、餅足索耳。耳有寬緊，足有高低，寬昂鬆緊。最下則爐雲板足，湯鹽足，熏冠馬槽盞盂。其耳有鑄耳、有釘耳。釘耳偽造者多。宣爐鑄耳，不稱而更鑄，十不存一也。其色仿宋燒斑者，初年色也；蠟茶本色者，中年色也。以燒斑掩銅質之精華，故用本色。用番礌同錯浸擦為之，其本色愈淡者，末年色也。其色有石榴皮、棠梨、秋白梨、栗殼、海棠紅、山查白、棗皮紅、淺深藏經紙、茄皮羯色。其最者乃淺藏經、山查白、海棠紅、秋白梨。其次則鎏金色，鎏左肩為複祥雲，腹以下為湧祥雲。至於雞皮色，則火氣久而自成耳。蘇州偽造者多，蔡家擅名。南鑄有甘家，北鑄亦有偽造。至嘉靖時，學道前有善鑄者。後有施家，施不如學道前。皆取宣銅別器熔鑄，總不及宣廟時銅質之精耳。又看爐要官造民造。官造則大雅，雖極草率，終是大家舉止。至於色，萬不能偽。宣爐色黯然，奇光在裡，望之如至柔之物，近視如膚有肉色，以火爇之，精采善變。不似偽者，外光奪目，內之本質，毫無餘蘊矣。」西門慶家這只鎏金鼎，很有可能是嘉靖、萬曆時期的仿作。當時法古仿製之風很盛，明高濂《遵生八箋》卷十四記：「近日山東、陝西、河南、金陵等處，偽造鼎、彝、壺、觚、尊、瓶之類，式皆法古，分寸不遺。而花紋款識，悉從古器上翻砂，亦不甚差。」從南到北，除官造之外，都有民作。「皆取寶銅，別器熔鑄」，工藝也日臻精絕。

除此之外，《金瓶梅》中還寫到了幾種特殊的銀作工藝，如二十一回「熏被的銀香球」。這是一種能放在被子裡的銀製熏香用具。宋洪芻《香譜》引《西京雜記》云：「被中香爐本出房風，其法後絕。長安巧工丁緩始更為之。機環運轉四周而爐體常平，可置之於被褥，故以為名。」《留青日紮·香球》：「今鍍金香球如渾天儀，然其中三層關捩，輕重適均，圓轉不已，置之被中而火不覆滅，其外花卉玲瓏而篆煙四出，真閨房之雅器也。《西京雜記》：長安巧手丁緩作臥齋香爐，一名被中香爐，為機環轉其運四周即此。又有以奇香異屑製之者，亦名香球。乃舞人搏弄以為劇者，故白樂天詩：『柘枝隨畫鼓，調笑從香球。』又云：『香球趁拍回環匝，花盞拋巡取次飛。』又有彩球、繡球，皆婦女之戲具也，所謂淫巧者。」又如七十八回寫到的「烏銀戒指兒」。烏銀，即

是用硫磺熏過的銀。《天水冰山錄》中也載有這種名品。《本草綱目》謂：烏銀，「陳藏器曰：今人用硫磺熏銀，再宿瀉之，則色黑矣。工人用為器，養生者，以器煮藥，可辟邪。」第三十回還寫到了一種將金銀絲鑲嵌於耳環中的「嵌絲環子」，不僅工藝精美，而且別具匠心。

三、陶瓷、琉璃器

《金瓶梅》中寫到的陶瓷、琉璃器，綜其品類，有：注子（第一回）、勸杯（第二回）、琉璃燈（第六回）、紫金壺（第十回）、琉璃鍾（第十一回）、雪綻般茶盞（第十二回）、琉璃瓶（第十五回）、雪綻般盞兒（第十五回）、翠磁膽瓶（第二十七回）、豆青磁涼墩兒（第二十七回）、紫霞觴（第三十回）、篩壺（第三十八回）、青花白地碗（第四十二回）、裡外靠花小碟兒（第四十五回）、官窯雙箍鄧漿盆（第六十一回）、白定瓷盞兒（第八十四回）、琉璃海燈（第一百回）等。

《金瓶梅》中的陶瓷，大多為茶具或食器，其中注明產地的只有定州窯，如八十四回寫到的「白定瓷盞兒」。明宋應星《天工開物》卷中〈陶埏〉：「凡白土曰堊土，為陶家精美器用。中國出惟五六處，北則真定、定州、平涼、華亭、太原、平定、開封、禹州；南則泉郡德化（土出永定，窯在德化）徽郡婺源、祁門。」田藝衡《留青日劄》：「定窯，定州今真定府，似象窯，色有竹絲刷紋者曰北定窯。南定窯有花者，出南渡後。」《新增格古要論·古定窯》：「古定器俱出北直隸定州。土脈細，色白而滋潤者貴，質粗而色黃者價低。外有淚痕者是真，劃花者最佳，素者亦好，繡花者次之。宋宣和、政和間窯最好，但難得成隊者。有紫定、色巴紫；有墨定，色黑如漆。土俱白，其價高於白定。」定窯場在今河北曲陽縣潤滋村一帶，定瓷被稱為宋代五大名瓷之一，以色白裝飾花紋精美而久有盛名。

《金瓶梅》中寫到瓷製的茶具，多為白色，如「雪綻般茶盞」「雪綻般盞兒」「白定瓷盞兒」等。宋代和明代由於飲茶方式的不同，對飲茶具色澤的要求也各異。宋代飲用以茶餅碾成的茶末，茶湯是白色的，所以流行青黑色的茶盞。明代普遍飲用芽茶，芽茶的炒製方式與現在大體相類，湯色黃白，所以「茶甌以白磁為上」[7]。《考槃餘事》：「宣廟時有茶盞，料精式雅，質厚難冷，瑩白如玉，可試茶色，最為要用。蔡君謨取建盞，其色紺黑，似不宜用。」

《金瓶梅》中寫到了一個獨特的瓷器品類——翠磁膽瓶。所謂「膽瓶」，指的是長頸

7　張源：《茶錄》。

大腹的花瓶，因形如懸膽，故名。據《長物志》中介紹，官、哥、定窯均有這種膽瓶出產。「翠磁」，不是指瓷器的顏色，而是一種表面釉層呈現各式裂紋的瓷器，現代又稱「開片」，張竹坡評本作「碎磁」。這種碎磁，在明清兩代非常流行，其製作始於宋代的哥窯。《天工開物》記：「欲為碎器，利刀過後，日曬極熱，入清水一蘸而起，燒出自然裂文」。又云：「古碎器，日本國極珍重，真者不惜千金」。三十回寫到的「紫霞觴」，也是以「碎磁」的製作工藝燒製的名貴瓷器。《稗史類鈔》謂：「會稽鄧經有紫霞杯，其造法傳自宣和，徽宗嘗賜名太乙杯」。《天工開物》記其製法：「凡將碎器為紫霞杯者，用胭脂打濕，將鐵線鈕一兜絡，盛碎器其中，炭火炙熱，然後以濕胭脂一抹即成。」

《金瓶梅》第六十一回，管磚廠劉太監送了西門慶二十盆菊花，應伯爵對花盆讚不絕口，稱：「這盆正是官窯雙箍鄧漿盆，又吃年代，又禁水漫，都是用羅絹打，用腳跐過泥，才燒成這個物兒，與蘇州鄧漿磚一個樣兒做法，如今哪裡尋去。」這裡說的「官窯雙箍鄧漿盆」是用一種特殊工藝燒製的花盆。雙箍，是燒盆時的一道工序，《天工開物·罌甕》：「凡造敞口缸，（用陶車旋盤）旋成兩截，（泥坯）接合處以木椎內外打緊匝口，罈甕亦兩截，接內不便用椎，預於別窯燒成瓦圈，如金剛圈形，托印其內，外以木椎打緊，土性自合。」鄧漿，應作「澄漿」，孫殿起《琉璃廠小志概述》引張涵銳《琉璃廠沿革考》謂，此一種「澄漿」工藝，其「製造所用原料，乃一種白色軟石，質細色白，由山中鑿挖以後，再和泥成漿，以腳踏之，使其糅潤粘合，捏成各式磚瓦形狀……然後始能入窯」。澄漿是為了除去瓷料中的雜質，應伯爵說要用羅絹打，是指用羅絹進行過濾，這樣燒出來的產品必然會細膩光滑。

琉璃即玻璃，孫廷銓《顏山雜記》：「琉璃者，石以為質，硝以合之，礁以鍛之，銅鐵丹鉛以變之，非石不成，非硝不行，非銅鐵丹鉛而不精，三合然後生白如霜。……琉璃之貴者為青簾。其次為佩玉。其次為華燈、屏風、罐合、果山，皆穿珠之屬。其次為棋子、風鈴、念珠、壺頂、簪珥、料方，皆實之屬。其次為泡燈、魚瓶、葫蘆、硯滴、佛眼、軒轅鏡、火珠、響器、鼓璫，皆空之屬。」《金瓶梅》中的琉璃製品，以燈為最多。《天工開物》：「合化硝鉛瀉珠銅線穿合者，為琉璃燈，……各色顏料汁，任從點染。凡為燈、珠，皆淮北齊地人，以其產硝之故。」琉璃是佛家「八吉祥」之一，故佛寺中多在佛前供琉璃燈。《金瓶梅》中寫到的「琉璃海燈」當屬此類。

四、家具

《金瓶梅》寫到的傢俱，琳琅滿目，儼然一部明代傢俱譜。綜其品類，可分為床帳、桌椅、屏風、箱籠廚櫃四大類。其床帳類有：拔步床（第七回）、南京描金彩漆拔步床（第

八回）、黑漆歡門描金床（第九回）、錦障（第十回）、雕漆床（第十五回）、螺鈿床（第十五回）、螺鈿廠廳床（第二十九回）、榻（第三十一回）、大理石黑漆縷金涼床（第三十四回）、灑金床炕（第四十八回）、雲母床（第二十七回）、禪床（第四十九回）、大理石床（第五十二回）、描金暖床（第五十五回）、象牙床（第五十七回）、斗帳（第六十八回）、泥金暖閣床（第七十一回）、八步彩漆床（第九十一回）等；桌椅類有：廂成水晶桌（第二十七回）、香几（第二十八回）、炕桌（第二十九回）、八仙桌（第三十二回）、螳螂蜻蜓腳一封書大理石心壁畫的的幫桌兒（第三十四回）、棋桌（第三十六回）、琴桌（第三十六回）、八仙瑪瑙籠漆桌兒（第四十五回）、蜻蜓腿螳螂肚肥皂色起楞的桌子（第四十九回）、剔犀官桌（第五十五回）、褪紅小几（第五十九回）、抽替桌兒（第八十六回）、杌子（第二回）、打布凳（第七回）、交椅（第十六回）、春台（第十六回）、涼椅（第二十七回）、涼杌兒（第二十七回）、醉翁椅（第二十七回）、坐床（第二十八回）、雲南瑪瑙漆減金釘藤絲甸矮矮東坡椅兒（第三十四回）、螺鈿交椅（第三十四回）、泥鰍頭楠木靶腫筋的校椅（第四十九回）、京椅（第五十二回）、虎皮太師交椅（第五十五回）、琴光漆春凳（第五十九回）、交床兒（即交椅，第六十一回）、芝麻花坐床（第八十四回）等；屏風類有：大理石屏風（第七回）、石崇錦帳圍屏（第二十一回）、雲母屏（第三十回）、各樣顏色綾段剪貼的張生遇鶯鶯蜂花香的吊屏兒（第三十七回）、幛屏（第三十八回）、大螺鈿大理石屏風（第四十五回）、螺鈿描金大理石屏風（第四十五回）、條環樣須彌座大理石屏風（第四十九回）、九雷龍鳳扆（第七十一回）、龜背錦屏風（第七十二回）等；箱籠櫥櫃類有：拜帖匣子（第二十八回）、彩漆描金書櫥（第三十四回）、描金箱籠（第三十七回）、沉香雕漆匣（第五十九回）等。

通過以上開列可以看出，出現在《金瓶梅》中的傢俱，全部是木製，而無竹、藤、棕產品。這足以證明當時以竹、藤、棕為材質的傢俱尚不為北方地區所接受。明季，南方竹、藤、棕類工藝名擅一時，王士性《廣志繹》卷四謂：「蘄竹為器，抽削如絲，纖巧甲於天下。」王應奎《柳南續筆》亦記「嘉定竹器，為他處所無。」此一類傢俱的流入，有運河之便利，當無阻礙，但因北方氣候乾燥，這一類材質的傢俱易乾裂變質，終為北人所不取。對《金瓶梅》故事發生地之清河，學界向有「北清河」「南清河」之爭，此一例證，足可為涇、渭之判。

《金瓶梅》中的傢俱，涉及到了描金、彩漆、雕漆、剔紅、螺鈿等諸多工藝，前已專章論述，此不贅言。寫到的桌椅床帳屏風之類，多鑲嵌瑪瑙、大理石，這是明代傢俱的一種時尚。這裡提及的瑪瑙，是一種「土瑪瑙」，亦名錦屏瑪瑙，這種瑪瑙產於山東兗州的沂州縣，花紋如瑪瑙，紅多而細潤，當時傢俱上鑲嵌的，多是這種代用品。

書中多次寫到的「拔步床」，又稱「八步床」「踏步床」，是一種結構高大的木床。此床之制，下有承托全床的木板平台，床前沿有小廊，廊上設立柱，柱間有欄干，床邊

和床下分別附有小櫃和抽屜，四角豎有掛帳子的支架。陳詔先生指出，在《魯班經匠家鏡》中，大型的拔步床稱「大床」，一般的拔步床稱「涼床」。區別在於：前者四壁有如小屋，床頂為木板，後者四壁透風，床頂由木框做成。此一類床以南京出產最為著名。

　　書中寫到「香几」，並非用香木所製，而是一種放香爐或雅玩的小几。《重訂遵生八箋·香几》：「書室中香几之制有二：高者二尺八寸，几面或大理石、歧陽瑪瑙等石，或以豆柏楠鑲心，或四入角，或方，或梅花、或葵花、或慈菰、或圓為式，或漆、或水磨諸木成造者，用以攔蒲石，或單玩美石，或置香緣盤，或置花尊以插多花，或單置一爐焚香，此高几也。若書案頭所置小几，惟倭製佳絕。其式，一板為面，長二尺，闊一尺二寸，高三寸餘。上嵌金銀片子花鳥，四簇樹石。几面兩橫設小擋二條，用金泥塗之。下用四牙、四足，牙口鏒金銅滾陽線鑲鈴，持之甚輕。齋中用以陳香爐、匙、瓶、香盒，或放一二卷冊，或置清雅玩具，妙甚。今吳中製有朱色小几，去倭差小，式如香案，更有紫檀花嵌，有假模倭製，有以石鑲，或大如倭，或小盈尺，更有五六寸者，用以坐烏思藏鏒金佛像佛龕之類，或陳精妙古銅哥絕小爐瓶，焚香插花，或置三二寸高天生秀巧山石小盆，以供清玩，甚快心目。」

　　《金瓶梅》裡寫到的一些傢俱很古怪，如「螳螂蜻蜓腳一封書大理石心壁畫的幫桌」，螳螂蜻蜓腳，應是「螳螂肚蜻蜓腿」，桌腿略成 S 形，上部較粗，形似螳螂肚；下部較細，狀如蜻蜓腳。大理石心，是指桌面嵌大理石心板。一封書、壁畫，語焉不詳，或可指這大理石心板上的圖案花紋並非天然，而是用一種稱作「花藥石」的藥點造而成。「幫桌」，是指八仙桌不夠用時，在邊上加接的小桌子。明《工部廠庫須知》中有「接桌」，或同此。還有「蜻蜓腿螳螂肚肥皂色起楞的桌子」「泥鰍頭楠木靶腄筋的校椅」等，其形狀都是男性生殖器的影射，所以張竹坡在條下批曰「很像甚麼」「更像甚麼」「《水滸》中人所云一片鳥東西也」。

五、玉石珍玩

　　《金瓶梅》中寫到的玉石珍玩，有合浦明珠（第十回）、碧玉杯（第十回）、玉斝（第十三回）、珊枕（第十三回）、玉桃杯（第二十五回）、水晶盆（第二十七回）、水晶桌（第二十七回）、水晶筆架（第二十七回）、白玉鎮紙（第二十七回）、雲母床（第二十七回）、水晶簾卷蝦鬚（第三十回）、雲母屏（第三十回）、鸚鵡斝（第四十一回）、冰簟珊枕（第五十二回）、通天犀杯（第五十五回）、小金玳瑁鍾兒（第七十八回）、白玉圭璋（第八十四回）、琥珀銀鑲盞（第八十四回）、貓眼（第九十回）、祖母綠（第九十回）等 30 多個品種。

　　從其質料上看，大體上以水晶最多，其次是玉石、雲母、珊瑚、瑪瑙、琥珀和其它

寶石等。水晶製品在明代貴族階層中十分盛行，《天水冰山錄》錄有水晶器物 23 種 175 件之多。水晶，古稱「水玉」「水精」，是具有一定幾何形狀的石英晶體。由其含有的雜質元素不同，有無色透明、紫、粉紅、棕、黑等色，分別稱「紫晶」「黃水晶」「墨晶」等。貓眼和祖母綠都是寶石中極珍貴者。這兩種寶石是舶來品，產於中東阿拉伯國家及南洋各國。《新增格古要論·貓睛》：「貓睛出南蕃，性堅，黃如酒色。睛活者中間有一道白橫搭，轉側分明，與貓兒眼睛一般者為佳，故云。若眼睛散及死而不活者，或青黑色者，皆不為奇。大如指面者尤好，小者價輕，宜廂嵌用。」張岱《夜航船》謂祖母綠「綠如鸚哥毛，其光四射，遠近看之，則閃爍變幻。武將上陣，取以飾盔，使射者目眩，箭不能中。」《長安客話》稱這種寶石價極昂貴，「聞成化間宮裡以銀數千兩買得重四五兩者一塊，以為希世之寶。近籍閹奴強尼私藏，乃有祖母綠佛一座，重至數斤，蓋內帑所無。」

　　《金瓶梅》裡寫到的玉石珍玩，多為當代之製，絕少古器，（朝廷派下收購古玩的指標，是另一碼事）這同時代風尚有關。明沈德符《敝帚齋餘談》：「玩好之物，以古為貴，惟本朝不然，永樂之剔紅，宣德之銅，成化之窯，其價遂與古敵。蓋北宋以雕漆擅名，今已不可多得。而三代尊彝法物，又日少一日。五代訖宋，所謂柴、汝、官、哥、定諸窯，尤脫薄易損，故以近出者當之。始於一二雅人，賞識摩挲，濫觴於江南好事縉紳，波靡於新安耳食諸大估。曰千曰百，動則傾囊相酬，真贗不可復辨，以至沈、唐之畫，上埒荊、關；文、祝之書，進參蘇、米。」明徐樹丕《識小錄》卷一亦謂：「畫當重宋，而邇來忽重元人。窯器當重哥、汝，而邇來忽重宣德、成化，以至嘉靖，亦價增十倍。若吳中陸子剛之治玉，鮑天成之治犀，朱碧山之治銀，趙良璧之治錫，馬勳之治扇，周柱之商嵌及歙，呂愛山之治金，王小溪之治瑪瑙，蔣抱虛之治銅，亦比常價數倍。近日嘉禾之黃錫洪漆，雲間之王銅顧繡，皆一時之尚也。」漆器、陶瓷、書畫如此，玉石珍玩亦如此，不重古器而推重現世之作，正是明季時尚。這其中重要原因，是因為明代工藝確實較前代有很大發展，而且出現了眾多大師級的工匠。「自宣德距崇禎，官私器用，妙絕等夷者：宣德窯器、銅器；成化窯器；歐羅巴畫；雲間陳眉公衲布；松江顧氏繡；宜興時大彬、陰用卿沙壺；湖州陸氏筆、茅氏筆；揚州包壯行燈、京師米家燈；太倉顧夢麟蒩菜；龍泉窯；浮梁吳（昊）十九磁杯；崑山陸小拙佩刀；蘇州濮仲謙水磨竹木器。」[8]清人納蘭常安《受宜室宦遊隨筆》謂：「蘇州專諸巷，琢玉雕金，鏤木刻竹，與夫髹漆裝璜、像生、針繡，咸類聚而列肆焉。其曰鬼工者，以顯微鏡燭之，方施刀錯。其曰水盤者，以砂水滌濾，泯其痕紋，凡金銀琉璃綺銘繡之屬，無不極其精巧，概之曰

8　劉鑾：《五石瓠》卷五。

蘇作。廣東匠役，亦以巧馳名，是以有『廣東匠，蘇州樣』之諺。」

六、扇品

扇子是《金瓶梅》裡的一道別緻的風景。

《金瓶梅》中有多少種扇子？據筆者不完全統計，差不多有 16 個品類：灑金川扇（第二回）、紅骨細灑金金鉸釘川扇（第八回）、白紗團扇（第十八回）、芭蕉扇子（第二十九回）、藤棍大扇（第三十一回）、杭扇兒（第三十六回）、湘妃竹泥金面扇（第四十九回）、白竹金扇（第五十一回）、灑金老鴉扇（第五十一回）、五明降鬼扇（第六十二回）、雙龍扇（第七十一回）、平龍扇（第七十一回）、金湘妃竹扇（第八十二回）、湘妃竹白紗扇（第八十二回）、紈扇（第八十二回）等。

這 16 個品類的扇子，摺扇占了很大比重。

宋元以前，中國尚沒有摺扇。元初時，東南諸國的使者有持撒扇者，被當時人所譏笑。明永樂初，才出現了最初的摺扇。但這種摺扇，只為僕隸、下人與主人打扇時方便起見才用的。後來日本的貢品中有摺扇，朝廷遍賜群臣，令內府仿製，於是天下遂用之。「而古團扇則惟江南之婦人猶存其舊，今持者亦鮮矣。」[9]陸容的《椒園雜記》則說「南方女人皆用團扇，惟妓女用撒扇。近年良家婦女，亦有用撒扇者，此亦可見風俗日趨於薄也。」

沈德符《敝帚軒剩語補遺》也記載：

今聚骨扇，亦名折迭扇，一名聚頭扇，京師人謂之撒扇，聞自永樂外國入貢始有之。今日本國所用烏木柄泥金面者，頗精麗，亦本期朝始通中華，此貢物中之一也。然東坡又云：「高麗白松扇，展之廣尺餘，合之兩指許」，即今朝鮮所貢，不及日本遠甚。且價較倭扇亦十之一。蓋自宋已入中國，然宋人畫仕女，止有團扇而無摺扇。團扇製極雅，宜閨閣用之。予少時見金陵曲中諸妓，每出，尚以二團扇令侍兒擁於前，今不復有矣。宮中所用，又長尺餘，宮娃及內宦以囊盛而佩之，意東坡見者，此耳。今吳中摺扇，凡紫檀、象牙、烏木者，俱目為舊制。惟以棕竹、貓竹為之者，稱懷袖雅物。其面重金，亦不足責，惟骨為時所尚。往時名手，有馬勳、馬福、劉永暉之屬，其值數銖。近年則有沈少樓、柳玉台，價遂至一金。而蔣蘇台同時亦稱絕技，一柄值三四金。冶兒爭購，如大骨董然，亦扇

9　陳霆：《雨山墨談》卷十八。

妖也。

這篇文字是很詳盡的寫實了。

紙扇在民間和士大夫中廣為流行，成為朋友間互贈的禮物，當是後來的事了。

《金瓶梅》時代，扇的工藝之精美，達到了出神入化的程度，而尤以川扇為最佳。「其精雅則宜士人，其華燦則宜豔女。」[10]川扇在嘉靖年間，成為四川布政司向朝廷進貢的名品。《萬曆野獲編》記載，嘉靖三十年，加造二千一百把，進宮中備賞賜所需。四十三年，又加造小式精巧八百把，則以供新幸諸宮嬪之用。每年的端午節，皇帝例賜各部大臣以川扇。

四川布政司進貢的扇品，花樣之多，令人目不暇接。明人談遷的《棗林雜俎》智集，開列了一個貢扇的名單，足見其洋洋大觀：

> 乙未（1655）四月七日，文書房傳旨：「著四川布政司照進到年例扇柄內，欽降花樣彩畫面各樣龍鳳扇八百一十柄；閃金釘鉸彩畫面渾貼雕邊骨龍鳳舟船扇十五柄；壽比南山福如東海扇十五柄；七夕銀河會扇十五柄；菊花兔兒扇十五柄；天師降五毒扇十五柄；四獸朝麒麟扇十五柄；孔雀牡丹扇十五柄；蒼松皓月扇十五柄；菊花仙子扇十五柄；閒花扇十五柄；滿地嬌翎毛扇十五柄；金菊對芙蓉扇十五柄；錦帳花木貓兒扇十五柄；人物故事扇十五柄；四季花扇十五柄；茶梅花草蟲魚扇十五柄；聚香扇十五柄；白澤五毒扇十五柄；盆景五毒扇十五柄；八蠻進寶扇十五柄；百鳥朝鳳扇十五柄；蟠桃捧壽扇十五柄。以上三十三樣，俱金釘鉸彩畫面渾貼雕邊骨。每樣添造四十五柄，共六千。每年為例。其餘年例的，今年二月添傳添造的八千八百柄，俱照樣數，每年如法精緻赤金造進。」

《金瓶梅》第八回中西門慶用的那把扇子，即是「紅骨、細灑金、金釘鉸川扇」，同上述貢品是同樣的。「紅骨」，即紅漆的扇骨。「細灑金」，是指細密灑金箋所做的扇面（即在扇面上散粘有小片金箔）。「金釘鉸」，指扇骨是用金鉚釘穿起來的。這柄扇子的豔麗、珍貴、時髦已達極致。《長物志·扇·扇墜》云：「川中蜀府製以進御，有金鉸藤骨，面薄輕綃者，最為貴重。」豪富如西門慶輩，才有可能得到這樣的珍品。

書中五十一回寫到的「白竹金扇」，是一種竹骨泥金面的摺扇。白竹者，竹骨不加雕飾之謂也。此為南方的扇品。《長物志·扇·扇墜》：「姑蘇最重書畫扇，其骨以白竹、棕竹、烏木、紫白檀、湘妃、綠眉等為之，間有用牙及玳瑁者。有員頭，直根，條

環、結子、板板花諸式，素白金面，購求名筆圖寫，佳者價絕高。」

另外，書中還寫到了幾款團扇，如八十二回，陳經濟知金蓮約他幽會，「隨即封了一柄金湘妃竹扇兒」，及至金蓮打開，「卻是湘妃竹白紗扇兒一把，上畫一種青蒲、半溪流水」。可見是同物異名。團扇品類中，《金瓶梅》還寫到了「紈扇」，這也是一種用綾絹紗羅製成的團扇。《古玩指南·扇》：「紈扇，團扇也。班婕妤歌：『新製齊紈素，皎潔如霜雪。裁為合歡扇，團團似明月。』此紈扇之始也。雖名為團，其實月圓、腰圓、六角各形均有，團扇其代表稱謂耳。因其面之質料不同而更易其名者，如以羅為之則曰羅扇，紗者則曰紗扇，故名稱亦頗多，但總名之曰紈扇。」

除了上述品種，《金瓶梅》還寫到了用天然質料製作的芭蕉扇子。這種扇子也極盡精美。或「緣之以天蠶之絲，嵌之以白鱗之片，柄之以青琅玕之牌，纏之以龍鬚縢之線，銅釘漆塗，繪畫為絢。」[11]或「柄中鏤空，內刻人物，自能運動，其直兼金，大者長三四尺，可為腰扇降日。」[12]；或「以細白嫩葉無夾縫者為上選，時尚黃綠白紗襯金滾邊，柄以影漆及紫綠色，雕刻書畫，中嵌泥金。」[13]

《金瓶梅》提到「杭扇」的只有一回，即第三十六回。「杭扇」，顧名思義，即杭州所產之扇，亦為摺扇。《在園筆記》說杭州的芳風館，世世代代以製扇為業，遂至素封，可見其歷史悠久。杭扇以精巧著稱，且品類繁多，有「細畫絹扇，細色紙扇，影花扇，藏香扇及漏光扇。」[14]《夢粱錄》中列舉的有名的扇子鋪就有：「中瓦前徐茂之扇子鋪，炭河橋下青扇子鋪，小市周家折迭扇子鋪」等若干家。可見杭扇亦是杭州的地方特產。

七、革帶

最後說說《金瓶梅》中的幾種帶子。

三十一回，西門慶加官之後，一面使人做官帽、裁官服，「又叫了許多匠人，釘了七八條都是四指寬玲瓏雲母犀角鶴頂紅玳瑁魚骨香帶」。應伯爵說這些帶子「都是一條賽一條的好帶，難得這般寬大，別的倒也罷了，自這條犀角帶並鶴頂紅，就是滿京城拿著銀子也尋不出來。」並鑑賞說這「是水犀角，不是旱犀角。旱犀角不值錢，水犀角號作通天犀，你不信，取一碗水，把犀角安放在水內，分水為兩處。此為無價之寶。又夜

11　屈大均：《廣東新語》卷十六。

12　吳震方：《嶺南雜記》。

13　顧祿：《桐橋傳棹錄》卷十。

14　《杭州府志·物產》民國十五年修。

間燃火照千里，火光通宵不滅。」

同一回，寫西門慶赴任之後，每日騎著大白馬，頭戴烏紗，穿著五彩灑線猱頭獅子補子圓領，佩的是「四指大寬萌金茄楠香帶」，以及三十五回寫到的「合香嵌金帶」，三十九回寫到的「蒙金犀角帶」，五十五回寫到的「獅蠻玉帶」「金鑲奇南香帶」、七十回寫到的「四指荊山白玉玲瓏帶」「紫花玉帶」，七十一回寫到的「金廂帶」，七十二回寫到的「金鑲碧玉帶」，九十八回寫到的「角帶」等，品類不下十幾種之多。

古代的腰帶，有巾、條、帛、革之分。《金瓶梅》中的腰帶，多為革製，這是戰國後受胡人服飾的影響而流行。

唐代開始，革帶正式定為官員的服制，按品級區分等差，「一品二品銙以金，六品以上以犀，九品以上以銀，庶人以鐵。」[15]宋、明兩代基本上因襲了這一制度。《明會要》所載當代官員所用的革帶為：一品玉帶，二品犀帶，三品金鈒花帶，四品素金帶，五品銀鈒花帶，六品七品素銀帶，八品九品烏角帶，俱用紅鞓（腰帶以革為質，外裹青綾為鞓）。

明中葉以後，腰帶的裝飾花色繁多，不再完全因循於舊制。嘉靖間，則二品明有繫金鑲雕花、銀母、象牙、明角、沉檀帶，三品用金鑲玳瑁、鶴頂、銀母、象牙、明角、沉檀帶，四品用金鑲玳瑁、鶴頂、銀母、明角加檀沉帶，五品用雕花象牙等，六品七品用素帶。

《金瓶梅》中的犀角帶，亦見於《天水冰山錄》，是一種以犀角為銙片的革帶。據說明帝曾以犀角帶賜衍聖公，並以金鑲犀帶賜日本國王。

犀角，是一種名貴的裝飾材料。《蠕範》說：犀之額角為貴，「謂之通天犀」，亦稱雞眯白。經千歲長且銳，有白縷直上雲端，出氣通天，夜露不濡，雲胎時見天上物過而生。應伯爵說這種犀角可以分水，夜間燃燒火照千里，火光通宵不滅，當不全是枉語。據一些筆記資料記載，古時南昌進過二種夜明犀，「夜則光照百步」[16]，《吳越志》亦有載：「武肅王時，有獻雲鶴雲犀帶者，武肅登碧波亭，命許彥方繫帶試水，水開七尺許。」

飾犀角帶之犀角，以通天犀為最貴。「有通天花紋犀，備百物之形者最貴；有重透紋者，黑中有黃花，黃中有黑花，或黃中有黑，黑中又有黑。有正透紋者，黑中有黃花，古云通犀，此二等亦貴。有倒透者，黃中有黑花，此等下之。有花如椒豆斑色深者，又次之。有黑犀無花而純黑者，但可車象棋，不甚值錢。」水犀角為貴，大概和這種犀出

15　《唐書·輿服志》。
16　《桂陽雜編》。

入水中，不易被人得到有關。

書中的金茄南香帶，是一種鍍金鑲茄南香銙片的革帶。出土的文物中曾見之。合香嵌金帶，係以香料木為銙片所製做。《天水冰山錄》中載有「鍍金廂檀香帶」「鍍金廂速香帶」「金廂珠玉香帶」等。

而獅蠻玉帶則是一種更高級的玉製革帶了。宋人筆記載，此帶製法是透空雕三層花紋，人獅均能活動，故名。

宋以後，這種帶子成為名貴的革帶。內相劉瑾家被抄時，抄獲的物品中即有「蠻獅帶二束」。《格古要論》開列了一系列金帶銙飾之名目，計有絨路、遇仙、荔枝、獅蠻、海捷、寶藏；金塗帶九種：天王、八仙、犀、寶瓶、獅蠻、海捷、雙鹿、行虎、窪面；金束帶八種：荔枝、獅蠻、戲童、海捷、犀牛、胡荽、鳳子、寶相花等。皇帝賜有功下臣，總是少不了玉帶的。

另外還有鑲嵌海洋貝、甲類的腰帶，如七十回的「玳瑁蒙金帶」等，又是別一種尤物了。

《金瓶梅》：美食風尚

《金瓶梅》是一部大寫「飲食男女」的奇書。

僅就飲食而論，它同《紅樓夢》相比毫不遜色，而且超過了任何一部古典小說。

《金瓶梅》是那個美食時代風尚的全景式寫真。它寫吃喝寫得極精道，那看饌、美酒、甜點、餅餌、湯飲、粥品，詳敘名類，色色俱全，名目繁多；大宴小酌，酒海肉山，觥籌交錯，鋪盡奢華。如果有人要搞一部《金瓶梅飲食譜》出來，那一定是令人絕倒的。

《金瓶梅》裡寫飲食，不僅僅反映了明代城市生活的一個側面，更重要的是寫出了時人的飲食藝術，這是很有價值的。

所謂飲食藝術，它所涵蓋的內容，絕不僅僅是口腹之欲的滿足和山珍海味的組合與展覽，而是某種精神、某種意識、某種觀念、某種文化心理的體現。

飲食是最具體的生活方式，透過種種描寫，一個時代的美食時尚可見大端。

一、看席

四十九回，西門慶迎請宋巡按，「五間廳上，湘簾高捲，錦屏羅列，正面擺兩張吃看桌席，高頂方糖，定勝簇盤，十分齊整。」

六十三回，喬大戶上祭李瓶兒，送的也是「豬羊祭品，吃看桌面。高頂簇盤，五老定勝，方糖樹果，金碟湯飯，五牲看碗，金銀山，段帛彩繪，冥紙炷香，共約五十餘台」。

六十五回，宋御史借西門慶家迎請黃太尉，「宋御史差兩員縣官來觀看筵席，廳正面屏開孔雀，地匝氍毹，都是錦繡桌幃，妝花椅甸。黃太尉便是肘件、大飯、簇盤、定勝、方糖、五老錦豐、堆高頂吃看大插桌。」宴請侯巡撫，蔡御史時，也是擺的「吃看桌席」。

這種「吃看大桌面」，一是用來接待高官貴賓，二是用來作禮品，大多是為了擺擺樣子讓人看，是中看不中吃的。

西門慶家接官的大宴，往往都是要在開宴之前，於廳堂上陳列這麼一桌「看席」，先讓客人飽一飽眼福，然後再飽口福。

「看席」是古人的一種飲宴時尚，並非明代所獨有。在唐時即有「豆釘」之稱，這也

是「看席」的意思了。《清稗類鈔》「看席」條云：「豆飣，一作飣豆，今俗燕會，黏果列席前，曰看席飣坐，古稱飣坐，謂飣而不食。唐韓愈詩：『或如臨食案，肴核紛飣餖』是也。俗且謂宴享大賓，一吃席，一看席也。」

「看席」上擺列些什麼？

《金瓶梅》寫到的「看席」，全都離不了「高頂簇盤」「五老定勝」「方糖樹果」「五老錦豐」等等。這高頂簇盤，是指宴席中食品用大盤堆砌如高塔狀，堆砌的食物呈各種花式。《閱世編》記吳中風俗：「肆筵設席，吳下向來豐盛。縉紳之家，或宴官長，一席之間，水陸珍羞，多至數十品……然品必用木漆果山如浮屠樣，蔬菜用小磁片添案，小品用攢盒，俱以木漆架高，取其適觀而已。」[1]這種席面是很費工力的，簇盤往往要幾及於棟，庖人一工，僅能三四品，一桌看席，多至數十人下廚。

「定勝」則是一種糕。古代的棺蓋接縫處的榫頭，稱「錠勝」或「定生」，其形狀是兩頭大，中間小，以這種形狀製成的糕點，亦以「定勝」名之。五老定勝糕，即是以染色面或絹，做成古老神話中的五位仙人，插在這種兩頭大中間小的定勝糕上，成為一種裝飾。

方糖是用白糖製成斗方樣式。把這樣的方糖一塊塊用碟子疊架起來，或拼連成樹木亭坊狀。

這些都得靠一種專門技術的庖工才能完成。《夢梁錄》上記載，凡官府春宴或鄉會，遇鹿鳴宴，讀書人試中設同年宴，及聖節滿散祝壽公宴，都要請「四司六局」的人負責承辦。「四司六局」即帳設司、茶酒司、廚司、台盤司；果子局、蜜煎局、菜蔬局、油燭局、香藥局、排辦局。這些部門各執其事，負責「裝簇飣盤看果」「簇飣看盤果套山子」「簇飣看盤菜蔬」及其它宴筵事宜。[2]如同現代人用蘿蔔、黃瓜雕花，是一種很高的技藝。

這樣的看席，在上正席之前是要撤下去的。撤下去之後，便把看席連同金銀酒器表禮尺頭一起送與被宴請的主要客人。

隨同這看席送出的有什麼東西呢？

四十九回西門慶迎請宋巡按，費夠了千兩金銀置辦大宴，「把兩張桌席，連金銀器都裝在盒內，共有二十抬，叫下人夫伺候。宋御史的一張大桌席、兩罈酒、兩牽羊、兩對金絲花、兩匹緞紅，一副金台盤，兩把銀執壺、十個銀酒杯、兩個銀折盂、一雙牙箸。蔡御史的也是一般的。」六十五回宋御史差人送來賀黃太尉的，是「一桌金銀酒器，兩

---

1   《閱世編》〈宴會〉條。
2   《夢梁錄・四司六局筵會假賃》。

把金壺，兩副金台盞，十副小銀盅，兩副銀折盂，四副銀賞盅，兩匹大紅彩蟒，兩匹金緞，十罈酒，兩牽羊」。這不僅是為了擺闊看樣子，而是公然的行賄了。

二、專席、觀席（插桌）、五果五菜平頭桌席

大凡正式宴會，貴賓都是一人獨席，叫「專席」，也稱「正席」，陪客的或二人一席，或三、四人一席，叫「觀席」（即「插桌」）。六十五回西門慶宴請六黃太尉，六黃太尉是自己一席，陪客的巡撫、巡按是兩張觀席插桌，兩邊布按三司有桌席列坐，其餘八府官宦，都在廳外棚內兩邊，只是五果五菜平頭桌席。

筵席的桌子，都是方桌，掛著桌幃。廚役上菜之後，伶人開始吹奏歌戲，主賓須放賞給廚藝伶人和各項雜役人等。通常是前三道大菜放賞三次。此如黃太尉那一次就放賞了十兩銀子。吳月娘去喬大戶家吃酒，上了三道菜，共賞了四錢銀子。

宴會上的菜肴也是嚴格地分著等級的。六黃太尉的專桌上，上的是鹿花豬（即烤全豬）、百寶攢湯、大飯燒賣等。現在的讀者對專席上烤全豬可能會感到匪夷所思，一個人的專席，上一頭豬，咋吃？這烤全豬實際上是乳豬。明人張瀚在廣州肆上發現一個奇怪的現象：「市肆惟列豚魚，豚僅十斤，既全體售，魚盈數十斤，乃剖析而售。」[3]由此可見，食乳豬之習，在明代已出現了。而一般的陪客就是五果五菜平頭桌席了。

五果五菜平頭桌席，是元代筵宴習尚。這是有五色乾鮮果品、五道菜的一般宴席。元明時講究席面上的菜果湯食非五則七。郎瑛《七修類稿》記：「如設酒則每桌五果、五按、五蔬菜湯食，非五則七，酒行無算。」[4]這種「五五」制的菜色，就叫作「平頭席面」。

三、精美的烹調藝術

從《金瓶梅》的飲食譜上，我們可以看到種種幾乎接近現代的烹調方式——燒、炒、烤、煤、蒸、煮、燉、熏、燜、煨、扒、燴、鹽焗、蜜汁等等。

《金瓶梅》中寫到的菜肴，可以說是包羅南北風味，窮極山海之珍。如「蒜燒荔枝肉」（五十四回），就是一道上了《隨園食單》的江南名菜。《雲林堂飲食制度集》中有做法。「酸筍鵝鴨」「白燒筍雞」（五十二回）、「糟鵝胗掌」（二十七回），都屬南方菜中的名

3　《松窗夢語》卷二〈南遊記〉。
4　郎瑛：《七修類稿》〈酒錢元俗〉條。

品。僅以「糟鵝胗掌」為例，此一菜品是用糟鹵浸製的冷盤菜肴，邵萬寬、章國超著《金瓶梅飲食譜》研究其製做方法如下：

原料：

鵝胗 200 克，鵝掌 2 只，香糟鹵 200 克，精鹽、醋、白糖、芝麻油、芥末醬各適量。

製法：

1. 將鵝胗、鵝掌清理乾淨，放入水鍋中白煮成熟，取出、將煮熟鵝胗切片，鵝掌拆去骨，切小塊，均放在盤中，澆入香糟鹵。

2. 取碗一隻，放芥末醬，加精鹽、醋、白糖和冷開水 25 克攪勻，放入碟裡，加芝麻油，作蘸料配食。

其製法並不複雜，而關鍵在其糟法。

而「王瓜拌遼東金蝦」（三十四回）、「白煠豬肉」（三十四回）、「水晶蹄膀」（三十四回）、「鹵燉炙鴨」（四十五回）、「羊角蔥汆炒核桃肉」（四十九回），則是典型的北方菜系了。這「鹵燉炙鴨」亦見於《隨園食單》，係酒煮全鴨，去骨加佐料食之。

《金瓶梅》裡以雞、鴨、鵝製作的菜肴極多，幾乎每一回都有出現。如「小割燒鵝」（四十三回）、「燒鴨」（四十一回）、「臘燒雞」（五十回）、燒鴨（三十五回）、「爐燒鴨」（六十一回）等。這似乎又是南人的飲食習尚。葡萄牙人克路士在其所著《中國志》中，就記南方城市有大量的牛肉和類似牛肉的水牛肉，有很多雞、鵝和數不清的鴨。雞、鴨、鵝又稱「三鳥」，尤以鵝為肉類食品中之美味，故有「御史不食鵝」的規定，以示清廉。鵝在周代就是六牲之一，其充祭壇，充庖廚，都為時較早。古人認為，鵝逆月伏卵，向月助氣取卵，所以能療蛇毒，能辟蟲虺。李時珍《本草》把鵝分作蒼鵝、白鵝兩種，蒼鵝吃蟲子，白鵝食草。蒼鵝冷，有毒，吃蒼鵝肉發風發瘡。白鵝涼，無毒，治虛羸、消渴。所以古人食鵝，指的是白鵝。自明中期以後，鵝已視作常味，甚至有些人家「日進數頭」。

《金瓶梅》飲食譜中開列的菜肴，大多不曾寫到烹製方法，但有很多能在時人或後人的筆記中找到出處，如爐燒鴨（六十一回），見於《都門瑣記》：「北方善填鴨，有至八九斤者，席中必以全鴨為主菜，著名為便宜坊，燴鴨腰必便宜坊始真，宰鴨獨多故也。尤以掛爐燒鴨為長。」這有些類似當今的北京烤鴨了。再比如「燒骨」（第三十四回），亦見《隨園食單》：「取肋條排骨，精肥各半者，抽去當中直骨，以蔥代之，炙用醋醬，頻頻刷上，不可太枯。」對這個菜品從選料到製法以及火候要求，都記載詳細。《金瓶梅》中的燒骨是油炸過的，這種油炸骨，一般要過兩次油，頭一次油溫大約 130 度到 170

度左右，五六成熟，第二次過油油溫要升到七八成，大約 170 度到 230 度左右，炸至金黃色撈出，澆汁後食用。有點像現在「糖醋排骨」的做法。又如「騎馬腸」（四十九回），在《食憲鴻秘》中可以找到製作方法：「騎馬腸：豬小腸、精製肉餅生劑，多加薑、椒末，或純砂仁末。裝入腸內，兩頭紮好，肉湯煮熟，或糟用或下湯俱妙」。它如「燒豬頭」「燉爛羊肉」等均可在宋明時期的《宋氏養生部》《易牙遺意》等書中找到詳細的製法。而「肉兜子」「羊貫腸」「釀螃蟹」「白炸肉」等在今天的北方菜系中仍可找到蹤影。

第四十一回寫到了「水晶鵝」，類似今天的「鹽水鵝」，製成後光滑肥嫩，皮色玉白。明人韓奕《易牙遺意》記「杏花鵝」製法：「鵝一隻不剁碎，先以鹽醃過，置湯鑼內蒸熟，以鴨蛋三五枚，酒在內，候熟，杏膩（按：即杏果醬）澆供，名杏花鵝。」這也是一道江南名菜。

《金瓶梅》中沒有見到專業的廚師，寫到蔡太師、翟謙、何千戶、喬大戶、劉太監、周守備家的飲饌，只用「光祿祠烹炮」等籠而統之一筆帶過。給西門慶一家做飯的是他的第四妾孫雪娥，她是個「能造五鮮湯水」的高手。第九十四回寫她做「雞尖湯」：「旋宰了兩隻小雞，退刷乾淨，剔選翅尖，用快刀切成碎絲，加上椒料、蔥花、芫荽、酸筍、油醬之類，揭成清湯。」可見技藝高超。但有「絕活兒」的卻是經常幫灶的來旺媳婦宋惠蓮。她有用「一根柴禾燒爛豬頭」的本事。二十三回寫她燒豬頭的全套過程：「走到大廚灶裡，舀了一鍋水，把那豬首蹄子剔刷乾淨，只用一根柴，安在灶內，用一大踠醬油，並回香大料拌著停當，上下錫古子扣定，那消一個時辰，把個豬頭燒得皮脫肉化，香噴噴五味俱全，將大冰盤盛了，連薑蒜碟兒，教小廝用方盒，拿到前邊李瓶兒房裡。」

因為有了這一手絕活兒，宋惠蓮曾很是得寵過。這道菜的秘密在那個「錫古子」上，錫古子上下扣住，嚴絲合縫，差不多是個「壓力鍋」。這道菜色澤紅潤，肥而不膩，它的吃法和烤鴨一樣。

常時節的妻子常二嫂，也會做一道風味獨特的「釀螃蟹」。第六十一回，西門慶因贊助常時節買了房子，常時節便讓他的老婆做了釀螃蟹來酬謝他。「西門慶令左右打開盒兒觀看，四十個大螃蟹，都是剔剝淨了的，裡邊釀著肉，外用椒料、薑蒜米兒、團粉裹就，香油煤，醬油醋造過，香噴噴酥脆好食。」這道菜博得了一致讚揚，就連吳大舅嘗了也讚不絕口，說：「我空癡長了五十二歲，並不知螃蟹這般造作，委的好吃。」《金瓶梅飲食譜》援引宋代林洪《山家清供》中一種「蟹釀橙」的製法，謂：「橙用黃熟而大者，截頂剜去穰，留少液，以蟹膏肉實其內，仍以帶枝頂覆之，入小甑，用酒、醋、水蒸熟，用醋、鹽供食，香而鮮。使人有新酒、菊花、香橙、螃蟹之興」。常二嫂的「釀螃蟹」，與之頗有異曲同工之妙。《金瓶梅飲食譜》把這道菜進行了「復原」，其製法

為：

原料：

淨蟹肉 300 克，蟹殼 12 只（直徑約 5 釐米），雞蛋清 4 個，熟火腿末 5 克，香菜葉、紹酒、白川椒粉、精鹽、味精、蔥末、薑末、乾澱粉、濕澱粉、雞清湯、醋、熟豬油各適量。

製法：

1. 炒鍋上火，放熟豬油 50 克燒熱，先放蔥薑末，後放蟹肉略炒，加紹酒、雞清湯、白川椒粉、精鹽、味精燒沸，用濕澱粉勾芡成蟹餡，起鍋裝碗待用。

2. 蟹殼用刀修平，入鹹水中洗淨，用清水過二次，用潔布揩乾，放入盤中，將蟹餡分成 12 份釀裝於蟹殼之中。

3. 將雞蛋清放入碗內，用筷子盡力攪打成發蛋，加乾澱粉拌勻，鑲釀在蟹餡上，點上火腿末與香菜葉，上籠蒸或入烤箱中火焗 1 分鐘取出裝盤即成。上桌時帶薑末、醋碟。

專門研究《金瓶梅》飲食文化的山東大廚李志剛先生，對這道菜進行了再創造，中間是炒蟹肉，盤子邊圍上蟹肉燒賣，吃起來方便，看上去美觀，也更具滋補特性。

《金瓶梅》中的菜品，有不少是與地方民俗有關聯的，如第四十九回，西門慶招待胡僧的菜中，有一道「菜卷」，在《金瓶梅》故事的發生地陽穀、臨清一帶，正月初二丈母娘招待姑爺，宴上必有一道細菜叫「扣菜卷兒」。其製法是：羊肉餡，白菜卷，先蒸後扣，很有特色。李志剛大廚把這道菜進行了改造，用魯西運河兩岸所產的白蓮藕代替白菜，將豬肉餡或羊肉餡捲入其中，先蒸後燴，吃口爽脆嫩香、酸甜鹹辣鮮五味俱全。

《金瓶梅》中，時見「扣碗」（或名「燉爛」）之名。此種菜肴為蒸菜，如蒸白肉，將帶皮豬肉切成長約 10 公分、寬 3、4 公分的肉片，碼在蒸碗裡，上面覆蓋切成 2 公分見方的豆腐，用醬油、老醋調味，採用長時間籠蒸，以至於皮脫肉爛，上桌前倒扣到另一隻碗裡，主菜上蓋的薄料也被扣入碗底，故名。現在臨清、清河、陽穀以及運河沿岸地區婚喪嫁娶的宴會上，必設扣碗。常見的有扣肉、扣魚、扣雞、扣丸子、扣菜卷等。

《金瓶梅》裡還有幾道菜，頗似西菜法式，如「奶罐子酪酥拌鴿子雛兒」，即是把雛鴿煨熟後澆以奶油，這也許是元朝蒙古人留下的習俗吧。

除此之外，還有一些菜肴是用很特別的方法燒出來的，如「柳蒸勒鯗魚」。鯗（又作「鮝」）魚是舟山漁場產的一種名貴魚種，據說這個「鯗」字就是吳王所創的，食而思其美，所以用美字頭。鯗，又稱「白鯗」，即黃魚（又稱石首魚，民間俗稱「黃花魚」），每年桃花汛時在舟山一帶海面上大量捕撈。漁民捕到後，用冰冷凍，隨後由商人沿運河

往北販運，一直到北京。現在所稱之鯗，為黃花魚醃製的魚乾，但在明代是指鮮魚的。「柳蒸」是一種特殊的技法，《飲膳正要》記有柳蒸羊的要領：在地上掘坑，周圍用石塊圍住，用火燒紅，用鐵芭盛帶毛全羊，上面用柳枝蓋覆，土封，以熟為度，但柳蒸鯗魚顯然不可能用這種方式。

《金瓶梅》中還寫到了很別緻的素菜烹飪方法，即「托葷」——把素菜做成雞鴨魚肉的形狀——假託葷腥之名。這種素菜是吳道官送的，因為做得形貌畢肖，讓老眼昏花的吃齋的楊姑娘不敢下筷子。

四、鮓

《金瓶梅》中很多地方寫到了「鮓」，用這種方式製做的菜肴很多，如木樨銀魚鮓（二十七回）、熟鮓（五十回）、鰉鮓（五十九回）、肉鮓（七十六回）、細鮓（七十八回）、鱒鮓（七十八回）等等。

「鮓」是明代以前十分盛行的菜肴，它的歷史，至遲可以從秦漢時期開始，三國以後，就非常流行了。宋代《夢粱錄》中，記京師汴梁市上所售鮓類，便有海蜇鮓、大魚鮓、鮮鰉鮓、鮮鵝鮓、寸金鮓等等。最著名的有東華門何家、吳家，他們經營的魚鮓，原料是從澶、滑河上「斫造」的，然後裝在荊籠內，一路上以水浸泡，運入京城。店家把它切成十數小片為一把來出售，號為「把鮓」。

那麼，「鮓」是一種怎樣的製做手段？

東漢末劉熙《釋名》謂：「鮓，菹也。以鹽米釀魚以為菹，熟而食之也。」後出的《釋名疏證》注云：「《齊民要術》有作裹鮓、魚鮓、乾魚鮓等法，用魚肉爨切之，乃以鹽撒之，又炊粳米飯為糝，並茱萸、橘皮、好酒合和之。」並認為作鮓講究季節性，春秋相宜，而冬夏不宜。從字形上看，「鮓」的材料當以魚類為主。其中又以青魚、鯉魚為主。這兩種魚肉厚味美，是作鮓的上品。《金瓶梅飲食譜》認為，製鮓的關鍵環節在乳酸發酵，「在鮓的醃製中，米飯裡混入了乳酸菌（由空氣或所接觸的器具傳播而來），在放置中，起著乳酸發酵作用，產生的乳酸和一些其它物質，滲入魚片之中，這樣就能防止魚片腐敗，同時也使它改變風味。」

明代劉基的《多能鄙事》裡記載的鮓的製做方法有十八種之多，可見其極一時之盛。

鮓的泡製方法除卻魚類之外，亦可推及它類。《清稗類鈔》居然有「鮓虎」，記乾隆末年廣西食虎事，引舒鐵雲〈鮓虎行〉詩：「人鮓甕中虎雜居，居民鮓虎如鮓魚」。《清稗類鈔》又記有「蟶鮓」之法：「以蟶一斤，鹽一兩，醃一伏時，再洗淨，乾布包之，加熟油五錢，薑橘絲五錢，鹽一錢，蔥絲五分，酒一大杯，飯粉一盒，磨米拌匀，入瓶

泥封，十日可食。」這同魚鮓的方法是一樣的。筆者故鄉——河北黃驊沿海一帶漁民，直到現存一直沿用這種方法製糟鱠魚、梭魚。不過他們從不稱其法為「鮓」。

鮓是生吃的，明時開始有熟食的鮓，《金瓶梅》裡不但出現了「熟鮓」這個名稱，還寫到了鮓熟食的多種吃法，如七十六回，就有「鮓湯」：「（西門慶對春梅）道『咱每往那邊屋裡去，我也還沒吃飯哩，叫秋菊後邊取菜兒，篩酒，烤果餡餅兒，炊鮓湯咱每吃。』由是不由分訴，拉著春梅手到婦人房內，吩咐秋菊拿盒子後邊取吃飯的菜兒去，不一時拿了一方盒菜蔬：一碗燒豬頭，一碗頓爛羊肉，一碗熬雞，一碗煎煿鮮魚和白米飯，四碗吃酒的菜蔬：海蜇、豆芽菜、肉鮓、蝦米之類。西門慶吩咐春梅，把肉鮓打上幾個雞豆（雞蛋），加上酸筍韭菜，和上一大碗香噴噴餛飩湯來。」西門慶居然對鮓湯的做法也很熟悉。到了清代，鮓的熟食也變得豐富多彩起來。然而「鮓」從清中期以後就消失了，並再也沒有復現過。

五、幾樣小菜

《金瓶梅》中通常的小吃菜式，也很講究特色。如四十九回李嬌兒生日，西門慶招待胡僧：「廚下肴饌下飯都有，安放桌兒，只顧拿上來。先綽邊兒放了四碟果子，四碟小菜，又是四碟案酒：一碟頭魚，一碟糟雞，一碟烏皮雞，一碟舞鱸公。又拿上四樣下飯菜來，一碟羊角蔥䏑炒的核桃肉，一碟細切的餳酥樣子肉，一碟肥肥的羊貫腸，一碟光溜溜的滑鰍。次又拿了一道湯飯出來：一個碗內兩個肉員子，夾著一條花筋滾子肉，名喚一龍戲二珠湯；一大盤裂破頭高裝肉包子」。雖然這些菜肴在故事情節中都有著特殊的寓意，亦可看出西門慶家的日常飲食完全是暴發戶和地方豪紳的派頭。

還有一種「小八件」，如奶子如意兒為西門慶準備的小菜：「揀了一碟鴨子肉，一碟鴿子雛兒，一碟銀絲鮓，一碟掐的銀苗豆芽菜，一碟黃芽韭和的海蜇，一碟燒臟肉香腸兒，一碟黃炒的銀魚，一碟春不老炒冬筍，兩眼春桷，不一時擺在桌上。」這些小菜是很講究的，有葷有素，南北風味俱全。春不老是一種醃菜，現在保定特產之一，又名雪裡蕻。

還有一些小菜，如糖蒜、「五香瓜茄」「五香豆豉」「糟筍」「醬油浸的鮮花椒」「醬的大通薑」等，這些醃製的小菜綜合了南北風味，一般是早餐下飯用的。

書中一些小菜的名稱，已不復見於今日。比如「餶飿」，不知為何物。有人解釋說這是一種類似餛飩、水餃的麵食，但我認為餶飿即「骨朵」，也就是燒排骨。因其亦見於《夢梁錄》，在這部文獻中，「餶飿」與鮮蜇鮓、清汁田螺羹、薑蝦、海蜇、羊血湯等並列，而不在麵食品類中。

《金瓶梅》不僅寫了豪門與權貴的大筵小席，也更加著力描寫了平民的市井飲食，驢肉、蔥兒、蒜兒、豆腐菜兒、稗稻插豆子乾飯等。那個磨鏡子的老漢，想吃點臢肉都得不到。

至於西門慶家的日常飲饌，也多帶有市井特色。飲食習俗的市井化是與當時的商業社會有關聯的，商人忙於經營，各種成品的小吃和點心很適合他們的需要，可以隨時取來，方便快捷，這便有些「速食」的意味了。

六、幾樣麵食和小點心

《金瓶梅》所寫到的麵點之多，是令人歎為觀止的。品類之豐，花色之繁，使人目不暇接。餅類有炊餅、燒餅、卷餅、香茶餅、麵筋卷餅、松花餅（一種調以松花的甜餅。《清稗類鈔·松花餅》：「松至三月而花，以杖扣其枝，則紛紛墜落。調以蜜，作餅，曰松花餅」）、春餅、玫瑰鵝油燙麵餅、玉米麵蒸餅、烙餅、鳳香蜜餅、椒鹽餅、果餡金餅（餅面塗油，烤成焦黃色）、玫瑰餅（玫瑰花加糖製餡）、松花餅（一種調以松花的甜餅。《清稗類鈔·松花餅》：「松至三月而花，以杖扣其枝，則紛紛墜落，調以蜜，作餅，曰松花餅。」）、酥油松餅、糖薄脆（《養小錄·薄脆餅》：「蒸麵每斤入糖四兩，清油一斤四兩，水二碗，白麵五斤，加水和，捍開半指厚，取圓，粘芝麻入爐。」）、黃荷花餅（其形如荷花，大概也是一種薄餡餅）等等。

糕類則有黃米糕、花糕（又稱重陽糕，糕中摻有棗和栗子之類，參見《武林舊事》）、果餡壽字雪花糕（一種糯米糕。《清稗類鈔·雪花糕》：「以蒸糯搗爛，加芝麻屑與糖為餡，打成餅，再切方塊」）、裹餡涼糕（亦糯米糕，可冷吃。見《北平風俗類徵》）、檀香糕（製法不清楚）、乾糕（乾粉所製，類今綠豆糕）、玫瑰八仙糕（一種壽糕，有八仙人物飾其上），等等。

風味獨特的麵點還有艾窩窩，這是北京的一種形制精巧的清真小吃。又寫作愛窩窩，形如雪球，晶瑩潔白，入口黏軟甜香。《故都小食品雜詠·愛窩窩》：「白粘江米入蒸鍋，什錦餡兒粉面搓。渾似湯圓不待煮，清香喚作艾窩窩」。原注云：「愛窩窩，回人所售食品之一，以蒸透極爛之江米，待涼，裹以各色之餡，用麵粉搓成圓球，大小不一，視價而宜，可以涼食。又，窩窩頭，為北地粗惡食品也。」李光庭《鄉言解頤·開門七件事》：「窩窩社，小茶館兼賣點心者。窩窩以糯米為之，狀如元宵粉荔，中有糖餡，蒸熟，外糝薄粉，上作一凹，故名窩窩。田間所食，則用雜糧麵為之，大或至斤許，其下一窩如舊，而復之。茶館所製甚小，曰愛窩窩。相傳明世中宮有嗜之者，因名御愛窩窩。」艾窩窩甚受明時人所愛，常用來作為親友間之饋贈。比如孟玉樓原夫家楊姑娘，曾將十個艾窩窩送媒婆薛嫂，薛嫂歡天喜地收了。

還有一種酥油鮑螺，也極有名分。五十八回薛內相在西門慶家吃生日酒，端上來的

茶食中即有酥油蚫螺。應伯爵看見這件小點心「渾白與粉紅兩樣，上面都粘著飛金，就先揀了一個在口內。如甘露灑心，入口而化。」這種東西只有李瓶兒會「揀」，李瓶兒死後，也只有鄭愛月兒會做。六十七回鄭春（鄭愛月兒的弟弟）送了兩盒茶食給西門慶，西門慶揭開一看是一盒果餡頂皮酥，一盒酥油蚫螺，應伯爵說：「好呀，拿過來，我正要嘗嘗。死了我一個會揀蚫螺的女兒，如今又一個女兒會揀了。」先捏了一個放在口裡，又捏了一個遞與溫秀才道：「老先兒，你也嘗嘗，吃了牙老重生，抽胎換骨，眼見稀奇物，勝活十年人。」溫秀才吃了一個，果然入口而化。便說：「此物出於西域，非人間所有，沃肺融心，實上方之佳味。」應伯爵又說：「可也虧他，上頭紋留，就像螺紋一般，粉紅藕白兩樣。」這種酥油蚫螺，當是表面如螺螄狀的油酥小點心。

蚫螺，又作「泡螺」「鮑螺」「抱螺」「鮑酪」，溫秀才說「此物出於西域」，是賣弄之辭，並不準確。最知名的產地應是蘇州。張岱《陶庵夢憶》謂：

> 乳酪自駔儈為之，氣味已失……或煎酥，或縛餅，或鹽醃，或醋捉，無不佳妙。而蘇州過小拙和以蔗糖霜，熬之、掇之，為帶骨鮑螺，天下稱至味。其製法秘甚，鎖密房，以紙固封，雖父子不輕傳之。[5]

這裡已經說的很明白了。《陶庵夢憶》並非孤證，《清嘉錄·乳酪》援引錢思元《吳門補乘》云：「北街安雅堂鮑酪，為郡城第一」。其主要產地當在蘇州而非西域。

明方以智《物理小識》講蚫螺製法：

> 牛湩（即牛乳——何案）貯甕，立十字木鑽，兩人對牽，發其精液在面者杓之，復墊其濃者煎，撇去焦沫，遂凝為酥。其清而少凝者，曰醍醐。惟雞卵及壺蘆可貯不漏，有苴白糖為餅者，有作乳酪者，或少加羊脂，烘和蜜滴旋水中，曰抱螺。皆寒月造，切菜菔一二片去其膻。[6]

《清稗類鈔》亦記製做之法，云：

> 乾隆時，有以牛乳令百沸，點以青鹵鹽，使凝結成餅，佐以香秔米粥，食之絕佳。復有以蔗糖錫法製如螺形，甘潔異常。始於鮑氏，故名鮑螺，亦名鮑酪。

需要加以說明的是，這個製作蚫螺的方法不是乾隆時才有，南宋時就出現了，其名已載入《夢梁錄》和《武林舊事》，將它列入蜜餞糖果之屬。

5　張岱：《陶庵夢憶》卷四。

6　方以智：《物理小識》卷六〈醍醐酥酪抱螺〉。

從以上兩則筆記看出，鮑螺的製做方法十分複雜，怪不得鄭愛月半天才能「揀」一個呢。《金瓶梅》反覆寫到鮑螺，可見這種乳製品在當時確有「天大至味」之美譽的。

用奶油製做的小點心還有「酥油松餅」。

這種小點心具有鬆脆的特點，《重訂遵生八箋》卷十三〈酥餅方〉：「油酥四兩，蜜一兩，白麵一斤，按成擠入印模作餅，上爐，或用豬油亦可，蜜二兩尤妙」。

還有用鮮花加糖做餡製作的餅，如「玉米麵玫瑰果餡餅」。出現在書中第三十一回：「正說著，迎春從上邊拿下一盤子燒鵝肉，一碟玉米麵玫瑰果餡餅兒與奶子吃」。《金瓶梅》成書約在明萬曆間，玉米是明初才傳進中國來的，因此，明代視玉米為珍品，大戶人家才可能用玉米做點心。這種玉米餅以玫瑰加糖為餡，《廣群芳譜·玫瑰》：「采初開花，去其蠹蕊並白色者，取純紫花瓣搗成膏，白梅水浸少時，順研，細布絞去澀汁，加白糖再研極勻，磁器收貯任用，最香甜，亦可做餅。曬乾收用，全花白梅水浸，去澀汁，蜜煎亦可食。」書中還有玫瑰果餡蒸糕、香茶桂花餅等，亦屬此類小點心。

《金瓶梅》中最有名的麵點是武大郎的「炊餅」。「炊餅」因武大郎而名彪千古，它甚至完全成了一個飲食品牌。李志剛大廚經營《金瓶梅》菜，一直賣到了臺灣，在臺灣美食節上，「武大郎炊餅」每只50元新臺幣，天天被搶購一空，當地媒體稱之為「炊餅風暴」。

這炊餅是什麼餅？現在不少酒店都拿「武大郎炊餅」作招牌，上桌的卻是燒餅，這是完全不對頭的。炊餅不是燒餅，而是蒸餅，是用扇籠蒸出來的。這一點《金瓶梅》中已經寫得很清楚了，書中第二回，武松對他哥哥武大說：「有句話，特來和你說：你從來為人懦弱，我不在家，恐怕外人來欺負。假如你每日賣十籠扇炊餅，從明日始，只做五籠扇炊餅出去。每日遲出早歸，不要和人吃酒，歸家便下了簾子。」

蒸餅為什麼呼作「炊餅」呢？根源來自為避北宋仁宗皇帝趙禎的名諱。「禎」與「蒸」同音，所以就把「蒸」改為「炊」了。周密《齊東野語》卷四「避諱」條謂：「昔仁宗時，宮嬪正月為初月，餅之蒸者為炊」。在漢代，所有的麵食以「餅」統稱之，劉熙《釋名·釋飲食》：「餅，並也。溲麵使合併也。胡餅作之大漫沍也，亦言以胡麻著上也。蒸餅、湯餅、蠍餅、髓餅、金餅、索餅之屬，皆隨形而名之也」。沈自南《藝林匯考·飲食篇》卷三「粉類」謂：「名義考：凡以麵為餐具者，皆謂之餅。以火炕曰爐餅，有巨勝曰胡餅，漢靈帝所嗜者，即今燒餅，以水瀹曰湯餅，亦曰煮餅。束晳云：玄冬為最者，即今切麵，蒸而食者曰蒸餅，又曰籠餅。候思止令縮蔥加肉者，即今饅頭。繩而食者曰環餅，又曰寒具。框玄恐汙書畫，乃不復設，即今饊子。他如不托、起溲、牢九、冷淘等皆餅類。」上籠扇蒸的叫蒸餅，下鍋煮的叫湯餅，長圓形的叫蠍餅，以髓膏蜂蜜

和麵的叫髓餅。[7]在爐子裡烤的叫爐餅……不一而足。孟元老《東京夢華錄》卷四「餅店」：「凡餅店，有油餅店，有胡餅店。若油餅店，即賣蒸餅、糖餅、裝合、引盤之類。胡餅店即賣門油（何案：表面刷油的餅，即今烙餅）、菊花、寬焦、側厚（何案：寬焦，據方以智《通雅》卷三十九「飲食」，即今之薄脆，側厚即今之馬忠帝燒餅，形似馬蹄而得名）、油碢（何案：稱碢形的餅。碢同砣）、髓餅、新樣、滿麻（何案：兩面都粘有芝麻的餅）。每案用三五人捍劑卓花入爐，自五更桌案之聲，遠近相聞。唯武成王廟前海州張家、皇建院前鄭家最盛，每家有五十餘爐。」直到清代中期，餅才開始專指扁圓或長方扁形的麵食。

蒸餅本是北方人的常食，素有「玉磚」之稱。《本心齋疏食譜》贊之曰：「截彼圓玉，琢成方磚。有馨似椒，薄灑似鹽。」這種潔白如玉的蒸餅，切開後有椒鹽的清香，《清波雜誌》記載，宋高宗到臨安後，仍把這種麵食作為每人必食之物。李志剛大廚改良的炊餅，用牛奶和麵，椒鹽作心，先蒸後煎，色澤金黃，外酥裡軟，大受人們歡迎。

明代是一個美食的時代。美食家、名廚師輩出，而且也不斷有飲食專著問世，其影響較大者，如《宋氏養生部》（宋詡）、《易牙遺意》（韓奕）、《遵生八箋》（高濂）、《椒園雜記》（陸容）、《農政全書》（徐光啟）、《天工開物》（宋應星）等。

《金瓶梅》裡寫到的菜肴、點心、果品等有 200 多種，大大小小的飲宴場面近 250 起，從數量上比《紅樓夢》要多（《紅樓夢》寫了 60 多場飲宴），而且遠非同時代的說部可比，這個文學現象在我國小說史上，是絕無僅有的一個特例。從這大量的飲食描寫中，我們不僅領略了資本主義因素萌芽時代的奢靡的風尚，而且也看到了在如花雨般繽紛的飲食文化之中所蘊藉的對晚明社會的文化思考。

---

7 賈思勰：《齊民要素》卷九「餅法」第八十二「髓餅法」：「以髓脂蜜合和麵，厚四五分，廣六七寸，便著胡餅爐中令熟，勿令反覆。餅肥美，可經久」。

《金瓶梅》中的舶來品與明代海禁

　　第一次在文學作品中寫到了諸多的「進口貨」，同代說部中，沒有哪一部能出《金瓶梅》之右。

　　第十回，李瓶兒給梁中書作妾，外逃時即攜出了「一百顆西洋大珠」；

　　十二回，眾幫閒在麗春院陪西門慶吃花酒，臨走時祝日念「走到桂卿房裡照了照眼，溜了他一面水銀鏡子」；

　　十六回，李瓶兒對西門慶說：「奴這床後茶葉箱內，還藏著十斤沉香，二百斤白蠟，兩罐子水銀，八十斤胡椒。明日你都搬出來，替我賣了銀子，湊著你蓋房子使。」同一回還寫到了「南方勉甸國出來的勉鈴」；

　　十九回，蔣竹山藥房裡有「南海波斯國地道出產的冰片」；

　　四十二回，寫來昭妻一丈青熏衣被用「安息沉香」。這裡多說幾句，明代習慣，把外來香料都稱作「安息香」。《酉陽雜俎》載：「安息香出波斯國，其樹呼為辟邪樹，長三尺許，皮色黃黑，葉有四角，經冬不凋。二月有花，黃色，心微碧。不結實。剖皮，出膠如飴，名安息香」；

　　五十四回，西門慶東京慶壽誕，送蔡太師的禮單上，有「西洋布二十匹」……

　　這些都是舶來品。

　　明中葉以後，商品流通的渠道更加廣闊，不僅拓寬了國內市場，而且擴展到國外。由《金瓶梅》中上述描寫來看，當時進口的商品，不僅有香料、藥材、珠寶等，還有紡織品。這些商品不僅僅為官僚貴族階層所享用，民間一般富庶的人家也可以購得。

　　明開國之初，朝廷在廣州、寧波、泉州等地設市舶司，與海外進行著「朝貢式」的貿易。這種貿易是在朝廷的嚴格監管下進行的。至於民間同海外通商，則一律嚴禁。明王朝規定，「片板不許下海」「敢有私下諸番互市者，必寘之重法。」[1]並規定：「凡將馬、牛、軍需、鐵貨、銅錢、緞匹、綢、絹、絲、綿私出外境貨賣及下海者，杖一百，挑擔駄載之人減一等，物貨船車併入官。於內以十分為率，三分付告人充賞。若將人口軍器出境及下海者絞，因而走泄事情者斬。其拘官司及把守人之人通同挾帶，或知而故

---

footnote
1　《明太祖實錄》卷二二一。

縱者,與犯人同罪。」[2]

明代為海禁制定了不少禁律,侯家駒著《中國經濟史》卷下將其歸納為四點:

一、限造遠洋船隻——命令所有海船改為不適深海使用的平頭船(即不得建為尖底);凡擅造二桅以上違式大船,並將違禁品運往國外販賣者,正犯處以極刑,全家發邊衛充軍。

二、禁止商品出口——如前所開列商品,皆為禁止出口貨物。私運出海者打板子一百,貨物和船沒收。

三、禁止買賣香料——當時香料多為進口,故規定凡私買或販賣蘇木、胡椒至一千斤以上者,俱發邊衛充軍,貨物沒收。

四、禁止豪紳參與——凡豪勢之家出本辦貨,參與對外貿易,縱未親自出海,亦發邊衛充軍,貨盡入官;凡窩藏出口貨物,裝運下海者,以竊主問罪,枷號三月,鄰甲知情不舉,枷號一月。[3]

這同唐、宋、元時鼓勵海外貿易的情況,形成了十分鮮明的對比。

明張燮《東西洋考》卷七謂:

> 宋時,發舶海上,郡國有司,臨水送之。嘗登泉山,見刻石紀歲月甚夥。爾時典綦重雲。閩在宋元,俱設市舶司,國初因之,後竟廢。成弘之際,豪門巨室,間有乘巨艦,貿易海外者。奸人陰開其利竇,而官人不得顯收其利權,初亦漸享奇贏,久乃勾引為亂。至嘉靖而弊極矣。二十六年(1547),有佛郎機船,載貨泊浯嶼,漳泉賈人,往貿易焉。巡海使者柯喬,發兵攻夷船,而販者不止。都御史朱紈,獲通販九十餘人,斬之通都,海禁漸肅。

這位朱紈,以鐵腕處理通販商人,二十八年(1549)為御史所劾,仰藥自盡。「紈死,罷巡視大臣不設,中外搖手不敢言海禁事。」[4]然而,開國初期三寶太監鄭和七次下西洋,對有明一代政治經濟的影響,是深遠而廣泛的。雖然後來實行嚴屬的「海禁」政策,但朝廷中一再發生反對這個政策的鬥爭。

隨著經濟的不斷發展,海外貿易的要求日趨強烈。顧炎武《天下郡國利病書》第二六冊「福建」篇記:「蓋海外之夷,有大西洋、有東洋。大西洋則暹羅、東埔諸國,其國產蘇木、胡椒、犀角、象牙諸貨物,是皆中國所需;而東洋則呂宋,其夷佛郎機也,

---

2　明熊鳴岐:《昭代王章》卷二。

3　參見《中國經濟史》,北京:新星出版社,2008年。

4　《明史·朱紈傳》。

其國有銀山，夷人鑄作銀錢獨盛，中國人若往販大西洋，則以其產物相抵，若販呂宋，則單得其銀錢。是兩夷者，皆好中國綾緞雜繒，其土不蠶，惟藉中國之絲到彼，能織精好緞匹，服之以為華好，是以中國湖絲百斤，值艱百兩者，至彼得價二倍，而江西磁器、福建糖品果品諸物，皆所嗜好。」另外，朝廷為增加通海商稅，也日益感到開放海禁的必要。所以隆慶元年以後，禁海政策有所放寬了。朱載垕規定，可以「准販東西二洋」[5]。這算是官方正式的開禁，但其貿易活動仍要在朝廷的嚴密控制下進行。行商的船舶，必須持有朝廷發放的商引，而這商引的指標，又是極其有限的。

雖然律令禁嚴，但私人的海外貿易一直在以各種方式進行著。「五方之賈，熙熙水國，剡艅艎，分市東西路，其捆載珍奇，故異物不足述，而所貿金錢，歲無慮數十萬，公私並賴，其殆天子之南庫也。販兒視浮天巨浪，如立高阜；視異域風景，如履戶外；視酋長戎王，如捏幕尉。海上安瀾，以舟為田。兢兢挑釁導引之禁。」[6]「直隸、閩、浙濱海諸郡奸民，往往冒禁入海，越境回易以規利。」[7]當時產生了很多因通海而致巨富的商人，如林昱一人便擁有五十多艘通海商船。

像林昱這樣因通海而致富的商人很多，因海外販鬻往往可獲暴利，故趨之若鶩。特別是一些權貴勢要之家，或「往往私造海舟，假朝廷干辦為名，擅自下番」[8]，或「劫掠商貨以入倭」[9]。嘉靖時，下海通番者日增，海禁稍馳以後，「通海者十倍於昔矣」[10]。在《明史》卷一三九〈朱紈傳〉中，很生動地描繪了當時沿海地區地主、官僚營造海艦、下海通番的情景。

明人姚士麟《見只編》裡舉過蘭溪通海商人童華的一個例子：

> 童華，蘭溪人，以鉅資為番商。會海寇起，胡制府令華與汪、葉貿易，藉緩其兵。比汪、葉就縛，則商資盡矣，僅以功襲杭州衛指揮。余見華時，年已七十矣。華自言：「汪、葉既誅，部落死者萬人，雖授一官，而舉家十九人，一瞬為火藥所燎，蓋餌殺多命之報也。特為東南桑梓計，則吾不可謂無功，故餘一老命至今耳。」余因問其商海情狀，大抵日本所須，皆產自中國。如室必布席，杭之長安織也；婦女須脂粉，扁漆諸工須金銀箔，悉武林造也。他如饒之磁器，湖之絲棉，漳之

---

5   周起元：《東西洋考》序。
6   張燮：《東西洋考》周起元序。
7   《世宗實錄》卷一六六，嘉靖十三年八月。
8   《明宣宗實錄》卷七十。
9   王在晉：《越鐫》卷二十一「通番」。
10 丁元薦：《西山日記》卷上。

　　紗絹，松之棉布，尤為彼國所重。海商至彼，則必以貨投島主；島主猶中國郡縣官，先以少物為贄，島主必為具食。其烹煮雖與中國殊，然醯、醬、椒、薑，種種可口。肴果亦有數十器，必一器盡，撤去，更置一器。其貨悉島主議之，低昂既定，然後發市，信價更不易也。

謝肇淛也說：

　　海上操舟者，初不過取快捷方式，往來貿易耳。久之漸習，遂之夷國。東則朝鮮；東南則琉球、呂宋；南則安南占城；西南則剌迦、暹羅，彼此互市，若比鄰然。又久之，遂至日本矣。夏去秋來，率以為常。所得不貲，什九起家。於是射利愚民，輻輳競趨，以為奇貨；而権采之中使，利其往來稅課，以便漁獵。縱令有司給符繻與之，初未始不以屬夷為名。及至出洋，乘風掛帆，飄然長往矣。[11]

海外貿易的風險也是很大的，首先是海上風急浪高，隨時會有不測之事發生，明人李紹文《雲間雜識》卷中記：「近來中國人都從海外商販，至呂宋地方獲利不貲，松人亦往往從之。萬曆三十七年，焦慎君偕一僕商於彼，歸而渡海為六月十八日，舵壞，風飄至鬼山。山不甚高，長可百里，有廟在上，中多白骨。廟內外，白鏹遍地。不幸舟過其下，即為亂石所破，有死而已。於是有力者剖海舟，裂綿編筏作歸計，焦亦令僕佐之。編訖，僕舉身跳筏曰：『官人不得相顧矣』。焦號泣呼之不應。不意筏輕浪大，遙見諸人盡溺，而僕亦飽魚腹矣。所存惟貯水一器頗巨，焦以三木架其三面，而與同事三人共坐其中，解裙為帆，時二十四日也，日啖生米少許，幸風馳三日夜，見漁舟疾呼救命，出大銀錢贈之，漁人翼其舟，知為閩地，月餘抵家。」這是一個遇險生還的案例，而鬼山寺廟前後散落的遍地白骨、白鏹，又言說著有多少商旅葬身於風波之中。所以有些商家便網羅社會上的塵子棄兒，養如所出，長大了讓他們去從事海上貿易，「其存亡無所患苦」。[12]

　　李金明先生認為，當時走私貿易可分為四種形態：一為出遠洋，逕赴東北亞與東南亞各國從事長途販運貿易的民間商人，經常是幾十艘結隊同行；一為沿海守禦官軍執法犯法，私自遣人或役使軍士，利用所轄海船到國外從事走私貿易，以圖私利；一為奉命出使外國的官員乘機載運私貨，或夾帶商人至國外進行走私貿易（常為明廷所允許）；一為在沿海一帶走私。這種形式實際上是國內走私貿易。走私貿易的港口，多懸居於海洋之中，如浙江定海的雙嶼，廣東的南澳，還有福建詔安的走馬溪。[13]

11　《五雜俎》卷四。

12　參見明何喬遠：《閩書》卷三八〈風俗志〉。

13　參見《中國經濟史》援引李金明：《明代海外貿易史》第五章。

　　除了風波之險，更有海盜為虐。自海禁初開，「東南海寇，日甚一日」[14]，明人葉權《賢博編》謂：「海寇之變，始於浙東，而終於浙西。方嘉靖丙午、丁未（1546、1547）間，海禁寬馳，浙東海邊勢家，以絲緞之類，與番船交易，久而相習。來則以番貨托之，後遂不償其值，海商無所訴。一旦突至，放火殺數十人，勢家緣宦力，官為達於朝，朱九巡撫執之出以此。朱至浙，又禁過嚴，海商之留者不得去，去者不得歸，因引誘為亂。」海寇中有一部分為出海商人所演化，如胡憲宗《籌海圖編・嘉靖平倭通錄》所指出的「市通則寇轉而為商，市禁則商轉而為寇。」這些海寇商人在海防鬆馳時勾引倭人入侵，終釀成「嘉靖倭患」。

　　尤其是福建沿海一帶，「田盡斥鹵，耕者無所望歲，只有視淵若陵，久成習慣。富家徵貨，固得捆載歸來，貧者為傭，亦博升米自給。一旦戒嚴，不得下水，斷其生活，若輩悉健有力，勢不肯搏手困窮。於是所在連接為亂，潰裂以出。」[15]海禁使閩人喪失了生存條件，不得已鋌而走險。「嘉靖倭患」的數萬海寇中，漳州、泉州人就占了大半。福建巡撫譚綸於嘉靖四十三年上疏，將「寬海禁」作為第一要務。

　　雖有風波之險，海寇之擾，但通海的商家為巨大的利益所趨動，卻敢於拚著一己性命，向風波浪裡抵押自己的命運。

　　正是海外貿易的這種非正常化的發展狀態，推動了晚明商品經濟的勃興。這一點在《金瓶梅》中雖無正面描寫，但也露出了端倪。

---

[14]　明鄭曉：《鄭端簡公今言類編》二。
[15]　《東西洋考》。

商品社會裡的眾生相

《金瓶梅》是在一個新型商業社會的五臟六腑裡孕育出來的。

《金瓶梅》時代，正是世界歷史由封建主義向資本主義社會的過渡時期，中國的晚明社會，也同樣面臨著變革性的轉型。

《金瓶梅》的最顯著的特點，是「寄意於時俗」。它展示給世人的，是一個活色生香的世俗生活的大世界：

——全書一百回，複現了有名有姓的人物凡八百餘人，複現率最多的人物關係有祖孫、父子、母女、姊妹、兄弟、夫妻、妻妾、翁婿、叔嫂、叔侄、舅姑、姨表、姑表、主僕等等，幾乎囊括了中國家庭和親戚關係的全部對應稱謂。

——書中複現率最多的事件是日用家常，有經商、謀財、造房、擴院、飲食、遊戲、串親、迎客、吵罵、鬥毆、閒聊、嫖妓、做愛、生子、祝壽、聽戲、弄花、鬥草、占卜、誦經、婚娶、出殯等。可謂一部民情民俗百科全書。

更為重要的是，《金瓶梅》第一次用藝術筆法，勾勒了明代民間百業經營圖卷，其人物職業數十百種，有官員、隸員、船家、轎夫、獵戶、賣婆、媒婆、巫婆、收生婆、布販、鹽商、銀匠、畫匠、泥瓦匠、教書匠、酒保、醫生、優伶、江湖戲子、雜耍藝人、道士、和尚、尼姑、攬頭、仵作、裁縫、銀匠、箍桶匠、相士、風水先生、賣炊餅的、賣餶飿的、賣水果的、賣棗糕的、賣翠花的、賣棺材的、磨銅鏡的、開旅店的、開當鋪的、開藥鋪的、開磨坊的、開紙張鋪的、開綢緞鋪的、開絨線鋪的、代人寫狀紙的，乃至於巢子（私娼）、妓女、乞丐、偷兒、強盜、幫閒、地痞……林林總總，萬花筒般砌築起一個芸芸眾生的畫廊。

陳寶良《明代社會生活史》謂：「明代社會分工之細，從行業的分工已經得以看出。很多單個行業已經具有了相當狹窄的專門性質。明代小說《拍案驚奇》，已經明確說明當時有三百六十行之多。明初，僅江寧縣規定要為官府服鋪行之役的行業，就有緞子、表綾、絨線、零布、改機、腰機、包頭、手帕、紵絲、羅紗、縐紗、打綿、荷花、油灰、枕頂、故衣、重紙、抄紙、零紙、紙扇、扇面、扇骨、表背、經書、畫、冥衣、紙馬、翠花、染紙、花盍、賣鐵、鐵鍋、倒金、金箔、金線、打銀、筆、傾銀、賣銅、打銅、銅錢、碎銅、底皮、船板、打錫、酒坊、磨坊、柴炭、墨、鐵鎖、琉璃、打刀、香蠟、

雜物、油坊、桐油、果子、停塌、油燭、生漆、靴、醫藥、生藥、皮熟、顏料、賣鈔、
廚師、銷金、活豬、活羊、雞鵝、乾魚、鹽、染房、木匠、瓦匠、鮮魚、草席、賣木、
賣竹、斜木、木桶、包索、盒桓、氈、卓器、冠帶、頭巾、網巾、僧帽、裁縫、茶食、
打鍛、天平、米豆、料磚、麻、傘、銅錠、鉸紙、金銀錠等上百個品種。而正德《江寧
縣誌》的記載，也證明了江寧縣的鋪行有一百零四種種之多。」

　　《金瓶梅》的「百業萬花筒」中，更多的是「末作之民」，這是明中期以後農村人口
分化和等級制度解體使然。「四民」的概念實際上到了宋代就已經被擴大化了，王禹偁
在一份上疏中說：「古有四民，今有六民」。增加的那兩「民」，即是兵和僧。明立國
之初，朱元璋感到「四民」概念的擴大演變是件很危險的事情，所以他立了一系列法律，
使他統治的臣民重新安於「士、農、工、商」四個等級。朱元璋在〈大誥續編序〉中說：

> 上古好閒無功，造禍害民者少。為何？蓋謂九州島之田皆繫於官，法井以給民。
> 民既驗丁以授田，農無曠夫矣，所以造食者多，閒食者少。其井閭之間，士夫工
> 技，受田之日，驗能准業，各有成效，法不許誑。由是士農工技，各知稼穡之艱
> 難。所以農盡力於田畝畝，士為政以仁，技藝專業，無敢妄謬，維時商出於農，
> 賈於農隙之時。四業題名，專務以三：士、農、工。獨商不專，易於農隙。此先
> 王之教精，則野無曠夫矣。[1]

朱元璋認為，古代的社會長治久安就在於「四民」分別，各有所營。沒有遊手好閒的人。
所以他要恢復小農經濟，重建「四民」分立的社會結構。由此，他近而提出了「新四民」
說，把「商」改為「技」（即各行各業的技術人員），認為「商」不應再是獨立的存在，農
民在農業生產的間隙或農閒時可以從事商業活動。

　　對其它社會階層，如宗教人士，則進行嚴密控制，醫、卜之類的從業人員，也只能
安於本土，不能到遠處去經營。「有不事生業而遊惰者，及舍匿他境遊民者，皆遷之遠
方。」[2]

　　隨著社會經濟的逐漸恢復，社會流動的日趨頻繁，以及城市的勃興，明代中期以後，
社會結構發生了很大的變化。朝廷賦役的加重，農村土地兼併加劇，很多農民失去土地，
不得不到城市尋找生存之地，於是社會力量發生了新的重組，社會職業亦迅速分化，傳
統的「四民」之說已無法規範社會各階層力量的新變化。明人姚旅《露書》中，即提出
了「二十四民」之說。所謂二十四民，是在「士、農、工、商、兵、僧」之外，增加了

1　朱元璋：〈大誥續編序〉，《全明文一》卷三十。
2　《明太祖實錄》卷一七七，洪武十九年四月壬寅條。

十八民，分別是道士、醫者、卜者、星命、相面、相地、弈師、馹儈、駕長、舁夫、篦頭、修腳、修養、倡家、小唱、優人、雜劇、響馬賊。這新增的十八民，亦多見於《金瓶梅》中。

這些全是「不稼不穡」之民。用《金瓶梅》裡的話說，是「女不織，男不耕，專以賣俏為營生」。《金瓶梅》中，除了那些賣力氣和技藝的船家（「艄子」陳三、翁八除外，他們是與苗青共同謀殺了苗員外的凶手）、轎夫、獵戶、銀匠、畫匠、泥瓦匠、箍桶匠之外，其它如賣婆、媒婆、遊醫、和尚、道士、相士、算命先生、打手、偷兒、幫閒等輩，全應列在「遊民」之列。

形形色色的行業，自然有形形色色的人物。

我們來看看這些人物是如何有血有肉地活在《金瓶梅》的「百業萬花筒」中。

一、攬頭

在《金瓶梅》百業萬花筒中，「攬頭」這個職業頗具有「新社會階層」的意義。

攬頭本指包攬活計的人，猶言「包工頭」，但在這裡卻專指包攬朝廷和官府買賣的承包商。

《金瓶梅》中著名的攬頭是李三（智）、黃四。有一天，應伯爵告訴西門慶：「攬頭李智、黃四派了年例，三萬斤香蠟等料錢撥下來，該一萬兩銀子，也有許多利息。」西門慶見錢眼開，說：「我哪裡做他攬頭，以假充真，買官讓官。我自家做了罷，敢量我拿不出一二萬兩銀子來？」西門慶最後還是給他們提供了一千五百兩銀子的借貸，講明「每月行利五分」。薛嫂說西門慶「東平府販香蠟，江湖上走標船」，這一類生意他自是不會輕易放過的。

明中葉以後，封建統治者奢侈之風再度盛行，皇帝運用專制獨裁的權力，大肆揮霍。僅黃蠟一項，用量年年劇增。「國初用黃蠟，不過三萬斤，景泰天順間，加至八萬五千斤，成化以後，加至十二萬斤。」[3]之後，朝廷要「歲用黃蠟二十餘萬斤，白蠟十餘萬斤，香品數十萬斤」[4]。這麼多的香蠟，由「攬頭」承包下來，向民間採購，官府用地畝稅支付，一些奸商便借此便利大把賺錢。

僅珠寶一項，萬曆十四年、二十七年、二十八年中，朝廷中購買銀資平均每年在一百萬兩左右。萬曆二十八年，吏部侍郎馮琦的奏批中披露，「買辦珠寶之額以二千四百

3　　清萍浪生：《夢言》卷三。

4　　《明書》。

萬」。5

　　明劉鑾《五石瓠》卷記：

　　　　皇后一珠冠，費至六十萬金。珠之大者，每顆重八分，然亦無幾也。及其上賓，則此冠藏之太廟，盡中官盜毀之，朝廷不問，豈非暴殄哉！

不僅香蠟、珠寶之類的奢侈品，紡織品甚至成衣也是需要民間商賈採辦的大項。明范守己《曲洧新聞》卷二記：

　　　　上將大婚時，遣司禮監隨堂孫隆來蘇、杭等府，督造袍服，計共七千餘套，約用工料十萬餘兩。已而蘇湖大水，帑藏積金，搜刮已竭，無可加徵者。填撫大中丞為請於上，得減其半。予在雲間時，見其所織，多錯彩二色錦，幅闊二尺有半，匹長四丈，厚比五銖錢。亦有金地羅、金地紗、絹地羅之類，皆厚重不可服，不知何用。又有鋪地錦者，闊厚倍常，宮寢中用以鋪地，尤可惜也。時歲時將暮，促織燈籠錦進用，皆錯彩為殿閣燈球形，藏蕤炫耀，蓋三宮所服，為元宵日宴賞也。又有飛花布，匹用工料五兩，細膩而已，無他其絕。

明中葉以後，由於賦稅的日益貨幣化，召商買辦的貨物也越來越多。《金瓶梅》第五十一回有工部主事安忱奉命差往荊州運皇木，過路來見西門慶的情節。六十五回敘述了敕命太尉朱勔往江南湖湘採辦花石綱，七十八回更詳細地描述了朝廷大興土木修造艮嶽，又行文天下向各省派購古器，這筆生意書中描寫甚為詳細：

　　　　晚夕，只見應伯爵領了李三見西門慶，先道外日承攜之事，坐下吃茶畢，方才說起：「李三哥來，今有一宗買賣與你說。你做不做？」西門慶道：「端的甚麼買賣？你說來。」李三道：「今有朝廷東京行下文書，天下十三省每省要萬兩銀子的古器。咱這東平府坐派著二萬兩，批文在巡按處，還未下來。如今大街上張二官府，破二百兩銀子，幹這宗批要做，都看有一萬兩銀子尋。小人會了二叔敬來對老爹說，老爹若做，張二官府拿出五千兩來，老爹拿出五千兩來，兩家合著做這宗買賣。左右沒人，這邊是二叔和小人與黃四哥，他那邊還有兩個夥計，二八分錢使。未知老爹意下如何？」西門慶問道：「是甚麼古器？」李三道：「老爹還不知，如今朝庭皇城內新蓋的艮嶽，改為壽嶽，上面蓋起許多亭台殿閣，又建上清寶籙宮、會真堂、璿神殿，又是安妃娘娘梳妝閣，都用得著這珍禽異獸，周

5　《馮北海先生集》卷十八。

彝商鼎，漢篆秦爐，宣王石鼓，歷代銅鞮，仙人承露盤，並稀世古董，玩器擺設，好不大興工程，好少錢糧！」西門慶聽了，說道：「比是我與人家打夥兒做，我自家做了罷。敢量我拿不出這一二萬兩銀子來！」李三道：「得老爹全做又好了，俺每就瞞著他那邊了。左右這邊二叔和俺每兩個，再沒人。」伯爵道：「哥，家裡還添個人兒不添？」西門慶道：「到根前再添上賁四，替你們走跳就是了。」西門慶又問道：「批文在哪裡？」李三道：「還在巡按那邊，沒發下來哩。」西門慶道：「不打緊，我這差人寫封書，封些禮，問宋松原討將來就是了。」李三道：「老爹若討去，不可遲滯。自古兵貴神速，先下米的先吃飯。誠恐遲了，行到府裡，乞別人家幹的去了。」西門慶笑道：「不怕他，設使就行到府裡，我世還教宋松原拿回去就是。胡府尹我也認的。」

這一單利潤豐厚的生意，可惜批文跑辦下來，西門慶卻死了。最後還是便宜了李三、黃四。

除此之外，邊防所需的糧草、被服、馬革以及朝廷所需的金箔、手工業品等，也無不召商採辦。一些商賈趁此機會營私舞弊，大謀暴利。或以次充好，「向之所輸糧豆，未盡乾潔，草束未盡鮮黃，上納未盡足數。」[6]正統九年五月，僅是向山海衛、永平兩倉所輸納的粗雜不合格糧食，被指控的商人竟達五百五十二人之眾。[7]萬曆時徽商王天俊為朝廷採辦皇木十六萬根，他「依把勢要」，夾帶私木，以次充好，以少作多，僅逃稅一項，就達二萬三千餘兩，共虧庫銀五六萬兩之多。[8]由此，一些不法商人驟成暴富。

二、媒婆

媒婆，是三姑六婆之一。《輟耕錄》卷十謂：「三姑者，尼姑、道姑、卦姑也；六婆者，牙婆、媒婆、師婆、虔婆、藥婆、穩婆也。」

《金瓶梅》中的媒婆，全是「一丈水十丈波」的角色。

第一個出場的媒婆是王婆。

王婆是《金瓶梅》幾個媒婆中著墨最多的一個。

王婆三十六歲死了丈夫，自己帶著一個兒子過活，以開茶坊為業，但她並不守本分，「積年通殷勤，做賣婆，做牙婆，又會收小的，也會抱腰，又善放刁」，她自稱：「我家

6　《明神宗實錄》卷十七。
7　《明英宗實錄》卷一一六。
8　賀仲拭：《兩宮鼎建記》卷之上。

賣茶，叫做鬼打更。三年前十月初三日下大雪，那一日賣了一個泡茶，直到如今不發市，只靠些雜趁餬口。」西門慶曾問她如何叫做雜趁，她說：「迎頭兒跟著人家說媒，次後攬人家些衣服賣，又與人家抱腰、收小的，閒常也會做牽頭，做馬泊六，也會針灸看病，也會做貝戒兒。」（按：「貝戒兒」，是《金瓶梅》裡多次用到的「拆白道字」，二字合起來是個「賊」字，王婆說她也會做賊）這王婆有一張能把死人說活了的嘴，「開言欺陸賈，出口勝蕭何。只憑說六國唇槍，全仗話三齊舌劍。……藏頭露尾，攛掇淑女害相思；偷寒送暖，調弄嫦娥偷漢子。」她的拿手好戲是做「馬泊六」，給不正當的男女做牽頭。

西門慶走路時意外被潘金蓮的簾叉桿打了，覷見潘氏美貌，「先自酥了半邊」，恰似收了三魂六魄一般。到家尋思：「好一個雌兒，怎能勾得手」？猛然想起那間壁賣茶王婆子來，於是一連幾天、一天幾次，到王婆茶坊裡來打聽。王婆早把那時情況看了個滿眼，猜著了西門慶的心思，偏偏不參西門慶的話頭，只是「繞路說禪」，說些不著邊際的「風」話，去撩撥西門慶，直撩撥得西門慶「茶飯懶吃，做事沒入腳處」，一步步讓這個鬼精鬼靈的媒婆子牽著鼻子走。直到西門慶從身上摸出一兩一塊銀子，並答應會付給她一筆豐厚的酬勞（十兩銀子），她才哈哈笑了，把西門慶心思一語說破。通過她給西門慶說的偷情的五件事和定的十件「挨光計」，不難看出她是這一行當的老手：

> 王婆道：「大官人，你聽我說：但凡『挨光』兩個字最難。怎的『挨光』？似如今俗呼偷情就是了。要五件事俱全，方才行的。第一，要潘安的貌；第二，要驢大行貨；第三，要鄧通般有錢；第四，要青春少小，就要綿裡針一般，軟款忍耐；第五，要閒工夫。此五件，喚作『潘、驢、鄧、小、閒』。都全了，此事便獲得著。」

西門慶說他這五件全有，王婆道：「大官人，你說五件事俱全，我知道還有一件事打攪，也多是成不的。」西門慶問何事打攪，王婆說：「大官人，休怪老身直言：但凡挨光最難十分，肯使錢到九分九釐，也有難成處。我知你從來慳吝，不肯胡亂便使錢，只這件打攪。」西門慶忙說：我只聽您的。她又拿捏了半天，急得西門慶一個勁表態：「作成我則個，恩有重報」，她才說：「老身這條計，雖然入不得武成王廟，端的強似孫武子教女兵，十捉八九，著大官人占用。」然後把如何勾引潘氏的十個步驟，一步步拆解開講給西門慶聽。從「一分光」到「十分光」，點水不漏，說得西門慶心花怒放，連稱「端的絕品好妙計」。王婆趁機提醒：「卻不要忘了許我那十兩銀子」。

西門慶依計而行，潘金蓮果然入其彀中。

西門慶死後，吳月娘讓王婆發賣潘金蓮，她又一次表現了一個馬泊六的老辣和貪婪。先後幾次與守備府管家、陳經濟和武松的討價還價，狠賺了一把，卻終把潘金蓮和她自

己送上了不歸路。潘金蓮的悲劇命運，固然有她性格的原因，但與王婆這個人物是分不開的。

其它如薛嫂、文嫂、馮媽媽也是一路貨色。

薛嫂這個人物在書中雖不如王婆重要，但卻也少她不得。她是西門慶女兒西門大姐與陳經濟說合婚事的媒人之一（保媒者還有文嫂），西門慶娶了婦婆孟玉樓，又是她保媒牽線兒。在說娶孟玉樓這件事上，薛嫂充分展現了她作為媒婆的才幹。她首先以玉樓之財富打動西門慶，對西門慶誘之以利，又為西門慶出謀劃策，讓他去打通楊姑娘的門路，使西門慶順利地娶到了孟玉樓。薛嫂憑著這層關係，與西門慶家眾多妻妾打得火熱。潘金蓮與陳經濟偷情，也求她傳遞信息。吳月娘要發賣春梅，找的也是薛嫂，孫雪娥也是經她之手被賣到了妓院。西門的興衰聚散的過程中，處處能看到薛嫂的影子。她憑一張巧嘴，左右逢源，八面玲瓏，她身上沒有是非觀念，也沒有任何道德標準，誰有錢誰就是主子，為了能掙到錢什麼齷齪事全敢做。這個人物是《金瓶梅》芸芸眾生的一個縮影。

文嫂是西門慶情通林太太的牽頭兒，這個林太太是王昭宣遺孀，是個貴婦人。西門慶從妓女鄭愛月那裡知道這林太太「專在家，只送外賣」，「文嫂兒單管與他做牽兒，只說好風月」。西門慶心癢，便讓玳安去尋文嫂。文嫂知道西門慶是個色狼，故意吊他的胃口，玳安上門找她，她推故不見，及見了，又故意推三推四。到了西門慶家，西門慶把話兒挑明了，她仍然拿捏著，直到西門慶從袖子裡取出五兩一錠銀子與她，她還是端著架子不肯放下來：

> 文嫂道：「若說起我這太太來，今年屬豬，三十五歲，端的上等婦人，百伶百俐，只好三十歲的。他雖是幹這營生，好不幹的最密。就是往哪裡去，許多伴當跟著，喝著路走，徑路兒來，徑路兒去。三老爹（按：指林太太兒子王三官兒）在外為人做人，他原在人家落腳兒？這個人說的訛了。到只是他家裡深宅大院，一時三老爹不在，藏掖個兒去，人不知鬼不覺，倒還許說。若是小媳婦那裡，窄門窄戶，敢招惹這個事？說在頭上，就是爹賞的這銀子，小媳婦也不敢領去，寧可領了爹的言語，對太太說就是了。」西門慶道：「你不收，還自推脫，我就惱了。事成，我還另外賞幾個綢緞你穿。你不收，阻了我？」文嫂道：「愁你老人家沒也怎的？上人著眼覷，就是福星臨。」磕了個頭，把銀子接了。

文嫂從心裡是不願放棄西門慶這個主顧的，但她清楚西門慶的性子，一定要牽著他鼻子走，才能多榨出些油水來，果然西門慶又下了一注，答應事成後還有獎賞，給她幾匹綢緞，這才接了銀子。文嫂不但有一張王婆和薛嫂的好嘴，也比她們更多一些心計。

馮媽媽是李瓶兒的養娘，李瓶兒小時，她就服侍李瓶兒。李瓶兒出嫁後，一直把她

帶在身邊。李瓶兒嫁給西門慶後,她留下來看守舊房子,經常到西門府上去看瓶兒。她業餘職業是做媒婆,兼買賣丫鬟,夏花兒就是經她手賣到西門慶家的。東京蔡太師的管家翟謙讓西門慶物色一個小妾,是她牽線找上了韓道國的女兒韓愛姐,後又牽線讓西門慶同韓道國的老婆王六兒勾搭到一起。她如何遊說王六兒?仍是以錢財來打動:

> 兩個一遞一口說勾良久,看看說的入港,婆子道:「我每說個傻話兒,你家官兒(指王六兒的丈夫韓道國)不在,前後去的恁空落落的,你晚夕一個人兒,不害怕麼?」婦人道:「你還說哩,都是你弄的我。肯晚夕來和我做做伴兒?」婆子道:「只怕我一時來不到,我保舉個人兒來與你做伴兒,你肯不肯?」婦人問是誰,婆子掩口笑道:「一客不煩二主,宅裡大老爹昨日到那邊房子裡,如此這般對我說,見孩子去了,丟的你冷落,他要來和你坐半日兒。你怎麼說?這裡無人,你若與他凹上了,愁沒吃的、穿的、使的、用的?走上了時,到明日房子也替你尋得一所,強如在這僻格剌子裡。」

這一番話,自然打動了王六兒。王六兒同西門慶「凹」上之後,果然如馮媽媽所說,得了好少的甜頭,吃水不忘挖井人,她同馮媽媽的關係也日逐親近起來。李瓶兒死後,馮媽媽就經常在王六兒那裡走動了。

三、醫生

《金瓶梅》中寫到了不少醫生。這些醫生大多是心術不正的庸醫。

第一個出場的醫生是蔣竹山。這蔣竹山,字文蕙,原是太醫出身,「其人年小,不上三十,生的五短身材,人物飄逸,極是個輕浮狂詐的人」。西門慶曾對潘金蓮說他「單愛外裝老成,內藏奸詐」。西門慶因犯官司中斷了與李瓶兒的親事,李瓶兒見不到西門慶,抑鬱成疾,請蔣竹山來診治,他乘虛而入,招贅成親。李瓶兒又湊了三百兩銀子,給他開生藥鋪,但沒過兩個月,便對這個中看不中吃的「銀樣蠟槍頭」產生了厭惡,罵得蔣太醫狗血噴了臉。西門慶事平之後,佈置了兩個搗子上藥鋪尋釁,狠打了蔣竹山,砸了他的藥鋪,蔣竹山終被李瓶兒罵得離門離戶。

其它幾位醫生,如胡太醫、趙太醫、任醫官、何老人等,也都是一群庸碌之輩。《金瓶梅》寫到這些庸醫,必以辛辣筆墨刺之。第六十一回,李瓶兒病重,西門慶請了一撥又一撥醫生來診視,在那一個回目裡,諸多醫生集體亮相。

最先到的是任醫官。這個人第一次露面在第五十四回。他也是太醫,名後溪,是常到西門慶家走動的醫生。官哥、李瓶兒、西門慶都讓他看過病。這個人也是「言談滾滾」,

卻無真才實學。這一回給李瓶兒診病，他講出了一大套醫理：「老夫人脈息，比前番甚加沉重些。因情感傷，肝肺火太盛，以致木旺土虛，血熱妄行，猶如山崩而不能節制。」但吃下他的藥去，卻「其血越流不止」。可見這任醫官是個「嘴把式」，真正治病卻不在行。他待病家倒是十分謙恭，「遇著一個門口或是階頭上或是轉彎處就打一個半喏的躬，渾身恭敬，滿口寒溫」。這其實正是庸醫慣技。

緊接著西門慶又為瓶兒請來了胡太醫。

這胡太醫，又稱「胡鬼嘴兒」，也是西門府上走熟了的。雖稱太醫，卻非太醫院出身，只是個江湖郎中。這回他診斷之後，說李瓶兒是「氣沖血管，熱入血室」。取將藥來吃下去，「如石沉大海一般」。胡太醫先後為花子虛、李瓶兒、西門慶看過病，都沒有奏效的記錄，唯一成功的範例是給潘金蓮配了打胎的藥。

緊接著，西門慶又讓小廝去請東門外住的看婦科的趙太醫，名喚趙龍崗。趙太醫還沒到，喬親家引薦的一位何老人來了。這位何老人年過八十，喬大戶介紹他：「咱縣門前住的行醫何老人，大小方脈俱精。他兒子何歧軒，見今上了個冠帶醫士（承應官府的醫生）。」

正說著，東門外的那個趙太醫來到。

他一落座，就自報家門：「在下小子，家居東門外，頭條巷二郎廟三轉橋四眼井住的，有名趙搗鬼便是。平生以醫為業，家祖見為太醫院院判，家父見充汝府良醫，祖傳三輩，習學醫術，每日攻習王叔和（按：魏晉時著名醫學家）、東垣勿聽子（按：金代名醫李杲），《藥性賦》《黃帝素問》《難經》《活人書》《丹溪纂要》《丹溪心法》《潔古老秘訣》《加減十三方》《千金奇效良方》《壽域神方》《海上方》，無書不讀，無書不看。」然後又有一段韻文自述生平：

> 我做太醫姓趙，門前常有人叫。只會賣杖搖鈴，哪有真材實料。行醫不按良方，看脈全憑嘴調。撮藥治病無能，下手取積兒妙。頭疼須用繩箍，害眼全憑艾蘸。心疼定敢刀剜，耳聾宜將針套。得錢一味胡醫，圖利不圖見效。尋我的少吉多凶，到人家有哭無笑。正是：半積陰功半養身，古來醫道通仙道。

這段韻文是《金瓶梅》作者寫下的一段諷刺文字，哪裡會有誰這麼埋汰自己？接下來，趙太醫給李瓶兒診病，說此疾「非傷寒則為雜症，不是產後，定然胎前。」西門慶說：「不是此疾。」趙太醫又說這病是吃多了撐的：「敢是飽悶傷食，飲饌多了。」西門慶說：「他連日飯食統不十分進。」趙太醫又道：「莫不是黃病？」（按：即黃疸）西門慶說：「不是。」又說：「多管是脾虛泄瀉？」西門慶說：「也不是泄疾。」想了半天，又說：「我想起來了，不是便毒魚口，定然是經水不調。」便毒魚口，是男科病症，女人怎麼會得

男科病呢，更是不靠譜了。待開了藥方，都是巴豆、甘遂、碙沙、藜蘆、蕛花之類的巨毒藥，西門慶氣得命令小廝把他又出門去。

何老人的藥吃下去，一樣是絲毫沒有起色。

後來西門慶自己因貪欲得了脫陽之症，任醫官、胡太醫、何老人兒子何春泉、專看瘡毒的遊醫劉橘齋等來診視，結果一樣是群醫束手。

滿街是這樣騙錢的庸醫，病人的遭遇，就可想而知了。

在明代，醫生是與江湖術士並列的。在地方上，則是醫學與陰陽學並設，人們對醫生視同術士。傳統中醫講究「望、聞、問、切」，到了明代，一般多採用切脈，尤其碰上女性患者，「望」「聞」二法幾乎不講，庸醫殺人如芥，有一首歌謠說：「把腕兒綽劬，搖杖兒下針。無倒斷差寸分，幾文錢堪做本。瀉殺了好人，治活了歹人，趁我十年運。」把一個庸醫形象，活畫了出來。

四、術士

明代有「四術」，即醫、卜、相、巫。所謂江湖術士，指的就是這四類人。這些人中的上等者往往出入於官府，遊於公卿之門。下等者則遊走於各地碼頭，走街串巷，憑一張嘴混口飯吃。

《金瓶梅》中寫到的迷信活動，最多的便是問卜、打卦、相面、測字兒、演禽、圓夢、求籤、建醮、魘魅、「回背」、收驚、謝土、灼龜、解禳等等，書中的職業術士，有巫婆劉婆子和她的丈夫劉理星、有施灼龜、買卜者黃先生、相面的吳神仙、有陰陽生徐先生。兼職術士有五嶽觀的潘道士、有專行燒紙的錢痰火、有法華庵的薛尼姑等等。

對上述活動和此一類人物，《金瓶梅》中著墨最多。

作為一個有著深厚的封建傳統的農業國，中國古代人由於對自然的依賴和對專制力量的屈從，使他們不能掌握自己的命運，只能崇信神和上天的昭示。因此，中國意識形態的產品，多同占卜有著密切的聯繫。中國古代關於占卜的書籍、文獻非常之多，僅《漢書》所列，已達一百九十餘家，兩千五百二十八卷。《史記》中的占卜專卷，除《天官書外》，尚有《日者列傳》《龜策列傳》等。明代，知識界普遍認為，卜筮之法是聖人所立，如明人吳廷翰《櫝記》卷上〈卜〉所言：「卜筮聖人所立，蓋聖人至公無私之心，不敢其謂已至此也，而必質於鬼神。至公無私而已矣。故《洪範》之稽疑，在皇極三德之後，必有疑而後及之。有疑，正聖人不敢自謂公而無私，而決於卜筮以定其疑。以聖人之心猶且不敢自以為至公無私而求質鬼神，此所以為公而無私也。」吳廷翰認為，卜筮的起源，是因為「人事已盡而有疑，然後斷以鬼神」，這是上古聖人至公無私的反應。

而從卜者本意來看，從至公向自私的變化，是卜筮的一種本質變化。卜筮不再是聖人一種決疑的手段，而是民間卜休咎和祈福祉的心理需求。

明代的卜筮形式多種多樣，有「靈棋卜」「太素脈」卜、《周易》卜、六壬起課、響卜、擲筊卜、扶鸞卜，另外還有望氣、占侯、解夢等。《金瓶梅》作為一部描寫人情世態的小說，也多次寫到了占卜的場面。第四十六回，寫吳月娘與孟玉樓、李瓶兒等人，看見一個鄉里卜龜兒卦的老婆子，便招呼到家裡來卜卦。這個鄉下婆子用的是「靈龜」——即活龜。其占卜的方法，是在地上鋪上「卦帖兒」，卦帖上畫著一些象徵人吉凶的畫面，讓龜在卦帖上爬，在哪兒停住了，就揭開那兒放著的卦帖，看看帖上寫的文詞和畫面。

第五十三回寫官哥病重，西門慶請了職業龜卜者施灼龜來卜凶吉，這一回描寫的非常仔細：

> 飛請施灼龜來，坐下，先是陳經濟陪了吃茶。琴童、玳安點燭燒香，舀淨水、擺桌子。西門慶出來相見了，就拿龜板對天禱告，作揖。進入堂中，放龜板在桌上，那施灼龜雙手接著，放上龜藥，點上了火，又吃一甌茶。西門慶正坐時，只聽一聲響。施灼龜看了，停一會不開口。西門慶問道：「吉凶如何？」施灼龜問甚事，西門慶道：「小兒病症，大象怎的？有紙脈也沒有？」施灼龜道：「大象目下沒甚事，只怕後來反覆牽延，不得脫然全愈。父母占子孫，子孫爻不宜晦了。又看朱雀爻大動，主獻紅衣神道城隍等類，要殺豬羊去祭他，再領三碗羹飯，一男傷，二女傷，草船送到南方去。」西門慶就送一錢銀子謝他。施灼龜極會諂媚，就千恩萬謝，蝦也似打躬去了。

這一番龜卜，和四十六回不一樣，用的不是活龜，而是龜板。

灼龜，是中國最古老的占卜方法之一。甲骨文即是殷商時人們用於龜卜而留下的文字。明人的灼龜方法，如書中施灼龜那樣，是在龜板上放些藥物（可以推斷是一種力度較輕的火藥），點上火，等它爆裂，由裂紋來占卜吉凶和想要知道的事情。古人以活龜和龜甲占卜，是因為龜是最長壽的動物，因而有「蓍神龜靈」之說。

《金瓶梅》中的占卜形式多樣，除了請專業人士來占卜，妻妾們在家裡也可自己因地制宜來舉行占卜。如潘金蓮曾用自己的繡靴打了一個「相思卦」。

我們再來看「算命」。

第二十九回「吳神仙貴賤相人」，是一部書的核心情節。周守備差了一位職業相面先生吳神仙，來為西門慶和他的一妻五妾相面。這位先生自稱：「粗知十三家子平，善曉麻衣相法，又曉六壬神課。」他用掐指、尋紋、觀相、看走步姿態等方法，演繹出了

西門慶和他妻妾們的命運。整個過程寫得很細。九十六回葉頭陀給落魄的陳經濟看相，用得也是麻衣相法。這是明代普遍使用的一種相法，《明史・藝文志》有鮑栗之撰《麻衣相法》七卷。傳說北宋錢若水，少年時訪陳摶於華山，有麻衣道者為之相。[9]後人作相法書遂多託名於麻衣。陳摶的《麻衣道者正易心法》，其上經的三十卦與下經的三十四卦，基本上參照《易經》的六十四卦而來。

還有「魘魅」與「回背」。

第二十二回，妓女李桂姐因忌恨潘金蓮，指使西門慶去索取潘金蓮頂上的一縷好頭髮，西門慶真個去了。潘金蓮唬了一跳：「好心肝，淫婦的身上，隨你怎的揀著燒了個遍也依，這個剪頭髮卻成不的。可不唬死我罷了，奴出娘胎活了二十六歲，從沒幹這營生。」西門慶連嚇帶哄，說要她的頭髮是做網巾子用，潘金蓮還不放心：「你要做網巾，我就與你做，休要拿與淫婦，教她好壓鎮我。」最後，對西門慶百依百順的潘金蓮，還是將自己頂心的一縷頭髮心驚肉跳地剪給了西門慶。李桂姐把潘金蓮的頭髮絮在鞋底下，每日踩踏，潘金蓮自從頭髮被剪下來之後，便頭疼噁心，飲食不進。

李桂姐所施的這種巫術，即民間的「魘魅術」。這種巫術不用請巫師，而直接由使用者自己施行。之所以用人的頭髮，因古人認為頭髮是與一個人的靈魂有關的重要部分。尤其是一個人頭頂上的頭髮，就更加珍貴。唐陳藏器《本草拾遺》中說：「生人髮掛果樹，鳥雀不敢來食其實；又人避走，取其髮於繰車上轉之，則迷亂不知所失。」所以潘金蓮才這麼看重自己的頭髮，把頭髮當做法物，也是當時通常的做法，也有將人的指甲做法物的，其用意同頭髮一樣。

潘金蓮被李桂姐使了魘魅法之後，吳月娘請了劉婆子來給她看病。劉婆子便乘機推薦了她的丈夫劉理星來給潘金蓮「回背」。她向潘氏介紹這種神奇的回背術時說：「比如有父子不和，兄弟不睦，大妻小妾爭鬥，教俺這老公去說了，替他用鎮物安鎮，鎮水符與他吃了，不消三日，教他父子親熱，兄弟和睦，妻妾不爭。」潘金蓮一心要除災固寵，便請了劉瞎子（劉理星）來燒神紙。

「回背」，又稱「和歡術」「和合術」，是使反目不合的兩方相親相愛的一種法術。這種法術也有被一些心懷鬼胎的巫師用來引誘良家婦女。據說女人被施以此術，即會主動獻身。《秘傳萬法歸宗》卷五介紹了一種「月老配偶」法術，其方法是剪兩個紙人，一男一女，女形紙人身上寫著自己所要追求人的生辰八字，再刻一方圓五寸二分的桃符，兩個紙人身上各蓋印鑒一顆，仰合抱定，用絨線紮住，置六甲壇下，腳踏「姻緣和合」四字，左手雷文，右手和合劍訣，取東方炁，一口念咒七遍，焚符一道。七七四十九日

9　賀仲軾：《兩宮鼎建記》卷之上。

之後，把紙人於六甲壇下焚燒，而追求的女性也就投懷送抱了。這是一種流行的邪術，在一些志怪和話本小說中亦多見記敘。

這種巫術，屬「星命學」範疇，是由專門的巫師來施行的，如劉理星之輩。

屬於「星命學」範疇的，還有「演禽」。

「演禽」是根據二十八宿星禽推演人生凶吉的數術。

書中寫吳神仙看了西門慶的命相不好，吳月娘又請他為西門慶「演禽」。吳神仙鋪下禽遁干支，說道：「心月狐狸角木蛟，緯緯深處不相饒。常在月宮飛玉露，慣從月下奪金標。樂處化為真雞子，死時還想爛甜桃。天罡地煞皆無救，就是玉禪也徒勞。」意思是西門慶已獲罪於天，無可禱也。

古代占星術是根據星變、星的運行（如歲星、熒惑在二十八宿中的運行）和星的分野（如荊州為翼僧宿、軫宿的分野，揚州為牛宿、女宿的分野等）來推演吉凶。

演禽，是星占術的一個分支。徐珂編的《清稗類鈔》其「方技類」有〈占卜有演禽之法〉，說得很詳細：

> 術家以三十六禽分配十二時，即生肖也。占卜有演禽之法，子為燕、鼠、蝠；丑為牛、蟹、鱉；寅為狸、豹、虎；卯為蝟、兔、貉；辰為龍、蛟、魚；巳為鱔、蚓、蛇；午為鹿、獐、馬；未為羊、鷹、雁；申為貓、猿、猴；酉為雉、鳥；戌為狗、狼、豺；亥為豕、豬、蛀。本朝術家之於生肖，亦僅以生於子年者肖鼠，生於丑年者肖牛，生於寅年者肖虎，生於卯年者肖兔，生於辰年者肖龍，生於巳年者肖蛇，生於午年者肖馬，生於未年者肖羊，生於申年者肖猴，生於酉年者肖雞，生於戌年者肖狗，生於亥年者肖豬，其它皆不論矣。至豕與豬之分，則豕為家畜，豬為野豬也。

從先秦的一些史料中，即發現了許多星占術的記錄。《明史・藝文志》中列了不少星占學著作，如池本理的《禽遁大全》四卷，《禽星易見》四卷，這兩部專講演禽的書，是很受時人推重的。

除此之外，《金瓶梅》還寫到了「收驚」「謝土」「解禳」「圓夢」「開財門」「發利市」等活動。明代隨著商品經濟的繁榮和發展，種種祈禳術也有了日益廣闊的大市場。

《金瓶梅》的作者很討厭術士。他筆下的劉理星之輩，皆是一群為人所不齒的小丑。他們的種種表演，無不令人感到滑稽可笑或荒誕不經。《金瓶梅》寫了一個物欲橫流的金錢社會、商品社會，這個社會慣習驕奢，互尚荒佚，而邪術的大昌，也成為一個重要的文化現象了。

五、搗子

西門慶要懲罰一下在他眼皮子底下開生藥鋪的蔣竹山，於是買通了兩個「搗子」——草裡蛇魯華和過街鼠張勝。這兩個人找了個茬把蔣竹山痛打了一頓，並且賴了蔣竹山三十兩銀子。

《金瓶梅》中，此類人物不少，如韓二搗鬼以及同王三官混在一起的小張閑、聶鉞兒、沙三、于寬、白回子等等。

什麼叫「搗子」？《金瓶梅》解釋說：「那時宋時謂之搗子，今時俗呼光棍也」。[10]

搗子，是明季的特產。

最先是在經濟富庶的江南地區，尤其是蘇州、松江，出現了一批專職替人報私仇的社會閒散人員。他們多係無家惡少，東奔西趁之徒，這批人結黨成群，凌弱暴寡，巧取豪奪，稱為「打行」或「青手」。後來北方市鎮中也多有此輩，稱「喇唬」「光棍」或「搗子」。明人顧起元《客座贅語·莠民》謂：「十步之內，必有惡草。百家之中，必有莠民。其人或心志凶黠，或膂力剛強，既不肯勤生力穡以養身家，又不能槁項黃馘而老牖下。於是恣其跳踉之性，逞其狙詐之謀，糾黨凌人，犯科扦罔，橫行市井，狎視官司。如向來有以所結之眾為綽號，曰十三太保、三十六天罡、七十二地煞者，又或以所執之器為綽號，曰棒椎、曰劈柴、曰槁子者。賭博甜醬，告訐打搶，閭左言之，六月寒心。城中有之，日幕塵起。即有尹賞之窖，奚度之拍，恬焉而不知畏者眾矣。」

這些人既號稱「打行」「搗子」，少不了以毆人為業。他們作為打手，極其專業，或胸、或肋、或下腹，或腰背，可以做到定期讓被毆者死亡，或被打以後三月死，或被打後五月死，或十月一年，一般不會有差錯。時間一久，如果有人以殺人告官，則早已過了期限之外。打行中人又常以不根之辭誣陷他人，再以他們的同黨出來做證人，受害人不出帛謝罪，事情便無法了結。

我們看《金瓶梅》中的兩個搗子如何邏打蔣竹山：

> 這竹山正受了一肚子氣，走在鋪子小櫃裡坐的，只見兩個人進來，吃的浪浪蹌蹌，楞楞睜睜，走在凳子上坐下。先是一個問道：「你這鋪中有狗黃沒有？」竹山笑道：「休要作戲，只有牛黃，那討狗黃？」又問：「沒有狗黃，你有冰灰也罷，拿來我瞧！我要買你幾兩。」竹山道：「生藥行，只有冰片，是南海波斯國地道出的，那討冰灰來？」那一個說道：「你休問他，量他才開了幾日鋪子，他那裡

---

10   《金瓶梅詞話》第十九回。

有這兩椿藥材。咱往西門大官人鋪中買去了來。」那個說道:「過來,咱與他說正經話罷。蔣二哥,你休推睡裡夢裡。你三年前死了娘子兒,問這位魯大哥借的那三十兩銀子,本利也該許多,今日問你要來了。俺剛才進門就先問你要,你在人家招贅了,初開了這個鋪子,恐怕喪了你行止,顯的俺每陰驚了。故此先把幾句風話來教你認範。你不認範,他這銀子你少不得還他。」竹山聽了,唬了個立睜,說道:「我並沒借他甚麼銀子。」那人道:「你沒借銀,卻問你討?自古蒼蠅不鑽那沒縫的彈,快休說此話!」蔣竹山道:「我不知閣下姓甚名誰,素不相識,如何來問我要銀子?」那人道:「蔣二哥,你就差了。自古於官不貪,賴債不富。想著你當初不得地時,串鈴兒賣膏藥,也虧了這位魯大哥扶持,你今日就到了這步田地來!」這個人道:「我便姓魯,叫做魯華。你某年借了我三十兩銀子,發送妻小,本利該我四十八兩銀子,少不得還我。」竹山慌道:「我那裡借你銀子來?就借了你銀子,也有文書、保人。」張勝道:「我就是保人。」因向袖中取出文書,與他照了照。把蔣竹山氣的臉蠟渣也似黃了,罵道:「好殺材,狗男女!你是哪裡搗子,走來嚇咋我?」魯華聽了,心中大怒,隔著小櫃颱的一拳去,早飛到竹山面門上,就把鼻子打歪了。一面把架上藥材撒了一街。

兩個搗子把蔣竹山狠揍了一頓,及到了夏提刑衙門上,又被不問青紅皂白打了三十大板,打的皮開肉綻,鮮血淋漓,勒逼出三十兩銀子交還魯華。

同王三官廝混在一起的小張閑、聶鉞兒、沙三、于寬、白回子等也是一干賴皮。他們摽著王招宣之子王三官在妓院裡胡撞,西門慶受林太太之托,要懲治這起光棍,拿到衙門裡,每人一夾二十大棍,打得皮開肉綻,鮮血迸流,哀號慟地。他們從衙門裡出來,便去招宣府找王三官,要賴幾兩銀子,一個個躺在板凳上聲疼叫喊,嚇的王三官躲了不敢出來。林太太隔著屏風同他們對話,他們不依不饒,叫著:「不然這個癤子也要出膿,只顧膿著,不是事」。

犯罪的集團化,社會的遊民化和遊民的社會化,是明末的一個顯著特色。這個特色在《金瓶梅》中體現得尤為充分。

湯來保主義和吳典恩哲學
——從兩個小人物看《金瓶梅》

西門慶家奴僕成群，男女僕從共有五十多個。他們中有一個不可或缺的人物就是來保。

來保是西門府「來」字輩男僕中的一個「人尖子」。（西門慶家男僕，「來」字輩中有來興、來安、來旺、來定、來昭、來爵等。除了「來」字輩，下邊就是「安」字輩了，如玳安、平安、鈇安等，還有一些沒排字號的，如琴童、棋童、書童、畫童等輩）來保姓湯，後來改名叫湯保。他在書中第一次出現在第九回，西門慶姦占潘金蓮，鴆死武大，武松回來，要帶著鄆哥告狀。西門慶慌了手腳，忙使心腹家人來保和來旺袖著銀子去打點官吏。

來保辦事幹練，能說會道，又精通生意經，西門慶對他十分倚重。凡是有到京城打探消息、行賄送禮、辦機密之事，來保都是首要人選。他曾十下東京：第一次，武松誤殺本縣皂隸李外傳，官司打到東平府，陳知府下令捉拿豪惡西門慶和淫婦潘金蓮，西門慶派他星夜往東京下書與他的「四門親家」楊提督，靠楊提督在當朝太師蔡京那裡求人情，扶危定傾，救了西門慶和潘氏。第二次，是受西門慶派遣，給為爭家財關進大獄的花子虛求人情。第三次，楊提督因受參劾倒了台，殃及親家陳洪，拔樹尋根，西門慶危在旦夕。於是來保再下東京，直接行賄到太師府上，一場大難又化險為夷。第四次，是為滄州鹽商王四等人去打通關節。第五次，押運生辰擔到京師給蔡太師祝壽，這一回十分成功，太師一高興，西門慶一介布衣驟然間成了五品大員，撈了個山東提刑副千戶，來保也跟著沾光，弄了頂「山東鄆王府校尉」的小帽兒。當然這是個虛頭馬腦的銜，他的家奴身分並未因此改變。（校尉，明代錦衣衛之屬員。《明史·職官五》：「校尉、力士，僉民間壯丁為之」。校尉專執鹵簿儀仗，及駕前宣召官員，差遣幹辦，隸錦衣衛。）第六次，是給童、蔡兩家送賀禮。第七次，西門慶受賄放了殺死揚州苗員外的惡僕苗青，案發，西門慶被劾，情勢危急。來保押上禮物去求太師，西門慶再次脫禍。第八次，是受西門慶之命，為他包養的妓女李桂姐求人情。

生意上的事，西門慶也放手讓來保去幹辦。來保最後一次同韓道國從江南置辦絲綢貨物，領了四千兩銀子的本錢。在回程中，韓道國得知西門慶死訊，卻一力張羅，在碼

頭上賣掉一千兩銀子布貨，自己帶著銀兩打旱路先回，實際上將貨款悉數獨吞，拐到東京去了。

來保回家，很快也得知西門慶死訊，他很快變了一副嘴臉：

> 當下這來保見西門慶已死，也安心要和他一路。把經濟小夥兒引誘在馬頭上各唱店中、歌樓上飲酒，請表子頑耍。暗暗船上搬了八百兩貨物，卸在店家房內，封記了。……這來保交卸了貨物，就一口把事情推在韓道國身上，說他先賣了二千兩銀子來家。那月娘再三使他上東京，問韓道國銀子下落，被他一頓話說：「咱早休去，一個太師老爺府中，誰人敢到？沒的招是惹非。得他不來尋趁，咱家念佛。到沒的招惹蟲子頭上撓。」月娘道：「翟親家也虧咱家替他保親，莫不看些分上兒？」來保道：「他家女兒見在他家得時，他敢只護他老子，莫不護咱不成？此話只好在家對我說罷了。外人知道，傳出去不好了。這幾兩銀子，罷，更休題了！」

在此之前，來保已私下同韓道國結了兒女親家。月娘叫他去找買主，發賣布貨，來保欺陳經濟少不更事，以低價賣掉。之後還趁酒醉公然調戲月娘。

翟管家知西門慶死了，聽見韓道國說他家中有四個彈唱出色女子，願買了答應家中老太太。月娘見書慌了，同來保商議，來保進入房中，也不叫娘，只說：「你娘子人家，不知事，不與他去就惹下禍了。這個都是過世老頭兒惹的，恰似賣富一般，但擺酒請人，就交家樂出去，有個不傳出去的？何況韓夥計女兒又在府中答應老太太，有個不說的？我前日怎麼說來，今果然有此勾當鑽出來。你不與他，他栽派府縣，差人坐名兒來要，不怕你不雙手兒奉與他，還是遲了。不如今日，難說四個都與他，胡亂打發兩個與他，還做面皮。」月娘就把玉簫和迎春送了翟管家，讓來保送到東京。路上，來保把這兩個女孩兒都姦了。回來，又架了一篇謊話，月娘還對他知感不盡。

來保把寄放在臨清碼頭上的布貨賣了八百兩銀子——相當於今天的十六七萬元——暗中買下一所房子，開了雜貨鋪。逐日隨祗會茶，當起了小老闆。他媳婦惠祥也經常以去娘家為名，到鋪子裡，換了光鮮衣服，珠子箍兒，插金戴銀。回來後又換上慘澹衣裳，只瞞過月娘一人不知。來保常時吃醉了，來月娘房中，嘲話調戲。

有人向月娘告訴了，惠祥在廚房中罵大罵小，來保也裝胖學蠢，自我表功，說：「你每只好在家裡說炕頭子上嘴罷了。相我，水皮子上顧瞻將家中這許多銀子貨物來家，若不是我，都乞韓夥計老牛箍嘴，拐了東京去。只呀的一聲，乾丟在水裡也不響。如今還不得俺每一個是，說俺轉了主子的錢了，架俺一篇是非。正是：割股的也不知，撚香的也不知！」他老婆更是罵不停口。

月娘見惠祥罵得出格兒，來保又兩番三次調戲她，只好讓他兩口子搬離了家門。這來保索性大搖大擺地和他舅子開起個布鋪來，「發賣各色細布」，並且恢復了「湯保」的原名。

來保在那個金錢取代了道德倫理的社會裡賭贏了自己的命運，他走了三步棋：第一步，在為西門慶「幹辦」和做生意時鍛煉了自己的本領，同時也打通了生意上的各種關節；第二步，欺主背恩為自己在重新洗牌中積聚了必需的資本；第三步，及時與韓道國攀上了兒女親家，這等於牽上了同翟謙的關係，為自己找到了保護傘。

但他下場並不妙，因同李三、黃四等人合夥做朝廷採購的生意虧空了錢糧，被關進了大獄。

來保這樣的勢利小人還有不少，最典型的還有一個吳典恩。

吳典恩，《金瓶梅》作者了設計的這個名字本身就是一個小人的符號。吳典恩者，「無點恩」之謂也。

吳典恩原是清河縣的陰陽生，後因事革退，便經常在縣前與官吏保債，西門慶是放官吏債的，因此二人結識，吳典恩由此成為西門慶手下的夥計。

讓吳典恩命運發生改變的是他與來保一起押運生辰擔去東京。蔡太師見了西門慶送上的生辰擔，「黃烘烘金壺玉盞，白晃晃減鈒仙人」，還有錦繡蟒衣、南京紵緞、湯羊美酒、異果時新，非常高興，當場把朝廷所賜「空名告身劄付」——委任官職的文憑，賜了西門慶一張，安他在山東提刑所做了理刑副千戶。之後，意猶未盡：

> （太師）向來保道：「你二人替我進獻生辰禮物，多有辛苦。」因問：「後邊跪的是你甚麼人？」來保才待說是夥計，那吳主管向前道：「小的是西門慶舅子，名喚吳典恩。」太師道：「你既是西門慶舅子，我觀你到好個儀錶。」喚堂後官取過一張劄付：「我安你在本處清河縣做個驛丞，倒也去的。」那吳典恩磕頭如搗蒜。[1]（第三十回）

驛丞是驛站的主官，吳典恩上任之初，沒有銀子去對付一應事物，托應伯爵去向西門慶借銀子，上下使用。應伯爵問他借多少，他說：「不瞞老兄說，我家活人家，一文錢也沒有。到明日上任，參官贄見之禮，連擺酒，並治衣類鞍馬，少說也得七八十兩銀子，那裡區處？」應伯爵給他出主意：「吳二哥，你說借出這七八十兩銀子來，也不勾使。依我，取筆來寫上一百兩，恆是看我面，不要你利錢，你且得手使了。到明日做上官兒，慢慢陸續還他，也是不遲。常言俗語說得好：借米下得鍋，討米下不得鍋。哄了一日是

1　《金瓶梅詞話》第三十回。

兩晌。何況你又在他家曾做過買賣，他那裡把你這幾兩銀子放在心上。」通過一番周旋，應伯爵果然從西門慶手裡為吳典恩借到了無息的一百兩銀子。應伯爵對西門慶說：「他到明日做上官，就銜環結草也不敢忘了哥大恩人！」

吳典恩果然記住西門慶的恩典了嗎？

西門慶死後不久，吳典恩由驛丞升為巡檢。西門慶的家人平安偷盜了當鋪裡的一副金頭面，一柄鍍金鉤子，被抓住送到巡檢司，吳典恩親自審問，動刑之後，平安招供是因大娘曾許下替他娶媳婦不踐行承諾，倒把房裡丫頭配與比他小兩歲的玳安，因此不憤，才偷出了當鋪裡的東西。吳典恩道：「想必這玳安兒小廝與吳氏有姦，才先把丫頭與他配了妻室。你只實說，沒你的事，便饒了你。」平安當然否認，吳典恩分付動刑，左右上拶子，逼迫平安招供。平安做了假證後，吳典恩很高興，準備敲吳月娘一把竹槓。

在這個事件中，幾乎所有的當事人都錯看了吳典恩。

首先是平安，當他被抓住押往衙門審理，知道扣押他的人就是吳典恩時，心裡立刻就平靜下來了。按他的推理，吳典恩本來就是西門慶家夥計，大家都是一鍬土上的人，肯定做做樣子就把他放了。不想吳典恩偏要拿他來說事。平安進而又認為，吳典恩要正經審問他，於是一五一十把盜頭面的原由作了交待。誰知吳典恩想要的卻不是這個，在他一步步「啟發」和威逼下，平安只好按吳典恩劃的圈兒交待了供詞，稱玳安與吳氏有姦。有了這句話吳典恩就有了敲榨吳月娘的籌碼，「等著出牌，提吳氏、玳安、小玉來審問這件事。」

其次是吳月娘。吳月娘聽說巡檢司拿住了偷頭面的平安兒，尋思這巡檢吳典恩「是咱家舊夥計」，而且全靠西門慶才能夠得了這官，自然會多加照顧，便寫了領狀，讓傅夥計去領取頭面。

再次是傅夥計。他拿狀子到巡檢司，本指望吳典恩看舊時分上，領得頭面出來，不想吳典恩全不念舊情，把他「老狗」「老奴才」盡力罵了一頓，叫皂隸拉倒在地，褪去衣裳要打板子。說道：「你家小廝在這裡供出吳氏與玳安許多姦情來，我這裡申過府縣，還要行牌提取吳氏來對證。你這老狗骨頭，還敢來領贓！」

吳月娘聽了，「分開八塊頂梁骨，傾下半桶冰雪來」，氣得手腳麻木，對他哥吳大舅說：「他當初這官，還是咱家照顧他的，還借咱家一百兩銀子，文書俺爹也沒收他的，今日反恩將仇報起來。」吳大舅說：「姐姐說不的那話了。從來忘恩背義，才一個兒也怎的？」

後來還是走了春梅的路徑，讓周守備訓斥了吳典恩一通，才追回了贓物。

吳典恩背義，是為了一己之私。他的目的再直接不過：西門慶死了，「家無主，屋倒豎」，當家的吳月娘乃一弱女子，正好趁機詐一筆橫財。作為一個「夥計」出身的底

層小吏，在經濟上沒有實力可言，在政治上又沒有得力的靠山，雖然無時無刻不在設想著改變自己的命運，然而阮囊羞澀，登龍乏術，所以吳典恩多年來一直對西門慶之輩充滿了羨慕與仇視相交織的複雜感情。機會來了，他的真面目也就一下子暴露出來了。

在金錢至上的社會裡，人性是最容易被扭曲的。

《金瓶梅》社會中，「男不織，女不耕，都以賣俏為營生」。「錢是眾生腦髓」，錢是人倫物理，一切信仰、一切價值觀念悉數崩潰，「取火鑽冰只要錢」，成為全體民眾遵從的信條。誠如魯迅先生所言：「這樣的風氣的民眾是灰塵，不是泥土。在他這裡生長不出好花和喬木來。」[2]

2　《魯迅全集》第 1 卷。

吃了臉洗飯？洗了飯吃臉？

——《金瓶梅》中人性的荒謬與錯亂

《金瓶梅》第十五回，應伯爵陪著西門慶到李家勾欄「麗春院」裡去，給老鴇講了一個笑話：

> 一個子弟在院裡嫖小娘兒。那一日作耍，裝做貧子進去。老媽見他衣服藍縷，不理他。坐了半日，茶也不拿出來。子弟說：「媽，我肚饑，有飯尋些來我吃。」老媽道：「米囤也曬，那討飯來？」子弟又道：「既沒飯，有水拿些來我洗洗臉罷。」老媽道：「少挑水錢，連日沒送水來。」這子弟向袖中取出十兩一錠銀子放在桌上，教買米顧水去。慌的老媽子沒口道：「姐夫吃了臉洗飯？洗了飯吃臉？」

另一個故事也是應伯爵講給老鴇的，大意是說有個工匠到妓院裡墁地，打水準，因為主家剋扣工錢，故意把一塊磚堵在陽溝裡。一下雨，陽溝不暢，積了一院子水，老媽就把那個工匠找來，讓他再修一下。工匠拿掉了那塊磚，水立刻就流下去了。老媽問這陽溝犯了什麼病，為什麼流不下水去？工匠說：它犯了你老人家一樣的病：有錢就流，沒錢不流。

這個故事諷刺的並非只是勾欄中人。「取火鑽冰只要錢」，是整個《金瓶梅》世界的行為準則。「世上錢財，乃是眾生腦髓，最能動人」[1]。

那是一個爛透了的金錢社會，「男不織，女不耕，專以賣俏作營生」。

《金瓶梅》裡有八百多個人物，幾乎人人都是金錢的奴隸。

這些人物，很多乾脆以錢為名：西門慶號「四泉」，蔡狀元號「一泉」，何永壽字「天泉」，王三官號「三泉」……「泉」者，錢也。

有了錢，可以讓鬼來推磨。

沒有錢，你就得給鬼去推磨。

男人為了錢可以出賣良心，女人為了錢可以出賣肉體。

1　《金瓶梅詞話》第七回。

《金瓶梅》中，男人有錢就變壞，女人變壞就有錢。

西門慶自己就是一個樣板。隨著他庫裡元寶的增多，他的私欲也一天天膨脹，簡直沒有底線。他「散漫好使錢」，不論要做什麼事，先拿金錢開路，闖了禍端，拿錢擺平。他的關係網，他的生意路，他的烏紗帽……全是錢砸出來的，錢「燒」出來的。砸得讓人眼暈，燒得快意淋漓。他看上的女人，只要送上些散碎銀子，差不多個個主動投懷送抱，不管是夥計的老婆還是僕婦、奶媽，沒有一個不「著了道兒」。

錢，為啥叫「通貨」？

它是一張能走通世界每一個地方的「通票」。

聽聽西門慶的宣言：

> 咱聞那佛祖西天，也止不過要黃金鋪地；陰司十殿，也要些楮鏹營求。咱只消盡這家私廣為善事，就使強姦了嫦娥，和姦了織女，拐了許飛瓊，盜了西王母的女兒，也不減我潑天富貴![2]

怎麼樣，夠「雷人」的吧！

西門慶幹起壞事來為什麼如此「膽兒肥」？原來有這信念給他撐著腰呢。

一個人有了錢能壞到什麼程度，看看西門慶一生行藏你就全明白了。

一個人從沒錢到有錢，連走路的姿式都會發生翻天覆地的變化。

西門慶有個拜把子兄弟叫常時節，聽這名兒——常時節，「常時借」也。經常要向人告貸，自然是個窮困潦倒的城市貧民，因此，連老婆也看不起他，經常羞辱有加。有一回房主催租金，這位常二哥通過應伯爵一張巧嘴，好不容易從西門慶那裡借到了十二兩銀子，喜孜孜回來，老婆又罵上了：「梧桐葉落滿身光混的行貨子，出去一日，把老婆餓在家裡，尚兀是千歡萬喜到家來，可不害羞哩！房子沒得往，受別人許多酸嘔氣，只教老婆耳朵裡受用！」那常二哥只是不開口，等他老婆罵完了，輕輕地把袖子裡的銀子摸出來，放在桌兒上，打開瞧著，說道：「孔方兄，孔方兄！我瞧你光閃閃，響噹噹的無價之寶，滿身通麻了，恨沒口水咽你下去。你早些來時，不受這淫婦幾場合氣了。」他老婆看見包裡十二三兩銀子一堆，喜的搶近來，就想要在老公手裡奪去。常二哥說：「你生世要罵漢子，見了銀子就來親近哩！」他老婆只一味陪笑臉，埋怨的話都扔到東洋大海去了。

清人韓小窗根據上述情節改編了一段子弟書《得鈔傲妻》，寫到常妻牛氏見常時節借不來銀子，百般辱罵，待見到銀子，立即換了一張臉，那一段十分精采：

---

2 《金瓶梅詞話》第五十七回。

這潑婦像病人吃了投簧的藥，
打丹田裡立竿見影長精神。
說我的佛爺你打多咱就去了？
到底也叫我聲兒關上門。
一早起外頭涼吧？這風兒才住，
我說呢很該日頭高高兒的再找人。
這一趟大概來回也不算近，
你瞧瞧跑的撲頭蓋臉都是灰塵。
這婦人一壁說著一壁揮，
一壁裡揮塵一壁裡瞧著炕上的銀。
又說道：相公坐下歇歇吧，
你難道也不乏嗎是個鐵人？
嵊節不語向窗前坐，
見潑婦手鋪破褥滿面含春。
說墊上這冰涼的炕，
往這邊來這塊還覺得比那塊兒溫。
常嵊節手拈著髭鬚伴不理，
見婦人一味的柔和那臉也不沉。
又見她打火撥灰多利便，
添柴弄水滿精神。
……
常嵊節一腔鬱悶雙眉鎖，
對妻兒二目呆呆似冰鎮了心。
說：想當初我豐衣足食你隨手轉，
近起來我日月蕭條你滿面嗔。
今日有銀子你居然又是賢良婦，
將來無銀子你依然是個夜叉神，
似這般反反覆覆無定準，
細思量銀子原來最鬧人。
常嵊節說著不住的將頭點，
把銀子兩錠雙托掌上存。
看著白銀瞧瞧妻子，

> 瞧瞧妻子又看看白銀。
> 說：骨肉的情腸全是假，
> 夫妻的恩愛更非真。
> 誰能夠手中有這件東西在，
> 保管他吐氣揚眉就是人。
> 細想無銀子能讓至親成陌路，
> 有銀子能讓陌路成至親。
> 我常峙節而今打破迷魂陣，
> 從此多添勢力心。

常時節的老婆，對著白花花的銀子，那失態之狀，真的差一點要鬧出「吃了臉洗飯，洗了飯吃臉」的笑話了。

人性顛倒如斯，難怪常二哥撫銀感歎：「恨沒口水咽你下去！」

薛論道有一首〈題錢〉的曲子：

> 人為你東奔西走，人為你騎馬行舟。人為你一世忙，人為你雙眉皺。細思量多少閒愁，銅臭明知是禍由，每日家營營苟苟。
> 人為你招惹麻煩，人為你夢憂魂勞。人為你易大節，人為你傷名教。細思量多少英雄，銅臭明知是禍由，一個個因它喪了。[3]

《金瓶梅》時代，拜金主義達到了登峰造極的地步，笑貧不笑娼，一切向錢看，成了人們的生活準則。

西晉有位魯褒，作過一篇著名的〈錢神論〉，略云：

> 錢之為體，有乾有坤。內則其方，外則其圓。其積如山，其流如川。動靜有時，行藏有節。市井便易，不患耗折。難朽象壽，不匱象道。故能長久，為世神寶。親愛如兄，字曰孔方。失之則貧弱，得之則富強。無翼而飛，無足而走。解嚴毅之顏，開難發之口。錢多者處前，錢少者居後。……錢之所在，危可使安，死可使活。錢之所去，貴可使賤，生可使殺。……子夏云：「死生有命，富貴在天」。吾以死生無命，富貴在錢。何從明之？錢能轉禍為福，因敗為成，危者得安，死者得生。性命長短，相祿貴賤，皆在乎錢，天何與焉？天有所短，錢有所長。四時行焉，百物生焉，錢不如天；達窮開塞，振貧濟乏，天不如錢。……夫錢，窮

3　《林石逸興》卷五。

> 者能使通達，富者能使溫暖，貧者能使勇悍。故曰：君無財，則士不來；君無賞，
> 則士不往。……使才如顏子，容如子張，空手掉臂，何所希望？不如早歸，廣修
> 農商。舟車上下，役使孔方。凡百君子，和塵同光。上交下接，名譽益彰。

魯褒先生筆下，金錢被描述為主宰一切的力量，成為衡量是非、美醜、善惡、貧富、貴賤的尺度。這位孔方兄，果然是無位而尊，無勢而熱，在社會道德、價值觀念、天理倫常諸方面，一下子到了至高無上的重要地位。

而《金瓶梅》所揭示的金錢關係，比魯褒先生更形象得多。

整個《金瓶梅》時代是一個物欲橫流的金錢時代。錢之通神，莫甚於斯時。如顧炎武〈天下郡國利病書〉中所說：「金令司天，錢神卓地」。

剛才常二哥發的那通感慨，讓我們想起了莎士比亞先生《雅典的泰門》中泰門對金子的讚美：

> 金子，黃黃的、發光的、寶貴的金子！這東西，只這一點點，就可以讓黑的變成
> 白的，醜的變成美的，錯的變成對的，卑賤變成尊貴，老人變成少年，懦夫變成
> 勇士。

這二位仁兄對金錢的頌揚，真可謂心有靈犀。

然而，我們卻從那泣血的呼喊中，看到了佈滿整個世界的孔方兄的陰影。

豈知今日誤儒冠
——《金瓶梅》中的讀書人

打從孔子的學生子夏提出了「學而優則仕」的口號，入仕便成為知識分子唯一的前途，非此而不能算「舉業」。宋代真宗皇帝寫過一首〈勸讀詩〉，詩謂：

> 富家不用買良田，書中自有千鍾粟。
> 安居不用架高堂，書中自有黃金屋。
> 娶妻莫恨無良媒，書中自有顏如玉。
> 出門莫恨無人隨，書中車馬多如簇。
> 男兒欲遂平生志，五經勤向窗前讀。

後世的讀書人，果然就把這首詩裡寫到的「書中自有千鍾粟」「書中自有黃金屋」「書中自有顏如玉」做為讀書的終極目標，而要實現這個目標，便只有做官。

吳敬梓《儒林外史》裡有個馬二先生，他說過一段「名言」：「舉業二字，是從古及今，人人必要做的，就如孔子生在春秋時候，那時用『言揚行舉』做官，故孔子只講得個『言寡尤，行寡悔，祿在其中』。這便是孔子的舉業。到漢朝，用賢良方正開科，所以公孫弘、董仲舒舉賢良方正，這便是漢人的舉業。到唐朝，用詩賦取士……所以唐人都會做幾句詩。這便是唐人的舉業。到宋朝……都用的是些理學的人做官，所以程、朱就講理學。這便是宋人的舉業。到本朝，用文章取士，就日日講究『言寡行，行寡悔』，哪個給你官做？孔子的道，也就不行了。」

只要不能做官，便不能算是「舉業」，便有無窮的悲憤。這種心理，在中國幾千年的文學作品中層出不窮，這也是世界文學中獨有的現象。《金瓶梅》中寫到的幾個讀書人，卻是這一類典型中的另類代表。

一、水秀才

其實，水秀才這個人物並未出場。

沒有出場，但這個人物一樣十分精采。

五十六回「西門慶周濟常時節，應伯爵舉薦水秀才」中，有一大段描寫：西門慶升官，發跡變泰之後，感到自己「雖是個武職，恁地一個門面，京城內也結交的許多官員，近日又拜在太師門下，那些通問的書柬，流水也似往來，我又不得細功夫，多不得料理，一心要尋個先生們在屋裡，好教他寫寫，省些力氣。」因此，讓應伯爵替他物色一個「秘書」。

應伯爵當即就給他舉薦了一個姓水的秀才，在介紹水秀才的出身時，他說：「他（指水秀才）與我是三世之交，小弟兩三歲時節，他也才勾四五歲，……後來大家長大了，上學堂讀書寫字，先生也道：『應二學生子和水學生子一般的聰明伶俐。後來已定長進。』落後做文字，一樣同做，再沒些妬忌。日裡同行坐，夜裡有時也同一處歇。到了戴網巾子，尚兀是相厚的。」

小說中寫他向西門慶解讀水秀才的一封以〔黃鶯兒〕曲牌寫的信：「書寄應哥前，別來思，不待言。滿門托賴都康健。舍字在邊，傍立著官，有時一定求方便。羨如椽，往來言疏，落筆起雲煙。」西門慶聽了哈哈大笑，笑這冬烘先生一封信寫得如此蹩腳，並認為水秀才「才學荒疏，人品散淡」。應伯爵說：「哥不知道，這正是『拆白道字』，尤人所難。『舍』在旁邊，傍立著『官』，不是個『館』字？若有館時，千萬要舉薦。因此說『有時定要求方便』。『羨如椽』，他說自己一筆如椽，做人家往來的書疏，筆兒落下去，雲煙滿紙。因此說『落筆起雲煙』。哥你看他詞裡，有一個字兒是閒話麼？只這幾句，穩穩把心事都寫在紙上，可不好哩！」

這水秀才開初在李侍郎府裡坐館，被主人逐出後無以為生，只好困守空廬，待價而沽。

應伯爵曾向西門慶推薦了水秀才寫的一篇詞賦〈祭頭巾文〉，那篇文字抒發的無非是傳統中國知識分子的牢騷和不平，寫出了一個被科舉制度異化的讀書人的清醒與絕望。

清季徐大椿寫過一首名為〈道情〉的曲子，揭露了科舉制度對讀書人的種種異化：

> 讀書人，最不濟。讀時文，爛如泥。國家本為求才計，誰知道變作了欺人技。三句承題，兩句破題。擺尾搖頭，便道是世門高弟。可知道，「三通」「四史」，是何等文章？漢祖、唐宗，是哪一朝皇帝？案頭放高頭講章，店裡買新科利器。讀得來肩背高低，口角噓唏，甘蔗渣兒嚼了又嚼，有何滋味！辜負光陰，白白昏迷一世，就是騙得富貴，也算是百姓朝廷的晦氣。

讀書，最直接的目的便是做官，「朝為田野郎，暮登天子堂」，龍門一躍，便可登龍，這個願景鼓舞著一代又一代讀書人熙來攘往過獨木橋。

讓讀書人放棄對科舉的依賴,是一件很難的事。

北宋詞人柳永,早年科考失利,曾寫過一首〔鶴沖天〕詞:

> 黃金榜上,偶失龍頭望。明代暫遺賢,如何向?未遂風雲便,爭不恣狂蕩。何須問得喪,才子詞人,便是白衣卿相。
>
> 煙花陌巷,依約丹青屏障。幸有意中人,堪尋訪。且恁偎紅翠,風流事,平生暢。
>
> 青春都一晌,且把浮名,換了淺斟低唱。

跳不過龍門,便可以玩世不恭,以詩酒風流自命。

水秀才沒有這份瀟灑,這個「兩隻皂靴穿到底,一領藍衫剩布筋」的窮儒生,是個徹頭徹尾的冬烘。

二、應伯爵

應伯爵,是西門慶拜把子的十兄弟之一。

《金瓶梅》第十一回在應伯爵出場時,介紹他「是個破落戶出身,一份家產都嫖沒了,專一跟著富家子弟,幫嫖貼食,在院中玩耍」。他會一腳好氣球兒,雙陸棋子,件件皆通。依附西門慶之後,開初是幫嫖貼食,漸次便說事過錢,尤善應對戲謔,後人稱其為「天下第一幫閒」。

《金瓶梅》的讀者和研究者,大都把應伯爵看作同祝實念、孫寡嘴、常時節者流一樣的幫閒篾片,卻很少注意到,這老應卻原來本是一介書生。

何以證明應伯爵是個讀書人?

從他介紹水秀才時我們已經看到了,應伯爵是與水秀才一同進過學塾的。他和水秀才一樣,都是被明中葉的科舉制度無情地拋棄,而又缺乏賴以生計的一技之長的讀書人。不同之處,是他比水秀才又少了幾分窮酸,多了幾分刁滑。

與水秀才不同,應伯爵參透了人情世故。他深知,像他這樣落魄潦倒的窮書生,如果一條道兒跑到黑,就只有餓死的分。要不餓死並且活得好,（況且應二先生有一妻一妾還要靠他一張嘴養活呢）就只有放棄青雲利器的願望,放下身段,依附那些發達的新貴。

這是商品經濟時代讀書人的另一類「畢業」。

應伯爵作為一個被扭曲的讀書人,比祝實念、常時節等人自有不同。他百伶百俐,諳熟人情世故,能恰到好處地猜摸到主子的心理活動,因此最得西門慶的歡心。幫閒,不同於幫忙和幫凶,要幫得大圓通,恰到好處。既要有一定的火候,又要有一定的分寸。

應伯爵深諳此道,他善於機變,又巧於辭令,頗懂得個中三昧。

他知道他自己同西門慶之間，只是一種精神上的供求交易關係，因此他最懂得在什麼時候、什麼場合如何討主子的歡心。他很淵博，什麼時興玩藝都能來兩手，會講笑話，會唱小曲兒，會踢球兒，還精於烹調，什麼場面都能應酬，什麼對象全能講出名堂。管磚廠的劉太監送了西門慶二十盆花，他馬上道出這盛花的盆子是「官窯雙箍漿盆，又吃年代，又禁水漫。都是用絹羅打，用腳跳過泥，才燒成這個物兒，與蘇州的鄧漿磚兒一個樣做法。」

因為這一套過硬的基本功，應伯爵才如魚得水。西門慶飲酒、嫖妓、會客、訪友，處處離不開他，連吳月娘也罵應伯爵「勾使鬼」。李瓶兒死了，西門慶哭得昏天黑地，一整天飯也不吃，茶也不飲，誰勸他就拿腳踢誰。玳安給吳月娘出主意去請應伯爵：「爹隨問怎麼著了惱，只他到，略說兩句話，爹就眉開眼笑的。」果然，應伯爵來了，先是「撲倒靈前地下」哭了一場，然後給西門慶說夢，接著才勸西門慶節哀：「我這嫂子與你是那樣夫妻，熱突突死了，怎的不心疼？怎耐你偌大家事，又居著前程，這一家大小，泰山也似靠你。你若有好歹，怎麼了得……嫂子她青春年少，你疼不過，越不過他的情，成服，令僧道念幾卷經，大發送葬，埋在墳裡，哥的心也盡了，也是嫂子一場的事。再還要怎的？哥，你且把心放開，……你還不吃飯，這就糊塗了。常言道：『寧可折本，休要饑損』。《孝經》上不說的，『教民無以傷生，毀不滅情』。死的總死了，存者還要過日子。」這一席話，入情入理，說得西門慶「心地透徹，茅塞頓開，也不哭了」，須臾便吃了茶，用了飯。

應伯爵知道，他同西門慶雖然結了金蘭兄弟，但這只是名分，他是永遠不可能同富甲一方的西門大官人坐到一條板凳上去的。作為幫閒，應伯爵必須要有一副厚臉皮，奴顏婢膝，受得辱，挨得罵。作為讀書人，應伯爵又很難死心塌地滿意這種生活。小說寫他一次吃飯時到西門慶家，西門慶問他吃飯了不曾，他不好意思說沒吃，便讓西門慶猜。西門慶故意說：「想是吃過了。」應伯爵只好解嘲地說：「卻這等猜不著。」表面上詼諧、滑稽，內心卻十分淒慘悲涼。

應伯爵的妻眷春花本是煙花妓女，生了兒子，應伯爵去西門府上告借，西門慶給了他五十兩銀子，乘機調侃說：「這孩子也不是你的孩子，自是咱兩個分養的。實和你說了，滿月把春花那奴才叫了來，且答應我些時兒，只當利錢，不算發了眼。」應伯爵也調侃說：「你春姨這兩日瘦得相你娘那樣哩。」沒想到西門慶果然真有那意思，雖然春花長得很醜陋。過了幾天，又說：「到那日，好歹把春花兒那奴才收拾起來，牽了來我瞧瞧。」應伯爵知道這淫棍見了女人不分良莠，一概不放過，便敷衍說：「你春姨他說來，有了兒子，用不著你了。」調笑一番，搪塞過去，西門慶終未能見春花一面。應伯爵畢竟是喝過幾天墨水的，不像韓道國那樣，賠上老婆輸身去換西門慶的銀子。

應伯爵表面上一副死皮賴臉，骨子裡卻也是極要臉面的。妓女李桂姐嘲諷他只會吃白食兒，他臉上燒不過，立時宣佈出血請客，向頭上拔下一根重一錢的鬧銀耳斡。雖然很搞笑，但也看出應伯爵性格的另一面。他不是小氣，確是沒錢。還有一次，兩個妓女嘲笑他稱他做兒子，他便回報了一個笑話：螃蟹和田雞比跳溝，田雞跳過去了，螃蟹沒跳過，卻被兩個汲水的女子給捉了，用草繩拴住。兩個女子走時忘了帶，這時田雞過來，問螃蟹為什麼沒有跳過去，螃蟹說：「我過得去，倒不吃兩個小淫婦挷的怎樣了。」言外之意是：我日子如混得下去，還來這裡受你兩個小淫婦的窩饢氣嗎？！

西門慶也知道，應伯爵這幫閒，只能是幫閒而已。他缺少「幫凶」的歹毒，且手無縛雞之力，「幫忙」時卻用他不上。西門慶打蔣竹山，買囑的是「草裡蛇」魯華和「過街鼠」張勝這兩個「青皮兒」，卻沒有用到這個聲稱同他「火裡火去，水裡水去」的結拜兄弟。

而應伯爵對西門慶，表面上敷衍，內心也是瞧他不起的。因此，在同西門慶飲酒作樂時，便會時不時地搬弄幾個笑話嘲弄西門慶一番。借這些笑話來發洩一下肚子裡的怨氣，以尋求一種精神上的安慰，只有應伯爵這樣潦倒的讀書人才做得出來。

從應伯爵和那個始終未出場的「水秀才」的行藏，我們看到了晚明社會落魄書生人格的低姿勢。

應伯爵、水秀才之輩並不笨，但他們在商品經濟高度發展的社會裡沒有競爭意識，也沒有把握自己命運的意志和力量，沒有獨立的人格。就應伯爵而言，他不願像韓道國那樣，辛辛苦苦給主人當差賣命，也不願像黃四那樣借了錢去做買賣，自立門戶。甚至不願像吳典恩那樣靠西門大官人去謀一官半職，自然更不願去種田、做工。因此，只能以人格的低姿勢，喪失自我，被裹挾在生活的洪流之中，而不能自立、自拔。

應伯爵的病態人格，反映著明代社會科舉制度和整個社會制度的病態。

三、溫必古

西門慶很固執。

他想找個有「真才實學」的人裝點門面，終於沒有聘應伯爵舉薦的那個冬烘先生水秀才，而用了僚友倪桂岩保薦的其同窗朋友溫秀才。

溫秀才，名溫必古，字日新，號葵軒，原是夏提刑家的西賓。

這位先生，年不過四旬，生得明眸皓齒，三牙鬚。丰姿灑脫，舉止飄逸，堂堂一表人才。但此人根本就沒有什麼學問。他在夏提刑家做西賓，但夏提刑的兒子卻是因父捐了五百兩贓銀，才買了個武舉，可見文才委實不行。跟這老先生學了些什麼東西，只有

天知道了。

溫必古一出場，《金瓶梅》便有一段駢文對他的品行進行了概括：

> 雖抱不羈之才，慣遊非禮之地。功名蹭蹬，豪傑之志已灰；家業凋零，浩然之氣
> 先喪。把文章道學，一併送還了孔夫子；將致君澤民的事業，及榮華顯親的心念，
> 都撇在東洋大海。和光混俗，惟其利欲是前；隨方逐圓，不以廉恥為重。峨其冠，
> 博其帶，而眼底旁若無人；席上闊其論，高其談，而胸中實無一物。三年叫案而
> 小考尚難，豈望桂月之高攀；廣坐銜杯遯世無悶，且作岩穴之隱相。

原來是個金玉其外、敗絮其中的窮極無聊的文人。

溫必古自稱，「府學備數，初學易經」，裝出一副飽學之士的派頭。西門慶對他頗為看重，每月三兩束修，四時禮物不缺，又專門讓小廝畫童替他端茶送飯、洗硯磨墨，還在後邊收拾了一所書院讓他居住。

溫必古衣食有靠，悠哉遊哉。本來，西門慶家沒有讀書的孩子，原不必請什麼西賓的。他雖有官職，但並不勤於公務。溫秀才在家，只不過替他做一點文字應酬，「專修書柬，回答往來士夫」。西門慶出門看朋友，讓他拿拜帖匣兒跟隨。西門慶宴客、狎妓，也常常把他拉來做陪襯。

溫秀才文才不達，但對吃喝玩樂、擲骰行令卻很在行。西門慶、應伯爵、謝希大在酒席上嬉鬧，進行無聊的鬥嘴，他聽得津津有味，十分讚賞：「二公與我這東君老先生，原來這等厚。酒席中間，誠然不如此也不樂，悅在心，樂主散發在外，自不覺手之舞之足之蹈之也。」西門慶和應伯爵在他面前開十分下流的玩笑，他依然說：「自古言不褻不笑。」雖裝出一副讀書人模樣，卻實在是一派狎客的嘴臉。

因此，西門慶同他的狐朋狗黨飲宴時總少不了叫上他做陪襯，甚至在妓院裡開酒宴，西門慶也要拉他與應伯爵同往，吃酒直到三更方才回來。

但無論溫秀才如何裝出一副飽學之士的派頭，最終仍免不了要露出些馬腳來。他不相信「君子固窮」那一套，吃了拿了還要唆使小廝為他偷銀器傢伙。他還經常打聽各房女眷的房中秘事，十足一個色中餓鬼。這種漁色的變態心理轉化為一種邪欲，時常要拿畫童來泄其欲火，甚至在畫童兒身體不舒服時也不放過。致使畫童告發到吳月娘那兒。吳月娘罵溫葵軒：「這蠻子也是個不上蘆蓆的行貨子，人家小廝與你使，卻背地裡幹這個營生！」

西門慶知道了溫必古的醜聞之後，先是嚇了一大跳，幾乎不相信自己的耳朵。繼而從畫童兒口裡又知道溫秀才把他要升任提刑正千戶的消息透露給了夏提刑。為這事，蔡太師的管家翟謙把西門慶好一頓埋怨，說他「機事不秘則害成」，私下裡的交易透露給

同僚，教太師好不為難。當時西門慶感到非常尷尬，至此時才知道內奸原是溫秀才。西門慶說：「畫虎畫皮難畫骨，知人知面不知心。我把他當個人看，誰知人皮包狗骨東西，要他何用！」即刻叫小廝攆他出門。這位斯文掃地的老夫子還不甘心，巴巴具「一篇長束」想呈給西門慶表明心跡，結果吃了「閉門羹」，只好灰溜溜卷了自家的鋪蓋捲兒。

溫秀才、應伯爵同那個沒有出場的水秀才一樣，同是在商品經濟的衝擊下被扭曲了靈魂的讀書人。他們之間的不同之處是：水秀才充其量只能算個腐儒，而應伯爵和溫必古，則完全是屈身拜倒在金錢勢力之下的讀書人的典型了。

那麼，已經做了官的讀書人又怎樣呢？《金瓶梅》裡用很多筆墨寫的那個蔡狀元蔡蘊，就是個絕好的例證。這個人物形象從另一個角度上刻畫出了封建知識分子的墮落。他們中的一些人，一旦跳了龍門，靈魂也被浸蝕、被扭曲，做起壞事來，一點也不比那些粗俗不堪的官場人物強多少，只不過用些小手段把鄙俗裝扮得風雅一些而已。

這同樣是知識分子另一種意義上的悲劇。

佛頭著糞
——《金瓶梅》財、色語境中的佛教徒

  《金瓶梅》也寫到了眾多的和尚、尼姑，有名有姓的二十三人，但這些人中，除了那個點化了孝哥的普靜長老，幾乎沒有一個是正派人物。你看那些報恩寺的和尚，見了潘金蓮的美色，一個個七顛八倒，心猿意馬。那五台山下的行腳僧，「白日裡賣杖搖鈴，黑夜裡舞槍弄棒」。永福寺的道堅長老，專一睃趁施主嬌娘，引誘良家少婦。

  書中著墨最多的佛教神職人員，是常在西門慶家走跳的薛姑子和王姑子。

  王姑子是觀音庵的住持。這位王姑子行藏如何？

  有一回，道觀裡給李瓶兒的兒子官哥兒送來了小道冠、小道衣、小道履，西門慶家妻妾們看這針線活兒做得很精細，孟玉樓就懷疑這道士是有老婆的，「不然，怎的扣捺的恁好針腳兒？」潘金蓮順著話茬又跟在場的王姑子開玩笑，問：「道士有老婆，像王師父和大師父今挑的好汗巾兒，莫不是也有漢子？」王姑子說：「道士家，掩上個帽子，那裡不去了？似俺這僧家，行動就認出來。」潘金蓮說：「我聽得說，你住的觀音寺背後就是玄妙觀。常言道：男僧寺對著女僧寺，沒事也有事。」意思是說你們偷漢子便當得很，壓根就用不著來一番喬妝打扮。雖是鬥嘴，卻也揭穿了王姑子的做賊心虛。

  薛姑子原是清河縣一個賣蒸餅的小商人的老婆，在廣成寺前居住，那時，她就與寺內的和尚、行童調嘴弄舌，眉來眼去，刮上了好幾個。後來她的丈夫死了，沒有了生計，因佛門情熱，便出家為尼，先在地藏庵，後轉入法華庵（即蓮花庵）為首座。

  五十一回，王、薛兩個姑子又來西門府上為女眷演說《金剛科義》，西門慶還好來家撞見，問吳月娘：「那個是薛姑子，賊胖禿淫婦，來我這裡做甚麼？」吳月娘問西門慶為啥罵她，又如何知道她姓薛？

   西門慶道：「你還不知道他弄的乾坤兒哩！他把陳參政家小姐，七月十五日吊在地藏庵兒裡，和一個小夥阮三偷姦，不想那阮三就死在女子身上。他知情，受了三兩銀子。事發，拿到衙門裡，被我褪衣打了二十板，交他嫁漢子還俗。他怎的還不還俗？好不好，拿到衙門裡，再與他幾拶子！」月娘道：「你有要沒緊，怎

　　毀神謗佛的。他一個佛家弟子，想必善根還在，他平白還甚麼俗？你還不知道，
　　好不有道行。」西門慶道：「你問他有道行一夜接幾個漢子？」

西門慶辦過薛姑子的案子，所以知她幹的那齣兒。

　　薛姑子到西門慶家，是由於王姑子的引薦。王姑子經常到西門慶家，給女眷們宣卷、說因果，唱佛曲兒。她知道吳月娘想生兒子想得心切，就向她推薦了自己的同行薛姑子，說她有一種種子靈丹，好符水藥，能讓女人懷孕。並舉例說：「前年陳郎中娘子，也是中年無子，平常小產幾胎，白不存。也是吃了薛師父符藥，如今生了好不醜滿抱小廝兒，一家人歡喜的要不得。」

　　王姑子還介紹說，「他也是俺女僧，也是五十多歲，原在地藏庵兒往來，如今搬在南首裡法華庵兒做首座，好不有道行！他好少經典兒，又會講說《金剛科義》各樣因果寶卷，成月說不了，專在大人家行走，要便接了去，十朝半月不放出來。」好佛的吳月娘也對這位薛姑子崇拜的了不得，一口一個「薛爺」。

　　西門慶雖然知薛姑子底細，但卻沒有阻止她在自己家行走。

　　更有意思的是，薛姑子不但認識了西門慶，還動員他為印刷《陀羅經》拿「贊助」。《陀羅經》全名《佛頂心大陀羅尼經》，本是一部偽經。「陀羅尼」，是梵語音譯，意譯則為「總持」，指對所聞佛法全能牢記於心中。全經分為三卷，上卷《佛頂心大陀羅經上》，說觀世音菩薩講說本經，天雨寶花，世人如能傳誦抄寫，可以不墜地獄，亦可轉世為男身，心想事成。中卷名《佛頂心療病救產方卷中》，講人遭重病或婦人難產時，可以用朱筆繕寫此經及「秘字印」，燒成灰用香水吞下，可解除災難。下卷名《佛頂心救難神驗經卷下》，講述陀羅尼的一些靈異之事。明代這部偽經十分流行。

　　精明的西門慶開初不信，薛姑子滿嘴跑火車，大講特講了一回《陀羅經》大義，又講印經的無量功果。西門慶最後還真的讓她給「忽悠」了，當即讓玳安取出拜匣，拿了三十兩足色松紋，後來，又趕上李瓶兒要給兒子消災，再次給了薛姑子一對壓被的銀獅子、一對銀香球，合值五十五兩銀子。

　　而這薛姑子卻同印刷經卷的廠家串通了，玩了點貓膩，因分贓不勻，跟王姑子當眾吵翻了臉。王姑子揭了薛姑子的老底，並詛咒說：「這老淫婦到明日墜阿鼻地獄」。薛姑子也罵王姑子：「一個僧家，戒行也不知，利心又重，得了十萬施主錢糧，不修功果，到明日死後，披毛戴角還不起。」所以，孟玉樓說那些姑子，「什麼齣兒幹不出來」。

　　薛姑子常在大戶女眷中行走，很懂得察顏觀色，見什麼人說什麼話。比如剛進西門府那回，她說起吃素問題，批評那些酒肉穿腸過的和尚：「茹葷、飲酒，這兩件事也難，倒還是俺這比丘尼，還有些戒行。他這漢僧哪裡管。大藏經上不說的，如你吃他一口，

到轉世來，須還他一口。」這話把大妗子唬住了。說：「像俺們終日吃肉，卻不知轉世多少罪業。」薛姑子馬上轉了舵，改口說：「似老菩薩，都是前生修來的福，享榮華，受富貴。」一張嘴裡好幾條舌頭。

吳月娘吃了薛姑子的符水藥，還真懷了孕。於是潘金蓮起而效尤，也跟薛姑子討，但只給了薛姑子三錢銀子。薛姑子為了向潘金蓮「套磁」，也做了順水人情，表白她不像王姑子那樣利心重，只替人家行好，並不計較錢財。

扯謊騙錢是王姑子的當家本事。吳月娘給了王姑子銀子，讓她念受生的經，她壓根就不念，李瓶兒問起，她巧言搪塞說：「我雖不好，敢誤了他的經？在家整誦了一個月受生，昨日才圓滿了，今日才來。」李瓶兒死前，曾給了王姑子五兩銀子，讓她念《血盆經》，王姑子仍是沒念。當吳月娘問起來，她又說：「他老人家五七時，我在家請了四個師父，念了半個月哩。」這謊扯得太不靠譜，吳月娘雖然糊塗，也聽出了破綻，問她：「你念了怎的掛口兒不對我題？」王姑子訕訕坐了一會，溜之大吉。

難怪笑笑生說她們：「臉雖是尼姑臉，心同淫婦心。只是他六根未淨，本性欠明，戒行全無，廉恥已喪。假以慈悲為主，一味利欲是貪。不管墜業輪迴，一味眼下快樂。哄了些小門閨怨女，念了些大戶動情妻；前門接施主檀那，後門丟胎卵濕化」。「算來不是好姑姑，幾個清名被點汙」；「此輩若能成佛道，西方仍舊黑漫漫」。這些人，不過是披著佛衣的幫閒而已。

在財、色的語境下，佛門早已不再是一方淨土。

明中葉之後，宗教日益世俗化，僧人道士喝酒吃肉，娶妻生子，甚至宿娼嫖妓，被稱為「色中餓鬼」「花裡魔王」。一些好事的太監將妓女「佈施」給和尚，和尚竟欣然納之，處之泰然。一些僧人道士更熱衷於修合春藥、春方，以此結交達官顯貴。西門慶即是死於遊方和尚的春藥。明人陳鐸各有一首寫〈和尚〉和〈尼姑〉的曲子，其〈和尚〉一曲寫道：

> 爐中燒上馬牙香，門外懸著白紙榜，堂前列起銅佛像。鼓鈸兒一片響，直吃得拄肚撐腸。才拜了梁王懺，又收拾轉五方，沒來由窮日忙。

〈尼姑〉一曲寫道：

> 卸卻簪珥拜蓮台，斷卻葷腥吃素齋，遠離塵垢持清戒。空即空色是色，兩般兒袪遣不開。相思病難醫治，失心瘋無藥解，則不如留起頭來。

和尚像唱戲的跑場一樣，忙著去給人做法事，為了混個好吃喝，再多掙一些襯錢。尼姑不守戒行，單害相思。這便是宗教世俗化的具體表現。明中葉之後，僧尼隊伍不斷壯大，

魚龍混雜，佛門成為藏污納垢的場所，晚明僧人湛然對僧尼的成分日益複雜化深感憂慮，他指出，當今當和尚的人越來越多，但僧尼隊伍的良莠不齊也成為一個突出的問題：

> 或為內事露而為僧者，或為牢獄脫逃而為僧者，或夫為僧而妻戴髮者，謂之雙修；
> 或夫妻削髮，而共住庵廟，稱為住持者；或男女路遇而同住者；以至奸盜詐偽，
> 技藝百工，皆有僧在焉。[1]

宗教的世俗化必然會帶來宗教人員的無賴化，看看《金瓶梅》中的那一干「飲食男女」，幾乎個個都可稱作無賴的典型。

如果把一個《金瓶梅》世界分為娼門、豪門和佛門的話，娼門一片爛污，豪門家反宅亂，佛門更絕非淨土。在那個被銅臭嚴重污染的時代，出這麼幾個佛頭著糞的敗類，也就用不著大驚小怪了。

1　湛然：《慨古錄》。

下　卷
西門慶論

從「西門大郎」到「西門大官人」

西門慶在《金瓶梅》中一出場，就表明他是那個時代最富典型意義的產兒：

> 原是清河縣一個破落戶財主，就縣門前開著個生藥鋪，從小兒也是個好浮浪子弟，使得些好拳棒，又會賭博，雙陸、象棋，抹牌、道字，無不通曉。近來發跡有錢，專在縣裡管些公事，與人把攬說事過錢，交通官吏，因此滿縣人都懼怕他。那人複姓西門，單名一個慶字，排行第一，人都叫他做西門大郎。近來發跡有錢，人都稱他做西門大官人。[1]

西門慶的「來路」，已經很清楚了。

西門慶從根兒上原來是沒有任何官場背景的。他在清河縣政府門前開了家藥店，不過是個小老闆，因為排行第一，人稱「西門大郎」。武大也是被稱作「大郎」的，這並不表明他有什麼被人看重的資本。但是他這個藥店開得位置絕佳，就在「縣門前」。要知道這可是極好的旺鋪風水，首先，衙門裡老爺斷案，免不了有打板子、拶手指、吃夾棒的事，皮開肉綻，傷筋折骨也是家常便飯，在衙門前開藥店，客源是近水樓台。更重要的一點，藥鋪開在縣門前，也兼有了「機關醫院」的職能，讓他有更多的便利條件結交縣政府的一些公務員，一來二去，人熟了，機遇就有了，為「與人把攬說事過錢」打下了人脈基礎。西門慶自身條件不錯，人長得排場，又精通一些混世面的本事，加上條件便利，交幾個做公務員的朋友是很正常的事。西門慶是不甘心一直當藥店小老闆的，交通官吏讓他有了更豐厚的資源，所謂「管些公事」，「與人把攬說事過錢，」不外乎是串通縣政府公務員們幹些「吃了原告吃被告」的勾當，這些事他是怎麼做的，書上沒說，但我們看看他當了官以後的所作所為，就會全明白了，他如果不是做了一連串「缺德帶冒煙」的事，怎麼會讓「滿縣人都懼怕他」呢？清河縣的父老們不會全體懼怕一個開藥店的小老闆西門慶，卻有足夠的理由懼怕一個與腐敗的官場狼狽為奸的豪惡西門慶。所以儘管西門慶當時還沒有任何官銜兒，人們就稱他「西門大官人」了。

《金瓶梅》中寫到了西門慶在進入官場之前的數次「把持官府」的典型行為，這些行

1　《金瓶梅詞話》第一回。

為表明，還沒有進入官場的西門大郎，已經成了附在封建官僚體制上的一個可怕的毒瘤。從西門慶對官場操控步步升級，也讓我們看到了他的惡的淵藪，看到了產生他的那個時代的種種特徵。

西門慶第一次把持官府，是為自己開脫罪名。

西門慶與武大郎的妻子潘金蓮由王婆牽頭而勾搭成姦，姦情被武大發覺，武大捉姦時被西門慶一腳踢中心窩。西門慶又用王婆之計，與潘氏合謀，用毒藥毒死武大。西門慶怕忤作（衙門中專門負責驗屍的役吏）看出破綻，就去買囑忤作的領班——團頭何九。小說中有一段描寫：

> 何九到巳牌時分，慢慢的走來，到紫石街巷口，迎見西門慶，叫道「老九何往？」何九答道：「小人只去前面殮這賣炊餅的武大郎屍首。」西門慶道：「且借一步說話。」何九跟著西門慶來到轉角頭一個小酒店裡，坐下在閣兒內，西門慶道：「老九請上坐。」何九道：「小人是何等之人，敢對大官人一處坐的。」西門慶道：「老九何故見外？且請坐。」二人讓了一回坐下。西門慶分付酒保：「取瓶好酒來！」酒保一面鋪下菜蔬果品案酒之類，一面燙上酒來。何九心中疑忌，想道：「西門慶自來不曾和我吃酒，今日這杯酒，必有蹊蹺。」兩個飲勾多時，只見西門慶去袖子裡摸出一錠雪花銀子，放在面前，說道：「老九，休嫌輕微，明日另有酬謝。」何九叉手道：「小人無半點用功劲力之處，如何敢受大官人見賜銀兩？若是大官人有使令，小人也不敢辭。」西門慶道：「老九休要見外，請收過了。」何九道：「大官人便說不妨。」西門慶道：「別無甚事，少刻他家自有些辛苦錢。只是如今殮武大的屍身，凡百事周全，一床錦被遮掩則個，餘不多言。」[2]

從上述描寫可以看出，西門慶與何九並不十分熟悉，更談不上交情。他平素是不會把何九這樣的人放在眼裡的。但這麼一件人命關天的事，他卻可以堂而皇之地去向那個本來沒有任何交情的忤作團頭行賄。賄金多少？據後文何九看見潘金蓮美貌，自忖：「西門慶這十兩銀子使著了」，知是十兩銀子。對西門慶來說，這差不多是他出手最不大方的一次。以後屢次行賄，動輒幾十兩、幾百兩、上千兩。但這一回西門慶卻對他本無交情的何九很有把握，為什麼？因為他知道像何九這樣的衙門中的低級役吏實際上是怕他的。雖然人命關天，但他一樣可以以一種居高臨下的姿態對他們頤指氣使。果然，何九畏懼西門慶是個刁徒，把持官府的人，不得不按西門慶的意志行事，將武大葫蘆提驗了，一床錦被遮掩了滔天罪惡。西門慶在官府的威勢，得到一次成功的檢驗。

2　《金瓶梅詞話》第六回。

不久，公幹歸來的武大之弟武松知道了哥哥屈死的實情，寫了狀子，把豪惡西門慶和嫂子潘金蓮告到知縣的大堂之上。知縣見被告是西門慶，當下退廳，跟他的同僚們商議，縣裡的那一班縣丞、主簿、吏典，上上下下都是西門慶平常餵熟了的，於是一起給西門慶開脫，把這件事拖下來，並且立刻就向西門慶「通風報信」，實際上是給西門慶送上一個暗示。果然，西門慶使他的家人來保、來旺二人，身邊袖著銀子去「滅火」，把上上下下全買通了，所以武松狀子被粗暴地駁回。知縣對武松說：「你休聽外人挑撥，和西門慶做對頭。這件事欠明白，難以問理。聖人云：經目之事，猶恐未真，背後之言，豈能全信？」乾脆俐落地把話挑明了，還抬出「聖人」來為西門慶開脫干係。當班吏典更是拿出一副流氓腔對武松說：「都頭，你在衙門裡也曉得法律。但凡人命之事，須要屍、傷、病、物、蹤五事俱完，方可推問。你那哥哥屍首又沒了，怎生問理？」

血性漢子武松咽不下這口惡氣，自己去向西門慶尋仇，結果誤打死了縣衙皂吏李外傳，被收在監房裡。於是一紙文書解送東平府。

接下來，一件更加離奇的事發生了。

東平府府尹名叫陳文昭，《金瓶梅》說他「極是個清廉的官」。他親自處理武松的案子，瞭解到武松實有冤情，行文書到清河縣，「添提豪惡西門慶，並嫂潘氏、王婆、小廝鄆哥、仵作何九，一同從公根勘明白。」西門慶聽到這個消息，慌了手腳，陳文昭是個清官，不敢去打點他，於是打發家人來旺，星夜到東京，找他的兒女親家，下書與楊提督，楊提督又央轉內閣蔡太師。這蔡太師就是權傾朝野的蔡京，他沒想這個案子誰是冤頭，只是考慮到「怕傷了李知縣名節」，於是就給東平府尹陳文昭下了個帖子，指示他免提西門慶、潘氏一干人。這陳文昭原本是朝廷中大理寺寺正，升任東平府府尹，他也是蔡京的門生，又見楊提督是朝廷面前說得話的官，不好不給面子，「以此人情兩盡了」，只好「葫蘆僧斷葫蘆案」，把武松免死，「問了個脊杖四十，刺配二千里充軍。」於是武松就被流放到孟州去了。西門慶很輕鬆地化險為夷。

《金瓶梅》中好人不多，好官就更少，這個陳文昭是作者極力推獎的好官。書中有一段贊文，說他「平生正直，稟性賢明」「常懷忠孝之心，每行仁慈之念。」「戶口增，錢糧辦，黎民稱頌滿街衢；詞訟減，盜賊休，父老讚歌喧市井。」「正直清廉民父母，賢良方正號青天。」但就是這樣一個正直清廉的好官，最終仍不免畏懼權勢，做出了違背良心與律條的判決。

西門慶第二次「把持官府」，是為自己斂聚財富。

西門慶與他的結拜兄弟花子虛的妻子李瓶兒有了私情，花子虛因分財產，兄弟鬩於牆，被叔伯兄弟們一紙訴狀送進了開封府大牢。李瓶兒為尋後路，把梯己的金銀細軟交西門慶代管，又拿出三千兩大元寶，讓西門慶去打點，從牢裡撈出花子虛。

西門慶仍是求了他親家一封書信，差家人上東京，去運作楊提督，這位楊提督仍舊找蔡京批了個條子，下與開封府尹楊時。

跟陳文昭一樣，這楊時也「極是個清廉的官」，書中也有一段讚語，說他「為官清正，作事廉明。每懷惻隱之心，常有仁慈之念。」「雖然京兆宰臣官，果是一邦民父母，」奈何他同樣也是蔡京的門生。座主批了條子，不敢說二話，況且楊提督又是「當道時臣」，得罪不起，「如何不做分上？」於是開脫了花子虛。

花子虛打了一場官司出來，銀兩、房舍、莊田全沒了，兩箱子三千兩大元寶也不見了蹤影，花子虛著了一場氣惱，不到一個月就斷氣身亡。

西門慶第三次「把持官府」，是為自己脫禍。

這一回，是他的靠山楊提督出了問題。金兵大舉犯邊，兵部權臣昏憒無能，失誤軍機，兵科給事中宇文虛中參了相關官員一本，其中涉及楊戩，說他「本以紈袴膏粱，叨承祖蔭，憑籍寵靈，典司兵柄，濫膺閫外，大奸似忠，怯懦無比」。皇帝大怒，把楊提督下在南牢問罪，門下親族用事人等擬問枷號充軍。西門慶的親家陳洪受到牽累，女婿陳經濟兩口急急到清河投奔西門慶。那時西門慶正在興頭兒上，他買下了隔壁花子虛的一套大宅子，準備把李瓶兒娶過來，正修蓋花園，聽到這個消息，如同晴天一聲霹靂，急忙把花園工程停了，李瓶兒也不娶了，派心腹家人來保、來旺二人星夜到東京打點。

這次打點的對象，直接就是太師蔡京。兩人一番周折，通過蔡京的兒子蔡攸找到當朝右相李邦彥，李邦彥拿出要發問的楊戩親黨名單，果然有西門慶的名字。但是李邦彥收了西門慶行賄的五百兩金銀，「見五百兩金銀只買一個名字，如何不做分上」，於是就提起筆來，把「西門慶」的名字改作「賈慶」。

西門慶又平安躲過一劫。

西門慶第四次「把持官府」，是為自己出氣。

就在楊戩被參劾治罪，他惶惶不安，閉門不出的那些日子，李瓶兒招贅了遊醫蔣竹山，湊了銀子為他開了一間生藥鋪，西門慶知道了，就指使兩個流氓魯華、張勝痛打了蔣竹山。西門慶運作提刑夏延齡，打了蔣竹山三十大板，「打的皮開肉綻，鮮血淋漓」，還逼蔣竹山交出了本屬被兩個流氓敲詐的三十兩銀子。

西門慶第五次「把持官府」，是為了剪除「隱患」。

西門慶是個十足的色狼，家中的丫鬟僕婦，只要他看中的就要立即占為己有。來旺的媳婦宋惠蓮和他有了「首尾」，來旺知道了，仗著他曾數次去東京為西門慶出過力，喝醉了酒大罵西門慶，揚言要殺西門慶、潘金蓮二人，西門慶為了達到長期占有宋惠蓮的目的，設計陷害來旺，誣他半夜持刀妄圖殺害家主，將來旺送到提刑院。西門慶送了百兩金銀給夏提刑、賀千戶，於是來旺被重刑折磨之後又被遞解徐州。宋惠蓮知道後含

羞自縊身亡。西門慶又送了三十兩銀子給知縣李達天，李知縣「自恃要做分上，胡亂差了一員司吏，帶領幾個仵作來看了」，就開具了准許火化的憑證。

燒化宋惠蓮屍首時，宋惠蓮的老爹，開棺材鋪的老闆宋仁打聽得知，走來攔住不讓火化，說他女兒死的不明不白，口稱「西門慶倚強姦耍她，我家女兒貞節不從，威逼身死。我還要撫按上告，進本告狀！」西門慶給李知縣寫了個條子，宋仁就被一條索子拿到縣裡，反問他「打網詐財，倚屍圖賴」，當廳一夾二十大板，打的順腿鮮血淋漓。宋仁打的兩腿棒瘡，歸家後著了重氣，不上幾天就死了。

《金瓶梅》第二十七回寫完這個事件後有一首詩，謂：「縣官貪污更堪嗟，得人金帛售奸邪。宋仁為女歸陰路，致死冤魂塞滿衙。」

「致死冤魂塞滿衙」，就是當時最形象的官場景觀。

上面舉到的五個典型事件中，有四條人命（武大、花子虛、宋惠蓮、宋仁），兩個人被流徙（武松、來旺），每一次西門慶都是最終的勝出者。

從以上西門慶五個「把持官府」的典型事例中可以看出，西門慶以一介布衣而能實現對官場的操控，讓一台國家機器隨心所欲地為他轉動，這裡面的秘訣只有一個，而且很簡單，那就是用金錢當鑰匙，捅開層層官衙的大門。一旦入室登堂，便可游刃有餘。西門慶幹得最熟的一件事，就是「打點」官場，從清河縣政府管驗屍的小吏何九到李知縣再到夏提刑、張團練、荊千戶、賀千戶之輩，一直「打點」到位極人臣的京官和封疆大吏，以及皇帝寵信的宦官和權傾朝野、一人之下萬萬人之上的太師。

這麼簡單的道理，人人都懂，卻不是誰都能做到的。首先你得有錢，其次你得捨得花錢，有時拼上老本也不皺眉頭。另外，這「打點」的學問實際上很深，「打點」誰？怎麼去「打點」？絕對是個高難度的技巧問題。西門慶在官場上呼風喚雨，除了他有錢、捨得花錢、又懂得「打點」的學問之外，還有一個重要的原因，就是西門慶生活的那個時代，就是個錢能通神的時代。

「升官圖」上第一擲

　　雖然西門慶是以生藥鋪小老闆的身分登場的，但他「發跡有錢」，卻不是靠這間生藥鋪，到他死的那一年，生藥鋪的本利不過五千兩銀子。不大可能讓他迅速發跡。

　　西門慶挖到的第一桶金，就來自日益腐敗的官場。

　　但是，西門慶是不會僅僅滿足「西門大官人」這個虛頭馬腦的稱號的。交通官吏讓他嘗到了不少的甜頭兒，對官場的熟稔讓他在對「官」和「權」產生羨慕的同時也產生了心理失衡：這樣的事做起來雖然順手，可畢竟自己得向重權在握的公務員屈身，不但要下功夫「交通」那一層層的官員，而且連要員家看門的你都不能繞過去，你不塞上「紅包」連門檻也別想跨進一步，想起來很不爽。

　　所以西門大官人要讓自己真正成為「西門大官人」，到那時，別人自然會來「交通」他，只有真正把那身補服穿在身上，才能成為最大的贏家。

　　如果從西門慶自身的「硬件」來說，這幾乎就是個「天方夜譚」。

　　明代的選官制度，是「三途並用」。「三途」指的是進士、舉貢、雜流。前兩者算是「正途」出身，以科舉為核心，包括進士、舉人、貢生、監生以及薦舉、任子等；後者則以吏員為核心，包括吏員、承差、知印、書算、譯字、通事等。也就是從吏員中去選任。吏員是中央和地方各機構中的低級辦事人員，有提控、都吏、通吏、令吏、掾史、司吏、典吏、書吏、承發、獄典、攢典、閘吏、驛吏等名目。承差是在布政司、按察司、都指揮司等機構的辦事人員。知印則在宗人府、五府、六部、都察院等內外衙門供職。書算、譯字、通事等則是在專門機構中有特殊技能的人員。這些人沒有「正途」的進身資本，但因長期在各級衙門工作，所以也有選官的機會。任吏員三年，可以參加選官的考試。經過三次考核，即服役滿九年，可以獲得出任官職的資格。

　　不用說了，西門慶哪一條都沾不上邊兒。

　　但是，從明正統以後，國家的選官制度發生了很大的變化，那就是因國庫空虛開始賣官鬻爵，尤其是地方荒賑之年和軍餉不足時，更是「仕途如市」，「入市者如往市中貿易，計美惡，計大小，計貧富，計遲速」[1]。因納銀納粟補官的人越來越多，明中葉以

1 　　《周忠介公燼餘集》卷二〈與朱德升孝廉書〉。

後，捐官的銀、粟已成為朝廷的正常「歲入」。最好的時候，這種「歲入」可達三十萬兩之多。僅是山東章丘一縣，捐資補吏者竟「多至千數」。[2]《明史·食貨志》有「捐納事例」：「自憲宗（成化）始，生員納米百石以上，入國子監。軍民納二百五十石，為正九品散官，加五十石，增二級，至七品止。」

這些補官的人，當然多數是「間操奇贏，出而作賈」的富商。

這種情況，到了嘉靖時已不可收拾。特別是嚴嵩當政時，「吏、兵二部每選，請屬二十人，人索賄數百金，任自擇善地，致文武將吏盡出其門。」他的兒子嚴世蕃借父權專利無厭，私擅爵賞，懸秤賣官，廣致賂遺。當時，各級官職都是明碼標價的，「官無大小，皆有定價」[3]，「某官銀若干，某官銀若干。至於升遷亦然，某缺銀若干，某缺銀若干，群眾競相價值轉增。」[4]這「若干」是多少？州判三百兩，通判五百兩；指揮三百兩，都指揮七百兩；御史、給事中分別為五百兩和八百兩，也有增至千兩者。[5]吏部因執掌著人事任免升黜大權，所以價碼也就最高，郎中、主事三千兩，後增到一萬二千兩。[6]比如項治原向嚴世蕃行賄一萬三千兩，立即由刑部主事轉為吏部主事。[7]嚴世蕃對中外官之饒瘠險易更是爛熟於心，「責賄多寡，毫髮不能匿」。[8]上至朝廷要員，下至地方大小文武百官的選授和升遷，不問賢愚廉貪，只看你行賄多少。行賄多者，「擇官選地，取如探囊，朝求暮獲，捷若應響」。[9]官吏的買賣也因供求關係的影響而引入了「競爭機制」，一個肥職大家競相購買，價格也便一路飆升。「金多譽重，財望升官，排門入闈，只能是鑽」。[10]

既然官職已經可以待價而沽，誰出的錢最多，誰就能買到較高的位子。

這種賣官，美其名曰「捐」，即用財物向朝廷購買官爵，也稱為「納貲」。

中國的捐官制度並不始於明，早在秦始皇四年，因為全國性的大疫和蝗災，准許納粟拜爵，其標準是納粟千石，拜爵一級。漢武帝因用兵匈奴，財用不足，「始令吏得入穀補官，郎至六百石」[11]。其中有名卜式者，以納貲而升任為御史大夫。漢武帝時，國

2　萬曆《章丘縣誌》卷十四。
3　于慎行：《穀山筆麈》卷五〈臣品〉。
4　《皇明經世文編》卷二三九。
5　沈元：《皇明從信錄》卷三十二。
6　王世貞：《嘉靖以來內閣首輔傳》卷四〈嚴嵩傳〉。
7　《明經世文編》卷三二九鄒應龍：〈貪瀆蔭臣欺君蠹國疏〉。
8　《明史》卷三〇八〈嚴嵩傳〉。
9　《明世宗實錄》卷五一三。
10　《醉醒石》第七回。
11　《史記》卷三十〈平准書〉。

家財政赤字巨大，又大開入財補官之門。東漢安帝以後，更公開標價賣官，如二千石官兩千萬，四百萬官四百萬。靈帝時還令左右賤價拍賣，公千萬，卿五百萬。有錢的一手交錢一手得爵，沒錢的可先做官然後再交錢，不過後交錢的價格可就翻番了。後來歷朝相傳，各代在國家財政困難，或為賑災、或補河工、邊備的不足，經常要賣爵，賣生員、監生，有時也賣官。

問題是，「納貲」的大門一開，一些權臣便借此機會廣開納賄之門，把官爵作為他們炙手可熱的「奇貨」，西門慶也正是鑽了這個空子。

西門慶的官是怎麼來的？

蔡京要過壽誕，這個消息，是蔡京的秘書長管家翟謙先生透露給西門慶的。西門慶當然不會輕易放過這個絕好的機遇。

蔡京的生日是六月十五日，西門慶從元宵節剛過便著手操辦送壽禮的事了。他打發來旺兒往杭州專門織造蔡太師生辰衣服，宋惠蓮的事剛了畢，他就雇了許多銀匠，在家中捲棚內，打造蔡太師上壽的「四陽捧壽」的銀人。每一座銀人高一尺多。又打了兩把金壽字壺，尋了兩副玉桃杯，西門慶打開來旺從杭州織造的幾大箱蟒衣、尺頭，發現還少兩件蕉布紗蟒衣，拿銀子叫人到處尋，買不出好的來，將就買了兩件。五月二十八日就打發心腹家人來保和主管吳典恩去開封送壽禮。

來保和吳主管東京送生辰擔，在《金瓶梅》第三十回是一場大關目的重戲：

> 少頃，太師出廳。翟謙先稟知太師，太師然後令來保、吳主管進見，跪於階下。翟謙先把壽禮揭貼呈遞於太師觀看，來保、吳主管各捧獻禮物。但見：黃烘烘金壺玉盞，白晃晃減鞍仙人，良工製選費工夫，巧匠鑽鑿人罕見。錦繡蟒衣，五彩奪目；南京紵緞，金碧交輝。湯羊美酒，盡貼封皮；異果時新，高堆盤榼。如何不喜，便道：「這禮物決不好受的，你還將回去。」於是慌了來保等，在下叩頭，說道：「小的主人西門慶，沒甚孝順，些小微物，進獻老爺賞人便了。」太師道：「既是如此，令左右收了。」旁邊左右支應人等，把禮物盡行收下去，太師又道：「前日那滄州客人王四等之事，我已差人下書與你巡撫侯爺說了，可見了分上不曾？」來保道：「蒙老爺天恩，書到，眾鹽客都牌提到鹽運司，與了勘合，都放出來了。」太師因向來保說道：「禮物我收了，累次承你主人費心，無物可伸，如何是好？你主人身上可有甚官役？」來保道：「小的主人，一介鄉民，有何官役。」太師道：「既無官役，昨日朝廷欽賜了我幾張空名告身箚付，我安你主人在你那山東提刑所，做個理刑副千戶，頂補千戶賀金的員缺，好不好？」來保慌的磕頭道：「蒙老爺莫大之恩，小的家主舉家粉首碎身，莫能報達。」於是喚堂

> 候官抬書案過來，即時僉押了一道空名告身劄付，把西門慶名字填注上面，列銜金吾衛衣左所副千戶，山東等處提刑所理刑。向來保道：「你二人替我進獻生辰禮物，多有辛苦。」因問：「後邊跪的是你什麼人？」來保才待說是夥計，那吳主管向前道：「小的是西門慶舅子，名喚吳典恩。」太師道：「你既是西門慶舅子，我觀你倒好個儀表。」喚堂後官取過一張劄付，「我安你在本處清河縣做個馹丞，倒也去的。」那吳典恩慌的磕頭如搗蒜，又取過一張劄付來，把來保名字，填寫山東鄆王府，做了一名校尉。俱磕頭謝了，領了劄付。

什麼叫「空名告身劄付」？所謂「告身劄付」就是委任狀。「空名告身劄付」就是空白官職委任狀。有意味的是，蔡京手上的空白委任狀，竟是皇帝所欽賜給他的。皇帝把官職委任狀作為禮品賜給權臣，權臣當然可以把它當作錢權交易的資本。

讓西門慶沒有想到的是，他在升官圖上的意外一擲，就得了一個大大的彩頭，由一介布衣，成了金吾衛錦衣左所副千戶、山東等處提刑所理刑。儕身於高級幹部行列。就是他的兩個家人，也跟著「雞犬升天」，成了政府吏員。

西門慶當的是什麼官？金吾衛初設於唐，是從漢代「執金吾」演化而來，本是皇帝禁衛軍的別稱。宋稱「環衛官」，無定員與職事。明又重設。明代的禁衛軍分上直衛、南北京衛。上直衛中又有「金吾前衛」「金吾後衛」「金吾左衛」「金吾右衛」「錦衣衛」等等，其親軍宿衛分掌宿衛，而「錦衣衛」主巡察緝捕、理詔獄。明代人習慣把錦衣衛稱作「金吾」或「金吾衛」。錦衣衛左所是怎麼回事？錦衣衛中，分中、左、右、前、後五所，但是錦衣衛未嘗有派出京師以外的掌刑機構，或許是小說家故意弄了點「雲山霧沼」吧。按照明代同類職官，西門慶的官職相當於明代廠、衛的屬官，從五品。也就相當於現在省公安廳的副廳長。

他的官嚴格地講不是「捐」來的，而是行賄「買」來的。這就正如《金瓶梅》中所說：「富貴必因奸巧得，功名全仗鄧通成」。

花錢買了官，就得把行賄的錢撈回來，這在買官的人來看是天經地義。兵部尚書梁廷棟的一件上疏寫出了官員的此一心態及行為：「今日閫左雖窮，然不窮於遼餉也。一歲中，陰為加派，不知其數。如朝覲、考滿、行取、推升，少者費五六千金，合海內計之，國家選一番守令，天下加派數百萬。」[12]

西門慶的種種以權斂財的行為，也正是這種心態的反映。

12　《明史》卷二五七〈梁廷棟傳〉。

西門慶與「官吏債」

　　西門慶是個商人，同時又是個高利貸主。經商之外，放官吏債是他攫取財富的一個重要方式。

　　六十九回，文嫂向林太太介紹這個「潑天富貴」的大財主的經濟情況時說：

> 家中放官吏債，開四五處鋪面：緞子鋪、生藥鋪、綢絹鋪、絨線鋪，外邊江湖上又走標船，揚州興販鹽引，東平府上納香蠟，夥計主管，約有數十……

官吏債，是明朝中後期出現的一種債務形式。

　　明中葉以後，由於明王朝吏治敗壞，社會上賄賂公行，買官的要錢，做了官的，為了拉攏各方面的權勢人物和巴結上司也要錢，新考中還未烏紗加頂的進士更是得處處用錢。除非你是豪門大戶，一般的士官階層，何以一時籌得這許多款項，只好向別人借貸。這樣，也就產生了專一以官吏為對象的貸款方式——官吏債。

　　由於這種債務關係盛行京師，時人亦稱之為「放京債」。

　　「京債」之名目，至少在唐朝就有了。但真正流行開來並蔚成風氣，還是在明代。

　　《明武宗實錄》載，正德時，一些地方官僚們為巴結內相劉瑾，紛紛行賄取媚。諸司官朝覲至京，畏劉瑾虐焰，恐罹禍，亦各斂銀賂之，「每省至二萬兩，往往貸於京師富家。復任之日，取官庫所貯倍償之，其名曰京債。」[1]

　　王世貞也說，他自己就曾借過「官吏債」：

> 余舉進士，不能攻苦食儉，初歲費將三百金，同年中有費不能百金者。今遂過六七百金，無不取貸於人。蓋贄見大小座主，會同年鄉里官長，酬酢公私寓釀，賞勞座主僕與內閣、吏部之興人，比舊往往數倍，而裘馬之飾，又不知節儉。[2]

一個候選官為了酬謝座師、同年及賞賜僕從興人，而一年為此借貸約六七百金，可見此風之惡。

1　　《明武宗實錄》。
2　　《觚不觚錄》。

陶奭齡《小柴桑喃喃錄》載：「今寒士一旦及第，諸凡輿馬僕從、飲食衣服之類，即欲與膏粱華腴之家爭為盛麗，秋毫皆出債家。」

借債的人是為了自己一點可憐的虛榮心，去攀比膏粱華腴之輩，只好向人高息告貸。官吏債的利息很重，有時高達百分之百。而放債者，當然是富賈或大財閥，也有縉紳豪民。他們放官吏債，以此謀利是一個方面，另一個重要的方面是可以利用金錢的力量勾結和收買官吏，取得一般的放債所不可能得到的好處。

債權人看重的怕還是這一點。

這也從另一個方面，標誌著在貨幣和權利面前人的尊卑關係出現的新變化。過去長期受排擠受歧視的工商業者，因為腰裡有錢，被人刮目相看；那些趾高氣揚的官吏士大夫，為了取得貨幣，不得不向富商巨賈們去求助。

在當時常常出現這樣的景觀：新官剛一到任，債主就追著屁股趕上門來，「上任者朝來，索債者暮至」[3]。楊士耽《玉堂薈記》中載「余州選一新守，隻身而來，有京債七人，隨入衙中」。也有為此事怒而相詈者。

為了還債，不得不「約扣俸抵償」，但做官的俸祿畢竟有限，「非盜竊帑藏，盤剝閭閻，何以償之」？[4]

明代曾對放、借官吏債有過禁令：

> 所選官吏監生人等借債，與債主及保人同赴任所取償至五十兩以上者，借者革職，債主及保人各枷號一個月發落，債追入官。[5]

然而此風卻屢禁不止，一直堅持到明朝之末。一則因為從上到下，懸秤賣官，已成風氣，且腐敗的根子在朝廷；二則因為債權人和借貸者是互相依存的互惠關係，而且放官吏債的債主如西門慶者流，腰桿子都是粗得很。《拍案驚奇》中有個張金，就是個很吃得開的人物，他「在京都開幾所綢緞鋪，專一放官吏債，打大頭腦。」而且凡是「居間說事，賣官鬻爵，只要他一口耽帶，就無不成。」因此而被稱作「張多保」。

有這樣的債主和借債者，什麼樣的律條都只能是一紙空文。

3　吳應箕：《樓山堂集》卷九〈擬進策·塞貪源〉。
4　《小柴桑喃喃錄》。
5　《明會典》卷一六四〈違禁取利〉。

西門慶的家業和買賣

　　在商場，西門慶算得上是一個長袖善舞的優秀操盤手。

　　短短幾年功夫，這個在縣門前開個生藥鋪子的小老闆，財富滾雪球般膨脹，迅速發跡變泰，成為富甲一方的資本大鱷。

　　西門慶是如何發財致富的呢？

　　首先是抓住了資本擴張的戰略機遇期。

　　西門慶出生在一個商人家庭，他老子西門達，曾是一個絨布商人，往甘州賣過絨布。但後來不知什麼原因敗落下來，所以西門慶從他老子手裡繼承的，只有一間有兩三個夥計的生藥鋪。靠這間開在縣門前的生藥鋪，養家餬口還勉強，發財致富就難了。西門慶竟然在幾年內增開了緞子鋪、綢絹鋪、絨線鋪、解當鋪，加上走標船，放高利貸、販鹽引、納香蠟，資本迅速擴張。

　　西門慶很有經商的眼光。他知道，機遇只眷顧有準備的頭腦，抓不住這電光石火般的商機，就不能在商品社會裡立足。

　　西門慶看準了南方的紡織品在北方是供不應求的俏貨，多次派夥計韓道國、來保、崔本等人遠到著名的棉紡織業中心販運布匹，往久享盛名的絲綢出產地——南京、湖州、杭州販運綢緞。小說很仔細地寫了西門慶打發夥計出門販貨的細節。出門前，韓道國向西門慶彙報：「船已雇了，準備在二十四日起身。」西門慶問：「兩邊鋪子裡賣下多少銀兩？」韓道國說共湊下六千餘兩。西門慶又吩咐：「兌二千兩一包，著崔本往湖州買綢子去。那四千兩，你與來保往松江販布，過年趕頭水船來。」

　　西門慶不愧是一個善賈的能人，他工於決策，又精明練達，為了販回這些搶手貨，他從來是敢下本錢的。五十八回寫韓道國去杭州，一次就置辦了「一萬兩銀子的緞絹貨物」。

　　長途販運使他有奇貨可居，因此他的商品就比別人更容易脫手。看他綢絹鋪開張的紅火熱鬧場面：

　　　　那日親朋遞果盒、掛紅者，約有三十多人。喬大戶叫了二十名吹打的樂工、雜耍撮弄。西門慶這裡，李銘、吳慧、鄭春三個小優兒彈唱，甘夥計與韓夥計都在櫃

　　　　上發賣，一個看銀子，一個說價錢，崔本專管收生活。不拘經濟、買主進來，讓
　　　　進去，每人飲酒二杯。[1]

那一天開張，「夥計撐賬，就賣了五百餘兩銀子」。

　　西門慶這一手抓得很準。商人集團大規模的貨幣積累，主要靠的就是長途販運。小區域的剝削可以聚斂一定的財富，但不能積累大資本。當大商人就得腿兒長一些。明末興起的許多有影響的商人集團，如徽商、洞庭商、潞州商、陝西商等，皆因此而顯赫。

　　二是靠「興販鹽引」。

　　中國的鹽業，歷代一直是官營的。但從明代開始，允許商品販運，開了鹽業私營之先河。「煮海之利，歷代皆官領之，太祖初起，即立鹽法，令商人販鬻，二十取一，以資軍餉。」[2]

　　《金瓶梅》第四十八回，蔡京向朝廷新奏七件事中，就有關於鹽政改革的專項，來保向西門慶復述此事說：

　　　　太師老爺新近條陳了七件事，旨意已是准行。如今老爺親家、戶部侍郎韓爺題准
　　　　事例，在陝西等三邊開引種鹽，各府州郡縣，設立太倉，官糶糧米。令民間上上
　　　　之戶，赴倉上米，討倉鈔，派給鹽引支鹽。舊倉鈔七分，新倉鈔三分。咱舊時和
　　　　喬親家爹高陽關上納的那三萬糧倉鈔，派三萬鹽引，戶部坐派，倒有好些利息。

對販鹽的行商，當局批發給鹽引，每引二百斤。鹽引是鹽商專利的證券。商人買到鹽引後到指定區域行鹽，壟斷食鹽買賣。清人萍浪生《夢言》卷二記明嘉靖中霍韜疏謂：「昔我太宗之供邊也，悉以鹽利。其製鹽利也，每鹽一引，輸邊粟二斗五升。是故富商大賈，悉利於邊，自出財力，自招遊民，自墾邊境，自藝菽粟，自立堡伍。歲時屢豐，菽粟屢盈。至天順、成化年間，甘肅、寧夏粟石易銀二錢，時有計利者曰：商人輸粟二斗五升，支鹽一引，是以銀五分得鹽一引也。請更法。課銀四錢二分支鹽一引，其獲利八倍於昔矣。戶部以為實利，遂變其法，凡商人引鹽，悉輸銀於戶部，間有輸粟之例，亦屢行屢止。」

　　這種「獲利五而無勞」的好生意，不是一般的商人能做得來的。西門慶用資費「千兩金銀」的宴席，買通了巡鹽御史蔡一泉，才比別的商人早掣取鹽引一個月，搞到了「淮鹽三萬引」，這是六百萬斤鹽的大生意，獲利是頗為可觀的。西門慶的夥計從揚州支鹽

1　《金瓶梅詞話》第六十回。
2　《明史·食貨志》。

來賣掉，又往「湖州販了些絲綢來」，帶回了價值萬兩銀子的貨物，按應伯爵的說法，是「決增十倍之利」。

這種現象在明中葉以來的史料中錄述亦頗多。如嘉靖時歙縣商人潘惟信，在經營典當的同時，還「以鹽筴賈江淮，粟賈越，布賈吳」[3]。又歙縣商人潘汀洲，除經營典當外「或用鹽筴，或用橦布」。歙商程澧也大體類此。「東吳饒木棉則用布，維揚在天下之中則用鹽筴」[4]。陝西三原商人師從政，除放債取息之外，又用「鹽筴賈淮揚三十年，累金數十萬」[5]。明人的小說話本中也多有反映，不再一一例舉。

販鹽這一出力少、獲利大的經營項目，一般商人是幹不來的，只有「豪猾之民」方可為之。沒有門路的鹽商，往往「侯掣必五六載，於是有預徵執抵，季掣之法」[6]。光等侯拿到鹽引，就得耐下性子用五六年功夫！甚至還有十幾年、幾十年拿不到鹽引的，「商人支鹽如登天之難……有守候數十年老死而不得支者，令兄弟妻子支之」[7]。「商人有自永樂中支鹽，祖孫相代不得者」[8]。由於鹽政的敗壞，更多的商人納糧後，手裡握著倉鈔卻支不出鹽來，導致倉鈔貶值，幾成廢紙，他們哪裡比得上西門大官人這樣靠山硬、又財大氣粗的「官倒」。

三是在「政府採購」中獲利。

「政府採購」是商人發財的一條「終南快捷方式」。

西門慶心裡清楚，天下最大的老闆，就是朝廷，兜上這個大老闆的生意，不愁沒有白花花的銀子進賬。所以第一次應伯爵告訴他攬頭黃三、李四承攬了為朝廷每年採購三萬斤香料和黃白蠟的生意，十分眼紅，憑直覺他知道這一大單生意的利潤絕非他開綢緞鋪、絨線鋪可比。黃三、李四資金有缺口，向西門慶借兩千五百兩銀子，西門慶對應伯爵說：借他銀子幹什麼？這麼好的生意，乾脆我自己幹算了。後來，朝廷東京行下文書，天下十三省每省兩萬兩銀子的古器，東平府坐派下二萬兩，西門慶當即決定這單生意同李三、黃四合夥來做，由他打通關節去跑辦批文。沒想到批文到手，西門慶卻已撒手歸陰，李三立刻以金錢收買了西門慶家僕人來爵，投到張懋德手下，另覓了新靠山。李三、黃四後來因虧空官錢糧，同來保一起被押在監獄裡追贓，死在監內。

四是靠機敏的膽略和才識。

3　《太函集》卷五十一。
4　《太函集·潘汀洲傳》。
5　《溫恭毅文公文集》卷十一。
6　《明史·食貨志》。
7　朱廷立：《鹽政志》。
8　《明史·食貨志》。

　　小說第十六回寫西門慶與李瓶兒正在幽會，家中小廝玳安來報告：「家中有三個川廣客人，在家中坐著，有許多細貨要科兌與傅二叔，只要一百兩銀子押合同。其餘八月中旬找完銀子。大娘使小的來請爹家去，理會此事。」西門慶正與李瓶兒打得火熱，不願回家，李瓶兒勸他：「買賣要緊」，催他快去。這是一筆絕好的生意，賒貨不占資金，可以便當取利。

　　西門慶說：「你不知道，賊蠻奴才，行市遲，貨物沒處發脫，才來上門脫與人，遲半年三個月找銀子。若快時，他就張致了。滿清河縣，除了我家鋪子大，發貨多，隨問多少時，不怕他不來尋我。」李瓶兒一再勸他「買賣不與道路為仇」，西門慶這才跟上玳安走了。

　　原來西門慶早猜準了那些川廣行商的心理，銷售旺季時他們充大爺，拿腔作勢，到了淡季就是孫子了。手裡壓著貨出不了手，寧可蝕點本錢也要急於脫手。這個時候作為清河最有實力的坐商，他必須要沉得住氣，要知道如何去牽著他們的鼻子走。像釣大魚的高手一樣，慢慢在水裡「溜」它，「溜」得它沒了氣力再摘釣鉤。

　　西門慶熟悉市場行情，瞭解商品的銷售狀況，因此能把握時機，正確地調動和使用資金，不斷地讓自己把生意的蛋糕做大，擴充自己的地盤和勢力範圍。

　　小說第三十三回，應伯爵向西門慶介紹了一個湖州絲線商人何官兒，門外店裡堆著五百兩絲線，急等著起身家去，要儘快脫手。西門慶與吳月娘計議，「獅子街房子空閒，打開門面兩間，倒好收拾開個絨線鋪子。搭個夥計，況來保已是郵王府認納官錢，教他與夥計在那裡，又看了房兒，又做了買賣。」於是狠狠地壓低了價格，果斷地以四百五十兩銀子把貨全部盤下，然後立即雇了韓夥計，「同來保領本錢雇人染絲，在獅子街開張鋪面，發賣各色線絲，一日也賣數十兩銀子。」

　　幾年之間，這個因此而開張的絨線鋪就發展成為一個有六千五百兩本銀的鋪面了。

　　五是重利盤剝。

　　放債是西門慶聚斂財富的一個重要手段。

　　他放官吏債，一千兩銀子月息高達五十兩，盤剝之重，實令人髮指。

　　第三十回，吳典恩向西門慶借銀一百兩，文書上寫明中人與利五分；四十三回，商人李三黃四向西門慶借了一千五百兩銀子，還了一千兩，還欠五百兩，又付他利息一百五十兩；四十五回中，黃四說：「人是五分行利」。

　　在臨死前的遺囑中，西門慶還交代劉學官、華主簿、門外徐掌櫃等各欠銀若干。都有合同，可以上門催討。

　　另外，西門慶還利用典當方式，攫取高利資本。

　　他開的鋪面中，即有解當鋪和印子鋪。解當鋪即當鋪，又叫「押店」或「質庫」，

本身就是變相的高利貸。小說第二十回，西門慶因娶了李瓶兒，又連得兩三筆橫財，資金雄厚，於是「又打開門面二間，兌出二千兩銀子來，委傅夥計、賁地傳開解當鋪」。在李瓶兒的二樓上打上架子，「擱解當庫衣服首飾，古董書畫，玩好之物，一日也當許多銀子出門」。當鋪是以實物作抵押而放貸款的生意，典當物主在約定期限內憑當票付清本利，贖回所當物品，逾期不贖即歸當鋪所有。小說第四十五回，白皇親家拿了一座大螺鈿大理石屏風，兩架銅鑼鼓連鐺兒，要當三十兩銀子。玳安來請示西門慶，問當與不當與他。西門慶正和應伯爵打雙陸，聽了這話，忙讓賁四把東西抬到廳堂上：

> 西門慶與伯爵撇下雙陸，走出來看。原來是三尺闊、五尺高，可桌放的螺鈿描金大理石屏風，端的是一樣黑白分明。伯爵觀了一回，悄與西門慶道：「哥，你仔細瞧，恰相好似蹲著個鎮宅獅子一般。」兩架銅鑼銅鼓，都是彩畫生妝雕刻雲頭，十分齊整。在傍一力攛掇，說道：「哥該當下他的。休說兩架銅鼓，只一架屏風，五十兩銀子還沒處尋去。」西門慶道：「不知他明日贖不贖？」伯爵道：「沒的說，贖甚麼？下坡車兒營生。及到三年過來，七八本利相等。」西門慶（對賁四）道：「也罷，教你姐夫前面鋪子裡兒三十兩與他罷。」剛打發出去了，西門慶把屏風拂抹乾淨，安放在大廳正面，左右看視，金碧彩霞交輝。因問：「吹打樂工吃了飯不曾？」琴童道：「在下邊打發吃飯哩。」西門慶道：「叫他吃了飯來吹打一回我聽。」於是廳內抬出大鼓來，穿廊下邊一架，安放銅鑼銅鼓。吹打起來，端的聲震雲霄，韻驚魚鳥。正吹打著，只見棋童兒請了謝希大到了，進來與二人唱了喏。西門慶道：「謝子純，你過來，估估這座屏風兒值多少價？」謝希大近前觀看了半日，口裡只顧誇獎不已，說道：「哥，你這屏風買的巧，也得一百兩銀子與他，少了他不肯。」伯爵道：「你看，連這外邊兩架銅鑼銅鼓，帶鐺鐺兒，通共與了三十兩銀子。」那謝希大拍著手兒叫道：「我的南無耶，那裡尋本兒利兒！休說屏風，三十兩銀子還攪給不起這兩架銅鑼銅鼓來。你看這座架，做的這工夫！朱紅彩漆，都照依官司裡的樣範，少說也有四十斤響銅，該值多少銀子？怪不得一物一主，那裡有哥這等大福，偏有這樣巧價兒來尋你的！」

一般典當行對抵押物的估價，都會遠遠低於實際價值，而且白皇親已顯然家道中落，靠典當家藏維持生計了，如應伯爵所說，是「下坡車兒營生」，按書中寫的，三年後既使想贖回去，也是「本利相等」。依書中寫的三十兩典銀算，其借款利率相當於月息三分，看起來比放債月息五分要低，但須知這架大螺鈿大理石屏風和一套銅鑼銅鼓，其價值已遠遠低於實價了。而且三年後斷無力贖回，因此西門慶還是撿了一個大便宜。

西門慶家有不少是贖不回去的典當物，比如潘金蓮的大四方穿衣鏡，就是「鋪子裡

人家當的」[9]。李嬌兒下雪天穿的皮襖，也是王招宣府上的典當物。[10]

第九十五回，平安在當鋪裡偷了人家典當的兩件首飾，一副金頭面，一柄鍍金鉤子，當時是以三十兩的價格典當的，人家拿了本利來贖取，當鋪卻交不出原物，於是驚動官府，說那些東西值「七八十兩銀子」，由此可見當鋪盤剝之劇。

《明律》中曾規定：「凡私放錢債及典當財物，每月取利不得過三分，年月雖多，不過一本一利」[11]。然而對於西門大官人這樣的嗜利無厭的高利貸主，幾乎等於一紙空文。

史料證明，明季之高利貸，往往是勒償倍息。如萬曆時，廣東廉州府小民每當「徵輸急，輒取貸於賈人，利復計利，無有窮極，習而安之，弗為異。」[12]再如嘉靖之欽州，「（小民）遇有徵輸，輒向貸於賈人、軍家，利上加利，不知紀極，有一金不一二年取十數金者。民習為常，恬不為怪。」[13]

這種「一金不一二年取數十金」的高利貸，利率竟達百分之七八百，遇有水旱兵禍，高利貸主更是「取息倍於他日」[14]。《金瓶梅》第九十四回，寫到守備府中親隨張勝的小舅子劉二，「專一在碼頭上開帽店，倚強凌弱，舉放私債，與窩巢中名娼使錢，加三討利，有一不給，將本作利，利利加利」。這種「驢打滾兒」式的債務形式，在明代即已產生。

《金瓶梅》是一面鏡子，這面鏡子不僅僅映照出了那個時代的醜惡，更重要的是從西門慶這張臉上，看到了一個新興商人集團的眾生相。

9　《金瓶梅詞話》第五十八回。
10　《金瓶梅詞話》第四十六回。
11　《明律》卷九〈戶律六·錢債·違禁取利〉條。
12　萬曆《廣東道志》卷五十三，郡縣誌四十。
13　《欽州志》卷一〈風俗〉。
14　《鮑翁家藏集》卷六十五。

西門慶的「老婆財」

　　小說第二十九回，「吳神仙貴賤相人」，周守備推薦的那位自稱「粗知十三家子平，善曉麻衣相法，又曉六壬神課」的吳神仙，給西門慶相面，說他「奸門紅紫，一生廣得妻財」，真是一語中的。

　　西門慶的發跡，與他的「廣得妻財」關係甚大。

　　西門慶前後娶過七個老婆。先頭娘子早逝，身邊留下一女西門大姐兒，又娶了清河縣左衛千戶之女吳月娘，填房為繼室，算是正妻。第二個名李嬌兒，是勾欄裡的妓女；第三個叫卓丟兒，是南街窠子裡的妓女，得了場病死了，便娶了孟玉樓「頂窩兒」；第五個是潘金蓮，第六個即李瓶兒。

　　西門慶得的第一筆「老婆財」，來自於富孀孟玉樓。

　　孟玉樓原是南門外一個楊姓布商的遺孀，小說第七回，媒婆薛嫂這樣向西門慶介紹她的來路：

> 　　我來有一件親事來對大官人說，管情中得你老人家意，就頂死了的三娘窩兒。方才我在大娘房裡，買我的花翠，留我吃茶，坐了這一日，我就不曾敢題起，徑來尋你老人家，和你說。這位娘子，說起來你老人家也知道，是咱這南門外販布楊家的正頭娘子。手裡有一分好錢，南京拔步床也有兩張，四季衣服、妝花袍兒，插不下手去，也有四五隻箱兒。珠子箍兒、胡珠環子、金寶石頭面、金鐲銀釧不消說。手裡現銀子他也有上千兩。好三梭布邊有三二百篇。不幸他男子漢去販布，死在外邊。他守寡了一年多，身邊又沒子女，止有一個小叔兒，還小，才十歲。青春年少，守他甚麼！……誰似你老人家有福，好得這許多帶頭，又得一個娘子！

孟玉樓是個來頭不小的「富婆」，這些財產，折合白銀幾千兩，差不多相當於現在的大幾十萬、近百萬元。

　　西門慶不由得不動心。

　　而這個時候，他正與潘金蓮打得火熱。

　　他只好先把潘金蓮放下了。

　　因為孟玉樓手裡有一筆好錢，她婆家的親戚們也全都盯住了她。

　　過世的楊老闆有兩房至親，一個是他的親姑姑，人稱「楊姑娘」，一個守了三四十年寡、沒兒沒女的孤老太太，另一個是他娘舅張四。薛嫂告訴西門慶，「求只求張良，拜只拜韓信」，這孤老太太才是楊家「正頭香主」，而他的舅舅張四，畢竟是個外姓人，「山核桃──差著一榧兒哩」。這孤老太太沒別的愛好，就是愛錢，明知道她侄兒媳婦有東西，隨便嫁什麼人她不理會，只指望要幾兩銀子，只要送上銀子和禮物，保準「一拳打倒他」。

　　西門慶依媒婆薛嫂之計，首先搞顛了這老太太，相親之前送了一筆厚禮：六錠三十兩雪花官銀，許下「到明日娶過門時，還找七十兩銀子、兩匹緞子，與你老人家為送終之資。其四時八節，只照頭上門行走」。

　　這老虔婆黑眼珠見了二三十兩白晃晃的官銀，喜得屁滾尿流，忙一口答應下來。

　　西門慶當然也會特別留心，搬運東西那天，不僅調動了家中的僕人小廝，還在街坊上雇了一些閒漢，怕人手不夠，又從守備府裡借來了一二十個軍牢──來助忙當然主要也是為了助聲勢。

　　孟玉樓改嫁那天，他丈夫的娘舅張四果然來攔擋，要奪孟玉樓的箱籠，被楊姑娘罵了個狗血噴頭，只好眼看著西門慶家小廝伴當七手八腳把那些箱籠床帳，搬的搬、抬的抬，一陣風都搬去了。

　　西門慶娶了孟玉樓，一連在她房中歇了三夜，如膠似漆。

　　他在潘金蓮的世界裡倏然「蒸發」了，一個多月不往潘金蓮家去，害得潘金蓮每日門兒倚遍，眼兒望穿。

　　西門慶的第二筆「老婆財」，來自更大的富婆李瓶兒。

　　李瓶兒是西門慶結拜兄弟花子虛的老婆。

　　花家住在西門府隔壁。

　　西門慶自然知道李瓶兒的根蒂。

　　一次同吳月娘聊起李瓶兒，西門慶就告訴月娘：「你不知，他原是大名府梁中書妾，晚嫁花家子虛，帶了一份好錢來。」

　　原來李瓶兒先與大名府梁中書為妾，這梁中書，是東京蔡太師的女婿，其夫人性甚嫉妒，婢妾打死者多埋在後花園中。做妾室的李瓶兒只在外邊書房內住。只因政和三年正月上元之夜，梁中書與夫人在翠雲樓上，李逵殺了全家老小，梁中書與夫人各自逃生，這李氏帶了一百顆西洋大珠，二兩重一對鴨青寶石，與養娘上東京投親。那時花太監由御前班直升廣南鎮守，因侄子花子虛沒妻室，就使媒人說親，娶為正室。花太監死在廣南任上，大筆遺產到了花子虛和李瓶兒手裡。

　　後來花子虛因兄弟告家財被關進牢裡，李瓶兒此時早已和西門慶有了首尾，藉口說

人情，搬出六十錠大元寶，共計三千兩，讓西門慶去尋人情上下使用，還說：「奴床後邊有四口描金箱櫃，蟒衣玉帶，帽頂條環，提繫條脫（案：提繫當為「鬆髻」，泛指首飾。條脫是手鐲、項圈之類的飾品），值錢珍寶，玩好之物，亦發大官人替我收去。放在大官人那裡，奴用時取去。趁此時奴不思個防身之計，信著他，往後過不出好日子來。眼見得三拳敵不得四手，到明日沒的把這東西吃人暗算明奪了去，坑閃得奴三不歸。」

西門慶初還有些膽虛，怕花子虛回來追問。李瓶兒給他吃了一顆定心丸：「這個都是老公公在時，梯己交與奴收著之物，他一字不知，大官人只顧收去。」

西門慶這才打消了顧慮，同吳月娘計議，用兩架食盒，把三千兩金銀先抬來家，到晚上月上時分，又從牆頭上把那幾箱細軟搬運過來，鎖在月娘房裡。

然而西門慶從李瓶兒手裡得到的財物遠不止這些。花子虛輸了官司出來，變賣宅子，李瓶兒攛掇西門慶花了五百四十兩銀子買了下來，這筆錢也出自李瓶兒寄放之銀。花子虛死後，李瓶兒決定嫁給西門慶，要資助西門慶蓋房子，又說：「奴這床後茶葉箱內，還藏著四十斤沉香，二百斤白蠟，兩罐子水銀，八十斤胡椒。你明日都搬出來，替我賣了銀子，湊著你蓋房子使。」[1]這些物品賣了三百八十兩銀子，李瓶兒只留下一百八十兩。到了李瓶兒最後嫁西門慶時，西門慶「雇了五六副槓，整抬運四五日」，把李瓶兒家產悉數搬運到新蓋好的玩花樓上。

靠這筆錢，西門慶迅速完成了他的資本擴張，不久就增開了解當鋪、絨線鋪、綢絹鋪、緞子鋪等買賣鋪子。

李瓶兒死了，西門慶悲痛欲絕，不吃不喝，大哭不止。玳安自認是西門慶「肚裡蛔蟲」，知道西門慶心裡的結兒，他對傅夥計說：

> 一來是她（指李瓶兒）福好，只是不長壽。俺爹饒使了這些錢，還使不著俺爹的哩。俺六娘嫁俺爹，瞞不過你老人家是知道，該帶了多少帶頭來？別人不知道，我知道。把銀子休說，只光金珠玩好，玉帶、條環、鬆髻、值錢寶石，還不知有多少。為甚俺爹心裡疼？不是疼人，是疼錢。[2]

誠哉斯言。

知西門慶者，玳安也。

1 《金瓶梅詞話》第十六回。
2 《金瓶梅詞話》第六十四回。

兀那東西好動不好靜
——西門慶的金錢觀

作為商人，西門慶有著強烈的商人自我意識，他很懂得貨幣的流通價值，他曾說過一句名言：「兀那東西好動不喜靜的，曾肯埋沒一處？也是天生應人用的。」

「那東西」，指的是貨幣。

這句話有著石破天驚的意義。

「好動不好靜」，是西門慶和商人階層對貨幣流通機能的樸素而形象的解釋。貨幣投入流通領域，才能產生剩餘價值，因而能獲得更多的貨幣。馬克思把資本特有的運動形式概括為 C-W-C'，這個公式表明，貨幣 C 通過商品 W 交換增殖成更大量的貨幣 C'。資本的積累要求貨幣始終不斷地處在這個運動中。西門大官人是深得其堂奧的。

西門慶資本增殖的主要手段也全在於貨幣的流動。

這也是明中後期新興商人的一個主要特點。

中國是個重農抑商的國家，商人歷來受到政治歧視。漢時分「士、農、工、商」四民，商人在「四民」的最底層，商業成為最不受人尊敬的職業。這種分法被元朝統治者打破，元朝統治者為了控制統治下的漢人和南方人，引進了幾十種新的戶籍分劃類別。到明代，朱元璋又恢復「四民」之制，並申明天下：「四民各守其業，不許遊食」[1]。朱元璋甚至採取了對商人極端的政治歧視政策，禁止他們穿絲綢。他們的綢緞衣服只能在家裡穿，出門就要換衣服或外面再罩上一件葛麻或棉布質料的外衣。

實際上，中國又是世界上較早進入商業時代的國家。從宋代開始，中國的城市化進程就已經領先世界諸國。按照學術界的估計，宋代城市人口的比例遠遠超過漢唐，也為清朝和民國所不及。換一句話說，宋代城市化程度在整個漢唐到明清再到民國，都是最高的。高到什麼程度？城市人口最高估計差不多達到了百分之十七到十八，最低估計也不低於百分之十一到百分之十二。大體上看，城市人口占居民人口的百分之十四到十五。

這是一個商業時代到來的標誌。

1　《明會要》。

　　可是不幸的很，對商人的政治歧視並沒有因此而改變。

　　商人的形象依然很糟糕，「為富不仁」「無商不奸」「惟利是圖」似乎成了貼在商人臉上一個個揭不掉的標籤。

　　在宋元話本裡，十個商人有九個是守財奴。

　　我們來看看一個在京城開質庫（也就是當鋪）的張員外：

> 這富家姓張，名富，家住東京開封府，積祖開質庫，有名喚作張員外。這員外有件毛病，要去那：蝨子背上抽筋，鷺鷥腿上割股，古佛臉上剝金，黑豆皮上刮漆，痰唾留著點燈，捋松將來炒菜。
>
> 這個員外平日發下四條大願：一願衣裳不破，二願吃食不消，三願拾得物事，四願夜夢鬼交。是個一文不使的真苦人。他還地上拾得一文錢，把來磨做鏡兒，捍做磬兒，掐做鋸兒，叫聲「我兒」，做個嘴兒，放入篋兒。人見他一文不使，起他一個異名，喚作「慳魂張員外」。[2]

這樣的商人形象，在《古今小說》等話本和擬話本小說中，是隨處可見的。

　　西門慶這一代商人就不會是這樣一種形象了。

　　他們是懂得貨幣與商品屬性的新興商人。

　　西門慶開生藥鋪掙了錢（也包括發的兩筆「老婆財」），沒有用來購置土地，在土地上投資，媒婆薛嫂說他「田連阡陌」，實在是誇大其辭。西門慶只買過一塊地，是他家墳地緊鄰趙寡婦的莊園。西門慶把這塊地買下來，是為了擴大他家的墳地，在那塊地上建了一個私家遊樂會所，而不是用來出租或耕種。他把錢投在擴大經營規模上，不斷擴張經營領域，發展新的業態，不斷拓寬市場，增開了數家鋪面，由一間藥鋪而發展成為一個資本雄厚的「西門商業集團」。

　　西門慶的錢時時在流動過程中，長途販運、批零兼營、資本擴張、規模投資，或者洗錢放債，總之一句話，讓那個圓圓的銅錢高速地轉起來，在轉動中去產生新的財富。

　　所以他的錢基本上都成了流資。他的一個結拜兄弟常時節向他借三十兩銀子買房子，他答應了，卻也一時拿不出現銀。

　　他出手也很大氣，幾百兩、上千兩的生意，一句話就拍板兒，從不猶豫。行賄送禮更是敢下大本錢，一席酒宴動輒花費上千兩銀子，眉頭不皺一下，魄力十足。朋友求到他門上，也慷慨解囊，出手大方，吳典恩沾了他的光，謀了個清河縣驛丞的官職，上任需要置辦衣類，見官擺酒，西門慶給他提供了一百兩銀子的借貸，不收一文利息。常時

2　〈宋四公大鬧禁魂張〉，見《宋元小說家話本集》，濟南：齊魯書社，2000年。

節沒房子住，西門慶又一出手送給了他五十兩銀子。應伯爵家添了人口，他也是幾十兩銀子送上去。廟裡的和尚、尼姑，觀裡的道士來打各種名目的秋風，他也總是出手闊綽，總能滿足他們之所求。然而他有時又表現的很小氣，他身上帶的都是碎銀子（零花錢），妻妾們飲宴，他看見她們喝價格比較昂貴的金華酒非常心疼，趕緊讓她們去拿兩罈價格便宜的雙料茉莉酒，用這酒摻著金華酒喝。他家日常用的酒，是向一個姓丁的南方人（丁蠻子）賒來的，為的是不占用做生意的資金。從點滴細節上都不放過。

西門慶心裡很清楚，哪些錢該花，哪些錢不該花。該花的不惜一擲巨萬，不該花的卻錙銖必較，一個小錢掰兩半。這也許就是學者們說的，西門慶身上，流著舊商人的血液，卻有著更多的新商人的因素。我個人認為，正是他身上新商人的因素才成就了他自己。他的金錢觀，在當時絕對是有超前意識的。

商人以追求利益最大化為終極目的，西門慶當然也不例外。商人求利，更直接的目的是為了甘食美服，過一種偎紅倚翠的生活。徽州大賈，藏鏹有至百萬者，而擁有二三十萬資產的商人，不過是中賈而已。他們腰纏巨萬，但個人衣食上還是相當菲嗇。徽商的小氣，在明代是相當出名的。一個銅錢掰幾瓣花，家裡臭豬油成罈，肉卻不買四兩。即使大熟之年，米價只有五錢一石，他們也只是吃些清湯不見米的稀粥。菜肴不是鹽豆，便是鹹鴨蛋。可是他們在納妾、宿娼、爭訟諸方面卻個個一擲千金，那揮金如土的氣概，和平日判若兩人。西門慶身上，又何曾不閃動著他們的影子？

明人陳繹有一首以〈鹽商〉為題的曲子：

> 下場引方才告繳，脫空錢早已花銷。衣冠假儒士，風月花胡哨，那裡也十萬纏腰。
> 累歲經年守候著，將到頭支頭欠少。

與陳鐸同時的薛論道，也有一首同題曲子：

> 花鄉酒鄉，處處隨心賞。蘭堂畫堂，夜夜笙歌響。五鼎不談，三公不講；受用些
> 芙蓉錦帳，粉黛紅妝。江湖那知廊廟忙？舞女弄霓裳，金樽飲玉漿。三枚兩謊，
> 真個是人間天上。

兩首曲子主題各異，卻反映了當時商人真實的生活狀況。

西門慶短暫的一生積累了多少財富？他臨終時給女婿陳經濟交了一個非常清楚的底碼：

> 我死後，段子鋪是五萬銀子本錢，有你喬親家爹那邊多少本利，都找與他。教傅
> 夥計把貨賣一宗，交一宗，休要開了。賁四絨線鋪本銀六千五百兩，吳二舅綢鋪

是五千兩，都賣盡了貨物，收了來家。又李三討了批來，也不消做了，教你應二
叔拿了別人家做去吧。李三、黃四身上還欠五百兩本錢、一百五十兩利錢未算，
討來發送我。你只和傅夥計守著家門這兩個鋪子吧，印子鋪占用銀二萬兩，生藥
鋪五千兩，韓夥計、來保松江船上四千兩。開了河，你早起身往下邊接船去。接
了來家，賣了銀子交進來，你娘兒們盤纏。前邊劉學官還少我二百兩，華主簿少
我五十兩，門外徐四鋪內還欠我三百四十兩，都有合同見在，上緊使人催去。[3]

從以上帳單上看，西門慶的動產大約有十五萬兩以上白銀。如果折合成今天的貨幣，差
不多一千萬左右。按現在的眼光看，顯然進不了富豪排行榜，就是在明代，也絕不能說
「富甲天下」。但別忘了，這僅僅是他幾年內達到的一個水準。如他不在是三十三歲的英
年縱欲暴亡，他能富到什麼程度，就不是我們能預料的事了。

3　《金瓶梅詞話》第七十九回。

西門慶送禮的藝術

　　《金瓶梅》時代，禮崩樂壞。作為「禮樂」之「禮」已經僵化成了象徵宗法等級制度的「理」，而作為賄賂公行的「禮」卻十分興盛起來，真正成了「人無禮則不生，事無禮則不成」。

　　《金瓶梅》裡寫得最多、寫得最精彩的，是「送禮」。

　　大規模的送禮，比如西門慶給蔡太師的先後五次行賄，禮單前已開列，此不贅述。還有西門慶幾次迎送官員的活動，除了酒飯不算，禮金也是一筆巨額開銷。至於平日官私酬接，禮尚往來，就更是家常便飯，幾乎無一日不有。

　　從西門慶逐日應酬的禮單上看，他送出的禮品真是林林總總，除了黃金、白銀這樣的硬通貨，更有黃金白銀的製品，也有高檔衣料、成衣、香料、書箔、工藝品、羊酒美食，甚至女人。別人送給他的禮物，也是如此。

　　西門慶很是精於送禮的藝術，在這一方面他幾乎是「無師自通」。

　　一是目標明確，敢下大注。他與朝中四大權奸皆有浸潤，但主要目標鎖定了「一人之下，萬人之上」的當朝宰相蔡京。目標鎖定並非難事，但如何把禮送出去可就不那麼容易了。蔡太師權傾朝野，百官請命奔走，直房如市，哪裡輪得到一個名不見經傳的清河縣土豪西門大官人？布衣西門慶與太師蔡京，倆人之間似隔了一道不可逾越的鴻溝。西門慶敢想敢做，他不僅要結交蔡太師，而且要認他做乾爹！

　　這個想法有點「無厘頭」。

　　可是西門慶從未氣餒，他認定了一個十分樸素的道理：有錢能使鬼推磨。權門之利益如響，富寶之賄賂通神。

　　這個「推磨」的「鬼」，當然得是離蔡太師最近的人。

　　於是，他選中了蔡京的管家，也是他的私人生活秘書長翟謙。一番手段，翟秘書長順利拿下，成了西門慶的搭橋牽線人。

　　《金瓶梅》第十三回，寫來保跟吳大舅去東京給蔡太師送生辰擔，到了太師門首，卻遭遇了「門難進，臉難看」的尷尬。看大門的保安硬是不放他們進去。來保說了聲「我是山東清河縣西門員外家人」，立刻招來保安一通叱罵：「賊少死野囚軍，你那裡便興你東門員外、西門員外，俺大老爺當今一人之下，萬人之上，不論三台八位，不論公子

王孫，誰敢在老爺府前這等稱呼？趁早靠後！」虧了內中有認識來保的，便出主意說：「你要稟見老爺，等我請翟大叔出來。」

來保見了這位翟秘書長，忙磕下頭去，先給他呈上一封揭貼兒，奉一對南京尺頭，三十兩白金，翟秘書長眉開眼笑收了，這才給他們引見了太師。

西門慶選了個良辰吉日，當然是蔡太師的良辰吉日——壽誕，把精心準備的壽禮送上蔡府。

第五十五回寫西門慶向蔡太師祝壽，那個場面很耐人尋味：

> 西門慶朝上拜了四拜，蔡太師也起身，就絨單上回了個禮——這是初相見了。落後，翟管家走近蔡太師耳邊，暗暗說了幾句話下來，西門慶理會的是那話了，又朝上拜四拜，蔡太師便不答禮，——這四拜是認乾爺，因此受了。西門慶開言便以父子稱呼道：「孩兒沒恁孝順爺爺，今日華誕，特備的幾件菲儀，聊表千里鵝毛之意，願老爺壽比南山。」蔡太師道：「這怎的生受！」便請坐下。

此時，僅管西門慶十分恭敬，蔡太師仍是一副居高臨下的凌人之氣，雖行禮如儀，但態度非常冷淡。

西門慶送上禮單，又把禮物抬到階下，二十來槓禮物，揭開了箱蓋，蔡太師看了，見西門慶不僅出手大氣，而且所備禮品大迥諸官員顯要，心下十分歡喜，眼睛放光，立刻要擺酒宴請西門慶。西門慶知趣告辭，蔡太師讓他下午來單獨約見。

蔡太師壽辰接見人分三撥，頭一日是皇親內相，第二日是尚書顯要衙門官員，第三日是內外大小之職。「只有西門慶，一來遠客，二來送了許多禮物，蔡太師到十分歡喜他。因此就是正日，獨獨請他一個」。蔡太師擠出接見皇親內相的正日子來宴請西門慶，其時重複的是一樣的跪拜，一樣的祝壽程式，但蔡太師卻是滿面春風地接過西門慶遞的酒，叫西門慶「孩兒起來！」這次飲宴，直飲到黃昏時候。讓蔡太師滿心歡喜的，其實是那二十槓價值不菲的壽禮。西門慶送禮的智慧與藝術，也體現得淋漓盡致。

二是未雨綢繆，雪中送炭。蔡狀員剛剛做了秘書省正字，尚未發跡時，西門慶即伸出援手，不僅給他回家省親的路費，又高規格接待，擺酒洗塵。蔡狀元以後果然成了西門慶的一個大「福星」。翟謙托西門慶找個小妾，西門慶即把姘婦王六兒的女兒韓愛姐送去，還陪送了衣服簪環之類，從此與翟秘書長以「親家」相稱。翟秘書長成了西門慶的一架登天雲梯。

三是投其所好，不擇手段。蔡狀元第二次到西門府，是作為新點兩淮鹽運使經山東赴任，西門慶不僅以酒宴接待，還送了妓女陪他過夜。這一著不是西門慶的專利，而是送禮者最基本的功夫。如嚴嵩（書中蔡京之原型）特別愛好書畫古董，其走狗趙文華、胡

宗憲和鄢懋卿等人便極盡搜刮之能事，將《清明上河圖》《越王宮殿圖》《文會圖》等稀世珍畫獻給嚴嵩。這些人對書畫古玩的搜求，致使許多藏有這些珍品的富室巨宦破家殞命。薊遼總督王忬（王世貞之父）便因此而自殺。嚴嵩之子嚴世蕃乃一好色之徒，趙文華等人便向其進獻美女。更有甚者，有人向嚴世蕃進獻八寶溺器，「溺器皆用金銀鑄成婦人，而空其中，粉面彩衣，以陰受溺」。[1]

四是不失時機，「禮」而有「理」。上司或同僚的喜慶之事，如生日、喬遷、升職、生子，西門慶總會不失時機地送上一份禮品，讓「禮」送得有「理」，師出有名。

五是禮下隨從，給足面子。送禮不僅送上司，連同上司的跟班僕役，人人有份。第四十九回，新點兩淮鹽御史蔡蘊上任途中到西門府，並捎帶請來了東平府巡按宋御史，西門慶厚禮相贈，不僅送了金銀器和酒席，還給手下人一份厚重的禮品：「西門慶知道（蔡御史）手下跟從人多，階下兩位轎上跟從人，每位五十瓶酒、五百點心、一百斤熟肉，都領下去。家人、吏書、門子等，另在廂房中管待。」給足了客人面子。

五是送櫝藏珠，留下伏筆。東平府巡按宋喬年御史是地方最高長官，他被兩淮巡鹽御史拉來做陪客，並未給西門慶帶贄見禮，只遞了個拜帖兒，而且中途因事退席，西門慶一樣厚禮相贈：「早令手下把兩張桌席，連金銀器已都裝在食盒內，共有二十抬，叫下人夫伺候。宋御史的一張大桌席、兩罈酒、兩牽羊、兩對金絲花、兩匹緞紅，一副金台盤，兩把銀執壺，十個銀酒杯、兩個銀折盂、一雙牙箸，蔡御史後也是一般的，都遞上揭帖。」名義上送的是酒席，實際上送的卻是貴重的金銀酒器，這讓宋御史不能不對西門慶青眼有加，當場表態：「今日初來識荊，既擾盛席，又承厚貺，何以克當？徐容圖報不忘也」。這之後，宋御史三番兩次讓西門慶承辦接待中央大員的酒席，讓西門慶賺盡了風光。

六是多用隱語，蘊藉天機。第十八回，西門慶為楊戩壞事，到東京走門路，送給當朝右相的揭帖上寫著白米五百石。第六十七回，黃四為丈人捲入一場官司，求西門慶說情，自袖中取出一百石白米帖兒遞與西門慶。第七十六回，荊都監求西門慶在宋巡按處講講好話，以求提拔，呈送西門慶的禮單上也寫著白米二百石。所謂「白米」若干石，實是白銀若干兩之意。這個細節描寫的是明代官場的真實狀況。成化、弘治年間大太監李廣權傾朝野，四方爭納賄賂，後畏罪自殺，孝宗皇帝「疑廣有異書，使使即其家索之，得賂籍以進，多文武大臣名，饋黃白米各千百石。帝驚曰：『廣食幾何？乃受米如許。』左右曰：『隱語耳！黃者金，白者銀也』。」[2]這也反映了《金瓶梅》對明代社會黑暗的暴露是何等真實、深刻。

1　馮夢龍：《古今譚概‧嚴氏溺器》。

2　《明史》卷三〇四〈宦官〉一〈李廣傳〉。

披了銅錢的牛，如何做得麟？

就在來保、吳典恩二人還在東京奔忙趨走之際，西門府上來了一位神仙。

這位神仙姓吳，是周守備舉薦來的。他自稱「粗知十三家子平，善曉麻衣相法，又曉六壬神課目。」他給西門慶相了面，說他「奸門紅紫，一生廣得妻財。黃氣發於高曠，旬日內必定加官。」

西門慶心裡美滋滋的，但又不敢相信。送走那位吳神仙後，他對正妻吳月娘說：「他相我目下有平地登雲之喜，加官進祿之榮，我那得官來？」

果然，十幾天後，一樁望外之喜彷彿從天而降。來保、吳典恩從東京歸來，一進門先給主子道喜，那幾天西門慶正在興頭兒上，李瓶兒給他生了一個兒子，來保等迫不及待地把東京見蔡太師進禮的細節說了一遍，又把蔡太師賜的印信劄付取出來讓西門慶看。西門慶見那委任狀上赫然寫著他的名字，蓋了一串圖章，不覺「歡從額角眉間出，喜向腮邊笑臉生。」於是趕忙把朝廷的委任狀拿到後邊與月娘眾人觀看。說：「太師老爺抬舉我，升我做金吾衛副千戶，居五品大夫之職。你頂受五花官誥，坐七香車，做了夫人。」又舊事重提：「吳神仙相我不少紗帽兒戴，有平地登雲之喜，今日果然。不上半月，兩樁事兒都應驗了。」

於是，就把剛生的兒子取名「官哥兒」。

這一下，滿縣城都轟動了。

所以西門官哥兒「洗三」那天，人們都爭著來巴結，送禮的、慶賀的，人來人去，一日不斷頭兒。《金瓶梅》作者大發感慨：「常言：時來誰不來？時不來誰來？」人一旦有了時運，人們不管是否親朋故交，自然爭先恐後來趨奉；如果失去了時運，那些往日踢平門檻的人再也不會有一個人上門。

最忙碌的是現在的西門慶了。

他一面派人到提刑所和縣衙門裡去報到、下文書，一面使人做官帽，又讓趙裁縫帶上四五個裁縫，在家裡攢造官服。還叫來許多匠人，釘了七八條帶。都是四指寬、玲瓏雲母，犀角鶴頂紅，玳瑁魚骨香帶。

西門慶對這幾條帶十分滿意，主要是對自己驟然得官喜不自勝。他此時特別需要向人誇耀一番。正在這時，他的把兄弟應伯爵來了。

這應伯爵，字光侯，有個外號叫「應花子」，在西門慶「熱結」的十兄弟中，排行老二。他的年齡實際上比西門慶大，因為西門慶有錢，就做了大哥，老應只好屈居第二。俗話說「有錢的王八大三輩兒」，西門大郎是清河第一款爺，「土豪金」多多，人家沒給自己長三輩兒，只當了「大哥」，老應自然沒得話說，乖乖地當老二。「老二」在山東方言裡不是個好話，往往用作「那個東西」的代稱，但老應從來不介意。

應伯爵這回到西門府，本來是替吳典恩借銀子的。吳典恩沾西門慶的光，也弄了張空名劄付，官小了點，只是一個驛丞，驛丞實際上是個「苦官」。驛官類的執掌，按明代制度，是負責典郵傳送之事，「凡舟車、夫馬、廩糧、庖饌、稠帳、視使客之品秩，僕夫之多寡，而謹供應之」[1]，是個伺候人的差事。論級別也就是個地方郵政所長兼招待所長，差不多副科級吧。官雖小，畢竟也是靠太師的「空名劄付」得來的，有「一命之榮」，而且也不是沒有油水可撈，「紗帽底下無窮官」嘛，況且任滿後還有升遷的機會（吳典恩以後果然獲得了升遷），所以上任也要上下打點，與上司和同僚搞好關係。吳典恩本來給西門慶打工，拿不出這筆打點的銀子，就托應伯爵向西門慶借銀。並許下借來銀子給老應十兩做「好處費」。這個價碼不低，比老吳舉債計畫的百分之十還要多，所以老應就來了。一進門，西門慶就迫不及待賣弄說：你看我尋的這幾條帶怎麼樣？夠檔次吧？

應伯爵的第一特長就是察顏觀色，知道這「刷子」正在興頭上，就趁勢「順竿兒爬」。於是大叫一聲「哇噠！」極口誇讚說：「虧哥哪裡尋的，都是一條賽一條的好帶。難得這般寬大！別的倒也罷了，自這條犀角帶並鶴頂紅，就是滿京域拿著銀子，也尋不出來。不是面獎，就是東京衛主老爺，玉帶金帶空有，也沒這條犀角帶。」接下來，又說這條犀角帶的質料是水犀角，不是旱犀角，旱犀角是不值錢的。水犀角號稱「通天犀」，你如果不信，取一碗水來，把犀角放在水裡，水立刻就被分成兩處了。這是無價之寶啊！還有一條，夜裡把水犀角點著，那火光直能照射到千里之外，光亮通宵不會熄滅。

西門慶讓應伯爵一通「山海經」說得心花怒放，又讓應伯爵猜猜值多少錢。應伯爵心裡明白，「忽悠」必須到此打住。西門慶賣弄的是財富和尊貴，他老應賣弄的是知識。如今西門大哥成了真正的官人，再在他眼前賣弄知識顯然就不合時宜了，在當官的那兒，知識從來就不是「力量」。於是老應趕快轉舵，立馬作無知狀，說：「這個有甚行款，我每怎麼估得出來？」

西門慶賣弄的心理得到了極大的滿足。他告訴應伯爵，這帶子原是大街上王招宣府裡的帶，花了七十兩銀子就買下來了。

1　《明史·職官志》。

　　這又是值得西門慶賣弄的一件事，當年王招宣是多麼顯赫呀，這樣的帶子也只有他家才有，可如今怎麼樣？風水輪流轉，一朵花兒開，就有一朵花兒敗，他家的帶子到咱手上啦。什麼最好？當官最好，當大官最好！

　　應伯爵及時的奉承得到了回報，他順利地為吳典恩借到了一百兩銀子，而且西門慶一高興，連借條上的利息條款也一筆勾銷。

　　西門慶當了官，就有本縣正堂李知縣，會了四衙同僚，差人送來羊酒賀禮，又拿帖兒給西門千戶送了一個「識字會寫，善能歌唱南曲」的書童。

　　到了上任的日子，在衙門裡大擺酒席桌面，出票拘來三院樂工來承應做堂會助興。這是官家才有的特權，其滋味遠非當老闆時可比。

　　西門大官人雖然在當老闆時就對官場的一套非常熟悉，但真正當了官才知官的尊貴。我們翻開《金瓶梅詞話》第三十一回且看他如何「誇官」：

> 每日騎著大白馬，頭戴烏紗，身穿五彩灑線揉頭獅子補子員領，四指大寬萌金茄楠香帶，粉底皂靴，排軍喝道，張打著大黑扇，前呼後擁，何上十數人跟隨，在街上搖擺。上任回來，先拜本府縣，帥府都監，並清河左右衛同僚官，然後親朋鄰舍，何等榮耀施為！家中收禮接帖子，一日不斷。正是：白馬血纓彩色新，不是親者強來親。時來頑鐵皆光彩，運去良金不發明。

西門慶的威風抖得再大，應伯爵心裡也是一百個瞧他不起。

　　只要逮著機會，憑著自己與西門大官人沒大沒小的關係，應伯爵總會搬弄幾個笑話嘲弄一下西門慶。

　　有一次他講了兩個笑話：

　　一個笑話說：「一秀才上京，泊船在揚子江上，到晚叫艄公別處泊罷，這裡有賊。艄公道：『怎見的有賊？』秀才道：『看那碑上寫的，不是「江心賊」？』艄公道：『莫不是「江心賦」，怎便識差了？』秀才道：『賦（富）便賦（富），只是有些賊形。』」

　　第二個笑話說：「孔夫子西狩得麟，不能夠見，在家日夜啼哭。弟子恐怕哭壞了，弄個牯牛，滿身掛了銅錢哄他。那孔子一見，便識破道：『這分明是有錢的牛，卻怎做得麟？』」

　　這兩個故事，分明諷刺西門慶雖然是個「款」，但「富」得有些賊形，錢不是好來的。而且雖然當了官，也只不過是個有錢的牛，雖然時時以麒麟的面目亮相，但永遠也不可能成為麒麟的。

　　西門慶這個「有錢的牛」，他平生追求的東西只有三樣，那就是金錢、權力、女人。在商場上他長袖善舞，可謂一員驍將；在官場上他左右逢源，可謂一員福將。在情場上

他出盡風頭，嫖妓女、占奴婢、通僕婦，成了一個變態的縱欲狂。被他姦占的婦女達二十多人，連那個昭宣府的林太太也心甘情願地投懷送抱。西門慶只認一個硬道理：有了錢，才是玩轉這世界的爺。他心安理得地做「有錢的牛」，不想做什麼虛頭馬腦的「麟」。

最終，這頭「有錢的牛」還是死在他自己設計的一個欲望的陷阱裡。

然而，他的死並不意味著那個西門慶時代的結束。毀滅了的是一個貪欲無盡的肉身，不朽的卻是那個窮奢極欲的靈魄。

不信，請看西門大官人屍骨未寒，便又出現了他的又一個化身——張二官人。這位張二官人也是本地「土豪」，是另一頭「有錢的牛」。他花大價錢，頂替了西門慶的千戶之職，娶了西門慶的第二房妾李嬌兒，又想買回潘金蓮。他繼承了西門大官人的衣缽，並沿著西門慶的道路，一步步走向欲海深淵。張二官的接力，正是那個時代梟雄的「牛式卡農」的重演，也是一個警世的「模本寓言」。

因為歷史進程中的每一個時代，都可能會有西門慶這類「有錢的牛」生長的溫床。

火到豬頭爛，錢到公事辦
——西門慶的「潛規則」

西門慶家僕婦宋惠蓮，有一手絕活，就是用一根長柴禾把豬頭燒得皮脫肉化，香噴噴五味俱全。

這手絕活，很受西門府上男女主子的欣賞。

西門慶這人頭腦聰明，頗能舉一反三，他從宋惠蓮的絕活中得到了一個對他來說無比重要的啟示，那就是「火到豬頭爛，錢到公事辦」。

西門慶不但把這句名言視同金科玉律，而且在官場上把這「燒豬頭」的技藝發揮得爐火純青。

別看西門慶斗大的字認不下兩口袋，但他畢竟是生意人出身，肚子裡的算盤打得可是精的不能再精。他明白這樣一個公式：錢可以轉換成權，權再轉換成更多的錢。

這種錢與權的轉換過程，就是一根長柴禾燉燒豬頭的過程。

西門慶是個喜歡玩「大手筆」的人，他一起手，就燒了一個「大豬頭」：權傾朝野、一人之下，萬萬人之上的蔡太師。這個蔡太師，是他最先投資也是一生中投資最為集中的目標。書中介紹他先後給老蔡送了五次厚禮，不妨把這禮單曬它一曬：

第一次：白米五百石。這是隱語，白米者，白銀也。白米五百石，即是白銀五千兩，這個數目不算小，但對當國太師蔡京來說，毛毛雨啦！只好當做「投石問路」罷了。[1]

第二次，四陽捧壽銀人一副，金壽字壺兩把，玉桃杯兩副，杭州織造大紅五彩絳絲蟒衣兩套，大紅紗兩件，玄色蕉布兩匹。[2]

第三次：金鑲玉寶石鬧妝一條，白銀三百兩。[3]

第四次：大紅蟒袍一套，官綠龍袍一套，漢錦二十匹，蜀錦二十匹，火浣布二十匹，花素尺頭共四十匹，獅蠻玉帶一圍，金鑲奇南香帶一圍，玉杯、犀杯各十對，赤金攢花

---

1 事見第十八回。
2 事見第四十八四。
3 事見第四十八回。

爵杯八隻，明珠十顆，黃金二百兩。[4]

第五次：大紅絨彩蟒一匹，玄色妝花鬥牛補子員領一匹，京緞兩匹。[5]

蔡太師當然也會投桃報李。拿什麼報？當然拿他手中的權力。頭一次給了西門慶一個「突擊提幹」的指標，讓一介布衣平步青雲穿起了五品官服。第二次是在西門慶被曾御史彈劾的緊要關頭給壓了奏章，讓西門慶化險為夷，並且因禍得福，不久升為正千戶。至於給西門慶放了蹲大牢的鹽販子哥們兒，那就算小菜一碟了。

對蔡太師這個「巨無霸」式的「豬頭」，不用猛火，休想攻得他爛。光用猛火還不行，還得看火候，西門慶對這一套可是猴兒精猴兒精。

西門慶燒爛「豬頭」的另外一種技巧，是善於用「文火」——對那些眼下沒有用處，日後卻可能要派大用場的人，要用文火把他煨得熨貼了。比如對新科狀元蔡蘊，他考中狀元回鄉省親，西門慶不但送給他路費，還給他和同船的安進士各自送了一筆厚禮，以至於讓這個沒見過世面的新科狀元受寵若驚。後來小蔡做了巡鹽御史，就利用手中的職權，讓西門慶比別的鹽商早一個月拿到三萬鹽引的批文，西門慶大發利市，狠賺一把。在這一筆權錢交易中，兩個人都得到了自己想要的東西。

西門慶燒著這把「文武火」，把一個個「豬頭」燉得爛呼呼，香噴噴：他如朱太尉、楊提督、李邦彥、六黃太尉，乃至管磚廠、管皇莊的太監，乃至蔡太師的「大秘」之流，西門慶統統白花花的銀子開路敲門。

對那些雖然沒有大官職但手中握有實權的人，西門慶也一概依樣畫葫蘆。比如對臨清鈔關上的那個錢老爹，西門慶的貨船每次到碼頭，總要派人去打點，錢老爹也總是給予心照不宣的照應。「三停只報兩停」，讓西門慶堂而皇之地偷稅漏稅。

請注意錢老爹這個人物，別看他只不過是一個基層稅務幹部，這角色卻是作者精心設計出來的：錢——老爹——錢是什麼？錢就是老爹！如果西門慶不用錢去打通關節，那麼這個老爹大概就只有「公事公辦」的份兒了。

西門慶辦公務，理刑事，當然也會奉行這個原則，只要你送上銀子，他的服務就一定會到位，你如果捨得出血，潑天大事也會煙消雲散。

不只是西門慶，「火到豬頭爛，錢到公事辦」也是整個《金瓶梅》社會所奉行的準則。《金瓶梅》中，幾乎沒有一個官吏不信守這個基本原則。幾乎無官不貪，大官大貪，小官小貪，既使有一兩個「不要錢」的清官，也吃不住貪官們的挾持和「人情」。

我們知道，《金瓶梅》以宋代為背景，寫的實際上是明朝的事。朱元璋開國之初，

4　事見第五十五回。

5　事見第七十回。

也下大力氣治理過官僚腐敗，頒佈了許多勸勉官吏的文書和誥諭，如《祖訓錄》《臣戒錄》《醒貪簡要錄》《彰善癉惡錄》等。他非常痛恨貪官污吏，立國之初，就痛下決心，「殺盡貪官」，也曾從重、從快、從嚴殺了一大批贓官，搞了多次「嚴打」。比如他親自下令砍了一個橫行不法的巡捕的頭，並把他的頭掛在市場上示眾。他自己的女婿因參與了一次倒賣茶葉的活動，也被下令賜死。在朱元璋親自制定的《大誥》中，有二百三十六個條目，其中有一百五十個條目是屬於懲治貪官污吏的。《大誥》三編和之後的《大誥武臣》實際上就是以懲治貪污為主的法規彙編。朱元璋要求全體臣民「戶戶有此一本，若犯笞杖徒流罪名，每減一等，無者每加一等」[6]。朱元璋認為，「吾治亂世，刑不得不重」[7]，《大誥》中懲治腐敗官吏的條款主要有：1、令賄賂各方負連坐之責；2、禁止私人和地方官員互相溝通和在他們之間交換所偷之物品；3、對賄賂雙方同樣嚴屬處置；4、制訂條款允許私人徑送貪官至京受審，而勿須經過正常的司法程式。朱元璋在處理戶部侍郎郭桓貪污二千四百擔穀子這個案件時，動了極刑，數以百計的人被處死和充軍，這些人中有許多是高級官員。朱元璋治理官員腐敗是「動了真格的」了，他規定，一旦發現貪污腐敗案件，就要一追到底，不管他官多大，不管他後台多麼硬，都要一網打盡，「比如六部之中有人貪污受賄，則必深究贓款從何而來，如果是布政司行賄於六部，則拘布政司來，審問這些贓款從何得來；如果他說是從知府那裡得來，則拘知府至，問贓何來，必指於州。州亦拘至，必指於縣。縣亦拘至，必指於民。至此之際，害民之奸，豈可隱乎？」[8]

　　大明律對貪官的懲罰是最重的，諸如斷指、刖足、挑筋、挑膝、抽腸、髡首、黥面、斬趾枷令、常號枷令、梟首、凌遲、全家抄沒、誅族等三十餘種，這些都為《大明律》中所未設，而是一種「法外之法」，同一犯罪，尤其是貪污罪，《大誥》的處罰要比《大明律》大大加重。

　　但腐敗卻像瘟疫一樣在他眼皮子底下蔓延開來：寶鈔提舉司和戶部官員相互勾結，印了七百萬錠紙幣，自己私藏了一百四十三萬錠。兵部侍郎借抓捕逃亡軍人的機會大行勒索，收受賄賂二十二萬錠。而天高皇帝遠的地方官之腐敗，就更令人髮指。朱元璋死後，官場的權錢交易更加變本加屬並且公開化。到了明中後期，更是賄賂公行、懸秤賣官、指方補價，從七品縣令到五品大員，每一頂烏紗都按級別明碼標價。

　　官員們對「錢、權交易」作如是觀：既然我的權是花錢買來的，有投入就必須要有

6　《御制大誥·頒行大誥》卷七十四。
7　《明太祖實錄》卷五十三。
8　見鄧嗣禹：〈明大誥與明初政治社會〉，載《燕京學報》1936 年。

產出，賠本的買賣誰幹？所以，「去百而求千，去千而求萬」，成了天經地義。

錢、權交易的必然惡果是：權力導致腐敗，絕對的權力導致絕對的腐敗。

正德年間，司禮監太監劉瑾死後籍其家，出黃金二十四萬錠，又五萬七千八百兩。元寶五百萬錠，銀八百萬錠，又百五十八萬三千八百兩。寶石二斗，金甲二，金鉤三千，玉帶四千一百六十，其它財產不可勝數。吳思先生所著《血酬定律》，將其中黃金、白銀兩項作了一下保守折算，約合現在的人民幣 255 億元。這些是劉瑾在五年內積累起的財富。如果按明時職官俸祿標準，正四品官員年俸約合白銀一百四十四兩，太監不須養家蔭子，俸銀更少，約為正四品官員的十分之一。如按常規俸祿收入，積累起這筆巨額家財需要五百萬年！弄臣嚴嵩（《金瓶梅》中蔡京的原型）專權時，朝廷發餉「朝出度支之門，暮入奸臣之府，輸邊者四，饋嵩者六。」他的兒子嚴世蕃，把金子埋進地窖裡，一百萬兩為一窖，一共挖了幾十個地窖。真是富可敵國！

張居正算是個名聲很不錯的重臣，死後其家被抄，也有黃金萬兩，白銀數十萬兩。至於地方上的官吏，自然是上樑不正下樑歪，搜刮民財，貪污受賄，更是無所不用其極。

一部《金瓶梅》，只不過是那個社會的一個縮影，它所反映的，卻是那個人欲橫流的社會所潛伏著的日益走向非理性的危機。

葫蘆僧判葫蘆案

　　西門慶原是市井棍徒，胸無點墨，於刑名之事更是一個「白板」，那他這個理刑千戶是怎麼「理刑」的呢？

　　我們只看他審理的苗青弒主案。

　　苗青是揚州廣陵城內苗天秀員外的一個家人，因勾搭上了苗天秀的妾刁氏，被苗天秀叱罵痛打，並準備炒他的「魷魚」。苗青托出親、鄰，到苗員外那裡講情，才被留下來，因此對主子懷恨在心。

　　不久，苗天秀到東京拜會他的表兄黃通判，求取功名，帶了一船貨物和兩箱金銀，苗青和另一個僕人安童一同前往。他們搭的船，是一隻賊船，到了徐州洪一個叫陝灣的地方，苗青就與兩個艄子密謀，半夜謊稱有賊，騙得苗天秀出艙，一刀結果了性命，推在洪波蕩裡。安童也被一棍打落水中，苗青和兩個艄子，盡分其財物而去。

　　安童被打下水，並沒有死，僥倖被一漁翁救出，又認出了穿著他主人衣服到岸上買魚的殺人犯之一艄子翁八，告到提刑院，把另一個艄子名叫陳三的也抓了，二人供出了苗青，此案告破。

　　苗青得了苗員外一船貨物，正在清河縣城租了店鋪發賣。聽到這個消息，嚇了個臉黃，就把店門鎖了，躲在一個叫樂三的經紀人家裡。樂三的隔壁，就是西門慶的姘婦王六兒家。樂三就讓苗青拿出五十兩銀子兩套妝花緞子衣服，向王六兒行賄，王六兒小眼薄皮兒，得了這些財物，歡喜的屁顛屁顛，就在西門慶到她家來時替苗青說情。

　　西門慶問王六兒：他拿了什麼禮物謝你呀？

　　王六兒就拿出了五十兩銀子讓西門慶看。說：「明日事成，還許兩套衣裳。」

　　西門慶笑說：「這些東西兒，平白你要他做甚麼？」他告訴王六兒：這苗青犯得罪大了，那兩個船家供出有兩千兩銀貨在他身上，抓捕到案，定是個凌遲的死罪，他拿五十兩銀子打發你？也太小瞧人了吧！

　　王六兒就把禮物退回去了。

　　苗青慌了，與樂三商議：「寧可把二千貨銀都使了，只要救得性命家去。」樂三也說：如今他既然這麼明說了，一些半些是打動不了這兩個官府的，提刑所裡還有一個夏提刑哩。至少也得湊夠一千兩銀子貨物給他。其餘那些衙役、緝捕等等，還得一半，才

夠打發。

於是叫過王六兒來，和她談了條件，開出一個大價碼：「老爹就要貨物，發一千兩銀子貨與老爹，如不要，伏望老爹再寬限兩日，等我倒下價錢，將貨物賣了，親往老爹宅裡進禮去。」

王六兒對西門慶一說，西門慶樂了：還算這小子懂事。我告訴捕快們，晚幾天抓他，讓他即便送禮來吧！[1]

聽聽，多直率，一點不繞彎子，沒有暗示，沒有隱語，一切直來直去。他給別人行賄，禮單上還寫「白米五百石」，受賄時卻乾淨俐落地甩掉一切偽裝。西門慶雖然新用事，幹這件事卻顯然是個老手，膽子和胃口都大得沒底線，這是為什麼？第一，西門慶瞭解行賄者的財產底細，必欲敲骨吸髓而後快。他知道，他給苗青開出的是「命價」，對方是絕對不會討價還價的。第二，苗青案是他投資官場進行資本回收的第一桶金，不可輕饒素放。這個官職是花了車拉船載的銀子買回來的，投入就是為了產出，難道我花了天價的銀子只是買個為人民服務的權力嗎？這樣賠本的買賣誰幹？第三，當世官場如此。官場的規則和潛規則連做經紀的樂三都門兒清，行賄時用不著像他做經紀那樣在袖筒裡捏手指頭，看來普通百姓也習慣性地認同了這個交易市場一般的官場。

果然，第二天西門慶早衙發放，就絕口不提苗青的案子了，並且吩咐緝捕：「你休捉這苗青。」

三天後，苗青發賣貨物妥當，共賣了一千七百兩銀子。把原與王六兒的五十兩不動，又加上五十兩，四套上色衣服。

書中寫苗青夜賄西門府，非常精彩：

> 且說十九日，苗青打點一千兩銀子，裝在四個酒罈內，又宰了一口豬。約掌燈已後時分，抬送到西門慶門首。手下人都是知道的，玳安、平安、書童、琴童四個家人，與了十兩銀子才罷。玳安在王六兒這邊，梯己又要了十兩銀子。須臾西門慶出來，捲棚內坐的。也不掌燈，月色朦朧才上來，抬至當面。苗青穿青衣，望西門慶只顧磕著頭，說道：「小人蒙老爹超拔之恩，粉身碎骨，死生難報。」西門慶道：「你這件事情，我也還沒好審問哩。那兩個船家甚是攀你，你若出官，也有老大一個罪名。既是人說，我饒了你一死。此禮我若不收你的，你也不放心。我還把一半送你掌刑夏老爹，同做分上。你不可久住，即便星夜回去。」因問：「你在揚州哪裡？」苗青磕頭道：「小的在揚州城內住。」西門慶吩咐後邊拿了茶

1　見《金瓶梅詞話》第四十七回。

來，那苗青在松樹下立著吃了。磕頭告辭回去。又叫回來問：「下邊原解的，你都與他說了不曾說？」苗青道：「小的外邊已說停當了。」西門慶吩咐：「既是說了，你即回家。」

那苗青出門，走到樂三家收拾行李，還剩一百五十兩銀子，並餘下幾匹緞子，都謝了樂三夫婦，五更替他雇長行牲口，起身往揚州去了。[2]

這一段文字，真是花團錦簇。想後日，西門慶太師府行賄，那可是光天化日，吹吹打打，今天卻只待月色朦朧時分，才開門納賄，卻連燈也不點一盞，就在朦朧月色中完成了這一樁權錢交易。

西門慶所受一千兩銀子，分了一半給夏提刑，是讓小廝把銀子裝在食盒裡抬進夏府去的。這是西門慶的性格，做貪官也做得大氣。換了應伯爵之輩，既使不獨吞，也會瞞報數目，私自扣下一些。同時，又是西門慶的精細之處，這個時候，他特別需要夏提刑和他坐到一條板凳上。

這又是一場「火到豬頭爛，錢到公事辦」的雙簧戲。

果然，這兩個提刑官串通一氣，在衙門升廳，把兩個艄子陳三、翁八每人兩夾棍，三十榔頭，打的脛骨皆碎，殺豬也似叫喚，一千兩贓貨追出大半，將二人問成強盜殺人，斬罪。

而那個殺人元凶苗青，此時卻早已「鯉魚脫得金鉤去，搖頭擺尾再不還。」

這種「桑樹上脫枝柳樹上報」「鄭六生兒鄭九當」的官場滑稽戲，在《金瓶梅》中是頻頻上演的。

2　見《金瓶梅詞話》第四十七回。

腐敗與反腐敗的鬥爭

在苗青一案中，西門慶和夏提刑貪贓賣法，受了一千兩賄銀，開脫首惡苗青，苗天秀的家人安童，把狀子遞到山東巡按御史曾孝序手裡。

滿部《金瓶梅》，只有一個剛直的官，他就是檢察大員曾孝序。書中說他「乃都御史曾布之子，新中乙未科進士，極是個清廉正氣的官。」曾御史看了安童的訴狀，非常憤慨，就向皇上上了一道參劾本章，累數西門慶和夏延齡的罪惡：「山東提刑所掌刑金吾衛正千戶夏延齡，闒茸之材，貪鄙之行，久干物議，有玷班行。昔者典牧皇畿，大肆科擾，被屬官陰發其私；今省理山東刑獄，復著狼貪，為同僚之箝制。縱子承恩，冒籍武舉，倩人代考，而士風掃地矣；信家人夏壽，監索班錢，被軍騰冒，而政事不可知乎？接物則奴顏婢膝，時人有『丫頭』之稱；問事則依違兩可，群下有『木偶』之誚。理刑副千戶西門慶，本係市井棍徒，夤緣升職，濫冒武功，菽麥不知，一丁不識。縱妻妾嬉遊街巷，而帷薄為之不清，攜樂婦而酣飲市樓，官箴為之有玷。至於包養韓氏之婦，恣其歡淫，而行檢不修，受苗青夜賄之金，曲為掩飾，而贓跡顯著。此二臣者，皆貪鄙不職，久乖清議。一刻不可居任者也。伏望聖明垂聽，敕下該部，再加詳查，如果臣言不謬，將延齡等亟賜罷斥，則官常有賴，而裨聖德永光矣。」[1]

這一本不算不厲害！

曾孝序，《宋史》卷四三五有傳。《金瓶梅》的故事背景，是宋徽宗政和二年到建炎元年這一段歷史時期，小說牽扯進了有載於史志的宋朝人物有五十多人，曾孝序是其中一個。然而，《宋史》中那個曾孝序並不是曾布的兒子，曾布是江西南豐人，曾孝序是福建人，後移家江蘇泰州，二人並非一籍。曾布字子宣，是曾鞏之弟，《宋史》卷四七一有一篇很長的〈曾布傳〉敘其生平。這兩個人，在《宋史》中的地位亦懸殊，曾孝序被列入〈忠義傳〉，而曾布卻列名〈奸臣傳〉中，兩個人的政見也並不一致。另外，《金瓶梅》中說曾孝序是「巡按山東監察御史」，這種官制，宋代沒有，當為明朝的官銜。「都御史」是明朝都察院的長官，職專糾察核百司，分左右副都御史，再左右僉都御史，以及十三道無定額的監察御史，即所謂的「巡按史」。

1　《金瓶梅詞話》第四十八回。

　　《宋史·曾孝序傳》載，曾孝序，字逢源，泉州晉江人。以蔭補得作監主簿，監泰州海安鹽倉，累官至環莊路經略、安撫使。他與蔡京是政敵，幾次上書彈劾蔡京，直斥其為政之失，蔡京恨得牙根發癢，總想找個碴子治他的罪。曾孝序為政勤廉，蔡京找不到下口的地方。他也曾讓御史宋聖寵劾其私事，追逮其家人，然鍛鍊無所得。後來終於找了個藉口，將曾孝序削籍發配嶺南，後遇赦，在永州安置。蔡京罷相後，曾孝序得以平反，授顯謨閣待制，知潭州。後因平通州瑤人叛亂之功，進顯謨閣直學士，遷龍圖閣直學士，知青州。《宋史》中的曾孝序，與《金瓶梅》中的曾孝序性格上有著一致性，都是剛正不阿之士。《宋史》中的曾孝序，雖一世剛直，但下場卻很慘，在七十九歲時被他的部將王定陷害而死。《金瓶梅》中的這個曾孝序，他一口氣彈劾了兩位炙手可熱的提刑官，其命運又該如何呢？

　　卻說夏提刑從縣中李大人處得到曾御史參本的口風，讓人設法抄了個底本來，與西門慶看。二人看罷，唬得面面相覷，默默不言。最後還是西門慶沉得住氣，對亂了方寸的一把手夏提刑說：「常言兵來將擋，水來土掩。事到其間，道在人為，少不得你我打點禮物，早差人上東京，央及老爺那裡去。」[2]

　　於是夏提刑急忙到家拿了二百兩銀子、兩把銀壺。西門慶拿出金鑲玉寶石鬧妝一條，三百兩銀子。差了夏府家人夏壽和西門府家人來保，去東京打點。

　　到了東京，先見了蔡太師的大秘翟管家，翟先生立即就給二位吃了顆「定心丸」：「曾御史參本還未到哩，你且住兩日，如今老爺新近條陳奏了七件事在這裡，旨意還未曾下來。待行下這個本去，曾御史本到，等我對老爺說，交老爺閣中只批與他『該部知道』。我這裡差人再拿帖兒分付兵部余尚書，把他的本只不覆上來，交你老爹只顧放心，管情一些事兒沒有。」

　　果然，事情就按翟管家的設計發展了。蔡太師只批了「該部知道」四個字，翟管家上下其手，拿上蔡太師的帖子吩咐兵部余尚書，扣壓了曾孝序的彈劾奏章。

　　曾孝序見本上去沒有回音，就知道夏提刑和西門慶暗中打點了他們的靠山蔡太師，心中十分憤怒。因老蔡條陳七件事，內中多有舛論，皆損下益上之事，不利於人民百姓，即赴京見朝覆命，上章表示反對。蔡京大怒，奏上徽宗，誣曾孝序「大肆倡言，阻撓國事」，將曾孝序付吏部考察，貶黜為陝西慶州知州。同時，老蔡又陰令兒子蔡攸的妻兄，陝西巡按御史宋聖寵，彈劾曾孝序的私事，逮其家人，鍛鍊成獄，將曾孝序除名，竄於嶺表。其結局與《宋史》暗合。

　　你看，被參劾的彈冠相慶，安然無恙，直言參本的卻遭到貶謫。難怪崇禎本《金瓶

2　《金瓶梅詞話》第四十八回。

梅》有詩云：「雖然號令風霆肅，夢裡輸贏總未真。」[3]

這個事例，有點像景泰、天順時發生在常熟的一個故事。

常熟有個大地主、大商人叫錢曄，他花錢捐官，得授浙江都司都事，「豪壓一邑」，就是個常熟的「西門大官人」。有一次，知府楊貢偶然和他相遇，覺得這個人談吐、氣質都很優雅，印象還不錯。後來聽說錢曄這官職是花錢買來的，並且有不少劣跡，就變了腔調，大怒說：「此吾郡民，敢與吾坐乎？惡之！」這個人原來是我治下的百姓，怎麼能跟我平起平坐呢？討厭！正好有人向楊知府說錢都事的壞話，楊益怒，找了個茬子把錢曄下獄了。並開列錢曄種種劣跡，具本上奏朝廷。錢曄的同夥聯絡了一些人，各湊銀五百兩，必欲戰勝楊貢。當時，楊貢的奏本既發上路，錢曄的家人就買通了送奏本的人，瞭解了奏本的內容，然後搶先趕到北京，先奏一本，三天後，楊貢的本才到。

官司發生後，兩人同提到京審問。因為錢曄早拿錢擺平了各級官府，官吏們自然護著他，受到了很大優待，給他喝酒，披皮襖，臨上堂才做樣子捆了一下。楊貢呢，因為沒花錢打點，不僅被捆了個結實，還受到的嚴厲的訊問。酒自然沒人給他喝，而且大冷天讓他裸著身子，幾乎凍僵，到了堂上已不能發一語。這場官司最後的結局，二人「皆革為民」。沒過多久，錢曄又以囤集棉花獲暴利，「家乃復故」。有了錢，官是可以再買的。而楊貢呢，本來是以父母官的身分，教訓教訓「貲官」（花錢買來的官），結果給搞得一敗塗地，不僅丟了官，還差一點就把性命賠進去了。

明代的考察制度已經很完備了，考察又稱「大計」，是一項十分複雜而又頗具獨創性的制度。《明史》卷一七〈選舉三〉謂：「考察，通天下內外官計之，其目有八：曰貪，曰酷，曰浮躁，曰不及，曰老，曰病，曰罷，曰不謹。」這裡講的「浮躁」「不及」「罷」「不謹」，是浮躁淺陋、才力不及、罷軟、素行不謹的簡稱。對這八項察例的處分有四種：貪、酷者削職為民，不謹、罷軟者冠帶閒住，退居二線，老、病者致仕，不及、浮躁者降調。後來與這八條察例一同出現的還有奸懶、不諳文理、法律不通、事體生疏、存心偷薄、荒於政事、酗酒等名目。曾孝序作為皇帝欽派的檢察大員，對官員依照察例考察是其職分，而夏提刑和西門慶的所作所為，已大大超出了幹部檢察條例所規定的專案，已構成了職務犯罪。曾御史對他們的彈劾，實是大快人心。

巡按御史的權力是很大的。明初，巡按御史與按察司在權力上互相抗衡，彼此互相監督，但中葉後，巡按御史的權力越來越大，漸非按察司可比。明中葉後，「布、按司官從御史舉劾」[4]，巡按御史對布政司、按察司行使考察之權，布政司、按察司官員的前

---

3   《新刻繡像批評金瓶梅》第四十八回。

4   《明英宗實錄》卷一百四十。

程很大程度上由巡按御史所掌握。由於巡按御史手裡掌握著彈劾和舉薦大權,大小官員無不對之百般巴結,「東方明矣,卑屁而候於門,屏斥蓋輿,摒棄錦繡,雁行避影,鵠立臨廁,傴僂唯諾,口吶吶如有吞。則大官莫不能然,況小官乎。何者?祈舉而免劾也。」[5] 有個縣官,為向巡按獻媚,竟用貂皮為其裝飾尿壺,以茵褥鋪在廁所裡。所以巡按御史最容易因絕對的權力而導致絕對的腐敗。像曾孝序這樣清正廉明的大巡,實在太難得了。

然而,這一場腐敗與反腐敗的鬥爭,卻以曾御史被罷官而告流產。這個結局是十分發人深省的。

《金瓶梅》中寫到的那一群大大小小的官,上至皇帝、權臣,下至巡檢、府尹、縣官,以及都監、守備、太尉、提刑等,沒有一個好東西。他們沒有做過一件有利於人民的好事,卻貪贓賣法,賄賂公行,唯利是圖,欺壓百姓,把個清平世界弄得亂七八糟。他們「得人金帛售奸邪」,處處製造冤假錯案,致使冤獄塞滿衙。這群烏龜王八蛋,盤根錯節,官官相護,狼狽為奸,誰觸犯了他們這張網,誰就要被吞噬掉。國家機器掌握在這群流氓手裡,一個曾孝序的力量,實在太微弱了。

西門慶們知道,這場鬥爭,他們是可以穩操勝券的。

這是因為:他堅定不疑地相信「錢能使鬼」。人都是血肉之軀,七情六欲俱全。你不愛財,可以送女人,你不愛女人,可以送寶玩,你總得有喜歡的東西吧,這「喜歡」就是你的軟肋。第二,清官永遠是孤立的。水至清則無魚。清官絕少能有堅硬的政治後台。只要把他的上級和他周圍的人搞顛,他一個能有多大的膿水?

而西門慶之輩,卻可以在險惡的仕途上處處化險為夷。正如《金瓶梅》作者所慨歎的:「人事如此如此,天理未然未然。」「公道人情兩是非,人情公道最難違。若為公道人情失,順了人情公道虧。」他們的天平,永遠是向孔方兄這一邊傾斜的。所謂「公道」,永遠是他們餐桌上作為點綴的最後一道菜肴。

你看,到了七十回,兵部的幹部考察報告中,不是說:「山東提刑夏延齡,資望既久,才使老成,昔視典牧而坊隅安靜,今理齊刑而綽有政聲。宜加獎勵,以冀甄升,可備鹵簿之選也。貼刑副千戶西門慶,才幹有為,英偉素著,家稱殷實而在位不貪,國事克勤而台工有績,翌神運而分毫不索,司法令而齊民果仰。宜加轉正,以掌刑名也。」

黑白如此顛倒,真讓人哭笑不得。

《金瓶梅》時代,腐敗與反腐敗的鬥爭,留給後人很多啟示:

首先,封建君主專制是腐敗現象滋生的主要原因。在君主專制制度下,各級官員只要忠君、尊上,縱有貪污行為,仍可逍遙法外。西門慶就是個生動的例證。明中後期,

---

5　《明經世文編》卷三六六,葉春及:〈審舉劾疏〉。

不僅《大誥》因用刑太酷被廢棄，連《大明律》也不為執法官員所遵守，官員監督缺少
制度的頂層設計，只會滋生越來越腐敗的現象。

其次，是社會大環境使然。商品經濟發達的社會環境，更容易誘發腐敗行為。明中
後期商品經濟空前繁榮，加劇了貧富分化，也助長了奢靡腐化之風。官僚在財大氣粗的
商人面前顯得尷尬，心理難免失衡。另一方面，錢權交易公開化，權力尋租有了更廣闊
的平台，這是產生貪官污吏的重要因素。世俗生活的領域是人生存的第一場所。所有的
人生狀態在這裡形成，人生的第一層意義也在這裡發生。世俗的境遇是任何人都難以擺
脫的，因為這是完整的人生的一個關鍵性的環節，官員當然也不例外。明中期，社會核
心價值觀崩塌，信仰缺失，道德淪喪，良心天平向金錢傾斜，做官發財的觀念被普遍接
受，做官不以貪腐為恥，反以為榮，貪腐之風日甚一日。

其三，是明中後期吏治鬆弛的惡果。明初，朱元璋採取了中國歷史上最嚴厲的措施
來懲治官員腐敗，《大明律·刑律》在「受贓」條下規定：祿人枉法贓至一貫以下杖七
十，逐量加重懲治，到八十貫就判處絞刑。不枉法贓，從一貫以下杖六十開始，逐量加
重到一百二十貫，杖一百，流放三千里。無祿人，則枉法至一百二十貫者，處以絞刑，
不枉法至一百二十貫以上，杖一百，流放三千里。朱元璋掀起了一次接連一次的史無前
例的反貪污反腐敗的群眾運動，詔諭全國，平民百姓可以直接向他本人舉報官員的腐敗
行為，而且任何一個人都可以衝進官府，捉拿有腐敗行為的官員，把他們扭送到京師治
罪。所以在通往南京的路上，經常會看到一群衣衫襤褸的百姓押解著貪污的官吏走路的
情景。對貪官的刑罰是最厲害的，墨面紋身、挑筋、挑膝蓋、剁指、斷手、刖足、刷洗、
稱竿、抽腸、閹割為奴、斬趾枷令、常號枷令，甚至梟首、凌遲、全家抄沒發配遠方為
奴、誅滅三族、九族等各種非刑全用上了。在他親自辦理的兩件高級官員貪污案──洪
武八年的空印案和洪武十八年的郭桓案，連坐被殺的有七八萬人，後一個案子中，自六
部左右侍郎以下差不多全殺光了。在反貪運動一開始，他就規定凡貪污六十兩的，一律
「剝皮實草」，在衙前示眾。在官府的衙門裡於是就出現了這樣的景觀：州縣首長的公座
旁邊，各懸一個填了草的人皮模特，誰看了都毛骨悚然。剝皮的場所，就設在州縣衙門
的土地祠裡，所以土地祠曾一度被稱作「皮場廟」。重拳反腐，使官場為之一肅，贏得
了一百多年吏治清明的安定局面。明中後期對貪腐官員懲治力度減弱，並且實行納糧或
納銀刑制度，甚至在甚種程度上姑息縱容貪腐行為，以至造成了大官大貪、小官小貪、
無官不貪的混亂政局。

其四，是當清官實際上要有很大的成本。一個人手中如果有了能生殺予奪的權力，
那麼這個權力在一定條件下是會受到某些因素制衡的。如果一個清官沒有強大的後台，
那麼他就無法抵制來自各方面的制衡，而最終「打不著狐狸鬧一身騷」，自己倒台。《金

瓶梅》中寥若晨星的幾個「清官」下場都不佳，曾御史便是一個可悲的範本。

貪官的出現是一個複雜的文化現象，腐敗與反腐敗的鬥爭也是一個複雜的文化現象，並非僅僅是社會體制等方面問題。正如飛機掉下來也是一種文化現象，而非單單是技術原因一樣。

西門接官圖

為《金瓶梅》作跋的明代學者謝肇淛，概括本書的思想藝術特色時說：「其中朝野之政務，官私之晉接，閨闥之媒語，市里之猥談，與夫勢交利合之態，心輸背笑之局，桑中濮上之期，尊罍枕席之語，驅獪之機械意智，粉黛之自媚爭豔，狎客之從臾奉迎，奴怡之稽唇淬語，窮極境象，戒意快心。譬之範工摶泥，妍媸老少，人鬼萬殊，不獨肖其貌，且並其形傳之。信稗官之上乘，爐錘之妙手也。」[1]《金瓶梅》就是這樣一部書，人間一切形態，無不畢現其中，我們且從一幅「接官圖」上，看作者如何入骨三分地寫出了一個人欲橫流時代的黑暗和窳敗。

一、迎請宋巡按

西門府首次隆重接官，接待的是朝廷的兩淮巡鹽御史蔡蘊和山東巡按宋喬年。

說起這兩淮巡鹽御史蔡蘊，原來就是與西門慶有些瓜葛的，是西門大官人用「文火」燉在鍋裡的一大個兒「豬頭」。

蔡蘊，號一泉，是滁州匡廬人，原本也是寒窗秀士。考中狀元之後，馬上投奔到蔡京門下，做了蔡太師的乾兒子。蔡蘊考中狀元，本來就是一場陰差陽錯的喜劇。按照考試成績，取中頭甲者是浙江錢塘人安淳（按：安淳，亦《宋史》中人物，《宋史》本傳記其為廣安軍人，即今四川廣安人，而非浙江錢塘人），但「被言官論他是先朝宰相安惇之弟，係黨人子孫，不可以魁多士」，所以，徽宗就把蔡蘊擢為第一，讓這個寒士白白撿了個天大的便宜。新科狀元小蔡，官拜中書省秘書正字，回家省親，但是阮囊羞澀，缺少路費。蔡京的管家翟謙便介紹他順路去西門慶家「顧借」。

西門慶是何等聰明的人物，一來由於是蔡太師大秘所薦，二來這小蔡是老蔡的「假子」，是權力的「績優股」，潛力大得很，這個時候在他身上投點資，日後肯定會有大的回報。所以那一回對上門打秋風的小蔡接待規格很高，派來保到新河口接船，送了一份嚓程，酒麵、雞鵝、鹽醬之類，又在府上為小蔡及其同船的安忱進士擺酒接風，還請

1　謝肇淛：〈金瓶梅跋〉，《小草齋文集》卷二十四。

來了一起蘇州戲子唱曲助興。

小蔡哪裡見過這場面，心中忐忑，剛剛在客廳裡坐定，互道寒溫，就急不可待地要借到路費，卻不好明說，便提出辭行，說：「學生歸心匆匆，行舟在岸，就要回去。既見尊顏，又不虛舍，奈何奈何？」實際上是暗示西門慶，向他發出了要錢的信號。西門慶當然心領神會，連忙挽留。酒宴之中，小蔡又沉不住氣了，在與西門慶出來更衣之際，拉住西門慶直言相求：「此去學生回鄉省親，路費缺少。」西門慶連忙給他吃顆定心丸：「不勞老先生分付，雲峰尊命，一定謹領。」小蔡狀元這才放下心來，復又飲酒作樂。

西門慶那回給了小蔡狀元一個大大的驚喜，不但饋送白金一百兩，而且還有色緞一端、領絹二端、合香五百。與他同來的安進士，也叨光奉送色緞一端、領絹一端、白金三十兩。小蔡受寵若驚，連說：「但假數十金足矣，何勞如此太多，又蒙厚睬。」並表示：「不日旋京，倘得寸進，自當圖報。」[2]

此一番蔡狀元進西門府，已不是當年小小的秘書正字，而成了炙手可熱的巡鹽御史。

更加富有戲劇性的是，這個肥職居然也是他由於遭貶黜而得到的。蔡狀元自己說，曹禾將他們同年在史館的十四個人，一時皆貶黜到下面，授予外職。這一貶，反而讓他撈到了肥缺。看來，及早做了老蔡的乾兒子確實是小蔡的精明之舉。

西門慶這回接待蔡御史，比第一次又有一番不同，因為蔡御史還拉來了一個新赴任的山東巡按宋喬年。把宋巡按請到西門府上，那可是極具轟動效應的大事件。

西門慶對這次接待工作，一開始就作了精心佈署。蔡御史、宋巡按的船剛到東昌府地方，西門慶就會同夏提刑起身。知府州縣及各衛有司官員，「又早預備祗應人馬，鐵桶相似。」西門慶與夏提刑出郊五十里到新河口迎接，先到蔡御史船上拜見了，提出迎請巡按宋喬年之事，蔡御史說：沒問題，我把他拉來就是。

看看接官的陣容：「那時東平胡知府，及合屬州縣，方面有司，軍衛官員，吏典生員，僧道陰陽，都具連名手本，伺候迎接。帥府周守備、荊都監、張團練，都領人馬披執跟隨，清蹕傳道，雞犬皆隱跡。」

而西門府上，則更是一片節日景象，大門首搭起了照山彩棚，又召來兩院樂工奏樂，叫了海鹽戲班和雜耍班子承應。這動靜非同小可，一時哄動了東平府，抬起了清河縣，都說：「巡按老爺也認得西門大官人，來他家吃酒來了！」

西門慶這次招待的費用是相當驚人的，一下就花去了上千兩白銀。送給兩人的禮物，每人都是兩罈酒，兩牽羊，兩對金絲花，兩匹緞紅，一副金抬盤，兩把銀執壺，十個銀酒杯，兩個銀折盂，一雙牙箸。

2　《金瓶梅詞話》第三十六回。

不過，這銀子沒白花，蔡御史此行，不但拉來宋巡按，給西門慶撐足了門面，而且給他辦成了兩件大事：

首先，給西門慶許諾，他可借職務之便，允許西門慶比別的鹽商早一個月掣取到三萬鹽引。這可是一筆了不起的大生意，每引二百斤，三萬引就是六百萬斤，蔡御史批個條子，就有白銀滾滾而來。西門慶大喜過望，誠惶誠恐地說：「老先生下顧，早放十日就勾了。」蔡御史卻不在意，把西門慶寫得要求照顧支放鹽引的揭帖放在袖子裡，繼續欣賞海鹽子弟的演出。

第二，徹底了結了苗青殺主命案，給西門慶解除了後顧之憂。苗青的事雖已了結，但曾孝序那一本，又成了一個懸案。當時曾孝序已行牌往揚州捉拿苗青，這事一天不了斷，就是西門慶的心病。西門慶是選擇蔡御史臨走前把這件事提出來的，他說苗青「乃學生相知，因詿誤在舊大巡曾公案下，行牌往揚州，案候捉他。此事情已問結了，倘見宋公，望乞借重一言，彼此感激。」蔡御史也一口承諾：「這個不妨，我見宋年兄說，設使就提來，放了他去就是了。」後來宋御史往濟南去，又同宋巡按會在一條船上，公人從揚州提了苗青來，蔡御史說：這是前任巡按手裡的案子，你管他怎的？於是就把苗青放回去了。

此時，蔡御史在西門慶眼中，已不再是半年前那個向他打秋風的新科狀元了。一隻小「豬頭」燒了半年，真正成了香噴噴的大「豬頭」。為了更好地籠絡住這個人物，在宋巡按離去後西門慶把他留下來，並叫了董嬌兒、韓金釧兩個妓女來陪他過夜。這場描寫真是搖曳生姿：

> 當下掌燈時分，蔡御史便說：「深擾一日，酒告止了罷。」因起身出席。左右便欲掌燈。西門慶道：「且休掌燭，請老先生後邊更衣。」於是從花園裡遊翫了一回。讓至翡翠軒那裡，又早湘簾低簇，銀燭熒煌，設下酒席完備。海鹽戲子，西門慶已命手下管待酒飯。與了二兩賞錢，打發去了。書童把捲棚內家活收了，關上角門，只見兩個唱的，盛粧打扮，立於堦下，向前花枝招颭磕頭。但見：綽約容顏金縷衣，香塵不動下階墀。時來水濺羅裙濕，好似巫山行雨歸。蔡御史看見，欲進不能，欲退不可。便說道：「四泉，你如何這等愛厚？恐使不得。」西門慶笑道：「與昔日東山之遊，又何別乎？」蔡御史道：「恐我不如安石之才，而君有王右軍之高致矣。」於是月下與二妓攜手，不啻恍若劉阮之入天台。[3]

「東山之遊」，是指東晉謝安石辭官隱居會稽東山，雖然放情於山水，然而每次賞遊必攜

---

[3] 《金瓶梅詞話》第四十九回。

妓女同行。西門慶在自家花園裡讓妓女陪侍蔡御史，二者何有一絲相似之處。

「欲進不能，欲退不可」，活畫出了蔡御史當時心態。當他聽到西門慶把他比做謝安的「東山之遊」後，竟恬不知恥地以謝安自命，還把俗不可耐的市儈西門慶比做一代書聖王羲之（王羲之，曾為右軍將軍，故稱「右軍」），把卑劣的情慾儘量裝點得高雅，反而越發顯得滑稽。

蔡御史畢竟不同於目不識丁的西門慶，他詢問了兩個妓女的名字，知道了董嬌兒號薇仙時，就十分中意，最後只留下了她一個，把韓金釧打發回去，並為董嬌兒賦詩一首：「小院閒庭寂不嘩，一池明月浸窗紗。邂逅相逢天未晚，紫薇郎對紫薇花。」看起來那麼富有情趣，那麼溫文儒雅，但實際上比西門慶漁色的粗俗，並沒有什麼差異。

其實，西門慶從骨子裡並不見得瞧得起這個蔡御史，董嬌兒陪蔡御史睡了一夜，得了一兩銀子的紅包，拿給西門慶瞧，西門慶笑說：「文職的營生，他哪裡有大錢與你？這就是上上籤了。」於是讓他大老婆吳月娘又補了董嬌兒、韓金釧二人每人五錢銀子。[4]

二、結豪請六黃

如果說第一次迎請宋大巡、蔡御史讓西門慶撈到了諾大彩頭，那麼接下來的迎請六黃太尉，帶給西門慶的就不僅僅是彩頭和榮耀了。

六黃太尉是誰，書中語焉不詳，只說他是皇帝欽差、殿前太尉。臺灣學者魏子雲先生，根據《金瓶梅》第七十回所寫的工部的本章中，「朱勔、黃經臣督理神運，忠勤可嘉，勔加太傅太子太傅，經臣加殿前都太尉，提督御前人船，各蔭一子為金吾衛正千戶」的描寫中，推測出六黃太尉就是黃經臣。黃經臣這個人，《宋史》裡沒有他的傳記，其事見〈陳瓘傳〉〈鄭居中傳〉。史書記載，黃經臣曾與童貫同用事，他的後台是深受徽宗所寵的鄭貴妃。他善於權變，一時之間其權力曾與蔡京相頡頏。大觀三年，陳禾疏劾童貫、黃經臣的怙寵弄權之罪，願亟寧之遠方。論奏未終，帝拂衣起，陳禾牽帝之衣，請求讓他把話說完。他拉扯得勁頭大了些，把徽宗的罩衣都扯落了。帝曰：「正言碎朕衣矣。」禾言：「陛下不惜碎衣，臣豈惜碎首以報陛下。此曹今日受富貴之力，陛下他日受危亡之禍。」帝變色曰：「卿能如此，朕復何以憂內侍？」另據〈鄭居中傳〉記，鄭居中知樞密院時，曾「用宦官黃經臣策」，《金瓶梅》中的這個六黃太尉當是宦官。不管魏子雲先生的推斷有無道理，六黃太尉這個欽差大臣的級別就足夠了。而且這個六黃太尉還負有特殊使命——迎取朝廷營建艮嶽的花石綱：卿雲萬態奇峰。山東巡按宋喬年想好

4　《金瓶梅詞話》第四十九回。

好接待這位欽差大人,就讓管磚廠的工部黃主事來找西門慶,借他的府第迎請欽差。

這又是天上掉下來的好事,可惜來得不是時候,西門慶的寵妾李瓶兒死了,還沒發喪。

西門慶只是稍稍猶豫了一下,就痛快地答應下來。首先,這是山東巡按宋喬年所托,其次,所迎請的又是朝廷欽差殿前太尉,無論從哪一個角度說,都不能把這事推出去。

西門慶一邊忙活李瓶兒的喪事,一邊緊鑼密鼓地做著迎接欽差大人的準備工作。

剛剛發送完了李瓶兒,西門慶就接到欽差大人船隻已到東昌地方的報告,急忙安排家人定桌面、粘果品、買辦整理,忙得頭昏腦脹。就對在一邊的結拜兄弟應伯爵說:「剛剛打發喪事兒出去了,又鑽出這等勾當來,教我手忙腳亂。」應伯爵說:「這個哥不消抱怨,你又不曾掉攬他,他上門兒來央煩你。雖然你這酒席替他賠幾兩銀子,到明日休說朝廷一位欽差殿前大太尉來咱家坐一坐,自這山東一省官員,並巡撫、巡按,人馬散級,也與咱門戶添許多光輝,壓好些仗氣。」應伯爵自是多嘴了,這道理西門慶怎麼能不知道?他明是抱怨,卻帶著掩飾不住的喜歡和炫耀。

第二天,西門府大門上就撤去了白色喪幔,紮起了七級彩山。

提前一天,宋御史差委兩員縣官來檢查接待準備工作,但見西門府「廳正面屏開孔雀,地匝氍毹,都是錦繡桌幃,妝花椅甸。黃太尉便是肘件、大飯、簇盤、定勝、方糖、五老錦豐、堆高頂吃看大插桌,觀席兩張小插桌,是巡撫、巡按陪坐;兩邊布按三司有桌席列坐,其餘八府官,都在廳外棚內兩邊,只是五果五菜平頭桌席。」

萬事俱備,欽差大人也如期而至:

> 到次日,撫、按率領多官人馬,早迎到船上。張打黃旗「欽差」二字。捧著敕書在頭裡走。地方統制、守禦、都監、團練,各衛掌印武官,皆戎服甲冑,各領所部人馬圍隨,藍旗纓槍,又槳儀仗,擺數里之遠。黃太尉穿大紅五彩雙掛繡蟒,坐八抬八簇銀頂暖轎,張打茶褐傘,後邊名下執事人役跟隨無數,皆駿騎咆哮,如萬花之燦錦,隨路鼓吹而行。黃土墊道,雞犬不聞,樵采遁跡。人馬過東平府,進清河縣,縣官黑壓壓跪於道旁迎接。左右喝斥起去。隨路傳報,直到西門慶家中大門首。教坊鼓樂,聲震雲霄,兩邊執事人役,皆青衣排伏,雁翅而列。西門慶青衣冠冕,望塵拱伺。良久,人馬過盡,太尉落下轎來。後面撫按率領大小官員,一擁而入,到於廳上,廳上又是箏、簫、方響、雲璈、龍笛、鳳管,細樂響動。[5]

5　《金瓶梅詞話》第七十回。

接下來是山東一省兩司各級官員，巡撫巡按、左右布政、參議、參政，以及廉訪、採訪、提學、兵備諸使，依次參見。太尉稍加優禮。及至東昌、東平、兗州、徐州、濟南、青州、登州、萊州等八府官員行廳參之禮，太尉只是答以長揖而已。至於統制、守禦、都監、團練一類的武職人員，只能聽其發放，各人外邊侍候。欽差大人，果然勢焰沖天，好大的威儀。

六黃太尉匆匆一飯，立即看轎起身。各路官員，也相跟著一哄而散。

這一場大規模的接待，看起來是山東巡按衙門借了西門府這個地方宴請欽差，但西門慶無疑撈到了不可估量的政治資本。應伯爵說得好：「若是第二家擺這酒席，也成不的。也沒咱家恁大地方，也沒府上這些人手。今日少說也有上千人進來，都要管待出去。哥就賠了幾兩銀子，咱山東一省也響出名去了。」

一個清河縣的西門府，居然因欽差大人的駕臨而聚攏了山東一省官員，也讓山東一省的官員見識了西門府的軟、硬實力。不必擔心那些官員會有酸溜溜的情緒，因為迎請欽差並非「公款請客」，錢是大家湊的份子，當然這湊份子是象徵性的，據管磚廠工部黃老爹一開始向西門慶報的帳單，山東兩司八府官員辦酒分資的標準是：兩司官員十二兩，每員三兩；府官八員，每員五兩，計二十二份，共一百零六兩。而這次接待花了多少錢呢，上千兩銀子還不止！各位官員湊的份子，連茶水錢也頂不上，大頭還得西門慶拿。西門大官人拿出這麼多銀子讓各位賺面子，誰還能說別的，嘴上不服心裡也得服。這就叫膽魄，這就叫氣概！這才是西門大官人！

西門慶憑什麼能讓自己的商務活動勢如破竹？憑什麼能以藥鋪小老闆出身的資歷與那些世代簪纓之家平起平坐？憑什麼能問鼎封建等級制的金階？靠的就是這膽魄、這氣概。

明中後期，官場大興吃喝風，明人謝肇淛曾記述當時情景，官吏和富豪之家，「窮山之珍，竭水之錯，南方之蠣房，北方之熊掌，東海之鰒炙，西域之馬奶，真昔人所謂富有小四海者，一筵之費，竭中家之產不能辦也。」[6]

一幅《接官圖》，紙背面畫出了多少難以言傳的內容。

6　謝肇淛：《五雜俎》卷十一。

衙虎何必是皂衣
——西門慶的身邊人

《金瓶梅》第五十回，寫西門慶某日深夜與姘婦王六兒幽會，乘這功夫，他的跟班小廝玳安叫了琴童去蝴蝶巷魯長腿開的妓院裡尋歡。

這蝴蝶巷算是個「紅燈區」，「裡邊有十數家，都是開坊子吃衣飯的。」玳安有一次騎馬從這地方經過，看見魯長腿的坊子裡新來了兩個好丫頭子，一個叫金兒，一個叫賽兒，都不上十六七歲，他心裡惦著，就找了空子來採花了。

沒想到這兩個小郎幾乎在魯長腿那兒吃了閉門羹。叫門叫了半天才開，原來王八正和虔婆魯長腿在燈下秤銀子，見這兩個凶神般撞進里間屋裡來，連忙把燈一口吹滅了。王八認的玳安是西門慶的管家，連忙作揖打拱地讓坐。

玳安提出讓金兒和賽兒出來陪他們，王八說了聲：「兩個剛才都有了人了」，玳安不由分說，兩步就掃進裡面，看見屋裡有兩個戴白帽子的酒太公，一個睡下了，另一個才脫裹腳，問了一聲：「是什麼人？進屋裡來了。」玳安性起，不由分說一拳打過去，打得那人鞋腳襪子也穿不上，往外飛跑。玳安叫掌起燈來，大罵道：「賊野蠻流民，他倒問我是哪裡人！剛才把毛搞淨了他的才好，平白放了他去了，好不好，拿到衙門裡去，交他且試試新夾棍著！」

魯長腿左一句「官家哥哥」，右一句「官家哥哥」地哄著，拜了又拜，又趕忙叫了金兒、賽兒「唱與二位叔叔聽」。玳安見這兩個小丫頭子長得聰慧可人，這才不鬧了，兩人各摟著一個小丫頭吃起酒來。

看，西門慶的貼身小廝，就是這樣一幅嘴臉。

玳安不是公門中人，他只是西門慶的一個家奴，但卻儼然有公門中人的威風，動不動就是這話：拿到衙門裡去⋯⋯

仿佛那衙門就是給他自家開的。

有什麼樣的主子，就有什麼樣的奴才。還有一句俗語：主子多大，奴才多大。玳安的霸氣，不折不扣是從西門慶那裡耳濡目染依樣畫葫蘆學來的。當年西門慶為妓女李桂姐爭風吃醋，大鬧麗春院，玳安和琴童都是主要打手，把李家門窗戶壁都打碎了，西門

慶那時還不是官身，只是一個藥鋪掌櫃，居然口口聲聲要把李桂姐一條繩子墩鎖到門房裡去。

玳安的貪婪，也同西門慶好有一比。在苗青案件中，他狠狠敲了一把。你看他和王六兒那番討價還價，可是直率得沒有一點掩飾呢。王六兒把苗青說事兒的帖子拿給他瞧，他說：「韓大嬸，管他這事！休要把事輕看了，如今衙門裡監著那兩個船家，供著只要他哩。拿過幾兩銀子來，也不勾打發腳下人的裡。我不管別的帳，韓大嬸和他說，只與我二十兩銀子罷。等我請得俺爹來，隨你老人家與俺爹說就是了。」[1]

苗青夜賄西門慶，銀子抬到西門府，「手下人都是知道的」，玳安、平安、書童、琴童四個家奴，與了十兩銀子才罷。玳安又在王六兒這邊，「梯己又要十兩銀子」。

在《金瓶梅》世界裡，「取火鑽冰只要錢」是一種見怪不怪的社會現象，對這些穿皂衣或不穿皂衣的「衙虎」們，就更不是什麼新鮮事了。西門慶沒進入官場之前，他對這些人還真沒少「打點」過。甭說別的，來保們三番五次去東京「幹事」，不先給保安門大爺捅上紅包，你連要見的人的影子也瞄不上一個。

西門慶身邊的小廝，都沾了幾分「衙門氣」。誰在門上當值，大凡來找西門慶說事的，都要先過他這一關，不送上銀子，是不會讓你邁進門檻一步的。像文嫂這樣的媒婆，本來是把西門府門檻踩平了的人，書中第六十九回寫她帶著林太太的兒子王三官來求見西門慶，也是讓王三官拿出二兩銀子賄賂看門的小廝平安，「那平安兒方進去替他稟知西門慶」。[2]

就是這個王三官，因交了一幫浮浪子弟，每日摽在妓院裡吃花酒。西門慶受他娘的委託，要教訓一下這些把王三官帶壞了的人，把他們抓進提刑衙門打了一頓。這些人放出來後，又聚在王三官家鬧事，再次被抓捕。不過這回沒送提刑衙門，而是直接戴了刑具，送西門府上來了。到了大門口，「門上排軍都張著手兒要錢，才去替他稟」。這些人被倉促拿來，身上哪有分文？只好把身上值錢的衣裳脫了，並把頭上的簪圈摘下來，才算打發停當。[3]

別看輕了這些看大門的，他們可是被稱作「門政大爺」的啊！你聽聽，「門政」而且還是「大爺」。既然被稱作「大爺」，當然是不好惹的。想當年西門慶身邊工作人員之一，大家人來保去東京替西門慶給蔡太師送生辰擔，到了太師府門前，被門吏攔住喝問：「你是哪裡來的？」來保當時還是一身「草氣」，不知天高地厚，答說：「我是山

1　《金瓶梅詞話》第四十七回。
2　《金瓶梅詞話》第六十九回。
3　《金瓶梅詞話》第六十九回。

東清河縣西門員外家人。」門吏一聽，氣急罵道：「賊少死野囚軍！你那裡便興你東門員外、西門員外，俺老爺當今一人之下，萬人之上，不論三台八位，不論公子王孫，誰敢在老爺府前這等稱呼？趁早靠後！」來保得人撥點，從懷裡掏出一包銀子來，那位「門政大爺」臉上才露出了笑容。[4]

給「門政大爺」送的紅包通常叫做「門包」，正爾八經的送禮規矩是：用紅紙把銀子包了，上寫「門禮」或「門敬」二字，堂而皇之地奉與大爺，門上的大爺們全都是掂著門包兒的分量來決定替你轉達的態度的。

從這些奴才身上，不難看出其主子的行藏。

至於那些穿皂衣的「衙虎」們的行徑，就越發不堪了，幾乎人人都是猾吏悍役。元代把人分為十等，「一僧二道，三官四吏，五皂六隸，七倡八優，九儒十丐」，這「皂」和「隸」就是捕快和雜役人等，如轎夫、馬夫、伙夫、更夫、看門的門大爺之類。這類職事雖毫無身分可言，卻大有油水可撈。他們敲詐勒索，無所不為，比「吏」更甚。民間對此類人稱為「狼」「狗」「狐」「不良人」「衙虎」等等。清人張維屏就有一首〈衙虎謠〉，謂：「衙虎何似似猛虎，鄉民魚肉供樽俎。……莫矜察察以為明，鬼蜮縱橫不可測。吁嗟乎！官雖廉，虎飽食。官而貪，虎生翼。」

西門慶身邊的工作人員，雖然屬於「公門世界」之外的「家人世界」，但他們一樣會因為主子的貪鄙而如虎添翼。

清乾嘉時學問宗師紀昀（曉嵐）在《灤陽消夏錄》中說，封建官場，除官之外，尚有四種惡人：「一曰吏，一曰役，一曰官之親屬，一曰官之僕隸。是四種人，無官之責，有官之權。官或自顧考成，彼則惟知牟利，依草附木，怙勢作威，足使人敲髓瀝膏，吞聲泣血。」官之外的「四惡」比官更壞，他們仗著官的後台，狐假虎威，壞事做絕，而且做起壞事來更沒底線。西門慶的家奴，大都屬於「四惡」中的最後一種，即「官的僕隸」，他們比穿皂衣的「吏」和「役」能更多地接近「官」，與「官」的關係也就更親密。像玳安，西門慶幾乎是一時也離他不開的。而夏提刑的家人夏壽，也同樣是個為虎作倀的壞東西。夏提刑辦的許多壞事，都有他的參贊。如曾孝序奏本所謂「監索班錢，被軍騰冒」即其一端。到東京向蔡太師行賄，他也是經手人之一。

奴僕成群的西門慶，堂上一呼，階下百喏，他身邊得心應手的工作人員很多。比如來旺、來保、賁四等人。來旺曾為西門慶效過大力，武松的官司、花子虛的官司都是他出面奔走。就連賁四，也曾在隨西門慶去東京為何太監的侄子治產事顯露過他非凡的口才，連何太監也誇他「此人倒會說話」。但他們都不如玳安深得西門慶信任。

4　《金瓶梅詞話》第三十回。

　　西門慶雖不通文墨，對「人才學」（準確地講應是「奴才學」）卻頗得壺奧。來旺能說會道，卻後腦勺長著「反骨」；來保雖精明能幹，卻工於心計（果然在西門慶死後「欺主背恩」）；賁四和韓道國之輩，卻只可將跑腿受累的事交給他們去做，因為雖然他們也同樣腦瓜兒靈活，很知道察顏觀色，但卻口風不嚴，關鍵時刻會捅個漏子出來。西門慶最信任的人只有玳安，甚至他幹什麼偷雞摸狗的事都離不開他。

　　為什麼玳安最得寵？一個重要原因是他學西門慶學得最到家，簡直就是一個小西門慶。

　　這樣的官，這樣的奴，是長在那個社會肌體上的一對腫瘤。在他們治下的芸芸眾生，就只有「敲髓灑膏，吞聲泣血」的份了。

附　錄

一、何香久小傳

　　男，河北滄州人，第十二屆全國政協委員，中國民主建國會中央委員會委員，國家一級作家，中國作家協會會員，中國《金瓶梅》研究會副會長。畢業於北京大學中文系。著有詩集 12 部，長篇小說、中短篇小說集 7 部，散文及傳記文學 7 部，學術專著 35 部，影視作品 200 餘集。主編《中國歷代名家散文大系》《20 世紀中國散文大系》《中國歷代散文經典》《紀曉嵐全集》《麒麟文庫》等 50 餘部，校勘整理《資治通鑑》《四庫全書總目》《紅樓夢》等典籍 50 餘部。《金》學研究專著有《金瓶梅與中國文化》《戲說金瓶梅》《金瓶梅傳播史》《金瓶梅詩詞曲韻文探源》《金瓶梅會元》《金瓶梅的官場‧商場‧風月場》《西門慶論》《金瓶梅紅樓夢合典》等 10 餘部。傾 22 年心力整理完成《綜合學術本金瓶梅》，是中國古典文學名著的第一個「綜合學術本」。創作與治學成果 1.2 億字。獲國家圖書獎、中宣部「五個一」工程獎、中國電視劇「飛天獎」一等獎、「金鷹獎」等。現任河北滄州市政協副主席，中國民主建國會河北省委常委、滄州市委主委；滄州市文聯主席、作家協會主席、王蒙文學院院長。

二、何香久《金瓶梅》研究專著目錄

1. 《戲說金瓶梅》，長春：時代文藝出版社 1994 年。

2. 《金瓶梅與中國文化》，石家莊：河北人民出版社 1995 年。

3. 《金瓶梅傳播史話》，北京：中國文聯出版公司 1998 年第 1 版，2001 年第 2 版，
    2009 年第 3 版。

4. 《小奇酸志》（又名《三續金瓶梅》）校點本，石家莊：花山文藝出版社 1999 年。

5. 《金瓶梅詩詞曲韻文探源》，鄭州：河南文藝出版社 2014 年。

6. 《金瓶梅匯原》（4 卷），北京：中國文史出版社 2014 年。

7. 《金瓶梅中的官場·商場·風月場》，鄭州：河南文藝出版社 2015 年。

8. 《綜合學術本金瓶梅》（全 10 冊），即出。

9. 《金瓶梅續書大全集》（附子弟書，全 6 冊），即出。

10. 《西門慶論》，即出。

11. 《金瓶梅紅樓夢合典》，整理中。

後　記

　　十分感謝吳敢、胡衍南、霍現俊三位先生，他們促成兩岸《金》學同仁共襄壯舉，成就兩輯數十卷本「金學叢書」，誠洋洋乎大觀，鬱鬱乎文哉！

　　我從上世紀八十年代末開始進入《金瓶梅》研究領域，到現在近二十多年了，我對《金瓶梅》的研究，首先是文本研究，探求其思想與藝術價值；其次是傳播學研究，運用傳播學的系統方法，為《金瓶梅》研究找到一個新的視角；再次是版本學研究，用二十年的時間完成了《綜合學術本金瓶梅》的整理工作，寫出了《金瓶梅匯原》———一部以詞話本為工作底本，與《金瓶梅》三大版本系統十幾個主要版本比勘而形成的校勘記。這兩個工程耗去了我大段的時光。

　　把我引領到這個學術殿堂的是吳敢老師。上世紀九十年代初我參加第二屆國際《金瓶梅》學術研討會的時候，還只是個對《金瓶梅》初有心得的學生，研討會結束後，吳敢先生特意把我留下來，陪吳曉鈴、王利器、魏子雲等老師到徐州，給我創造更多向前輩學者求教的機會。其間，吳敢老師又把我帶到徐州的《金瓶梅》資料館，我平生第一次看到了那麼多的《金瓶梅》版本。

　　這之後，我的每一個學術課題吳老師都十分關注，耳提面命，我是在他關注的目光裡邁出每一步的。我的《綜合學術本金瓶梅》完成後，首先請先生撥點，吳師寫來洋洋灑灑近四萬字的序言。對我的學術工作給予了充分肯定。吳師在序言和提交給有關部門的學術推薦書中都指出：「版本是《金瓶梅》研究中的一個焦點問題。因為版本問題實際是成書過程與傳播過程的問題。從這個意義上來說，《綜合學術本金瓶梅》的學術價值是不可替代的，這是因為：一、這是迄今惟一將詞話本、繡像本、第一奇書本會校，而又會評，而又注釋的一個本子。二、這是迄今惟一將詞話本、繡像本、第一奇書本多數版本特別是主要版本會校的一個本子。三、這是迄今惟一將《水滸傳》與其他相關的話本、擬話本、戲曲、散曲、時調等全部作為參校對象並廣列異文的一個本子。四、這是迄今惟一匯輯附錄明清時期大量與《金瓶梅》相關的重要資料的一個本子。這是一個名符其實的『綜合學術本』。這是一個集其大成的本子。這是一個最具使用價值的本子。這是一個雅俗共賞的本子。」

　　這部書在北京召開選題論證會，已臨近春節，吳敢老師和年近八十高齡的甯宗一老

師、盧興基老師、杜維沫老師蒞會，評點得失，為出版此書鼓呼。甯宗一老師在南開，我們離得較近，交流也多。他沒有一點南開名教授的架子，我們這些小輩甚至可以跟他開很輕鬆的玩笑。他老人家為我的《綜合學術金瓶梅》撰寫了數萬字序言，其情殷殷，讀之令我下淚。

《金》學前輩黃霖先生、盧興基先生、王汝梅先生、杜維沫先生等二十多年來一直給我鼓勵和指導，眾多的同道互相切磋，廣泛交流，不僅能使學術得以精進，也使品格得到涵養。中國《金瓶梅》研究會是個溫暖的學術之家，前輩學人所開創的謹嚴、活潑、民主的學風，讓我輩後學實在受益良多。

編選這部精選集，頗有誠惶誠恐之感。檢點二十餘年我對《金瓶梅》的研究，臉紅心跳，實在乏善可陳。利用春節長假，我整理出了這個本子，算是向各位老師、學長和同仁的彙報。各位學長與同仁的情誼，已成為我生命中最溫暖的陽光。好在來者可追，我只有加倍努力。

何香久

2014 年 3 月 20 日凌晨 3 時 48 分於滄州漁書樓

國家圖書館出版品預行編目資料

何香久《金瓶梅》研究精選集

何香久著. – 初版. – 臺北市：臺灣學生，2015.06
面；公分（金學叢書第 2 輯；第 22 冊）

ISBN 978-957-15-1671-4 (精裝)

1. 金瓶梅 2. 研究考訂

857.48   104008100

何香久《金瓶梅》研究精選集

著　作　者：何　　　　　香　　　　　久
主　　　　編：吳　敢、胡　衍　南、霍　現　俊
出　版　者：臺　灣　學　生　書　局　有　限　公　司
發　行　人：楊　　　　　雲　　　　　龍
發　行　所：臺　灣　學　生　書　局　有　限　公　司
　　　　　　臺北市和平東路一段七十五巷十一號
　　　　　　郵 政 劃 撥 帳 號：0 0 0 2 4 6 6 8
　　　　　　電　話：（0 2）2 3 9 2 8 1 8 5
　　　　　　傳　眞：（0 2）2 3 9 2 8 1 0 5
　　　　　　E-mail：student.book@msa.hinet.net
　　　　　　http://www.studentbook.com.tw

定價：精裝 30 冊不分售
　　　新臺幣 45000 元

二　〇　一　五　年　六　月　初　版

金學叢書 第二輯